इस्मत चुग़ताई

जन्म : 21 जुलाई, 1915, बदायूँ (उत्तर प्रदेश)।

इस्मत ने निम्न मध्यवर्गीय मुस्लिम तबक़े की दबी- कुचली-सकुचाई और कुम्हलाई लेकिन जवान होती लड़कियों की मनोदशा को उर्दू कहानियों व उपन्यासों में पूरी सच्चाई से बयान किया है।

इस्मत चुग़ताई पर उनकी मशहूर कहानी *लिहाफ़* के लिए लाहौर हाईकोर्ट में मुक़दमा चला, लेकिन ख़ारिज हो गया। *गेन्दा* उनकी पहली कहानी थी जो 1949 में उर्दू साहित्य की सर्वोत्कृष्ट साहित्यिक पत्रिका 'साक़ी' में छपी। उनका पहला उपन्यास *ज़िद्दी* 1941 में प्रकाशित हुआ। *मासूमा, सैदाई, जंगली कबूतर, दिल की दुनिया, अजीब आदमी और बांदी* उनके अन्य उपन्यास हैं। *शादी, चोटें, एक रात, छुई-मुई, दो हाथ दोज़ख़ी, शैतान* आदि कहानी-संग्रह हैं। हिन्दी में *कुँवारी* व अन्य कई कहानी-संग्रह तथा अंग्रेजी में उनकी कहानियों के तीन संग्रह प्रकाशित जिनमें *काली* काफ़ी मशहूर हुआ। कई फ़िल्में लिखीं और *जुनून* में एक रोल भी किया। 1943 में उनकी पहली फ़िल्म *छेड़-छाड़* थी। कुल 13 फ़िल्मों से वे जुड़ी रहीं। उनकी आख़िरी फ़िल्म *गर्म हवा* (1973) को कई अवार्ड मिले।

साहित्य अकादमी पुरस्कार के अलावा उन्हें 'इक़बाल सम्मान', 'मख़दूम अवार्ड' और 'नेहरू अवार्ड' भी मिले। उर्दू दुनिया में 'इस्मत आपा' के नाम से विख्यात इस लेखिका का निधन 24 अक्टूबर, 1991 को हुआ। उनकी वसीयत के अनुसार मुम्बई के चन्दनबाड़ी में उन्हें अग्नि को समर्पित किया गया।

शबनम रिज़वी

जन्म : गाज़ीपुर (उत्तर प्रदेश)।

शिक्षा : एम.फिल. (दिल्ली यूनिवर्सिटी), मास कम्यूनिकेशन मीडिया (जवाहरलाल नेहरू यूनिवर्सिटी), पी-एच.डी. (लखनऊ यूनिवर्सिटी)।

साहित्यिक कार्य : आलोचनात्मक पुस्तक, इस्मत चुग़ताई की नावेल निगारी, इस्मत ग्रन्थावली (प्रोजेक्ट राजकमल प्रकाशन)।

प्रकाशित पुस्तकें : इस्मत चुग़ताई की नावेल निगारी (उर्दू अकादमी, उत्तर प्रदेश से प्रकाशित)।

राजकमल प्रकाशन से प्रकाशित शबनम रिज़वी द्वारा लिप्यांतरित पुस्तकें : *टेढ़ी लकीर, मासूमा, दिल की दुनिया* (उपन्यास); *छुई-मुई, शादी* (कहानी-संग्रह)।

सम्पर्क : प्रवक्ता उर्दू विभाग, करामत हुसैन मुस्लिम गर्ल्स पी.जी. कॉलेज, निशातगंज, लखनऊ।

शादी

इस्मत चुग़ताई

सम्पादन
अब्दुल मुगनी

लिप्यंतरण
शबनम रिज़वी

राजकमल पेपरबैक्स

पहला पुस्तकालय संस्करण
राजकमल प्रकाशन प्राइवेट लिमिटेड द्वारा
2016 में प्रकाशित

राजकमल पेपरबैक्स में
पहला संस्करण : 2016
चौथा संस्करण : 2023

राजकमल पेपरबैक्स : उत्कृष्ट साहित्य के जनसुलभ संस्करण

राजकमल प्रकाशन प्रा.लि.
1-बी, नेताजी सुभाष मार्ग, दरियागंज
नई दिल्ली-110 002
द्वारा प्रकाशित

शाखाएँ : अशोक राजपथ, साइंस कॉलेज के सामने, पटना-800 006
पहली मंजिल, दरबारी बिल्डिंग, महात्मा गांधी मार्ग, प्रयागराज-211 001
36 ए, शेक्सपियर सरणी, कोलकाता-700 017

वेबसाइट : www.rajkamalprakashan.com
ई-मेल : info@rajkamalprakashan.com

बी.के. ऑफसेट
नवीन शाहदरा, दिल्ली-110 032
द्वारा मुद्रित

मूल्य : ₹ 299

SHAADI
Stories, article and dramas by Ismat Chughtai
Edited by Abdul Mugni
Transliteration by Shabnam Rizvi

ISBN : 978-81-267-2961-6

क्रम

कहानी

पर्दे के पीछे

"देखें...देखें...ज़रा हटो तो।" जुहरा ने मुझे क़रीब-क़रीब पीछे हटाते हुए कहा और अपनी ज़बरदस्त नाक नेमतख़ाने[1] जैसी बारीक जाली से चिपका दी और देखती की देखती रह गई, बिल्कुल हक्का-बक्का, लेकिन फ़ौरन सँभली।

"ऊँह! कोई भी नहीं, ऐसा तो कोई हसीन भी नहीं, सूखा मारा।" जुहरा ने ऐनक फड़काकर कहा।

"सूखा! ये सूखा है? ज़रा देखना अज़रा!" मैंने अज़रा को अपने ऊपर लिटाया।

"कोई भी नहीं, मगर वह उधर ज़रा उधर।" अज़रा ने बिल्कुल दूसरी तरफ़ हम लोगों को मुतवज्जेह किया।

"कौन वह दाढ़ी? लानत[2]!" जुहरा हट गई। मैंने भी देखने की ज़रूरत न समझी।

"अरे नहीं वह एक-दो-तीन वह चौथे नम्बर पर है न जुहरा!"

अज़रा ने तड़पकर कहा और जुहरा की गर्दन बिल्कुल दाएँ तरफ़ को मरोड़ दी।

"क्या मज़ाक़ है?" जुहरा बिगड़ गई।

"अरे वह नहीं वह पिछली लाइन में वह दूर—वह..." अज़रा ने बताया।

"अच्छा वह सामने, कल ही देखा था।" तुफ़ैल नोटबुक उलटकर बोली।

"अरे वह कल था भी। हुँह।" अज़रा को बुरा लगा कि कल वह कुछ न देख सकी।

"लो, कल था कैसे नहीं।" सईदा भी बोल ही दी।

"लो और लो।" हम सब जल गए—"ये दोनों कल ही से देख रही थीं और हमें ज़रा जो पता हो। अच्छा ख़ैर।"

जुहरा नम्बर 2 हमारी मजलिस[3] से बाहर दूर कोने से नाक उठाए एक सफ़ेद हाथ को तेज़ी से क़लम चलाते देख रही थी। हमने मुस्कराकर एक दूसरे को टहोके[4] दिए और सूँ-सूँ नाकें बजाने लगे।

---

1. जाली की अल्मारी जिसमें खाना रखा जाता है, 2. धिक्कार, 3. मंडली, 4. कोहनी मारना,

“अरे-अरे।” मैंने एकदम मजरूह[5] होकर कहा। ज़ुहरा समझी, उसके मिलिट्रीनुमा बूट से मेरा पैर कुचल गया।

मैंने ज़ुहरा और अज़रा की गर्दनें ऐसे ज़ोर से बाईं तरफ़ झुकाईं कि सखुटवे के ताँगे के गर्दन-शिकन[6] झटकों से तीन दिन तक दुखा कीं।

“अच्छा...हा...ऊई...मगर कैसे हैं?”

ज़ुहरा ने ब-ग़ौर देखकर कहा।

“हाँ सारी डाढ़ें तक नज़र आती हैं।” अज़रा ने हाँ में हाँ मिलाई।

“और केंचुली पर सोना कैसे चमक रहा है।” ज़ुहरा ने नाक सिकोड़ी।

“लो फिर हँसा! सच कहती हूँ कव्वा तक नज़र आ गया।” अज़रा खिसकने लगी दूर—

“हूँ...कव्वा नहीं, तुम्हें तो उसके फेफड़े तक नज़र आने लगे।” मैं चिढ़ गई।

“और वह...नीली शेरवानी।” तुफ़ैल अपनी मासूम आँखें घुमाकर बोली।

“कौन? वह बतख़ा तो नहीं है।” तुफ़ैल बिगड़ी।

“बतख़ा नहीं तो फिर कौन है? कैसे चीख़ा है गला फाड़ के।” मैंने कहा।

“वाह, उसकी तो इस क़दर मर्दाना आवाज़ है। इतना अच्छा इंस्पेक्टर लगेगा।” तुफ़ैल शर्माई।

“आप लोग तो ज़ाहिरी[7] शक्ल-सूरत पर जाती हैं।” तुफ़ैल ने बी.ए. में फ़ल्सफ़ा[8] लेते-लेते छोड़ दिया था।

“और पेट के गुन उनके तुम जानती होगी।” मैंने जलकर कहा और बार-बार गिर जानेवाले पर्दे को पेन से उठाया।

“आप लोग तो फिर गांधी जी को क्या समझेंगी।” तुफ़ैल की मदद सईदा ने की।

“भला गांधी जी को हम क्यों ‘कुछ’ समझने लगे। वह हमारे बाप के बराबर हैं। ‘वाह’।” हम सब बुरा मानने पर तुल गए।

“जब गांधी जी देखने की चीज़ थे तब तो उन्हें ‘कुछ’ समझ भी सकते थे।” अज़रा बोली और मुस्कराई।

“और अब वह देखने की चीज़ नहीं।” तुफ़ैल लड़ पड़ी।

“तुम भी दीवानी हो, भई इस वक़्त उनका क्या ज़िक्र है और वैसे भी तुम जो ये पूछो कि वह हसीन है तो हम हाँ कहने से रहे। चाहे यहूदियों की तरह हिन्दोस्तान से बाहर कर दिए जाएँ।” इंसाफ़पसन्द ज़ुहरा बोली।

“ग़ज़ब!” ज़ुहरा नम्बर 2 भड़ककर बोली। हम समझे प्रोफ़ेसर साहब आ गए और जल्दी-जल्दी क़लम ढूँढ़ने के लिए गिरेबान और जेबें टटोलने लगे।

“वह” ज़ुहरा नम्बर 2 ने न जाने किधर उँगली नचाई, “वह...” इशरत साहब की बाईं मूँछ की सीध ली और ग़ौर से देखा। फिर सब आहिस्ता-आहिस्ता अपनी

---

5. घायल, 6. गर्दन तोड़नेवाले, 7. दिखाई देनेवाली, 8. दर्शनशास्त्र,

नाकों को जाली पर टहलाने लगे। हाँ बात नई भी थी और काम की भी। एक खलबली-सी मच गई और हम सब एक दूसरे के बाज़ू दबाने लगे।

"रंगत!" मुझे साँवली या काली रंगत से चिढ़ है।

"ऊँह रंगत से क्या होता है।" अज़रा की और मेरी एक घड़ी नहीं बनती और यही उस वक़्त हुआ।

" जी हाँ, रंगत का सवाल क्यों न करें। होता क्यों नहीं ?" मैंने अपनी दक़ीक़[9] बहस शुरू की।

"और क्या होता क्यों नहीं। घर में काले-काले तम्बाकू के ढम्मे जैसे बच्चे लुढ़कते फिरें। तौबा, मैं तो गला घोंट दूँ।" नफ़ासतपसन्द[10] नम्बर 2 जुहरा बोली।

"तो कोई हम तुम्हारी बात लेकर जा रहे हैं उसके लिए।" मैंने काट की।

"तुम अपनी-अपनी कहो। मैं तो ख़ैर इतनी काली भी नहीं।" ज़ुहरा ने अपनी सफ़ेद जिल्द[11] को सुर्ख़[12] करके कहा—सफ़ेद जिल्द, चीनी से ज़्यादा सफ़ेद जिल्द।

"शी-शी-शी-हबीब सा..." खरड़-खरड़ बेंचें सरकीं और स्याह शेरवानियाँ जैसे खूँटियों पर लटक गईं। सब खड़े हो गए।

"और क़द डेढ़ फ़िट।" मैंने बाहर झाँककर ख़ुशी से मुड़ते हुए कहा।

अज़रा रो दी।

[2]

"लक्स सोप।" सईदा बोली।

" इनोसेन्ट आइज़।" जुहरा ने चोट की। सईदा शर्मा गई।

"अरे वह तो...मुझे कहा है।" मैंने इठला के कहा।

" ऐ चलो...धनिया जैसी आँखें।" अज़रा बड़बड़ाई।

"ऊँह, ऐनक की वजह से ज़रा वैसी लगती हैं। ये देखो।" मैंने ऐनक हटाकर कोने तक आँखें फाड़ दीं।

"हाँ, होंगी बड़ी।" अज़रा ने बे देखे बक दिया। बेहूदा कहीं की!

"हाँ, मगर इनोसेन्ट तो हरगिज़ भी नहीं जैसे क़ब्र के बिज्जू की-सी तो आँखें हैं।"

जुहरा पर हैजान[13] की-सी कैफ़ीयत[14] तारी हो गई। और मेरा जी चाहा सईदा की बड़ी-बड़ी आँखें किसी फुँसी फोड़े से पटम हो जातीं।

"गुलशन कह रही थी, किसी ने उन्हें बताया है कि मेरे ही लिए कमबख़्तों ने कहा है।" सईदा इतराई।

"तुम मर भी जाओ। तुम्हारे लिए नहीं कहा, हम मान ही नहीं सकते।" मैंने कहा और सबने मान लिया।

9. कठिन, 10. स्वच्छता और कोमलता पसन्द करनेवाला, 11. त्वचा, 12. लाल, 13. बेचैनी, 14. हालत,

"अगर कहा भी होगा तो अज़रा को कहा होगा।" ज़ुहरा ने राय दी। अज़रा की ज़ुहरा से बड़ी दोस्ती है।

"ख़ैर, अज़रा के लिए तो कभी नहीं कह सकते।"

अज़रा के लिए कहने में सईदा की उल्लू जैसी आँखों की हत्क[15] होती थी इसलिए इसका बिगड़ना हक़-ब-जानिब[16] था।

"ऐ है, इस चमरख़ से तो मेरी जान जलती है।" मैंने बाहर झाँककर मौज़ू[17] बदल दिया।

और सबने झुककर एक बारीक शक्ल की चिड़ियाँ जैसी मूँछों को घूरना शुरू कर दिया।

" ऐ है, तेल डालकर बाल कैसे जमाए हैं जैसे चपातियाँ ।" ज़ुहरा ने नाक फड़काई।

"इम्तिहान की वजह से भई। तुफ़ैल तू तो काश डॉक्टरी पढ़ती।"

"इम्तिहान कैसा?" मैंने कहा।

"नहीं भई, तेल से दिमाग़ रौशन होता है।" तुफ़ैल ने कहा, "इम्तिहान सर पर आ रहे हैं।"

"हाँ भई, सालाना इम्तिहान की तैयारी है।" ज़ुहरा मेरे ख़िलाफ़ हो गई।

"हूँ। चाहे ज़िन्दगी के इम्तिहान में फ़ेल हो जाएँ।" मैंने बड़बड़ाना शुरू किया।

"ये कैसे? देख लेना अव्वल आएगा, फ़ेल क्यों होगा?" सईदा की और तुफ़ैल की दोस्ती की इंतिहा हो गई।

"फ़ेल ही होगा। भला इन चिपकते हुए बालों को देखकर कोई लड़की सौ में से दस नम्बर भी बमुश्किल देगी।" मैंने उकताकर नाख़ूनों से किताब पर चारख़ाना बनाना शुरू कर दिया।

"मगर महमूद तो भेंगा है।" ज़ुहरा हमेशा बेकहे-सुने मौज़ू बदल देती है, यही तो इसमें एक ऐब है।

"कोई भेंगा नहीं।" मैंने बुरा मानकर लड़ाई पर आमादगी[18] ज़ाहिर की।

"बीच खेत भेंगा!" सईदा जल्दी-जल्दी नोट नक़ल करती हुई बोली।

"लेकिन उससे तो अच्छा नहीं।" ज़ुहरा नम्बर 2 ने बाहर झाँककर हमारे ताज़ा तरीन मैज़ू की तरफ़ आँख मारी।

"अब तो बस 'उसकी' तो साइकिल के नीचे एक दिन आकर मर जाऊँ।" मैंने जलकर कहा और तुफ़ैल की ज़रूरी नोटबुक में से काग़ज़ फाड़कर नाव बनाने लगी।

"मैं कहती हूँ ये नोट लिये जा रहे हैं या बर-दिखव्वे[19] हो रहे हैं।" अज़रा ने डाँटा।

---

15. अपमान, 16. जो अपनी बात में सच्चा हो, 17. विषय, 18. लड़ने को तैयार, 19. शादी के लिए लड़का पसन्द करना,

''बड़-बड़ किए जा रही है। ख़ाक जो लेक्चर सुनाई दे रहा हो।'' तुफ़ैल ने अपना मुन्ना-सा पाँव डेस्क पर रखकर लेटते हुए कहा।

हमने उसी दिन सोच-विचार के बाद प्रिंसिपल साहब को लिखा कि लेक्चर न तो हमारी समझ में आए, न सुनाई दे, हमें छपे-छपाए नोट दें ताकि इम्तिहान के लिए रट लें!

[3]

''उसकी तो शादी भी हो गई है और दो-तीन लड़कियाँ हैं।'' ज़ुहरा ने मातमी लहजे[20] में कहा।

''अरे!'' हम सबके मुँह उतर गए।

''और उस नम्बर 46 की मँगनी हो गई। आइन्दा साल विलायत जा रहा है।'' ज़ुहरा नम्बर 2 पर तुफ़ैल ने गुर्ज़[21] चलाया। वह ग़रीब छह रोज़ से हमसे बहुत दूर कोने में बैठकर चुपकी नोट लिया करती थी। ज़रा सा मुँह निकल आया बेचारी का।

''और वह...वही सा।'' हम समझ गए। परसों इसके घर से तार आया है कि लड़का हुआ है।'' ज़ुहरा ने सुबकी ज़ब्त[22] करके कहा।

''ऐ है लड़का।'' हमें कभी ख़्वाब में भी ये सोचने का मौक़ा न मिला था, हम तो समझते थे, ख़ैर।

''वह गया भेंगा।'' सईदा बोली।

''कह दिया कितनी दफ़ा कि वह भेंगा नहीं, भेंगा नहीं। कल ही मैंने इधर से देखा है, बिल्कुल सीधी तारा जैसी आँखें हैं।'' मैंने ज़ख़्मी शेरनी की तरह बड़बड़ाना शुरू किया। जी[23] वैसे ही दुखा हुआ था।

''और वह चमरख़।'' सईदा ने फिर छेड़ा।

''और वह चमरख़! ऊँह! यूँ तो दस दाढ़ियाँ मौजूद हैं।'' ज़ुहरा काटने पर तुली हुई थी।

''तुम्हें कैसे मालूम कि उसके तीन लड़कियाँ हैं।'' मैंने सोचा शायद कोई ग़लती हुई हो।

''मुझे अच्छी तरह मालूम है। नफ़ीस ने बताया, वह उसे जानते हैं। कहा, चपटी-चपटी तीन लड़कियाँ हैं उसकी।'' ज़ुहरा न जाने नफ़ीस से कैसी-कैसी वाहियात[24] ख़बरें लाकर हम सबका दिल दुखाया करती थी।

''रह गया बतख़ा, सो वह हमने तुफ़ैल को सौंपा।'' अज़रा ने ठंडी साँस लेकर पहलू बदला।

''ख़्वाहमख़्वाह बतख़ा, वह सुन पाए तो!'' तुफ़ैल ने धमकी दी।

---

20. शोक का स्वर, 21. एक प्राचीन अस्त्र गदा, 22. सहन, 23. दिल, 24. निरर्थक बातें,

''सुन क्या पाएगा, मैं ही उससे जड़ दूँगी तो सुन लेगा। करेगा क्या। चारा गुल्ली खाएगा।''

''और वह—जो है—वह क्या नाम है। ज़रा गंजा-सा।'' अज़रा बावुजूद कोशिश के नाम न याद कर सकी।

''ऊँह बख़्शो गंजे से तो।'' मैं मुँह फुलाकर बेंच पर दराज़[25] होकर ऊँघने की कोशिश करने लगी।

''गंजा बड़ा ख़ुश-क़िस्मत होता है।'' मैंने कहा ना कि तुफ़ैल ने फ़ल्सफ़ा[26] लेने का पुख़्ता[27] इरादा करके छोड़ दिया था।

''मुआफ़ करो बाबा, हम बदक़िस्मत ही भले।'' अज़रा ने कान पर हाथ रखकर कहा।

उस दिन हम में से किसी का दिल न लगा, न ही नोट लिए, न लेक्चर सुना। क्या सुनते।

[4]

''मुझे बाहर दिखाई भी देता है कि नहीं।'' ज़ुहरा नम्बर 2 ने अपनी सफ़ेद उँगलियों को उलट-पलटकर देखते हुए कहा।

हममें से कई को दिखाई देने के ख़याल से ही फुरैरी आ गई और अपने-अपने खुरदुरे ख़ुश्क पैरों को साड़ी के किनारे से छिपा लेने पर मजबूर हो गए कि शायद नीचे से नज़र आते हों!

''न जाने कैसा दिखाई देता होगा ?'' जुहरा ने फिर एक लम्बी साँस लेकर कहा।

''चलो कुछ भी नहीं दिखाई देता होगा।'' मेरा दिल चाहा काश न दिखाई देता हो। रंग तो शायद न दिखाई देता होगा। मैंने अपने रंग से डरकर कहा।

''ज़रा देखें! है। जब सब चले जाएँ तो बाहर जाकर वहाँ से देखें। दिखाई भी देता है या नहीं।'' ज़ुहरा बड़ी-बड़ी तरकीबें बताया करती है, वैसे बड़ी चुपकी है।

''हाँ ये ठीक है।'' सबने यक़ीन से कहा।

''तुम सब यहाँ बैठना और मैं वहाँ से देखकर बताऊँगी।'' मैंने राय दी। और जैसे ही क्लास ख़त्म हुई और बोर्डिंग की तरफ़ जाते हुए लड़कों की क़तारें आँखों से ओझल हो गईं। मैं ज़ुहरा और तुफ़ैल के कन्धे का सहारा लेकर खिड़की में लटक गई और कंकरीट पर पैर अड़ाकर उस तख़्ते को फाँद गई जो पर्दे के लिए खिड़की में लगाया गया था। सारी कोहनियों पर खरोंचें आईं और गट्टा अलग छिल गया। नई वारनिश से दोनों हाथ चिपचिपाने लगे। मैं ज़रा बड़बड़ाती हुई अन्दर कूद गई।

''अरे-रे!'' मैंने हैरत से मुँह फाड़ दिया, ''उफ़्फ़ोह सब दिखाई दे रहा है।''

सबने तड़प-तड़पकर एक दूसरे को धकेलकर सामने आने की कोशिश की।

---

25. लेटकर, 26. दर्शनशास्त्र, 27. पक्का,

"ज़रा ठीक से बैठो तो देखें भी।" मैंने कुर्सी पर चढ़कर कहा और सब सचमुच जैसे तस्वीर खिंचवाने बैठ गईं।

"उफ़—बिल्कुल साफ़।" मैंने मुबालग़ा[28] किया और सब मुस्कराईं।

"ज़ुहरा तुम—तुम तो बस साफ़ 'लक्स सोप' और—मगर 'इनोसेंट आइज़' का पता नहीं—शायद—शायद-ख़ैर।" मैं शर्माने की कोशिश करने लगी।

अन्दर से सबने बग़ावत[29] पर आमादगी ज़ाहिर की, शायद मेरी ज़्यादती पर।

"और सुनो तो," मैंने बलवे से डरकर कहा, "और तुम्हारी नाक ज़ुहरा न चपटी लगे और न उड़द के छिलकों की फुलकी जैसी, बस तारा-सी नज़र आ रही है।"

ज़ुहरा ने ख़ुशी से अज़रा की चुटकी ली।

"मगर तुम्हारे पैर सईदा कभी चपल्लों में कभी मोज़े में।" मैं रुक गई।

"लो, मैं मोज़े कब पहने हूँ।" सईदा ने शर्मा के पैर ऊँचे कर लिए।

"सुनो तो," ज़ुहरा के गालों की सुर्ख़ी धुएँ गुलाब की तरह चमकी, "उधर से तो देखो ज़रा, वहाँ से, हमलोग कैसे दिखाई देते हैं।" वह ज़रा आँखें झुकाकर बैठ गई, थोड़ी ऊँची होकर।

"कोई ख़ास नहीं। हाँ—आ—मगर तुम्हारा दहाना उधर से ज़रा फैला-फैला नज़र आ रहा है।" मैंने गप मारी और जल्दी से ज़ुहरा ने दहाना सिकोड़ लिया।

"और तुम्हारी आँखें तो दिखाई ही नहीं देतीं।" मैंने सईदा का दिल दुखाया।

"और न तुम्हारी बालों की लटें।" मैंने सईदा के बड़बड़ाने की परवाह न करते हुए तुफ़ैल को जलाया।

"और वहाँ से—वहाँ देखो।" अज़रा ने डरते हुए कहा।

"कहाँ से ?...भेंगे की सीट पर से।" मैंने दूसरी लाइन में आकर कहा। अज़रा हट गई।

"लाओ तुम्हारे बतख़े की सीट पर से देखें।" मैंने तुफ़ैल पर छींटा फेंका।

"और वहाँ से प्रोफ़ेसर साहब की कुर्सी के पास से।" सईदा ने शौक़ को छुपाकर कहा।

"ऊँह, सईदा हमेशा ऊँचा हाथ मारती थी। हिम्मत तो देखो।"

"यहाँ से—यहाँ से तुम तो दिखाई भी नहीं देतीं।" मैंने झूठ बोलकर जी ठंडा किया।

सईदा ने पूरा पर्दा हटा दिया, मगर मैंने देखने से क़तई इनकार कर दिया।

"ऊँह अव्वल तो दिखाई नहीं देतीं, जो ज़रा दिखाई भी पड़ती हो तो बहुत काली, मोटी, भद्दी।" सईदा ने दौड़कर पर्दा गिरा दिया।

सईदा मोटी थी तो क्या था। कमज़ोर हद से ज़्यादा थी बेचारी। लोग जिस्म देखते हैं, ये नहीं देखते, जी कैसा हर वक़्त ख़राब रहता है।

---

28. अतिशयोक्ति, 29. विद्रोह,

"देखो, मैं बताऊँ, तुम लोग कैसे-कैसे हर वक़्त बैठा करो।" मैंने मेज़ पर बैठते हुए कहा।

"हाँ!" सब शौक़ भरी आवाज़ में राज़ी हो गईं।

"देखो तुम ज़रा इधर सरको जुहरा...इधर...इधर भई।" मैंने उसे दोनों तरफ़ से रोका और फिर कहा, "भई इधर नहीं उधर और उधर नहीं, इधर।"

"ऊँह तो किधर सरकूँ भई।" जुहरा आजिज़ आ गई। सरकती-सरकती आजिज़ आ गई पर मेरी नज़र में न जँची।

"और तुम दाएँ तरफ़ सरको अज़रा—हाँ और सरको ज़रा।"

" भई...मेरे ऊपर क्यों चढ़ी आती हो, हटो।"

जुहरा अपनी जगह से हिल जाने के ख़ौफ़ से लड़ पड़ी।

"अरे बहन तो ज़रा उधर हटो ना।" अज़रा ने जुहरा पर लदकर कहा।

दोनों एक ही जगह पर अड़कर एक दूसरे को भींचने लगीं।

"भई क्या मुसीबत है अज़रा।" जुहरा ग़ुराईं मगर अज़रा डटी रही।

"और मैं किधर बैठूँ?" सईदा ने आहिस्ता से पूछा। बेचारी मुझसे डरती थी।

"अगर तुम तुफ़ैल की जगह बैठो तो साफ़ और अच्छी दिखाई पड़ो।"

"हटना ज़रा बहन तुफ़ैल।" सईदा ने ज़रा प्यार से कहा।

"भई मेरी किताबें इधर रखी हैं।" तुफ़ैल अपनी जगह हाथों से क्यों जाने देती, अच्छी और उम्दा जगह।

"ऐ है, ऐसा भी क्या। ज़रा सरक जाओ ना उधर।" सईदा ने ख़ुशामद की।

"कोई और जगह नहीं है जो मेरे ही सर पर चढ़ोगी।" तुफ़ैल चीख़ी और नन्हे से जिस्म को अकड़ाकर।

"अच्छा तुम जुहरा नम्बर 2 के दाएँ हाथ पर जाओ।" मैंने दोनों दोस्तों की लड़ाई से डरकर कहा।

जुहरा नम्बर 2 झट फुदककर अपने ही दाएँ हाथ पर आन बैठी।

"लो।" सईदा ने मुर्दा आवाज़ में कहा, "भई कह दिया तुम लोगों में ज़रा भी वह नहीं।"

"तो तुम अज़रा की जगह आ जाओ।" मैंने राय दी।

"भई मैं क्यों अपनी जगह से हटूँ, वाह!" अज़रा भवें चढ़ाकर मुस्कराई।

"अच्छा तुम वहाँ सीढ़ियों की तरफ़ रौशनी में बैठो।" मैंने कहा।

सब रश्क[30] से देखते ही रह गए और सईदा ऐन रौशनी में अपना मुस्कराता हुआ चेहरा जाली से लगाकर इन्तिज़ार में बैठ गई कि मैं अब बोलूँ कि अब बोलूँ। मैंने दो एक दफ़ा इधर-उधर छुपकर देखा और मुँह बनाया।

"मैं अब भी साफ़ दिखाई नहीं देती?" सईदा ने उम्मीद भरी आवाज़ में पूछा।

---

30. जलन

"नहीं।" मैंने जैसे ज़लील[31] होकर कहा और उसकी मुस्कराहट किस क़दर उदास हो गई। मैंने उसे देखकर ही न दिया।

चाप...चाप...चर...चर...और क़हक़हा!

लड़के दूसरी मीटिंग से वापस आ रहे थे। सईदा का बुरा सब्र पड़ा। मैं पर कटी चिड़िया की तरह पंजों पर छलाँग मारने लगी। कुर्सी और उसके ऊपर एक और कुर्सी, खिड़की में आई। साड़ी चिटख़नी में फँस गई और ये बड़ा खोंचा सदरी में लगा, मगर मैं कूद पड़ी। चूड़ियाँ टूटकर अन्दर ही रह गईं और चूरा मेरी कलाई में पेवस्त[32] हो गया। वह तो कहो ऐनक बच गई।

धड़...धड़...धड़...कोई बाहर दरवाज़े को कूट रहा था। अरे! बावुजूद उस स्याही के, इस क़दर मैं सफ़ेद पड़ गई। मैं अन्दर से दरवाज़ा बन्द कर आई थी।

सुना है दूसरे दिन लड़कों पर डाँट पड़ी कि कुर्सियों पर चढ़कर लड़कियों को झाँकते हैं। बिचारे बच्चे कुछ न बोले।

---

31. अपमानित, 32. घुस गया।

गेन्दा

''जाने ये झोंपड़ी है—है ना!'' मैंने और गेन्दा ने बालकमेरी की घनदार झाड़ी के नीचे रेंगते हुए तसव्वुर[1] किया और हम दोनों झुके-झुके दोनों हाथों से ज़मीन साफ़ करने लगे। ज़रा-सी देर में पीली-पीली मिट्टी के साफ़ और चिकने फ़र्श पर हम निहायत बेतकल्लुफ़ी से बैठे हुए थे! ज़रा सोच-विचार के बाद हम अपना मरग़ूब-तरीन[2] खेल दुल्हन-दूल्हो खेलने लगे। गेन्दा ने अपनी बदबूदार लाल सुर्ख़ ओढ़नी का लम्बा-सा घूँघट मार लिया और गुड़ी-मुड़ी होकर बैठ गई। मैंने आहिस्ता से घूँघट उठाकर 'दुल्हन' का मुँह देखा। गेन्दा का गोल-मटोल चेहरा ख़ून के एकदम दौड़ जाने की वजह से बीरबहूटी की तरह लाल हो रहा था, आँखों के पपोटे बेचैनी से फड़फड़ा रहे थे और वह बमुश्किल अपनी हँसी को दबाए हुए थी।

''अब हम...गेन्दा भई, अब हम।'' मैंने रश्क[3] से तड़पकर कहा।

''अहा!'' भैया ने टहनियाँ हटाकर हमें देखते हुए कहा, ''ये क्या हो रहा है?''

गेन्दा ने हड़बड़ाकर घूँघट फेंक दिया और सहमकर बैठ गई। हमारे दिल धक-धक करने लगे।

भैया क्या, किसी को भी मालूम हो जाता है कि 'दुल्हन' का खेल खेल रहे थे तो यक़ीनन हम पर मार पड़ती। ये पुरशौक़[4] खेल तो हम हमेशा छुपकर ही खेला करते थे, न जाने क्यों?

''आँ...आँ...'' मैंने इठलाकर कहा, ''हम तो खेल रहे हैं।''

भैया शायद नेकी के दम में थे कि झुकते हुए ख़ुद भी अन्दर आ गए और उकड़ूँ बैठ गए, मगर वह थोड़ी ही देर में घबरा गए।

''ऊँह हूँ। कमबख़्तों यहाँ कैसे बैठी हो?'' उन्होंने अपनी नाक बचाकर कहा।

''और गेन्दा।'' उन्होंने उसके फूले हुए गाल में चुटकी लेकर कहा।

''और तू यहाँ बैठी है। कहता हूँ नत्था से।''

गेन्दा ने अपनी बड़ी-बड़ी भूरी आँखें फाड़कर चारों तरफ़ देखा।

''अरे बाप रे।'' वह अपना मुख़्तसर-सा[5] लहँगा सँभालकर भागने लगी।

---

1. कल्पना, 2. सबसे ज़्यादा मनपसन्द, 3. जलन, 4. मनपसन्द, 5. छोटा सा,

"आँ—गेन्दा तू मत जा।" मैंने उसे पकड़कर मचलते हुए कहा!

"दादा मारेगा फिर।" उसने भैया से डरते हुए कहा।

"नहीं मारेगा! तूने काम तो कर लिया।"

"अच्छा बैठ।" भैया ने नर्मी से गेन्दा को अपने पास घसीटते हुए कहा, "मगर बीबी, तुझे तो ज़रूर पिटवाऊँगा। यहाँ ज़मीन में लोट-लोटकर कपड़े गन्दे कर रही है।"

"कह देना, कह देना। मैं कोई डरती हूँ।" मैंने डरकर कहा और कपड़े झाड़ने लगी।

"गेन्दा...अरी ओ गन्दिया...आ...किधर मर गई।" बहू की आवाज़ गूँजी और गेन्दा भैया से हाथ छुड़ाकर तीर की तरह भागी।

आन की आन में खेल बिगड़ गया। मैं भैया से उलझ पड़ी और करती भी क्या!

"ऐं...ऐं...जाओ यहाँ से।" मैंने मिनमिनाकर कहा।

"भूतनी।" उन्होंने घुटी हुई आवाज़ में दाँत पीसकर कहा और एक धप्प मेरे लगाकर चल दिए।

[2]

"बिधवा काहे को सिंगार करे।" गेन्दा ने फ़ल्सफ़ियाना[6] अन्दाज़ में कहा।

"बिधवा!" मैंने सुर्ख़ ईंट को जिसे मैं सिन्दूर के लिए तैयार करने के लिए पत्थर पर घिस रही थी, कुर्ते से पोंछकर कहा, "बिधवा।"

"हाँ और क्या हम बिधवा हैं।" मुझे ऐसा मालूम हुआ जैसे गेन्दा ने फ़ख़्रिया[7] कहा।

"और हम?" हमने हिर्स[8] की।

"तुम," वह हक़ारत[9] से मुँह बनाने लगी, "तुम तो कन्या हो। ही...ही...ही।" उसने मज़ाक़ उड़ाया।

मेरा दिल बैठ गया। गेन्दा मुझे हमेशा हक़ीर[10] समझती है। 'मैं' मजाल है जो उसकी बराबरी कर जाऊँ। पिछले बैसाख में इसका ब्याह हुआ। सुर्ख़-सुर्ख़ कपड़े पहनाए गए, चमकते हुए चाँदी के ज़ेवर, बिला-शिरकते-ग़ैरे[11] उसकी मिल्कीयत हो गए और वह कई दिन तक झम-झम करती इठलाती फिरी। मैं बेचारी किसी शुमारो-कतार[12] ही में नहीं। टुकुर-टुकुर मुँह देखना और हर्सियाइ[13] बिल्ली की तरह उसके पीछे लगे रहना। कभी उसकी चूड़ियाँ गिनती, कभी उसके घुंघरू सँभालती,

---

6. दार्शनिकों की तरह, 7.गर्व से, 8. लालच, 9. अपमान, 10. तुच्छ, 11. साझे के बिना, 12. गिनती, 13. लालची,

कभी इसका झूठे गोटे का दुपट्टा ज़मीन से लग जाने पर तड़पकर उठा लेती। अम्माँ की ज़्यादती देखो, अगर मैं ज़रा लिहाफ़ का घूँघट निकालकर बैठूँ तो डाँट बताती हैं। ऊँह, आख़िर क्यों?''

''क्यों बिछौने खोंद रही है?'' जैसे लिहाफ़ घूँघट के इस्तेमाल से फट ही तो जाएगा।

''जो ज़रा दुपटिया ओढ़ने को माँगूँ तो झिड़क देती हैं।''

''नहीं कीचड़ में लथेड़ने को ना।''

ये माना कि मैं गेन्दा से छोटी हूँ मगर इतनी नन्ही भी नहीं कि दुल्हन न बन सकूँ। मुझसे कहो, सारी उम्र घूँघट काढ़े बैठी रहूँ। और ज़रा भी जी न घबराए। आख़िर मैं भी तो इनसान हूँ। गेन्दा का मियाँ[14] बरसात में मर गया। सारा घर दिन-रात रोता-पीटता रहा। गेन्दा की तो चूड़ियाँ तोड़ दी गईं और वह भी ख़ूब रोई। ''हा बिचारी गेन्दा'' सब उसको समझाते-बुझाते और प्यार करते और मेरा तो घर में कोई नोटिस भी न लेता। हर बात में यही कि बस अभी बच्ची हूँ, अभी छोटी हूँ। ख़ाक पड़े इस छोटेपन को, आख़िर कब तक छोटी रहूँगी। इतनी तो बड़ी हो गई कि नीली शलवार भी ऊँची हो गई और गुलाबी क़मीज़ भी अब नरो को दे दी गई। एक ज़रा सजने की क़मीज़ थी, वह भी छोटी हो गई। अच्छी-अच्छी चीज़ों के लिए तो मैं 'ढोंगरी' हो जाती हूँ और वैसे मतलब के वक़्त मुझे सब छोटा बना देते हैं। यह अब तक मुझे नहीं मालूम कि मैं छोटी हूँ कि बड़ी। कुछ अजीब उलझन है। ऊँह!

''तुम तो सिंघार नहीं करतीं?'' मैंने बेकार दोहराया।

''जब पति ही मर जाए तो फिर 'किस पर' सिंघार करे।'' गेन्दा ने सूफ़ीयाना लहजा इख़्तियार कर लिया—''माँग का सिन्दूर, हाथ की चूड़ी पति के लिए ही होती है ना?'' उसने सुनी-सुनाई बात को यक़ीन का रंग देने की कोशिश की।

''देख गेन्दा कितना ढेर सारा सिन्दूर बन गया।'' मैंने पिसी हुई ईंट को उँगलियों से समेटते हुए कहा।

गेन्दा सिन्दूर की छोटी-सी ढेरी को एक मुकम्मल बेवा[15] की तरह देखने लगी, लेकिन जल्द ही हम दोनों मुस्कराने लगे।

''तो भाभी से न कहना...अच्छा...आओ।'' उसने आगे सरककर कहा और हम दोनों सिंगार के लिए तैयार हो गए। मैंने एक तजर्बेकार मशशाता[16] की तरह गेन्दा के उलझे हुए बालों को बमुश्किल पानी से चिपकाया और उसमें सिन्दूर भर दिया, अहा!

गेन्दा का चेहरा लाल-लाल हो गया और उसने शर्माकर मुँह ओढ़नी में छुपा लिया और हँसते-हँसते लोट गई।

''अरे-अरे।'' मैंने उसे तंबीह[17] की, ''सब बिगड़ जाएगा, भई हम नहीं।''

---

14. पति, 15. विधवा, 16. वह स्त्री जो दूसरी स्त्रियों का श्रृंगार करती है, 17. चेतावनी,

''लाओ अब तुम्हारे लगाऊँ।'' गेन्दा ने मेरे सर पर पानी चुपड़कर कहा।

''और बिन्दी ?'' मैंने आँखों को झपकाकर कहा।

''हाँ...हाँ...और क्या ?'' उसने इत्मीनान दिलाया।

एक ज़रा-सी देर में हम दोनों सिन्दूर से माँग भर और बिंदियाँ लगा, सर पर ओढ़नी मँढ़कर सलीक़े से एक कोने में बैठ गए और एक दूसरे का मुँह देख-देखकर अपने हुस्न का अन्दाज़ा लगाकर शर्माना ही पड़ा।

सामने से भैया नज़र आए और गेन्दा सुर्ख़ हो गई। हमने जल्दी-जल्दी माथे की बिंदियाँ छुटा डालीं और खिसियानी हँसी हँसने लगे।

भैया मुझे ढकेलकर गेन्दा के पास बैठ गए। वह शर्माने लगी। भैया ने दाँत पीसकर उसके दोनों गालों में चुटकी ली और वह ऊँ-ऊँ करके सिकुड़ गई।

''ऐ है, ये क्या है ?'' भैया ने नफ़रत से पिसी हुई ईंट की ढेरी जूते से बिखेरकर कहा। उनकी उजली क़मीज़ भी ख़राब हो गई। वह उसी पर चढ़ बैठे थे।

''ये तो सिन्दूर है, हमने बनाया है।'' मैंने फ़ख्रिया[13] कहा। भैया उँगलियों से सिन्दूर से खेलने लगे और अपने पैर से गेन्दा का पैर दबाया।

''ला मैं तेरे लगाऊँ।'' भैया ने सिन्दूर लेकर गेन्दा के लगा दिया।

''ऊँ'' और उसने हथेली से सिन्दूर छुटा दिया।

''भइया। गेन्दा तो बिधवा है, वह सिन्दूर कब लगाती है।'' मैंने अपनी क़ाबिलीयत[19] जताई।

''लगाएगी कैसे नहीं चुड़ैल।'' और उन्होंने उसके दोनों हाथ पकड़कर उसे पीछे ढकेला। उसने अपना मुँह छुपा लिया।

''गेन्दा फिर मैं तुझसे बोलूँगा भी नहीं।'' और गेन्दा ने आख़िर को मुँह खोल ही दिया।

''गेन्दा'' भैया ने उसके क़रीब सरककर कहा, ''ब्याह करेगी ?''

''हट।'' और वह शर्मा गई।

मैं भी हिर्स[20] में शर्माने की कोशिश करने लगी। हम दोनों घंटों ब्याह की बातें करके शर्माया करते थे। भैया को तो वह बातें मालूम भी न होंगी जो हमने आपा और नन्ही को करते हुए पलंग के नीचे छुपकर सुनी थीं।

''हट कैसी!'' भैया ने कुहनी का टहोका देकर कहा, ''करेगी ब्याह।''

बहू के छड़ों की झंकार से हम तीनों चौंक पड़े। वह कुएँ पर आ रही थी।

''गेन्दा।'' उसने पुकारा और दूसरे ही लम्हे हमारे सरों पर आ गई।

''अरे राँड, यहाँ बैठी है। चल इस्त्री दहका।'' वह ग़ुर्राई।

गेन्दा जल्दी से कतराकर जाने लगी मगर उसने लपककर उसे जकड़ लिया और बाल पकड़कर दो झटके दिए।

---

18. गर्व से, 19. योग्यता, 20. लोभ,

"और ये माँग-चोटी तूने कैसी करी है?" उसने धौल मारकर कहा। गेन्दा ग़ोता मारकर निकली चली गई। और भैया तड़प उठे।

बहू से मेरे बदन में आग लगती थी। वह जब गेन्दा को मारती, मैं ज़रूर कुछ न कुछ उसका नुक़्सान कर देती। आज भी जैसे ही उसकी आँख बची, मैंने मुट्ठी भर के राख उसके साफ़-सुथरे कलफ़ में झोंक दी और भैया ने शाम को कालरों पर ख़राब इस्त्री करने के क़ुसूर में नत्था के दो झाँपड़ कस-कसकर लगाए।

[3]

"सूँघो" गेन्दा ने अपनी फटी हुई कुर्ती का ग़िरेबान मेरी नाक से लगाकर कहा।

"सूँ...हा! इत्र! कहाँ से आया?" मैंने बिलबिलाकर पूछा।

"भैया!" और वह ज़ोर से खिलखिलाने लगी। मैं भी रश्क[21] को दबाकर हँस दी।

"गेन्दा!" भैया ने बरामदे से पुकारा, "ये कोट इस्त्री के लिए ले जा।" वह मेरी तरफ़ मानीखेज़[22] नज़रों से देखकर मुस्कराती हुई चली।

गेन्दा ऐसे चली जैसे लचकी जा रही हो। मैं जब चलती थी तो धपा-धप जैसे घोड़ा दौड़ रहा हो। मैं तो...ऊँह मेरा जी घबराने लगा और मैं जलकर बाग़ में पानी देने की हौदी में एक लकड़ी उठाकर घँघोलने लगी। सुबह की पीसी हुई ईंट का सिन्दूर अब तक वहीं पड़ा था। भैया ने गेन्दा को तो इत्र लगाया और मेरे लगाना शायद भूल गए। भूल क्यों गए, जानकर ही नहीं लगाया, हालाँकि उनकी सगी बहन हूँ। और गेन्दा...वह तो उनकी कोई भी नहीं। मुझे भैया से नफ़रत हो गई और मैं ज़ोर-ज़ोर से लकड़ी घुमाने लगी।

"हाँ, हाँ, क्या करती हो बीबी।" मेवाराम ने पीछे से आकर कहा।

मैं ग़ौर से मेवा को देखने लगी। मेवा भी तो मेरा कोई नहीं, मैंने सोचा मगर मैं उसके हाथ देखकर उदास हो गई। क्या मजाल जो ये कमबख़्त ज़रा अपने हाथ माँजकर मैल छुड़ाए, हर वक़्त मिट्टी खोदता रहता है, मगर ख़ैर।

"मेवा" मैंने नर्मी से कहा, "ज़रा यहाँ आ।" और मैं ग़ौर से लकड़ी में से बूँदें टपकती हुई देखने लगी।

"क्या?" वह लापरवाही से मुड़ा और टोपी आँखों पर सरकाकर गुद्दी खुजाने लगा।

"ये...ये सिन्दूर मेरे माथे पर लगा दे।" मैंने जुर्अत-आमेज़[23] लहजे में हुक्म दिया।

"ये सिन्दूर है।" वह धे-धे हँसने लगा और चला मुड़कर।

---

21. जलन, 22. अर्थपूर्ण, 23. साहसपूर्ण,

"सुन भई...मैं तो...मेवा...ज़रा ठहरना।" एक नए ख़याल के मातहत[24] मैंने कहा।

"क्या है बीबी?" वह ज़रा मुड़कर बोला।

"मेवा...ब्याह करेगा?" मैंने धड़कते हुए दिल से पूछा।

"ब्याह! मेरा तो ब्याह हो भी गया।" वह खुर्पी का दस्ता पेड़ के तने से ठोंकने लगा।

"कब!" मैंने मुर्दा आवाज़ में कहा।

"अरे राम! मुद्दतें गुजर गईं।" उसने ऐसे कहा जैसे कोई बात ही नहीं।

"अच्छा तो तू बिधवा है!" मैंने फ़ैसला किया।

"अरे नहीं।" वह हँसने लगा। "कौन कोठरिया में मालिन बैठी है।"

"क्या मालिन से तेरा ब्याह हुआ था?" मैंने हैरत से कहा।

"हूँ!" और वह चल दिया।

'अच्छा तो वह बुढ़िया जिसे मैं मेवाराम की माँ समझती थी, उसकी बीबी थी। कैसी अजीब दुनिया है।' मैंने सोचा और फिर हौदी में लकड़ी डालकर ज़ोर से घुमाने लगी। मैंने झुककर अपना ग़िरेबान सूँघा कि शायद वहाँ भी किसी इत्र की ख़ुशबू हो, मगर दूर-दूर कहीं ख़ुशबू का नाम न था। हाँ सुबह जो सालन[25] गिर गया था, अलबत्ता इसकी बिसांध थी! मैं चिढ़ गई।

[4]

ग़ेन्दा चुपके-चुपके भैया के कमरे में तौलिया में लिपटे हुए कपड़े रखने जा रही थी। मेरे दिल में खुदबुदी हुई और दबे पाँव बिल्ली की तरह मैं भी पहुँची और दर्ज़[26] में से झाँकने लगी।

गेन्दा फ़र्श पर बैठी कपड़े गिन-गिनकर अलग कर रही थी। भैया कोने में खड़े सर खुजा रहे थे।

"हट, ग़लत गिन रही है।" भैया ने उसके दोनों हाथ पकड़कर कहा। उसने एक नज़र भैया को देखा और त्योरी पर बल डालकर हँस दी। उन्होंने उसे खींचा तो वह सुकड़कर दरी पे औंधे मुँह लेट गई और किसी तरह न उठी। भैया ने उसकी कमर में जो गुदगुदी की तो तड़प उठी। भैया जो आगे आए तो उसने एक थप्पड़ उनके गाल पर रसीद किया।

तअज्जुब है कि मैं चौंककर नीचे न गिर गई। भैया के थप्पड़? भैया, जिनके ख़ौफ़ से सारा घर लरज़ता है, उनके गेन्दा ने थप्पड़ मार दिया। मैं भागने के लिए तैयार हो गई। मैंने सोचा, अब भैया ने उसका गला घोंटा और अब घोंटा। उन्होंने

24. अधीन, 25. ग्रेवी, 26. दरार,

किचकिचाकर उसके दोनों हाथ पकड़ लिए और अपनी तरफ़ घसीट लिया। मैंने साँस रोक ली...मगर...अरे लो...मैं हैरत और ख़ौफ़[27] के मिले-जुले जज़्बात से मजरूह[28] होकर सरपट भागी और कमरख़ के घने दरख़्त के नीचे आकर दम लिया। मेरा कलेजा बल्लियों उछल रहा था, कानों में जैसे इंजन चल रहा हो, बदन लरज़ रहा था और ज़ुबान ख़ुश्क थी। मैं देर तक इसी तरह डरी बैठी रही। आँखें बन्द करके सोचा और फिर आँखें फाड़-फाड़कर सोचा, मगर ख़ाक जो समझ में आया हो। आख़िर क्यों मेरी समझ में इतनी ढेर-सी बातें नहीं आतीं। ख़ामोश और गर्म दोपहर में मैं निढाल होकर अजीब-अजीब मुअम्मों[29] से लड़ती रही, एक भी तो हल न हुआ। रोना आने लगा जैसे किसी ने मुझे ख़ूब ही तो मारा है।

गेन्दा बरामदे में से लपककर उतरी। मैं समझ गई कि मेरे सवालों का जवाब वही दे सकती है! गेन्दा मुझे कितनी बातें बताती थी।

''क्या हुआ?'' मैंने बेचैनी से पूछा।

''कुछ नहीं।'' वह मक्कारी से इतराई। मगर फ़ौरन ही एक तन्हा गोशे में बैठकर हम दोनों 'अजीब-अजीब' बातें समझने की कोशिश करने लगे। गेन्दा ने उफ़्फ़ोह कितनी बातें बताईं।

''अरे, मगर आख़िर क्यों।'' मैंने सब कुछ सुनकर सोचा।

गेन्दा कलफ़ चढ़ाने चली गई और मैं फिर ऐसी बैठी रह गई गोया रास्ता गुम कर दिया हो।

मैंने चाहा कि छोटी-छोटी कमरख़ें बीनकर हार ही बनाऊँ या फिर इस नाली को पूरा कर लूँ जिसे मैंने कल पानी देने के लिए खोदा था, या फिर एक नज़र बालकमेरी की झाड़ियों के नीचे ही डाल आऊँ। या नहीं तो लाओ यही मालूम करूँ कि 'तीतरनी' ने अंडे देने कहाँ शुरू किए हैं। मगर नहीं मेरा दिल तो किसी बात में न लगा। न जाने क्यों हर खेल से मेरा जी उकता गया था और जी चाहता था कि चुपकी आँखें बन्द किए हुए कोई ख़्वाब देखती रहूँ जिसमें कोई नन्ही-मुन्नी दुल्हन हो। और बस फिर इसी ख़याल की दुनिया में गुम हो जाऊँ। आख़िर क्या करूँ। गेन्दा को देखो! मगर मैं क्या करूँ। मेवा के पाँव की चाप सुनाई दी और मैं जैसे चौंक पड़ी। एक ख़याल, एक उम्मीद की मिटी हुई-सी झलक और मैं ज़मीन पर दोनों हाथों से मुँह ढाँपकर औंधी लेट गई।

''च...च...हा...बीबी ज़मीन पे? उठो, उठो!'' उसने मुझे देखकर कहा।

मुझे ऐसा मालूम हुआ, कोई मुझे उठा रहा है और मैं नहीं उठती। मेरी पीठ में किसी ने गुदगुदी-सी की...मगर ऊँह...

''उठो, नहीं तो कहता हूँ भैया से कि कपड़े मैले कर रही है!'' उसने धमकी दी और वैसा ही लठ का लठ दूर खड़ा रहा।

---

27. आश्चर्य और भय, 28. घायल, 29. पहेलियाँ,

वह निहायत लापरवाही से बाँस की खपच्ची छील रहा था, मगर इस अन्दाज़ से नहीं जैसे भैया सर खुजा रहे थे!

''उठती हो कि सचमुच ही जाकर कह दूँ।'' और वह चला शिकायत करने। ज़रा सोचिए मेरा कैसा जी जला।

''सूअर तू कौन होता है। आँ-अँ।'' मैंने चिनचिनाकर कहा। और एक पत्थर कसके उसके घुटने पर खेंच मारा।

''अरे बाप रे, ठहर तो जाओ कैसा पिटवाता हूँ। दोपहरिया भर घाम में घूमती है और रेता में तो लोटें लगाती है। जो कुछ कहो तो...ठहरो।'' वह सी-सी करता चला।

''ये कमबख़्त मेवाराम सदा का ठस है। क्या मजाल जो मुझसे सीधे मुँह बात कर जावे। बड़ा वही तो है न!'' मैं ऐसी जली कि मोतिया की सारी कलमें जो उसने घंटों की मेहनत के बाद लगाई थीं, एक-एक करके खसोट डालीं। ऐसे इनसान का यही इलाज है। मैंने सोचा और बिसूरती हुई अन्दर भाग गई।

[5]

कौन था जो मुझसे हमदर्दी करता? भैया ने तो कभी मुँह न लगाया। अम्माँ ने कभी ये लाड़ ही न किया। नतीजा ये हुआ कि बला की ज़िद्दी हो गई। तबीअत में जो उलझन पैदा हुई तो सबसे ही बैर बाँध लिया।

बाजी जो अब के आईं तो उन्होंने मुझे अपने साथ ले जाने का इरादा किया क्योंकि मैं दिन भर वाही-तबाही घूमती थी और लड़ती फिरती थी। मुझे गेन्दा के छूटने का बड़ा अफ़्सोस था, मगर सफ़र की ख़ुशी कुछ ऐसी सवार हुई कि सब कुछ भूल गई।

गेन्दा, भैया, मेवा और सारी पुरानी बातें दो साल के अर्से में ख़्वाब हो गईं और जब मैं वापस आई तो दुनिया ही बदल गई थी। भैया देहली भेज दिए गए थे, उनके कमरे में मेहमान ठहरते थे। मेवाराम नमूनिया से मर गया था, क्योंकि उसने अपनी मिट्टी से खेलने की आदत न छोड़ी और सर्दी लग गई। तअज्जुब है कि मैं ख़ुशी और हैरत से बेहोश न हो गई। जब मैंने सुना कि गेन्दा के बच्चा हुआ था, इज़्हारे-मसर्रत[30] पर मुझे डाँटा गया। मैं ख़ाक न समझी कि क्यों? हाँ इतना तो सुना :

''ऐ है, बहुतेरी तो उसने कोशिश की...मगर वह तो...'' आगे मैंने नहीं सुना कि शेख़ानी ने क्या कहा।

''ऐ है, वह तो मारे डालता था। बड़ी आफ़तें उठीं।'' बीबी ने कहा, ''मैंने फ़ौरन उसे देहली चलता किया। पढ़नेवाला बच्चा! ये नीच ज़ात कमीनियाँ शरीफ़ों को यूँ ही...'' और फिर बावुजूद साँस रोक के सुनने के मैं आगे न समझ सकी।

---

30. ख़ुशी दर्शाना,

''गेन्दा का बच्चा।'' मैं बिस्तर पर लेटी, बार-बार दोहराने लगी। मुझे हैरत पे हैरत थी मगर ये बच्चा!...आख़िर क्यों ?

''वह तो अगर सरकार को ख़बर हो जाती तो जाने क्या होता, इसीलिए तो मैंने उसे जल्दी से दफ़आन किया।'' मुझे बीबी की आवाज़ फिर सुनाई दी।

अब मैं समझी, ओहो! मेरी नज़रों के सामने सारी ग़ुजश्ता[31] बातें सिनेमा की तस्वीर की तरह फिर गईं और मेरा दिल बैठने लगा। लेकिन फ़ौरन ही गेन्दा के बच्चे को देखने के लिए मैं बेक़रार हो गई। मेरी आँखों में नन्हा-मुन्ना-सा बच्चा फिरने लगा, जैसा हमने लाहौर जाते वक़्त देखा था, ज़रा सा बच्चा मगर कितना प्यारा। हमारे यहाँ तो कोई भी बच्चा नहीं। कोई बच्चा मेहमान भी नहीं आता। मुझे गेन्दा के बच्चे पर प्यार आने लगा। अँधेरे में मुझे ऐसा महसूस हुआ जैसे किसी के नन्हे-नन्हे हाथ मेरी ठोड़ी और गर्दन पर रेंग रहे हैं। मैं चुपकी लेटी रही, कि वह छोटी-छोटी फ़रिश्तों जैसी उँगलियाँ मेरे हिलने-जुलने से भाग न जाएँ।

रात को ख़्वाब में बच्चे ही बच्चे, सैकड़ों बच्चे, अजीब-अजीब शक्लों के, गेन्दा की शक्ल के, मेरी शक्ल के, भैया की शक्ल के, यहाँ तक मरे हुए मेवाराम की शक्ल के। सैकड़ों बच्चे, कुलबुल करते, कुछ बे बालों के, कुछ बालोंदार, गोल-मटोल सर, ज़रा-ज़रा से हाथ, रेत के बेशुमार[32] जर्रों[33] की तरह सारी कायनात[34] पर बिखरे हुए थे।

सुबह मैं छुपकर गेन्दा के बच्चे को देखने चली ही गई।

[6]

गेन्दा अपनी कोठरी में दरवाज़े की तरफ़ पुश्त[35] किए झुकी हुई कुछ कर रही थी। मेरे पैरों की चाप सुनकर वह चौंक पड़ी और डरकर मुझे देखने लगी और जल्दी से उसने अपने कपड़े समेट लिए। मैंने सामने जाकर देखा तो एक मुख़्तसर-तरीन[36] नीम-बरहना[37] इनसान उसके घुटने पर पड़ा हुआ अपना कुल्हिया-सा मुँह फाड़ रहा था।

''उई कितना मुन्ना-सा है।'' मैंने उसके पास उकड़ूँ बैठते हुए कहा।

गेन्दा कितनी दुबली हो गई थी जैसे लकड़ी। वह कुछ घबराई हुई थी, उसने मेरी तरफ़ से मुँह फेर लिया।

''हाए...जान है तेरा बच्चा तो।'' मैंने ख़ुशी से चीख़कर कहा और ज़मीन पर बैठ गई। जी चाहा गेन्दा और उसके बच्चे को उठा के कलेजे से लगा लूँ। मुझे न जाने क्यों रोना आने लगा।

''ज़रा मुझे दे गेन्दा।'' मैंने हाथ बढ़ाकर कहा। मगर वह ख़ामोश बैठी अपने आँसू पोंछती रही।

---

31. गुज़री हुई, 32. अनगिनत, 33. कणों, 34. ब्रह्मांड, 35. कमर, 36. बहुत छोटा, 37. अधनंगा,

''अरे! रो रही है तू।'' मुझे तो रिक़्क़त[38] आने लगी, ''एक तो इतना गुड्डू बच्चा है और फिर रो रही है। ला मुझे दे।''

वह सर झुकाए मुँह पोंछती रही और बच्चे को छुआ तक नहीं। मैंने चाहा, बच्चे को गोद में ले लूँ। ई...ई वह तो ऐसा गिलगिला जैसे गोश्त की बोटी और किसी तरह न उठा।

''ऊँह गेन्दा, ज़रा उठा दे।'' मैंने अपने पुराने ख़ुशामदाना लहजे में कहा।

गेन्दा ने मुझे ग़ौर से देखा, जैसे वह मेरी आँखों में कुछ तलाश कर रही हो। शायद जो कुछ ढूँढ़ रही थी, उसे मिल गया और उसने ऐसी आसानी से बच्चे को उठा कर मुझे दे दिया कि मैं उसकी मश्शाक़ी[39] पर हैरान रह गई। जैसे रूई का गाला, हल्का-फुल्का दुबला-सा बच्चा।

मैं उसे टाट पर लिये बैठी रही और गेन्दा ने मुझे लाखों-करोड़ों अजीब-अजीब बातें बताईं। किस तरह वह महीनों मारी गई। चौदह-पन्द्रह बरस की गेन्दा ख़ुद भी बहुत-सी बातें नहीं समझती थी, मुझे कैसे बताती। हम दोनों 'क्यों' 'कैसे' और 'अरे' पर आकर रुक जाते।

जब बहू के काला-कलूटा बच्चा हुआ था जो कुछ दिन बाद ही मर गया तो कैसे गाने बजाने हुए थे। बहू को मनों घी और गुड़ ठुँसाया गया और अब जो गेन्दा का इतना गोरा-सा बच्चा हुआ तो कुछ भी नहीं। गेन्दा पीटी और भूखी रखी गई। और मरते-मरते बची, तब ये नन्हा-सा लल्लू आया। लल्लू के पास दो ही कुर्ते थे, ठंड में मरा जाता था, रात भर रोता था। बहू उसे हर वक़्त कोसती थी कि मर जाए तो छुट्टी हो जाए। गेन्दा ने चुपके से लल्लू के पैर में काला डोरा भी बाँध दिया था कि कहीं उसे नज़र न लगे। उसने साफ़-साफ़ एतिराफ़[40] कर लिया कि लल्लू दुनिया में सबसे ज़्यादा प्यारा है और वहाँ मैं भी और भैया भी। भैया के नाम पर उसकी आँखें अपनी पुरानी रौशनी से चमकने लगीं और उनका मुतवातिर[41] ज़िक्र करती रही।

''वह अब छुट्टियों में भी नहीं आते।''

''हाँ अब आएँगे, पारसाल मसूरी चले गए थे!'' मैंने बच्चे की उँगलियाँ गिनते हुए कहा।

''तुम उन्हें चिट्ठी लिखोगी, क्यों बीबी?'' उसने शौक़ से पूछा।

''हाँ...हाँ।'' मैंने ज़ोर से सर हिलाया।

''हाँ तो लिख देना कि लल्लू तुम्हें बहुत-बहुत सलाम कहता है और बहुत ही याद करता है।''

''अच्छा।'' मैंने कहा। हालाँकि लल्लू चूँ भी करना नहीं जानता था।

''और ये भी लिखना कि उसके लिए अबके लाल बनियान लाएँ जैसा बसन्ती का छोटा पहने है।''

---

38. रोना, 39. कुशलता, 40. स्वीकृति, 41. लगातार,

''और...ये कि...'' उसने शौक़ भरी नज़रों से ख़ला[42] में देखते हुए कहा।

''अब की बार छुट्टियों में दो-चार दिन के लिए ज़रूर आना।'' जैसे वह किसी से इल्तिजा[43] कर रही हो और हल्के से हँस दी। वह न जाने क्या बकती रही और मैं लल्लू के बालों से खेलती रही।

''देख...देख गेन्दा, कैसे चचोड़ रहा है...आ...आ।'' मैंने उँगली में गुदगुदी महसूस करते हुए कहा।

''भूखा है।''

गेन्दा शर्मा गई।

''ले भई, नहीं तो रो देगा फिर।''

गेन्दा ने अपने दुबले-पतले हाथों से उसे उठा लिया और थोड़ी ही देर में उसे कलेजे से चिमटा लिया और साड़ी में मुँह छुपा के हँसती रही।

मैं बड़े इश्तियाक़[44] से नन्हे लल्लू के पतले-पतले होंठों को देखती रही और वह लम्बी-लम्बी साँसों से दूध पीता रहा। नन्ही-सी माँ फूहड़पने से उसे सँभाल रही थी!

---

42. शून्य, 43. प्रार्थना, 44. चाह।

शादी

जैसे ही लाल-पीली झंडियों की क़तारें और रंगीन क़ुम्क़ुमे नज़र आने लगे, मैंने ताँगे को रुकवाकर उतरने की तैयारी की।

"अभी तो बहुत दूर है सरकार!" ताँगेवाला घोड़े को चाबुक से सहलाकर बोला।

"रहने दो बस...लो, कितने दाम हुए तुम्हारे!!" मैंने चवन्नी देते हुए कहा।

"गेट तक चलूँ!" वह चवन्नी दबाकर बोला।

"नहीं।"

मैं उतर पड़ी। गधे को ये भी नहीं मालूम था कि राजा कालीचरन के यहाँ ताँगे में आना किस क़दर वैसा है। ज़रा ग़ौर कीजिए तो पता चले कि अगर माँगे की सब मोटरें ऐन मौक़े पर ग़ायब हो जाए और किराए की टैक्सी ढूँढ़े न मिले तो कैसी मुसीबत हो जाती है।

भरे हॉल के सामने टाँगें थरथराने लगीं। ख़ैर से मिस्टर दूबे अपने मख़्सूस क़हक़हे को दबाए हुए इस्तिक़्बाल[1] को मिल गए।

"आप आ गईं? मैं कार ले जाने ही वाला था।"

मैं अपनी जल्दी पर पछताई। ताँगे के झटकों को कोसती आगे बढ़ी। हॉल जगमग-जगमग कर रहा था। फ़र्श पर पैर फिसले जाते थे। आँखों के सामने नन्हे तारे थिरकने लगे। दूर कहीं छुपा-छुपाया अग़ूँ[2] धीमे-धीमे मीठे-मीठे सुरों में बज रहा था। मेरी नातर्जबेकार आँखों के लिए ये अलिफ़ लैला के किसी परिस्तानी[3] सीन से कम न था। मिस्टर दूबे न जाने क्या बड़बड़ाए जा रहे थे। मैं तो नई-नई तराश[4] के जम्परों को तकती, साड़ियों के रिमझिमाते झूम देखती बही चली जा रही थी और दूबे के खटकेदार बेलोच क़हक़हे ज़रा जगा देते थे।

किसी ने मुझे पीछे से खींचा और मैं सलीया को देखते ही घूम पड़ी। उसके पास ही बैठे हुए न जाने कौन साहब जल्दी से उचककर कुर्सी ख़ाली कर गए और मैं बग़ैर शुक्रिया अदा किए बैठ गई। दूबे के क़दम आगे निकल गए, जब उन्हें पता चला कि

---

1. स्वागत, 2. ऑर्गन-बाजा, 3. परियों का, 4. कटाव, डिज़ाइन,

मैं राह में ही टपक गई। ज़रा के ज़रा उनका हाथ सर खुजाने के लिए उठा। मगर फिर वह मेहमानों के रेले को सँभालने के लिए बढ़ गए।

सलीया ने बाद में क़ायदा बनाने का वादा करके मुझे बँटे हुए पत्तों की गड्डी पकड़ाकर खेल शुरू कर दिया। न जाने हम क्या खेल बड़ी तनदिही[5] से खेलने लगे। बस क़हक़हे ज़्यादा लगाने पड़े थे और हाथ कम बनते थे। वही साहब जो कुर्सी देकर पासवाली कुर्सी के हत्थे पर बैठ गए थे, अज़-राहे-करम[6] मुझे बताने लगे थे।

"है है, ये क्या चल रही हैं? ये कट नहीं जाएगा?" वह मेरे हाथ से पत्ता लेकर बोले!

मैं क़तई न समझी कि क्या कट जाएगा और उनकी इस गुस्ताख़ी पर ग़ौर करने लगी जो उन्होंने पत्ता छीनकर की थी।

"आप ये चलिए।" वह मेरे पीछे खड़े होकर बताने लगे।

"भई बताने की नहीं है नूर।"

लेकिन बताने के ख़िलाफ़ जिहाद[7] करनेवाले मेरे लिए ज़बरदस्त मुअम्मा[8] हल कर गए यानी ये कि कुर्सी देनेवाले नूर हैं। कौन नूर? ये मुझे उसी वक़्त मालूम हुआ। टेनिस के बेहतरीन खिलाड़ी आई.सी.एस. के कामयाब रुक्न[9]। सोसायटी की जान, दोस्तों के ठेकेदार और न जाने क्या-क्या अल्लम-ग़ल्लम।

और वह बराबर मेरे पत्ते चलने लगे, मगर इससे पहले कि वह अगला पत्ता पकड़ते, मैंने ख़ुद ही जल्दी से डाल दिया और वह सिर्फ़ मेरी उँगली नोचकर रह गए। सब ज़ोर से हँसे और उन्होंने भी मुआफ़ी माँगी बड़ी मासूमियत से!

उसके बाद हम लोग उससे भी औंधा और दीवाना-सा खेल चन्द गोलियों और एक चौखटे की मदद से खेलने लगे। मिस्टर दूबे मेहमानों को शायद हाँक चुके थे! चूँकि वह भी अपने मख़्सूस क़हक़हे से खेल को और भी पिघला चुके थे!

इस पर मैंने बाद में ग़ौर किया कि सारे हाल में सिवाय नूर के सब ही स्याह डिनर सूट में जकड़े हुए थे। मुझे ये मालूम करके ज़रा भी तअज्जुब न हुआ कि नूर सीधे टेनिस कोर्ट से पकड़कर लाए गए हैं और सफ़ेद पतलून और सब्ज़ क़मीज़ की मुआफ़ी के लिए उनका रैकेट और मफ़लर वग़ैरा सामने ही मेज़ पर रखा हुआ बार-बार मुझे ये सोचने पर मजबूर कर रहा था कि आज सब्ज़ क़मीज़ और सफ़ेद पतलून पहनना लाज़मी क्यों न रखा गया। मैंने पुख़्ता[10] इरादा कर लिया कि अगर अब के शायद नैनीताल जाना हो या मसूरी गई तो सफ़ेद पतलून और सब्ज क़मीज़ शाम को पहनने में क्या हरज होगा।

डिनर इस क़दर दिलचस्प रहा कि जल्दी ही मुझे वह परेशानी जो चाँदी के बोझल चमचों को क़ाबू में लाने में उठानी पड़ रही थी, ग़ायब हो गई।

---

5. तन्मयता, 6. कृपया करके, 7. कोशिश, 8. पहेली, 9. सदस्य, 10. पक्का,

मिस्टर दूबे जो बिल्कुल ही क़रीब बैठे थे, बार-बार गुज़रे हुए खेल के भद्देपन का ज़िक्र करके क़हक़हे छोड़ रहे थे। नूर का भी ज़िक्र आया, वह एक भूरे बालोंवाली हल्की-फुल्की छोकरी से कुछ इन्हिमाक[11] से बातें कर रहे थे कि चाँदी के चमचे मुझे फिर बेडौल, बड़े और बोझिल मालूम होने लगे। मिस्टर दूबे ने चमचे और काँटे से कई-कई बार लोगों को मुतआरिफ़[12] कराया।

''ये मिस्टर सिंघल हैं एमईडी और वह'' आलू की नोक से इशारा करके कहने लगे, ''मिस्टर...आ...वह मुख़्तार।'' मिस्टर मुख़्तार बुत की तरह ख़ामोश। ज़रा पुख़्ता सिन[13] के दराज़[14] क़द इनसान थे। जब हम लोग ताश खेल रहे थे, उस वक़्त भी वह दूर मज़े से टेक लगाए न जाने क्या सोच-सोचकर धुआँ उड़ा रहे थे। उनके लकड़ी के कारोबार का कुछ झगड़ा था। कई दफ़ा[15] मैंने उन्हें अपने गर्दा[16] की तरफ़ बल्कि ख़ुद अपनी तरफ़ देखते देखा। पता नहीं क्यों, वह वैसे ही ग़ैर-दिलचस्प रहे।

''बड़ा शरीफ़ आदमी है बेचारा। तीन-चार जगह ब्योपार चलता है उसका।'' मगर मैं मरऊब[17] न हुई और डिनर के बाद अजीब खेल शुरू हुए। हम दूर होकर खड़े हो गए, यहाँ तक कि राजा साहब मेरे साथी बनाए गए तो वह भी मुस्कराते हुए दायरे में आ गए। हमलोग कुर्सियों पर बैठ गए और हमारे साथी पीछे खड़े हो गए। मिस्टर दूबे अपनी ख़ाली कुर्सी की पुश्त पकड़े अपने मख़्सूस क़हक़हे लगा रहे थे।

''अच्छा सुनिए।'' सलीया ने ताली बजाकर थियेटर के मैनेजर की तरफ़ सबको मुतवज्जेह करके कहा। थोड़ी देर के लिए खेल बिल्कुल उधम में तब्दील हो गया। नूर अपनी कुर्सीवाली भूरे बालोंवाली दुबली हसीना से कुछ झुककर कह रहे थे और उसने हँसकर आहिस्ता से थप्पड़ उठाया, नूर सीधे खड़े हो गए। इस अर्से में मैंने खेल के क़ायदे भी न सुने मगर देखा कि ख़ाली कुर्सीवाला आँख के इशारे से दूसरी कुर्सियों पर बैठी हुई मूर्तियों को बुलाता है। अगर उसके पीछेवाला ज़रा होशियार न हो और ऐन वक़्त में उसे पकड़ न ले तो वह ख़ाली कुर्सी पर नज़र आती है और ख़ूब ग़ुल[18] होता है। थोड़ी देर बाद नूर की भूरे बालोंवाली लड़की दूबे के सामने कुर्सी पर अड़ी बैठी उनके सुरीले क़हक़हे सुन रही थी। मैंने एक गहरी साँस ली।

''भई सबको ख़ाली कुर्सी की तरफ़ मुतवज्जेह रहना चाहिए।'' नूर ने कहा और अपनी स्याह[19] पलकों को झपकाया। नूर ने आहिस्ता से बाई आँख के कोने को दबाया। और उससे क़ब्ल[20] कि सलीया उठे, उसके ज़बरदस्त साथी ने उसे जकड़ लिया। सब फिर ख़ामोश बैठ गए। नूर ने फिर इशारा किया, लेकिन शायद मुझे। मैंने नीचे पड़े हुए कालीन के नक़्शो-निगार[21] को घूरना शुरू किया!

नूर बोले, ''मिस्टर दूबे ये खेल क़ानून के ख़िलाफ़ है कि ख़ाली कुर्सी पर कोई...'' राजा साहब तो जैसे सो रहे थे! वह शायद बिल्कुल ही खेल को समझने

---

11. तन्मयता, 12. परिचित, 13. पक्की उम्र, 14. लम्बे क़द के, 15. कई बार, 16. ग्रुप, 17. प्रभावित, 18. शोर, 19. काली, 20. पहले, 21. फूल-पत्तों,

की कोशिश न कर रहे थे। और जब मैं उठकर नूर की कुर्सी पर बैठी तो वैसे ही क़रीब वाली कुर्सी पर बैठी हुई लेडी डॉक्टर से अपनी बहू की बीमारी पर पुर-ज़ोर मुबाहसा[22] कर रहे थे। मैं खेल के ख़िलाफ़, मगर शरीक[23] ही रही!

थोड़ी देर में खेल में जान पड़ गई। मिस्टर मुख़्तार की कुर्सी ख़ाली हुई और तालियों, क़हक़हों ने कान फाड़ दिए। उनका चेहरा सुर्ख़ हो रहा था।

"मुख़्तार साहब! बुरी ख़ाली हुई...ये तो...क़ी ही-ही।" दूबे हँसे।

सब जैसे मुख़्तार साहब को छेड़ने पर तुले, कोई अपना साथी देने को तैयार न था।

"ना साहब।" एक मोटे से इंजीनियर साहब अपनी कुर्सी को ख़ाली होने से रोकते हुए बोले, "मुख़्तार इसकी दोस्ती नहीं।"

और जैसे ही मैं उठने लगी, नूर ने झपटकर पकड़ लिया!

"ओ हो, आप समझीं मैं सो रहा हूँ...खूब।" मैं ख़ामोश बैठ गई। भूरे बालवाली से बातें करने की कुछ तलाफ़ी हो गई।

"मुआफ़ कीजिएगा, गुस्ताख़ी मगर आप अभी नहीं जा सकतीं...जब मेरी बारी थी तब तो गोया आप देख ही नहीं रही थीं..." नूर फिर मुझे पकड़कर बोले।

मैं और नूर थोड़ी ही देर में बातें करने लगे। उसने बताया कि नीली यानी उसी भूरे बालोंवाली लड़की ने बताया कि मैं भी टेनिस खेलती हूँ। मैंने उनकी टेनिस की दावत बिल्कुल बेख़बरी में क़ुबूल कर ली। चूँकि मैं बड़े ग़ौर से ये सोच रही थी कि वह शायद नीली से मेरे ही मुतअल्लिक़[24] पूछते रहे होंगे!

नीली से मिलने के बाद मालूम हुआ कि वह किस क़दर रौशन दिमाग़ हैं। उसने मुझे दूबे के यहाँ टेनिस खेलते देखा था।

रात भर मैं दावतों, सब्ज़ क़मीज़ों और टेनिस के उलझे-सुलझे ख़्वाब देखती रही। शाम को नूर ख़ुद कार लेकर आ गए। मैं डेढ़ घंटे से तैयार बैठी थी। मैं शायद ज़िन्दगी में बेहतरीन खेल खेली। कम-अज़-कम नूर का तो यही ख़याल था।

नूर ने बक़ायदा एक टेनिस क्लब क़ायम कर दिया। सलीया और दो-चार बेफ़िक्रे[25] मेम्बर बने। बड़ी तगड़ी फ़ीस रखी गई, मगर अदा करने की नौबत ही नहीं आई। चन्द ही रोज़ में सारे मेम्बरों को रोग लगने शुरू हो गए। सलीया को सख़्त ज़ुकाम हो गया। एक दूसरे साहब को ज़रूरी कामों की भरमार रहने लगी, मगर हम दोनों जी छोड़कर खेलते...रोज़ रोज़ खेलते और महीनों खेलते रहे।

नूर किस क़दर दिलचस्प इनसान साबित हुए। हम घंटों बकवास करते और ज़रा जी न उकताता। उन्होंने कुछ ख़ूबसूरत और कारामद किताबें दीं। उनके तुहफ़ों

---

22. बहस, 23. शामिल, 24. बारे में, 25. जिसको दुनिया की कोई फ़िक्र न हो,

से जी घबरा गया। मेरी कई तस्वीरें उनके यहाँ बड़ी की हुई रखी थीं लेकिन बच्चों की तरह छुपाई हुई और जब मैंने देख लीं तो बातें बनाने लगे।

मिस्टर दूबे किस क़दर शौक़ीन तबीअत थे। उन्हें अपनी शादी का दिन मनाने का जुनून था और ऊपर से हुआ बेटा। ज़बर्दस्त दावत दे डाली और सलीया को पहले ही से लेने को भेज दिया। मैंने शाम को नूर के साथ टेनिस का पुख़्ता वादा किया था। आज वह आठ दिन बाद दौरे से जब चिढ़े हुए लौटे और ये मालूम हुआ कि मैं दूबे के यहाँ हूँ तो तनतनाते आए।

"आप अपने वादे तो ख़ूब याद रखती हैं।" वह कड़वा मुँह बनाकर बोले।

"अरे सलीया इधर...ये रही तुम्हारी सहेली।" दूबे मेरा कन्धा हिलाकर चिल्लाए और बात काट दी। और सलीया मुझे बेवक़ूफ़ों वाला चोखटेवाला खेल खिलाने ले गई। मुझे मौक़ा भी न मिला कि नूर साहब का मिज़ाज तो पूछूँ!

"तुम नीली से तो मिली हो?" मैंने चौखटे में गोली घुमाकर कहा।

"कौन...नीली पीटर? हाँ, बेवक़ूफ़ है वह।" सलीया गोली ताक़ती हुई बोली।

"क्यों, क्या की उसने बेवक़ूफ़ी?" मैंने पूछा!

"अरे जैसे तुम्हें कुछ मालूम नहीं...ये नूर साहब..." वह हकला गई। क्योंकि नूर जेबों में हाथ डाले सर पर सवार थे और तीखी चितवन से घूर रहे थे! हम चुप होकर खेलने लगे।

"अगर आप घर जाना चाहें तो कार हाज़िर है।" नूर ने रूठे अन्दाज़ से कहा।

"ज़रूर बशर्ते कि आप पहुँचा आएँ।" मैंने हँसी रोककर कहा। उनकी रूठी हुई शकल और भी दिलचस्प हो जाती थी। हम ख़ामोश रवाना हो गए। नूर उसी तरह मुँह फुलाए बैठे रहे!

"बहुत ग़ुस्सा है आज आपको।" मैंने उनको बग़ैर देखे कहा, यूँ ही छेड़ने को।

"क्या कह रही थी सलीया?" वह सख़्ती से बोले।

"कुछ नहीं आप आ गए...और वह..." नूर ने एक लम्बी साँस ली।

उन्होंने मुझे ख़ुद ही बताया कि उन्हें इस ज़िक्र से कैसी नफ़रत थी। नीली से उन्होंने कभी कोई ग़रज़ न रखनी चाही, मगर जाने क्यों पीछे लगी हुई थी।

और ये...ये इस क़िस्म की बातें ही उनकी शान में बड़ी कोफ़्त होती हैं!

"मगर इसमें बच्चों की तरह चिढ़ने की क्या बात है। आप लड़की तो हैं नहीं जिसके लिए किसी दूसरे का पसन्द करना भी मोटी सी गाली हो।"

"हूँ।" उन्होंने तंज़ीया होंठ सिकोड़कर कहा, "अच्छा छोड़ोगी भी इस क़िस्से को?" वह एकदम उकताकर बोले।

"कल शाम को कहाँ तशरीफ़ ले जाने का इरादा है? अगर तकलीफ़ न हो तो...ख़ैर वह मैच तो पूरा करना ही है।"

"वही जिसमें आप हार रहे थे?" मैंने पूछा।

"हूँ, हार रहा था।"

" और क्या? गोया आप भूल गए। आप इतवार को हार ही तो रहे थे।"

"कौन-सी इतवार?" वह शरारत से मुस्कराए।

"वही जिस दिन मिस्टर मुख़्तार के यहाँ गए थे।"

"होगी बाबा, छोड़ दो।" मिस्टर मुख़्तार के ज़िक्र से तो नूर के तन-बदन में आग लग जाती थी। उन्होंने किसी दूर-दराज़ के रिश्तेदार से कुछ शादी के सिलसिले में मुझे भी शरीक किया था।

"अच्छा आदमी है बिचारा।"

"बहुत।" ता'न से बोले।

"काफ़ी शानदार पार्टी थी।" मैंने फिर कहा।

"बहुत।" वह दाँत भींचकर हँसे।

"बहुत अच्छा टेस्ट है मकान के बारे में।"

"भूत!!!" नूर ने जैसे मुझे काटने के लिए मुँह फाड़कर कहा।

थोड़ी देर ख़ामोश रहने के बाद नूर ने सरमायादारों[26] को उलटी-सीधी सुनानी शुरू कीं। अगर उनके पास रुपया होता तो वह कभी भी गवर्नमेंट की ग़ुलामी न करते और घर बैठकर क़ौम की कुछ ग़ुलामी करते। मैंने तिजारत[27] के लिए कहा तो बहुत तमस्ख़र[28] उड़ाने के लिए हँसी को रोका और झुककर दूर स्याही[29] को ग़ौर से घूरने लगे।

मैंने नूर को लुभाने के लिए कभी भड़कीले कपड़ों वग़ैरा को अहमीयत न दी थी। मुझे जब से मालूम हुआ था कि वह सफ़ेद स्याह कपड़ों पर जान छिड़कते हैं। मैंने रेशमी कपड़ों को पहनना बिल्कुल ही छोड़ दिया था! मेरे हाथों में सिर्फ़ स्याह चूड़ियों का एक लच्छा था। बातों के दरमियान कभी-कभी मैं एक चूड़ी दानिस्ताँ[30] तोड़कर उसके टुकड़े करके फेंकती जाती थी।

"ऊँह, क्यों तोड़ती हो?" उन्होंने ताज़ा चूड़ी तोड़ने पर मुझसे टुकड़े छीनकर कहा।

मैंने बातों के जोश में फिर चूड़ी तोड़ी।

"फिर! मैं कहता हूँ, अबके चूड़ी तोड़ी तो सब एक दम तोड़ डालूँगा।"

ये कहकर उन्होंने ज़ोर से मेरा हाथ दबाया। चटचट बहुत-सी चूड़ियाँ टूट गईं।

"अरे...भई मुझे क्या मालूम था। मैं यूँ ही ज़रा पकड़ उठा।" उन्होंने हाथ पकड़कर कहा और फिर छोड़ दिया।

"ज़रा एक काम तो करो।" उन्होंने थोड़ी देर बाद कहा।

"ज़रा...भई सिगरेट तो निकालकर जला दो। इधर है इधर।" वह ठोड़ी से दाहिनी जेब बताकर कहने लगे।

---

26. पूँजीपतियों, 27. व्यापार, 28. मज़ाक़, 29. अँधेरे, 30. जान-बूझकर,

झुककर सिगरेट केस तक पहुँचने में बिल्कुल आड़ा होना पड़ा। मेरा चेहरा झुककर उनके इतना पास आ गया कि गर्म-गर्म साँस बिल्कुल कान के पास महसूस हुई...वह और झुके मगर रुक गए।

"निकाल भी चुको।" वह झुँझलाकर बोले। वह बेतरह अपना होंठ चबाने लगे। टेनिस खेलने में गेन्द मिस करके उनकी यही हालत होती थी।

मैंने सिगरेट दी, जिसे उन्होंने आहिस्ता से लबों में पकड़ लिया। उनकी क़ुर्बत[31], कपड़ों की मख़्सूस[32] ख़ुशबू, सिगरेट की भीनी-भीनी महक, ख़ामोशी में मिल जुलकर मुझे नींद-सी आने लगी। मोटर आहिस्ता-आहिस्ता थिरकती सरसराती तैर रही थी। रफ़्तार इतनी बतदरीज[33] कम हो गई कि मुझे कार के रुकने का पता भी न चला। उन्होंने झुककर मेरी तरफ़ की खिड़की खोली तो उनका सर बिल्कुल मेरी नाक के पास आ गया और एक दफ़ा तो मैं उनके बाजुओं के हल्क़े[34] में आ गई। उनका हाथ एक लम्हे को रुक गया...मगर साथ-साथ खिड़की खुल गई और मैं बाहर थी...वह फिर होंठ चबा रहे थे!

जब बिस्तर पर लेटी तो जिस्म टूट रहा था। एक अजीब मसर्रत[35] दिलो-दिमाग़ पर छाई हुई थी...राजा साहब के पोते की सालगिरह से लेकर आज तक के वाक़िआत सिनेमा की तस्वीरों की तरह बार-बार नाच रहे थे! उस दिन उन्होंने अदब से कुर्सी ख़ाली करके मुझे जगह दे दी...और भी थे हज़ारों। इस दिन मुख़्तार कहाँ थे ?...बेवक़ूफ़ों की तरह धुआँ उड़ा रहे थे और फ़र्नीचर का तख़्मीना[36] लगा रहे थे। मुझे नीली का ख़याल आया, ग़रीब लड़की। मुझे उस पर रहम आया। बेरुख़ी तो देखो, मिले तक नहीं उससे। नीली को मुझसे तो जलने का कोई हक़ नहीं। मैंने तो नहीं कहा कि तुम उससे न मिलो। उसकी आदत ही अजीब है। कितने महीने हो गए मैंने उन्हें किसी लड़की से मिलते-जुलते नहीं देखा।

मुझे फुरैरी आ गई, जब मैंने सोचा कि कैसा लगता होगा। जब जिसे चाहो वह किसी दूसरे से मुहब्बत करने लगे। मैंने इरादा कर लिया कि नीली से उन्हें मिलने पर मजबूर किया करूँगी। उसके कुछ तो जख़्म भर जाएँगे। और सच कहती हूँ इसमें ग़ुरूर का शाइबा[37] भी न था।

मुझे यक़ीन था कि वह इस दफ़ा दिल्ली से ज़रूर अँगूठी ले आए होंगे। यक़ीनन उसमें सब्ज़ रंग होगा, जिसके चारों तरफ़ हीरे झिलमिला रहे होंगे। अँधेरे में मुझे अपने बाएँ हाथ की छुँगली के पास की उँगली तो नज़र न आई, लेकिन हीरों का हल्क़ा जिसके बीच में सब्ज़ रंग दमक रहा था, आँखों के सामने चक्कर खाने लगा। कुछ अजीब नीम-ख्वाबी की-सी कैफ़ियत थी। धुँधली-धुँधली तस्वीर आँखों के

31. क़रीबी, 32. विशेष, 33. धीरे-धीरे, 34. घेरे में, 35. ख़ुशी, 36. अनुमान, 37. थोड़ा-बहुत घमंड,

सामने फेरे लगा रही थी। उनका सर अब भी मुझे बिल्कुल क़रीब, तकिये के पास झुका महसूस हो रहा था। और एकदम से जैसे मैं एक ख़ूबसूरत आरास्ता[38] घर में इंतिज़ामे-ख़ानादारी[39] में मुनहमिक[40] नौकरों को अहकामात[41] देती नज़र आने लगी। उसी चहल-पहल और पुरनूर फ़िज़ा में एक नन्हा-सा बच्चा, जिसके बाल बिल्कुल नूर की तरह घूमे हुए और घने थे, वैसे ही भरे हुए ख़ुशरंग होंठ मुझे अपने पास बहुत क़रीब महसूस हुआ और मैं सोचने लगी कि ये खिलौना बड़ा होकर सब्ज़ क़मीज़ और सफ़ेद पतलून पहनकर कितनी अच्छी टेनिस खेलेगा।

शाम को ज़रा देर तक इन्तिज़ार करने के बाद नूर न आए। मैंने चाहा, कुछ देर अख़बार ही देख लूँ, या स्वेटर बुनूँ, मगर रुआँसी हो गई और जी न लगा कि इतने में नूर की मोटर का हॉर्न आहिस्ता से बजा। सन्न से जैसे किसी ने सर से पैर तक बिजली लगा दी...वही सब्ज़ क़मीज़ और सफ़ेद पतलून पहने, गले में मफ़लर झूलता, बड़ी शान से रेकेट हिलाते जनाब दाख़िल हुए और आते ही बेढंगों की तरह कुर्सी पर लेट गए।

"इजाज़त है?" वह लेटे-लेटे जूता खोलने का इरादा करके कहने लगे।

"नहीं।" मैंने रोब से कहा।

"अरे भई, ये क्यों!" वह तअज्जुब से भवें चढ़ाकर बोले।

"यूँ कि..." मैंने नीचे बैठकर उनके जूते खोल दिए।

वह आहिस्ता से उठकर बैठ गए, जैसे किसी ने कहीं उनके चोट मार दी हो। ग़ौर से मुझे कुछ देर देखते रहे, फिर मेरी मुस्कराहट और खिसियानेपन पर ख़ुद हँस पड़े। उनकी आँखों से सच्ची उल्फ़त[42] टपक रही थी। वह अँगड़ाई लेकर पूरी कुर्सी पर फैल गए।

"अरे...मेरा सूटकेस..." उन्होंने चौंककर कहा।

"कैसा सूटकेस?" मैंने पूछा। लेकिन फ़ौरन ही मुझे दरवाज़े के पास नज़र आ गया। मेरा दिल बल्लियों उछलने लगा। क्या होगा इसमें? मेरे तख़य्युल[43] की फुर्तीली आँखों ने उसमें रखी हुई ज़रीन[44] साड़ियों की तहों में आँख मिचौली खेलना शुरू की।

लेकिन बग़ैर अब्बाजान और घरवालों की राय के मैं... ख़ैर, चीज़ें लेने में तो इनकार न था...मगर मेरी मुँदी आँखों ने सूटकेस खुलने के बाद उसमें एक ख़ूबसूरत मर्दाना नाइट सूट और दो एक उलटी-सीधी चीज़ें देखकर हट जाना मुनासिब समझा और क्या करती।

"क्या आप कहीं जा रहे हैं?" मैंने पूछा।

वह ज़रा हैरान होकर मुझे देखने लगे, फिर हँस दिए। मैं भी हँस दी। बोले, "हाँ

---

38. सजे हुए, 39. गृहस्थी के कामों, 40. तन्मय, 41. आदेश, 42. प्रेम, 43. कल्पना, 44. सुनहरी,

एक बेवक़ूफ़ के यहाँ।'' और फिर हँसे, ''तुम बच्चा ही हो।''

उन्होंने कपड़ा हटाकर एक क़ीमती घड़ी निकालकर मेरी कलाई पर बाँध दी।

''आप आख़िर।'' मैंने ज़रा हुज्जत[45] की।

''तुम मेरी हो।'' उन्होंने ख़ुदमुख़्तारी[46] से कहा। उनकी ये अदा मुझे बहुत पसन्द थी। ''बोलो ?''

''मगर अब्बाजान को लिखिए।'' मैंने उनके बाज़ू थाम के कहा।

''अरे!'' जैसे वह उछल पड़े।

''बग़ैर उनकी मर्ज़ी के शादी कैसे हो सकती है ?'' मैंने घड़ी से खेलते हुए कहा। वह सोच में पड़ गए। मुझे बहुत दिल में हँसी आई। अक़्लमन्द कहीं के। इसमें सोच और फ़िक्र की आख़िर क्या बात थी। चाहे अब्बाजान उन्हें दिल से पसन्द न करें।

''आप लिखिए ना, वह मान जाएँगे।'' मैंने फ़ौरन 'ना' लगाकर फिर ज़ोर देकर कहा, ''वह इनकार नहीं कर सकते।''

''इनकार!'' वह बिल्कुल ही चौंक गए!

''मगर उनकी मर्ज़ी बग़ैर शादी!''

''शादी ?'' उनके घुटे गले से निकला और मैं चकराई, ''शादी का कौन बेवक़ूफ़ ज़िक्र कर रहा है।''

''फिर...फिर...'' मेरे पैर काँप रहे थे!

''फिर...फिर...'' वह हँसे, ''ज़िन्दगी...ज़िन्दगी...तुम जाहिल हो...''

''और...और।'' मेरी ज़ुबान तालू से चिमटने लगी!

''शादी!'' वह हँसे! ''ये बेवक़ूफ़ी तो मैं कर भी चुका!''

मैं मुजस्सम[47] सवाल बनकर रह गई। वह ख़ुद ही बोले।

''डेढ़ महीना हुआ...मजबूरन...नीली से...'' वह उदासी से हँसे!

और फिर पुराना महल गिरता है। बुढ़िया अपने बर्तन भाँड़े उठा ले। अड़ा-अड़ा-अड़ा-धम्म।

मेरे तख़य्युल का बेबुनियाद[48] घरौंदा ढेर हो गया। एकदम फक से। सारी बिजलियाँ बुझ गईं और उस मकरूह अँधेरे में मुझे एक नन्हे-से बच्चे की ख़ामोश चीख़ें सुनाई दीं, जिसमें बाल और होंठ बारीकी की वजह से साफ़ नज़र न आते थे!

अब इन स्याह बदसूरत बच्चों की गूडी में...मुझे अक्सर वही नन्हा सा घने-घूमे हुए बालों और भरे हुए ख़ुशरंग छींटोंवाला बच्चा अपने से बहुत क़रीब महसूस होता, मगर मुख़्तार साहब को ये क्या मालूम।

---

45. बहस, 46. मन की मौज, 47. साक्षात, 48. निराधार।

जवानी

जब लोहे के चने चब चुके तो ख़ुदा-ख़ुदा करके जवानी बुख़ार की तरह चढ़नी शुरू हुई...रग-रग से बहती आग का दरिया उमड़ पड़ा। अल्हड़ चाल, नशे में ग़र्क़, शबाब[1] में मस्त मगर उसके साथ-साथ कुल पैजामे इतने छोटे हो गए कि बालिश्त-बालिश्त भर नेफ़ा डालने पर भी उटंगे ही रहे। ख़ैर इसका तो एक बेहतरीन इलाज है कि कन्धे ज़रा आगे ढलकाकर ज़रा-सा घूँघटों में झोल दिया जाए। हाँ ज़रा चाल कँगारू से मिलने लगेगी।

बाल हैं कि क़ाबू में नहीं, लटें फिसली पड़ती हैं। बाल बहे जाते हैं और माँग ? माँग तो ग़ायब। अगर अम्माँ आठवें रोज़ कड़वा तेल छोड़कर मेंढियाँ[2] न बाँधें तो ज़िन्दगी अजीरन[3] हो जाए। गो मुँह बेकंगूरों के तबाक़[4] की तरह मुंडा-मुंडा लगने लगता है, पर बालों से तो जान छूट जाती है, जैसे किसी ने सर घोंट के बालों के जाल ही से निजात दिला दी। न जाने ये मेमें फूले-फूले बाल गर्दन पर छोड़ के कैसे जीती हैं। और पाँव, पाँव तो जैसे ककड़ी। क्या जल्दी-जल्दी बढ़ रहा है। अगर इसी रफ़्तार[5] से बढ़ा तो सिल बराबर हो जाएगा। अँगूठा जैसे कछुवे का सर।

और भी थीं बहुत-सी बातें जो अकेले में बैठकर जन्नू को सुनाईं। आईने में नाक देख के तो बस क़ै आने लगती, ये डबल निगोड़ा जैसे खूँटा। शज्जू की शादी हुई तो ये बड़ी-सी नथनी पहनी थी उसने। क्या बड़ी सी नाक है, गुड़िया जैसी और जन्नू के घुँघटे पर तो नथनी भी शर्मा जाएगी। जब उसकी शादी होगी तो ?

"बिजली गिरे ऐसी नाक पर।" उसने सोचा!

इस ईद पर शबराती भैया आए थे। कैसे ग़ौर से उसका मुँह तक रहे थे।

भला उन्होंने काहे को ऐसी नाक कहीं देखी होगी। जन्नू ने जल्दी से कुछ पूछने के बहाने नाक ओढ़नी से छुपा ली। शबराती भैया झेंप गए, समझे होंगे बिगड़ जाएगी ये!

ऐ काश वह सुलोचना होती, या माधुरी या कज्जन सही! अल्लाह मियाँ का इसमें क्या जाता। कुछ टोटा तो आ न जाता उनके ख़ज़ाने में। अगर ज़रा वह गोरी

---

1. जवानी, 2. बालों की लटों की चोटियाँ करना, 3. परेशानी भरी, 4. थाल, 5. गति,

ही होती और कामचोर कारीगर ज़रा ध्यान से उसे ढंग का बनाते तो क्या हाथ सड़ जाते उनके ?

वह आँखें बन्द करके बहुत-से फ़रिश्तों को खटाखट इनसानी पैकर[6] गढ़ते देख रही थी। काश वह गढ़ी जा रही थी तो फ़रिश्तों की बग़ल[7] में फोड़ा न निकला होता। बाबू के जब फोड़ा निकला तो डेढ़ महीने की खाट पकड़ी थी और खुर्पियाँ तक न हिलाई थीं।

उसका ख़याल माँ की तरफ़ भटक गया। खपरैल में न जाने दिन में कै घंटे ऐंडती। पिछले चन्द महीनों से उसका पेट निहायत ख़ौफ़नाक चाल से बढ़ रहा था। वह ख़ूब जानती थी कि ये फूलना ख़ाली अज़-इल्लत[8] नहीं। जब कभी माँ पर ये बवाल छा जाता है, एक आध बहन या भाई रात भर रें-रें करने और उसके कूल्हे पर रोने को आन मौजूद होता है।

मक्खियाँ बस दोपहर को सताती हैं। इस कान से उड़ाओ दूसरे पर आन मरें। वहाँ से उड़ीं तो नाक में तनतनाएँ। वहाँ से नोचा तो आँख के कोने में घुस जाती हैं। दो घड़ी भी न होगी कि दुपट्टे के छेद में से यलग़ार[9] बोल दिया और ऊपर से माँ डकराई। "मौत पड़े तेरे सोने पर, उठ, शबराती को रोटी दे।"

गर्दन पर से मैल की बत्तियाँ छुटाती छींके की तरफ़ चली। बाहर पत्थर पर शबराती भैया लाल चारख़ाने का अँगोछा फींच रहे थे। छपाछप से मैली-मैली बूँदें उछलकर उनकी अधमिची आँखों और उलझे हुए बालों पर पड़ रही थीं। वह रोटी रख के पास ही घुटने पर ठोड़ी रख के ग़ौर से उन्हें देखती रही...उनके सीने पर कितने बाल थे, घुटे हुए पसीने में डूबे—"जी ना घबराता होगा।" वह सोचने लगी, "कैसी खुजली पड़ती होगी।" उनके कसे हुए डँड़ और रानों की मछलियाँ हर छपाके के साथ उछलती थीं।

शबराती भैया अँगोछा टट्टी पर फैलाकर रोटी के बड़े-बड़े निवाले साग की कमी का गिला करते हुए निगलने लगे।

"पानी" उन्होंने सूखी रोटी के निवाले को गले में जकड़ते हुए कहा और जन्नू ने घबराकर उन्हें कटोरी पकड़ा दी।

"जल्दी से खा लो—कटोरी माँज के यहीं धर देना। हमें कुट्टी करने को पड़ी है।" वह ग़ुरूर[10] से एहकाम[11] सादिर करती उठी।

"हम कर देंगे कुट्टी" शबराती रोटी के किनारे खाते हुए बोला।

"तुम खेत जाओगे।" वह चलने लगी।

"खेत भी जाएँगे।" वह ग़ुरूर से एक अमीक़[12] डकार लेकर बोला।

---

6. शरीर, 7. काँख, 8. बिना दोष का, 9. हल्ला, 10. घमंड, 11. हुक्म, 12. लम्बी,

"ऊँहुँक, रहने दो।" वह चली।

"कहते हैं तुझसे कुट्टी नहीं होगी। वैसे ही कोई चोट-चपेट आ जाएगी।" शबराती ने प्यार से डाँटा।

शबराती को क्या, उनके आने से पहले वह कुट्टी किया करती थी कि नहीं। ऐसी भी क्या चोट-चपेट, छप्परे जाकर उसने रूपा और चन्दन को प्यार से दो चार घूँसे लगाए और उन्हें कोने में चुप-चाप खड़े रहने की ताकीद करके ख़ुद कुट्टी के गट्ठे को बिचोरकर गड्डियाँ बनाने लगी।

"हटो, हम कुट्टी करें।" शबराती ने फिर डकार लेकर चने के साग का मज़ा लेना शुरू किया।

वह इतराकर गँड़ासा सँभालकर बैठ गई, गोया उसने सुना ही नहीं।

"तुझसे एक दफ़ा कहो तो सुनती ही नहीं...ला इधर गँड़ासा।" वह गँड़ासा छीनने लगा।

"नहीं।" वह बनने लगी और कुट्टी शुरू कर दी।

"तो ले अब।" वह अपनी फुकनी जैसी मोटी-मोटी उँगलियाँ गँड़ासे के नीचे बिछाकर बोले,"लियो करो कुट्टी मार देओ।"

"हटाओ...कि हम सच्ची मार दें..." वह गँड़ासा तोलकर बोली, जैसे सचमुच मार ही तो देती।

"मार, तेरे कलेजे में बूता हो तो मार, देख।"

और जो मार ही देती कचर-कचर सारी उँगलियाँ पिस जातीं। ये क्या बात थी, कोई ज़बरदस्ती थी उनकी।

"अब मारती क्यों नहीं!" शबराती भैया ने आँखें झुकाईं...और उनका मूँछोंवाला मोटा-सा होंठ दूर तक फैल गया। गँड़ासा छीन लिया गया।

...और जन्नो खिसिया गई। न जाने उसके सख़्त और खुरदुरे हाथों को इस वक़्त क्या हो गया...किस क़दर छोटे और नर्म मालूम देने लगे।

उसे मालूम हो गया कि सीने पर पसीने में डूबे हुए घने बालों से क्यों नहीं घबराता और फुकनी जैसी उँगलियाँ कैसी फुर्तीली होती हैं।

जन्नो का बस चलता तो वह उनके भूखे कुत्तों को अपनी बोटियाँ भी खिला देती मगर कितना खाते थे उसके ज़रा-ज़रा से बहन-भाई। वह मोटी रोटी ख़्वाह कितनी ही जली और अध-कचरी क्यों न हो, चुटकियों में हज़्म कर जाते। क्या ऐसा भी कोई दिन होगा जब उसे रोटी न थोपनी पड़े...रात भर माँ आटा पीसती और उस भद्दी औरत से हो ही क्या सकता है। साल में 365 दिन में किसी न किसी बच्चे को पेट में लिये, कूल्हे पर लादे या दूध पिलाते गुज़रती...माँ क्या थी एक ख़ज़ाना थी जो

कम ही न होता था। कितने ही कीड़े उसने नालियों में कुश्ती लड़ने और ग़लाज़त[13] फैलाने के लिए तैयार कर लिए थे, पर वैसी ही ढेर का ढेर रखी थी।

आख़िर वह दिन भी आ गया जब कि रात के ठीक बारह बजे माँ ने भैंस की तरह डकराना शुरू किया। मुहल्ले की कुल मुअज़्ज़िज़[14] बीबियाँ ठीकरे और हाँड़ियों में बदबूदार चीज़ें लेकर इधर से उधर दौड़ने लगीं, मोटी दुहर को बछड़े की रस्सी की मदद से खपरैल के कोने में तानकर माँ लिटा दी गई। बच्चों ने मिनमिनाना शुरू किया और हर आनेवाले से बड़ा बच्चा पछाड़ें खाकर गिरने लगा। बापू ने सब को अजीब-अजीब रिश्ता क़ायम करने की धमकी देकर कोने में ठूँस दिया और ख़ुद माँ को निहायत पेचदार गालियाँ देने लगा, जिनका मफ़्हूम[15] जन्नो किसी तरह न समझ सकी। शबराती भैया दो-एक गालियाँ जोवन वग़ैरा को देकर भैंसोंवाले छप्पर में जा पड़े, पर जन्नो माँ की चिंघाड़ें सुनती रही। उसका कलेजा हिला जाता था, मालूम होता था कोई माँ को काटे डाल रहा है। औरतें न जाने उस पर्दे के पीछे उसके संग क्या बेजा हरकत कर रही थीं। जन्नो को ऐसा मालूम हो रहा था कि जैसे माँ का सारा दुख वही उठा रही है। गो माँ ही चीख़ रही है और एक नामालूम दुख की थकन से वह वाक़ई रोने लगी।

सुबह को वह एक सुर्ख़[16] गोश्त के लोथड़े को गूदड़ में रखा देखकर क़तई फ़ैसला न कर सकी कि इस मुसीबत और दुख का माक़ूल सिला[17] है या नहीं जो माँ ने गुज़श्ता-शब[18] झेला था। पता नहीं माँ ने दूसरी ग़लाज़त के साथ-साथ चीलों को खाने के लिए कूड़े के ढेर पर रखने के बजाय उसे कलेजे से क्यों लगा रखा था।

जाड़ों में भैंसों के गोबर की सड़ाँध बची-खुची साँस की बू के दरमियान[19] फटे हुए गूदड़ में इस सिरे से उस सिरे तक ज्यों के त्यों लौट जाते। फटी हुई रूई के गुट्ठल और पुरानी बोरियाँ जिस्म के क़रीब घसीटकर एक-दूसरे में घुसना शुरू कर देते ताकि कुछ तो सर्दी दबे। इस बेसरो-सामानी[20] में भी क्या मजाल जो बच्चे निचले बैठें। रसूलन हँगुआ की टाँगें घसीटती और नत्थू मोती के कूल्हे में काट खाता। और कुछ नहीं तो शबराती ही घसीटकर इतनी गुदगुदी करता कि साँस फूल जाती। वह तो जब माँ गालियाँ देती तब ज़रा सोते। रात को वह अफ़रातफ़री पड़ती कि किसी का सर तो किसी का पैर, किसी को अपने जिस्म का होश न रहता। पैर कहीं तो सर कहीं, बा'ज़ वक़्त अपना जिस्म पहचानना दुश्वार हो जाता। रात को किसी की लात या घूसे से चोट खाकर या वैसे ही इतने जिस्मों की बदबू से उकताकर अगर कोई बच्चा चूँ भी करता तो माँ डायन की तरह आँखें निकालकर चीख़तीं और फ़रियादी बिसूरकर रह जाता और जन्नो तो सबसे बड़ी थी।

मगर जन्नो को ख़ूब मालूम हो गया कि सीने पर कितने ही बाल हों और बग़ल

---

13. गन्दगी, 14. प्रतिष्ठित, 15. मतलब, 16. लाल, 17. मेहनत का मेहनताना, 18. पिछली रात, 19. बीच में, 20. निस्सहायता,

में से कैसी ही सड़ाँध आए जी बिल्कुल नहीं घबराता। मोरी का कीड़ा कीचड़ में क्या मज़े से लोटता है और उसमें बात ही ऐसी क्या थी।

जब दोपहर को माँ बच्चे को जन्नो को देकर दाई से पेट मलवाने कोठरी में चली जाती या अपनी सहेलियों से कोई निहायत ही पोशीदा[21] बात करती होती तो वह भैया को गोद में लिटाकर जाने क्या सोचा करती, वह उसका छोटा सा मुँह चूमती। मगर उसका जी मतलाने लगता। पिलपिला, पिलपिला सड़े हुए दूध की बू। वह सोचने लगती कि कब वह छह फ़ीट ऊँचा, चौड़े बाजुओंवाला जवान बन चुकेगा...और फिर वह उसकी छोटी-छोटी मूँछों और फुकनी जैसी मोटी-मोटी उँगलियों का तसव्वुर[22] करती। उसे यक़ीन न आता कि कभी यही गिलगिला लकड़ी का खम्भा बन जाएगा।

कुएँ पर नहाते हुए नीम-बरह्ना[23] गुंडों को देखकर वह अपने अधमरे भाइयों पर तरस खाने लगती काश यही बढ़ जाते, इतना खाते हैं फिर भी कचरिया-सा पेट फूल जाता है। और वह भी सुबह को ख़ाली।

मुहर्रम पर शबराती भैया अपने घर चले गए, रात को बच्चे पहली ही धुतकार में सो जाते। पर जन्नो पड़ी-पड़ी जागा करती...वह सरक-सरक के किसी बच्चे से बे-इख़्तियार[24] होकर लिपट जाती।

"शबराती भैया कब तक आएँगे अम्माँ?" उसने एक दिन पूछा माँ से।

"बैसाख में उसका ब्याह है। अब वह ससुराल ही रहेगा।" माँ गेहूँ फटकती हुई बोली।

"अरे," उसे किस क़दर हैरत हुई। घसीटे चाचा के ब्याह में बस क्या बताया जाए, क्या मज़ा आया था। रात भर गाना और ढोल, सुर्ख़ टोल की दुपटिया वह किस शान से आठ दिन तक ओढ़े फिरी थी। जभी तो शबराती भैया ने उसके क्या ज़ोर से चुटकी भर ली थी, वह घंटों रोई थी। वह फिर सोचने लगी कि ब्याह में वह कौन-सा कुर्ता पहनेगी। लाल ओढ़नी तो वैसे ही धरी थी, पर ब्याह तो अभी दूर था।

पर न जाने उसे क्या हो गया था। वैसे तो कुछ नहीं पर जी था कि लोटा जाता था। अगर पिछवाड़े इमली का पेड़ न होता तो वह फिर भूखी ही मर जाती। कैसा जी भारी-भारी रहता...माँ उसके झोंटे पकड़-पकड़कर हिलाती। पर हर वक़्त नींद थी कि सवार रहती...पानी भरने में उसे कई दफ़ा चक्कर आ गया। और एक दफ़ा तो वह गिर ही पड़ी दहलीज़ पर।

जन्नो की कमर लचक जाती है। अपना पीला चेहरा देखकर तो वह ख़ुद डर

---

21. गुप्त, 22. कल्पना, 23. आधे-नंगे, 24. व्याकुल

जाती, वह यक़ीनन मरनेवाली हो रही थी। कुबड़ी बुढ़िया मरी थी तो कई दिन पहले धड़ाम से मोरी में गिरी और बस घिसटा ही करती थी।

"अरी ये तुझे हो क्या गया है राँड?" माँ ने उसे माँदा[25] देखकर पूछ ही लिया और वह उसे बेतरह टटोलने लगी। जन्नो के बहुत गुदगुदी हुई।

"हरामज़ादी! ये किसका है?" उसने उसकी चोटी ऐंठकर कहा।

"क्या?" जन्नो ने डरकर पूछा।

"अरे...यही...तेरी करतूत...बच्चा बनी जाती है...मुर्दार, हरामख़ोर।" उसने जन्नो को इतना मारा कि ढाई सेर घी फेंकने पर भी न मारा होगा और ख़ुद अपना सर कूट डाला।

"अरी मुर्देख़ोर बता तो आख़िर कुछ!" वह थककर जन्नो को फिर पीटने लगी और फिर उसने न जाने क्या-क्या पूछ डाला। वहाँ था ही क्या।

रात को उसने अपने बाप की गालियाँ और मार डालने की धमकी सुनकर ज़ोर से घुटने पेट में अड़ा लिए और खाट पर औंधी हो गई...पर उसे बड़ी हैरत हुई कि वह साथ-साथ शबराती भैया को क्या गँड़ासे से काट डालने की धमकी दे रहे थे। बैसाख में तो उनका ब्याह होनेवाला था, जिसमें वह सुर्ख़ दुपट्टा ओढ़कर...उसका गला भर आया।

---

25. निढाल

डायन

हामिद ने जो क़मीज़ सन्दूक़ से निकाली, उसके बटन टूटे हुए थे। किसी में आधा बटन लटक रहा था, किसी में पौन और बाक़ी एक सिरे से ग़ायब। जी जलकर ख़ाक हो गया, बेइख़्तियार[1] जी चाहा कि जाकर धोबन को कस-कस के ऐसी ठोकरें मारे कि बस याद ही करे। मगर क्लब का वक़्त क़रीब था, दूसरे सिर्फ़ धोबन को ठोंकने के लिए उसके घर इतनी दूर जाना महज़ हिमाक़त[2] थी। सामने उसकी तन्दुरुस्त बीवी रफ़ीक़ा सोने के लिए तैयार पलंग पर चढ़ी लेटी थी। उसने सोचा, लाओ ख़ुद ही टाँक लूँ, ये बस दो ही तो बटन हैं, गिरेबान में और...एक कफ़ में। मगर अरे! तीरे पर से तो ज़रा मसक गया था कपड़ा। आख़िर, हक़्क़े-शौहर[3] भी कोई चीज़ है, क्यों न रज़िया ही को तकलीफ़ दी जाए, लिहाज़ा उसने पुकारा।

"रज़िया...ए रज़िया, ज़रा उठो तो।"

"क्या है भई।" रज़िया ठिनककर बोली।

"अरे भई ज़रा...ये देखो धोबन चुड़ैल सारे बटन तोड़ लाई, यानी ये भी कोई बात है कि एक बटन भी नहीं छोड़ती। उठो ज़रा बटन लगा दो और हाँ ये तीरे के पास ज़रा मसक गई है, ज़रा उसे भी सी दो।"

"अच्छा सी देती हूँ।" रज़िया ने करवट बदलकर फिर सोने के लिए कुंडली मार ली।

"तो फिर उठो ना। भई मुझे क्लब जाना है।" वह उसका कन्धा हिलाने लगा।

"अम्माँ जान से कहिए ना, वह सी देंगी। अब इस वक़्त मेरे पास सूई धागा भी तो नहीं।" यह कहकर वह मक्खियों से बचने के लिए दुपट्टे में छुप गई।

अम्माँ जान का नाम सुनकर हामिद का मुँह इतना-सा निकल आया। भला ये भी कोई इंसाफ़ है, दुनिया जहान की बीवियाँ अपने मियाँओं की क़मीज़ों में बटन टाँकती हैं, आख़िर रज़िया कौन-सी निराली है जो बटन भी न टाँक सके। आख़िर हर काम के लिए वह अम्माँ जान से क्यों कहे। आख़िर बीवी रखने का फिर फ़ायदा ही क्या जब कि हर काम अम्माँ जान वक़्त से पहले ही करके रख देती हैं। और जो ज़रा-सा काम करने को कहो, रज़िया पर सुस्ती सवार हो जाती है, वह ज़रा-सा मुँह

---

1. सहसा, 2. बेवक़ूफ़ी, 3. पति का अधिकार,

फुलाकर बोला, ''नहीं, बस हर काम अम्माँ जान से करा लो। आख़िर क्यों? और जो तुम करोगी तो क्या हो जाएगा?''

''अब मैं ज़रा सो रही हूँ।'' वह प्यार से बोली।

हामिद जानता था कि जब रज़िया सुस्ती करने लगे तो बस उसका एक इलाज है और वह ये कि गुदगुदियाँ, फ़ौरन नींद-वींद भाग जाती थी। चुनाँचे उसने क़मीज़ को तो कुर्सी पर डाला और बस!

''उठो...उठो...बस फिर उठो!''

रज़िया हँसी से बेताब होकर लोट गई।

''अच्छा...ही...ही...आह...अच्छा तो छोड़िए तो।'' वह मुर्ग़े-बिस्मिल[4] की तरह तड़पकर बोली।

''छोड़िए नहीं...बस सीधी तरह उठो।'' वह भी हँसते हुए बोला। अम्माँ जान बरामदे में अस्र[5] की नमाज़ पढ़ रही थीं। बटनों का क़िस्सा सुनकर वह जल्दी-जल्दी सलाम फेर चपटी सलीम शाही जूती पैरों में घसीटती हुई लपककर आईं। नमाज़ के बाद दुआ के बोल अब तक उनके होंठों पर मँडरा रहे थे और दुपट्टा ढाटे की तरह ठोड़ी पर कसा हुआ था।

''लाओ बेटा, मैं टाँक दूँ बटन...मैंने तो इसीलिए कई दफ़ा कहा कि बेटी जैसे ही धोबन कपड़े लाया करे, मुझे दे दिया कर, टक-सिल के दुरुस्त करके रख दिया करूँ मगर भूल जाती है। ला कहाँ है क़मीज़?''

हामिद खिसियाना हो गया। बोला, ''रहने दीजिए। आप क्यों तकलीफ़ करें। आख़िर रज़िया जो...।''

''ऊई बच्चे इसमें तकलीफ़ काहे की, अब मैं ही टाँक दूँगी तो क्या मुए हाथ घिस जाएँगे मेरे? और बेटा। मेरी तो आदत ही है तुम्हारे ससुर को अल्लाह बख़्शे कभी शिकायत न हुई। जैसे ही धोबन आती बस मैं सब कपड़े-लत्ते लेकर बैठ जाती और सब ठीक-ठाक कर पैवन्द पारे से दुरुस्त कर उनके बक्स में रख देती...ये रज़िया...भई अभी कमसिन है ना।''

बस हामिद के पैरों से आग लगी तो सर पर ही जाकर शायद बुझी हो, किलस कर रह गया। रज़िया को कमसिन समझने में न जाने बड़ी बी को क्या मज़ा आता था। अपने चार बरस के नवासे को तो वह नज़रअन्दाज़ ही कर जाया करती थीं। ख़ैर हामिद मुँह लटकाए नहाने चला गया। जब वह वापस आया तो उसने दूर से ही रज़िया को पुकारा!

''रज़्ज़ो! ...बटन टाँक दिए...लाओ क़मीज़...''

''हाँ बेटा लो...रज़िया ज़रा ग़ुस्लख़ाने[6] गई है। और कोई कपड़ा हो तो दे दो...ठीक कर दूँ।''

---

4. घायल पक्षी, 5. दिन के तीसरे पहर की नमाज़, 6. स्नान गृह,

हामिद न जाने क्यों चिढ़ गया। गो जिस काम को वह ज़बान से निकालता, बड़ी बी लपककर कर देतीं। फिर भी उसे ज़िद थी कि करे तो रज़िया ही करे। जब बन-ठनकर वह क्लब जाने लगा तो रज़िया ही को पुकारा। बड़े प्यार से पुकारा।

"रज़्ज़ो एक अच्छा-सा पान तो ला दो।"

"हाँ हाँ, अभी लो बेटा।" और अम्माँ जान के दो सूखे हाथों ने झट-पट एक अधमरी, जी हाँ, अधमरी-सी। चूँकि सूखे-सूखे हाथों से तरोताज़ा-सी गलौरी भी कुछ यूँ ही-सी मालूम होती है, हाँ तो जल्दी से गलौरी पेश कर दी।

हामिद ने एक ठंडी साँस भरी। जब से उसकी शादी हुई थी, वह इन्हीं सूखे झरकट हाथों की बनाई हुई गलौरियाँ खाया करता था। ख़ैर उसने जैसे इतने दिन सब्र किया और कुछ दिन करेगा। आख़िर कभी तो ये सूखे मारे हाथ तपिश पाकर आराम की नींद सोएँगे। और फिर? फिर वह मोटे-मोटे सफ़ेद हाथों की बनाई तरोताज़ा गलौरियाँ खाया करेगा। उस आनेवाले ख़ुशगवार वक़्त के ख़याल से ही वह मुस्करा उठा। उसने उन मोटे सफ़ेद हाथों की मलिका की तरफ़ अजीब अंदाज़ से देखा, जो मक्खियों से बचने के लिए दुपट्टे में छुपी हुई थी। उसने आहिस्ता से दूर ही से कहा, "ख़ुदा हाफ़िज़ रज़्ज़ो।"

"जीते रहो बेटा।" चहेती सास ने जवाब दिया और पानों की साफ़ी से नाख़ून पोंछने लगीं।

हामिद चिढ़ गया, ऊँह वह तो रज़्ज़ो से। ख़ैर वह चला।

"मुनीर दूल्हा।" उसकी सास ने पुकारा।

हामिद का जी चाहा, टेनिस का रैकेट किसी के ज़ोर से कस के मारे और बच्चों की तरह ज़मीन पर मचलकर ख़ूब लोटे। आख़िर बड़ी बी उसे छेड़ने पर क्यों तुली थीं, काश वह अब उसे मुनीर दूल्हा न कहा करतीं। दूल्हा बनता है इनसान दो एक रोज़ के लिए वह भी मारे बाँधे से। और यहाँ छह साल शादी को हो गए और अम्माँ जान के शायराना-तख़य्युल[7] में उसकी हैसियत 'दूल्हा' ही जैसी थी। लफ़्ज़[8] दूल्हा उसे अपनी इस मस्ख़री तस्वीर को सामने ला खड़ा कर देता था जिससे उसे चिढ़ थी। ज़फ़र, महमूद, अफ़ज़ल सब ही की शादियाँ हुई थीं पर उनमें से कोई भी दूल्हा नहीं कहलाता था। वह सब उसे छेड़ने को अक्सर दूल्हा मियाँ कहकर ठट्ठे मारा करते। अगर दुनिया में दूल्हा कहनेवाली सासों का वुजूद इस क़दर ज़रूरी था तो फिर ख़ुदा ने इस क़दर शरीर दोस्त ही कम-अज़-कम[9] पैदा नहीं किए होते। ख़ैर वह आहिस्ता से बग़ैर मुड़े बोला, "जी।"

"मियाँ रात को ज़रा जल्दी आ जाया करो। बच्ची अकेली पड़ी-पड़ी दहला करती है।"

"नौ बजे से पहले ही आ जाता हूँ। ऊँह!" वह दूर ही से बोला।

---

7. शायरों जैसी कल्पना, 8. शब्द, 9. कम-से-कम

"हाँ...आँ, यह मैं कब कहती हूँ। मगर मियाँ आख़िर को बच्ची है। अकेले ढंढार घर...मैं चूल्हे के पास लगी रहती हूँ। (रिक़्क़त की धमकी देकर) तुम जानो तुम्हारी बीवी है। मुझे अपनी ममता।" आगे वह कुछ न बोलीं। हामिद मुँह फुला के चला गया! अगर इसकी बीवी अपनी मासूम आँखों से उसे एक बार देखकर झूठ-मूठ ही को कह देती तो वह क्लब-व्लब पर लात मारकर आज तो ज़रूर ही घर में बैठता मगर अब तो उसे जाना ही था।

न जाने हामिद को क्या हो गया था, बेवक़ूफ़ इनसान न जाने क्या समझता था, बिल्कुल दिमाग़ ही चल गया था जैसे, आख़िर बड़ी बी से चिढ़ने की उसे क्या मार थी। वह उसकी और उसके घर की देखभाल ऐसे करती थीं कि बस क्या कोई दूसरा करेगा। वक़्त पर खाना, चाय, हर चीज़ अपनी जगह क़रीने से, हर काम ठीक...फिर ? फिर आख़िर वजह इस तरह मुँह सुजाने की ? आख़िर अम्माँ जान से बढ़कर उसका और उसकी बीवी का कोई हमदर्द था। रज़िया अभी नातजर्बेकार थी पर वह ज़माने का रंग-ढंग देखे हुए थीं। वह जानती थीं कि आजकल के शोख़ तबीअत लड़के सीधी-सादी लड़कियों के बूते में नहीं होते। उन्हें तो चटाख़-पटाख़ और शोख़ लड़कियाँ ही क़ाबू में रख सकती हैं। वह रज़िया को बाक़ायदा फ़ैशन के मुताबिक़ बनाए सँवारे रखतीं। घर का सारा कामकाज ख़ुद करतीं कि कहीं मैली-कुचैली लहसुन-प्याज़ में बसी हुई बीवी को देखकर हामिद 'बिदकने' न लगे। उन्होंने उसे बाल-बच्चों के झगड़े से भी आज़ाद रखा। वह उसे महसूस ही न होने देती थीं कि वह एक बच्चे की माँ बन चुकी है। वह बच्चे को अपने ही पास रखतीं कि कहीं उसके रोने-धोने से हामिद घबरा न उठे। बच्चे औरत का हुस्न लूट लेते हैं और उसमें शौहर को लुभानेवाला जादू नहीं रहता।

हामिद जब क्लब से लौटा तो वह जान-बूझकर देर से आया। वह दिखा देना चाहता था कि वह बड़ी बी से क़तई नहीं दबता और किस आज़ादी से उनकी अदूले-हुक्मी[10] कर सकता है। वह दिल में ठानकर आया था कि आज अगर अम्माँ जान ने कोई ज़रा-सी भी बात उसे जलाने को कही तो बस टूट पड़ेगा। मगर जब कमरे में दाख़िल हुआ तो उसकी नज़र रज़िया पर पड़ी। वह सुरमई रंग की साड़ी में रेशमी बिल्ली की तरह कुर्सी में गेन्द बनी पड़ी थी। वह बेसाख़्ता[11] मुस्करा उठा और लड़ाई का ख़याल एक सिरे से उसके दिमाग़ से निकल गया। वह उसके क़रीब ही बैठ गया और बड़े सिपाहियाना अन्दाज़ में इधर-उधर की बातें करने लगा।

10. आज्ञा पालन न करना, 11. सहसा,

"ओह...रज़्ज़ो आज बिशन चन्द्र को बुरी तरह मारा। यक़ीन मानो! ज़रा ये देखो...ये मोच आ गई आज हाथ में!"

रज़िया कुलबुलाकर उठने लगी। "ऐ है, ये कैसे? लाइए आयोडेक्स मल दूँ।"

"ओहो...ये क़िस्मत और हमारी।" वह अपनी दुखती हुई कलाई को मोड़ने की कोशिश करते हुए हसरत से बोला, "गोया ये भी ख़ुशक़िस्मतों ही को नसीब होता है कि उनकी कलाइयों में मोच आए और उनकी हसीन बीवियाँ आयोडेक्स मलें।"

रज़िया हँस दी।

"अब इतराइए मत!...लाइए कहाँ है आपकी अटैची...उसी में होगा आयोडेक्स।"

"ओयोडेक्स बाद में मलना, ज़रा पहले मेरे पास आओ...इधर मेरे पास—उठो ज़रा क़रीब आओ...आओ तो...ओ हो...आज बस...और हाँ तुमने मेरी पसन्द की सुरमई साड़ी पहन ही ली?" वह इत्मीनान की साँस लेकर बोला।

"हटिए भी।" वह शर्माने-सी लगी।

"और...आओ मगर!" वह एकदम से चुप हो गया, जैसे ठोकर खाकर औंधे मुँह गिर पड़ा।

"क्यों...आख़िर क्या?" वह क़रीब आकर बोली।

"रज़िया...ये जम्पर...ये ऊदा जम्पर..." वह जज़्बात से मग़लूब[12] होकर हकलाया।

"ये ऊदा[13] है? वाह सब्ज़[14] है ये तो।" रज़िया बोली।

"गहरा सब्ज़ हो गया। मगर वह सुर्ख़ जम्पर क्यों न पहना...वह जो मैं लाया था।"

हामिद ऐसे बोला गोया ये कोई अहम ही मरहला[15] है जिसे वह तय करके रहेगा।

रज़िया मासूमियत से बोली, "अम्माँ ने कहा कि ये कलेजी-फेफड़ा बुरा लगता है। सब्ज़ ख़ूब खिलता है सुरमई साड़ी पर...और..."

"और वह चूड़ियाँ...नीली...?"

"वह रखी हैं...अम्माँ जान ने कहा पुराने फ़ैशन की हैं। अबके मनिहारी[16] आए तो उससे बदल लेना, वह आई नहीं अभी तक। मैंने ये दूसरी डाल लीं।"

"क्यों आख़िर उन चूड़ियों में भी बुराई पैदा हो गई।"

"बुराई क्यों पैदा हो जाती।" वह ज़रा उदास थी, "ये नए फ़ैशन की हैं।"

हामिद अम्माँ जान के नादिरशाही[17] हुकमों को सुनकर पस्त[18] हो गया। उसका दौड़ता हुआ ख़ून जैसे सोने लगा, उसके हाथ ढीले पड़ गए, नथुने हिलने लगे और गले में सूखी-सूखी गोलियाँ-सी अटकने लगीं। ये हत्क[19] थी उसके लाए हुए मुहब्बत के तुह्फ़ों की। भला उसकी पसन्द और कलेजी-फेफड़ा। भला वह चूड़ियाँ

---

12. भावनाओं के बीच, 13. मैरून, 14. हरा, 15. ज़रूरी बात, समस्या, 16. चूड़ी बेचनेवाली औरत, 17. वह हुक्म जिसे टाला न जा सके, 18. हार गया, 19. अपमान,

लाए और पुराने फ़ैशन की, ये अक़्ल में न आनेवाली बात है, भला हो कैसे सकता है। ये सब हामिद को जलाने के लिए साज़िश की गई है। वह समझ गया और रंजीदा[20] होकर बोला, "नई-वज़अ[21] या पुरानी वज़अ...मेरी लाई हुई कोई चीज़ भी तुम्हें पसन्द आई है। कभी मेरी पसन्द का भी ख़याल किया तुमने। कभी मेरी पसन्द का भी कपड़ा पहना? कि बस जो चीज़ है औरों की पसन्द की, जो काम है औरों की मर्ज़ी के मुताबिक़ है। मैंने माना कि इस घर में मेरी हुकूमत नहीं, अम्माँ जान की हुकूमत चलती है, मगर मैं भी तो आख़िर कोई चीज़ हूँ। इतने दिन शादी को हो गए, यही पता नहीं चलता कि ये घर है या सराय[22]। जो चीज़ है औरों के हाथ में, यहाँ तक कि बीवी भी।"

अम्माँ जान घंटों रज़िया को लेक्चर पिलाती थीं, घंटों ज़माने की ऊँच-नीच समझाती थीं, मगर वह उसके मुँह में कतरनी[23] जैसी ज़ुबान तो न रख सकती थीं। फिर भी उसने कहा, "अम्माँ जान इतनी मेहनत करती हैं, फिर उनका दिल..."

"उनका दिल! उनका दिल!! गोया मेरे तो दिल नहीं पत्थर का टुकड़ा है सीने में! चाहे जितनी ठोकरें मारो नहीं होता कुछ। तुम मेरी बीवी हो या अम्माँ जान की?"

"आप तो ग़ुस्सा होने लगे। ज़रा देखिए वह किस क़दर मुहब्बत से घर का इन्तिज़ाम करती हैं। अच्छे से अच्छा खाना वक़्त पर...तमाम..."

"तो गोया मुझे अच्छे और वक़्त पर खाने के सिवा और कुछ नहीं चाहिए। मुझे भी घोड़ा समझा है कि वक़्त पर दाना-पानी दे दिया और बस। वाह ख़ूब क्या समझा है तुमने मुझे।"

"मगर वह नम्मो उनसे इस क़दर हिला हुआ है कि हमें तो वह जानता भी नहीं है, उन्हीं को माँ समझता है।"

"ये और भी कमाल है, भैया ये भी कोई ख़ुशी की बात है कि हमारा बच्चा हमें नहीं समझता, ख़ूब।"

"उनकी मुहब्बत और..."

"अरे भई बाज़ आए उनकी मुहब्बत से कि बस बवाले-जान।[24]"

"ये आप..." रज़िया रोने की धमकी देने लगी!

हामिद डरा और दूसरे उसने आनेवाले क़दमों की चाप भी सुन ली थी।

अम्माँ जान आकर प्यार से बोलीं, "ऐ आज खाना नहीं खाया जाएगा।"

"अभी चलते हैं। ज़रा इनके हाथ में चोट लग गई है, आयोडेक्स मल दूँ तो अभी आती हूँ।" रज़िया बोली।

"ऐ है, काहे से।" बड़ी बी चीख़कर बोली।

---

20. उदास-दुखी, 21. ढंग, फ़ैशन, 22. होटल, 23. कैंची, 24. जान की मुसीबत, जान का जंजाल,

''टेनिस खेलने में हाथ मुड़ गया। नन्हे को दी थी डिबिया रखने को।'' रज़िया ने जवाब दिया।

''ऐ निगोड़े टेनिस-पेनिस, ये क्या खेल निकले हैं कि हाथ-पैर सलामत न रहें। जभी तो मैं कहती हूँ मियाँ इन वाहियात[25] खेलों को लात मारो, निगोड़े बेकार। ऐ भाई अपना घर बार है, यहाँ ही शाम को उठो-बैठो। चौसर है, ताश है, वही खेलो।''

बड़ी बी की नसीहत से हामिद रुनक्खा-सा हो गया। अब ज़्यादती पर ही तुल गईं। भला घर में इन अंधी-धुंधी के साथ क्या ताश और चौसर खेलें, पत्ते ये न पहचानें, मेम और ग़ुलाम का फ़र्क़ इन्हें नहीं मालूम। घंटों घूर-घूरकर देखने के बाद भी आज तक ठीक चाल चलकर नहीं दी ख़ुदा की बन्दी ने और ऊपर से। ऊँह, वह दिल ही दिल में घुड़कियाँ देता गया!

''ऐ नन्हे! वह ज़रा डिबिया तो ला!'' रज़िया ने पुकारा।

''कौन-सी डिबिया? वह मरहम की...ऐ मेरे पानदान में है।''

''ऐ नन्हे, ओ नन्हे के बच्चे, कान फूट गए या सो गया चूल्हे पर? चल इधर।''

''क्या है बी?'' नन्हा आटे भरे हाथों से सर खुजाता आया।

''ऐ वह मेरी डिबिया है कि नहीं। वह तो ले आ।''

''कौन-सी डिबिया?''

''ऐ वही पानदान में जो पड़ी है। मैंने उस दिन पलंग के नीचे से उठाकर रख ली थी। मेरी पिटारी में होगी।''

''कौन-सी पिटारी में?''

''ऊई, ऐ पानों की और क्या सोने की पिटारी में। पलंग पर रखी है बरामदे में।''

''कौन-से पलंग पर?''

''ऐ मारे किए तकिया छाँट रहा है कि...लाता है अब डिबिया! ऐ निवाड़ की पलंगड़ी पर मेरी पिटारी रखी है।''

''निवाड़ की पलंग पर'' नन्हे एक हज़ार सवालों के बाद भी कुछ न कुछ समझकर बड़बड़ाता हुआ चला गया। हामिद का जी ख़ुश हो गया कि नन्हे ने अम्माँ जान से उसको सताने का कुछ तो ज़रा-सा बदला तो ले ही लिया। नन्हा हज़ार मुसीबतों के बाद डिबिया लाया तो बड़ी बी आस्तीनें चढ़ाकर आगे बढ़ीं।

''लाओ मियाँ मैं मल दूँ।''

''नहीं रहने दीजिए, कुछ ऐसी ज़्यादा चोट भी नहीं...रज़िया मल देंगी।''

''ऐ नहीं...मैं मल दूँगी। इसमें है ही क्या।''

लाख जतन करके डिबिया खोली। अँधेरे में सुझता नहीं, फिर भी टटोल रही हैं। हामिद भी मुँह फेरकर बैठ गया। उसे क्या ग़रज़ थी जो उनकी मदद करता। ख़ैर

---

25. बेकार,

डिबिया खुली और उन्होंने स्याह[26] मरहम की लुगदी उसकी कलाई पर रखकर घिस्से देने शुरू किए!

आज आयोडेक्स भी हामिद को छेड़ रहा था, कमबख़्त गोंद की तरह चिपका जाता था। ऊपर सूखी उँगलियों की गिरिफ़्त[27], दर्द बजाय घटने के और बढ़ा और बढ़ते-बढ़ते दिलो-दिमाग़ पर फैल गया।

बड़ी बी ने जैसे लोरियाँ देनी शुरू की।

''एक दफ़ा तुम्हारे ससुर को अल्लाह बख़्शे चोट आ गई थी। हाथ सूजकर मोटा हो गया। मैंने झट बी हमसाई से थोड़ी-सी अफ़ीम ले ज़रा से चमेली के तेल में डाल, गर्म मालिश कर दी, ऊपर से सहती-सहती रूई बाँध दी। ऐ लो वह तो तीन दिन में अच्छे-भले हो गए। वैसे सादा तेल भी अच्छा होता है। बात ये है निगोड़ा मरहम है कैसा, सारा चिपटा जा रहा है और लो तो देखो हुक़्क़े की सड़ाँध है। तौबा...थू...'' वह ज़मीन पर थूककर बोलीं।

''ऐ वही, क्या होवे है मरहम और क्या?''

''ये मरहम है या तम्बाकू का क़िवाम? लाहौल-वला-क़ुव्वत।''[28]

''ऐ है, मुझ अंधी को सूझता भी नहीं...मगर शाबाश है मियाँ, ऐनक लगाए हुए हो। माशाअल्लाह से तुम्हें भी दिखाई न दिया कि ये क्या बला है। वाह मियाँ वाह...''

रज़िया हँसने लगी।

''ऐ है ये तम्बाकू...ऊँह...लाइए, आपका हाथ धुला दूँ। तौबा है। बू तो देखिए।''

''ख़ाक धुलाऊँगी...माफ़ करो।'' हामिद हाथ छुड़ाकर पैर पटकता ग़ुस्लख़ाने में चला गया। उस दिन तले हुए गर्म कबाब और मटर पुलाव जिस पर उसकी जान जाती थी, ख़ाक मज़ा न मालूम हुआ। वह उन्हीं बेरहम हाथों का ही तो पक्का हुआ था, जिन्होंने उसकी नफ़ीस कलाई पर बजाय आयोडेक्स के क़िवाम की मालिश की थी। रात को देर तक वह बिछोने पर लोटता रहा, क्योंकि क़िवाम की बू ऐसी बस गई थी कि उसे नींद न आई।

हर माह की पहली तारीख़ को हर शौहर ख़्वाह कितना ही बेहंगम[29] बड़ी तोन्दवाला क्यों न हो, जब तनख़्वाह लेकर आता है तो ऐन-मैन[30] कोहे-क़ाफ़[31] की परी मालूम होता है। बीस तारीख़ से क़र्ज़ पर गुजारनेवाली बीवी का जी चाहता है कि बस उस ख़ज़ाने की कुँजी की बलाएँ लेकर वारी न्यारी हो जाए। और भई बिचारे मियाँ का भी एक यही दिन जोबन और बहार का होता है, वह उस दिन ख़्वाह-मख़्वाह[32] उचककर चलता है, गोया ऊँची एड़ी की गुरगाबी पहने हो। जब हामिद

26. काला, 27. पकड़, 28. शैतान को भगाने की दुआ, 29. भद्दा, 30. बिल्कुल, जैसे 31. एक कल्पित पर्वत जिस पर परियाँ रहती हैं, 32. अकारण,

तनख़्वाह लेकर आया तो रज़िया के पुरसुकून[33] नीम-ग़ुनूदगी[34] के अन्दाज़ में ज़रा हलचल न मची। वह वैसे ही दीवार से तकिया लगाए अपने ख़ूबसूरत शिफ़ान के दुपट्टे की पचरंगी धारियाँ गिनती रही। हामिद ज़रा खड़ा हो गया। उसने रज़िया को जगाने के लिए आख़िर कह ही दिया, ''लो भई रज़्ज़ो हिसाब-किताब कर लो।''

''ऊँह...अ...ख़...ख़ाह...'' उसने लापरवाही से जम्हाई ली।

''और भई बजाज के कितने दाम होंगे? अब उठो भी कि बस...ऊँह।''

''शायद इस दफ़ा तो कम ही होंगे। अम्माँ जान को शायद मालूम हो।''

''और बनिये के?''

''उसके तो शायद...चुका दिए गए और नक़्द आती है जिन्स[35]!''

'ये शायद' और 'हूँ कि' ने हामिद के जोश पर ठंडे पानी का छिड़काव कर दिया।

''शायद, शायद क्या? ठीक बताओ आख़िर?''

''अब मुझे क्या मालूम। अम्माँ जान हिसाब-किताब करती हैं, उन्हीं को बुलाइए। (पुकारकर) ऐ अम्माँ जान! नम्मो को नहला रही हैं, आती होंगी और हिसाब-किताब की क्या ज़रूरत है, दे दीजिए रुपए बचेंगे तो भाग तो न जाएँगे।''

''ऊँह। अजीब बेढंगापन है, हम कहते हैं सब काम क़ायदे से हों, हिसाब ज़रूर लिखा जाएगा। आख़िर?'' हामिद अम्माँ जान के दख़्ल[36] से फिर बड़बड़ाने लगा।

''अम्माँ जान आइए न।'' रज़िया बोली।

''आई बेटी...ज़रा दम तो ले...बच्चे को नहला लूँ।'' अम्माँ जान दूर से चिल्लाईं।

''तुम्हें तो कुछ मालूम नहीं, गोया घर के मामले में कोई दिलचस्पी ही नहीं।'' अम्माँ जान के पैरों की सटर-पटर सुनकर वह चुप हो गया। वह बच्चे को दुपट्टे में लपेटे पानी टपकाती आकर पलंग पर बैठ गईं।

''ऐ...हाँ अब बताओ...क्या है? थक गई...ऐसी शरारत करता है नहाने में कि तौबा भली...हाँ कहो।'' वह उसका सर पोंछती हुई बोलीं।

''जिन्स वग़ैरा के मुतअल्लिक़[37] पूछ रहे हैं।'' रज़िया बेगानों की तरह बोली।

''हाँ...हाँ...तो लिखो, चौदह बजाज के, तीस बनिये के, सात गोटावाले के देने हैं और तीन रुपए उसके तुम्हारे पैजामोंवाले कपड़े के देने बाक़ी हैं। सारे पैजामे फट गए। जहेज़ के पहन रही थी, मैंने कहा अब बना ही डालो और दूध और मक्खनवाले को तो ख़ैर तुम ख़ुद ही दे देते हो, नौ घी के, सात साढ़े सात...''

''ये लीजिए और कुछ, और रज़िया के कपड़े वग़ैरा के लिए और कुछ?'' वह बराहे-रास्त[38] रज़िया से बोलता रहा और इसी को रुपया देता रहा, जो उसने छुए भी नहीं और बड़ी बी हर बात का जवाब देती रहीं। हालाँकि हामिद ने बहुत चाहा कि उनकी मौजूदगी ही को नज़रअंदाज़[39] कर दे। मगर...ख़ैर।

---

33. शान्तिपूर्ण, 34. कच्ची नींद, 35. अनाज आदि, 36. पहुँच, अधिकार, 37. सम्बन्ध में, 38. सीधे, 39. ध्यान न देना,

"हाँ और रज़िया के दुपट्टे भी फट गए हैं। जहेज़ के सारे दुपट्टे झिर-झिर हुए जा रहे हैं। मैंने कहा, अब रोज़-रोज़ ऐसे भारी दुपट्टे कहाँ नसीब होते हैं। एक थान पक्की मलमल का छह रुपए का आएगा। मँगा लो।"

क्यों साहब, अब जहेज़ न हुआ क़ारून का ख़ज़ाना हो गया कि ख़त्म ही होने में नहीं आता और जो ये पन्द्रह-पन्द्रह, बीस-बीस रुपए का कपड़ा छह साल से ख़ुद उसकी तनख़्वाह में से बन रहा है, हामिद का बस चलता तो वह रत्ती भर जहेज़ न लेता। सारी उम्र के तानों से तो निजात[40] मिलती!

"ये लीजिए छह रुपए।" उसने रुपए सामने पटख़ दिए।

"और वह...बुन्दे, मुन्नू मियाँ की दुल्हन पहने थीं फ़रीदा के ब्याह में, वह तुझे भी पसन्द आए थे, वह मँगवा ले रज़िया। कितने के होंगे।" वह रज़िया से बोलीं।

अब अँधेर है कि नहीं। फ़रमाइश भी बजाय बीवी के सास साहिबा के मारिफ़त[41] आने लगी। अगर ऐसा ही था तो ऐ ख़ुदा बीवी दी ही क्यों थी, सास ही काफ़ी थी... वह सोचता रह गया।

बड़ी बी ने जो उसे चुप देखा तो बोलीं, "ऐ है, मैंने तो कहा था कि अब जो मेरा ख़र्चा आएगा तो मैं ख़ुद मँगवा दूँगी। ख़्वाहमख़्वाह क्यों मुनीर दूल्हा को तंग करो। कई महीने से किराए का वह कुछ घपला पड़ गया कि बस क्या बताऊँ, वर्ना मैं ख़ुद..."

हामिद ने मौक़ा पाकर कह ही दिया, "तो हो आइए न चन्द महीने के लिए।"

"कैसे जाऊँ मुनीर दूल्हा, घर सारा औंधा हो जाएगा।"

"घर-बार क्या है? आख़िर रज़िया को घर-बार चलाना ही है। आप सारी उम्र तो इनके पास नहीं रहेंगी।"

"मगर मेरा जी इसे अकेले छोड़ने को नहीं मानता। इसी के मारे अपना घर छोड़े पड़ी हूँ। अल्ताफ़ भैया हाथ जोड़ते हैं कि कुछ दिनों को आ जाऊँ। मुन्नी आपा कहती है कि मेरे यहाँ रहो (ग़ुरूर से) मुझे तो सब हाथों हाथ लेने को तैयार हैं। कोई ये बात नहीं कि मुझे अल्लाह न करे खाने-पीने की कमी हो।"

हामिद को शक हुआ कि कहीं अम्माँ जान को उसके दिल का हाल तो नहीं मालूम हो गया। जी हाँ, वह बड़ी आज़ादी से सोचा करता था कि काश अल्ताफ़ भैया को इन पर ऐसा प्यार आए कि बस पकड़ ही ले जाएँ और मुन्नी आपा को ऐसी मुहब्बत चर्राए कि बस उन्हें कलेजे से ऐसी चिमटाएँ कि क़यामत तक न छोड़ें। फिर? किस क़दर फ़ुज़ूल ख़याल...

...ईं ख़याल अस्त-ओ-मुहाल अस्त[42]। ये कहीं हो भी सकता है कि वह हो और रज़िया और बस।

---

40. छुटकारा, 41. द्वारा, 42. इस बात का होना असम्भव है,

हामिद को ख़ामोश देखकर अम्माँ जान फिर बोलीं, "दूसरे नम्मो मुझसे ऐसा हिल गया है कि घड़ी भर को नहीं छोड़ता।"

"कुछ नहीं। इतना बड़ा हो गया है, उसे बन्दर की तरह चिपकाए रहने की कोई ज़रूरत नहीं। छोड़ जाइए आप उसे, ठीक हो जाएगा।"

उसने फूले गालोंवाले गुस्ताख़[43] इनसान की आँखों में आँखें डालकर कहा और उसने अपना मुन्ना-सा हाथ उठाकर कहा, "हट, हम मार देंगे।"

उस चार बरस के लौठे से हामिद को दिली-बुग़्ज़[44] था। वह अपने बच्चे से सौतन का-सा बैर रखता था। जब देखो जब गोद में लदा हुआ अला-बला खाया करता और जो कभी चुमकारकर भी हामिद उससे नीचे उतरकर खेलने को कहता तो वह अपना मुन्ना-सा ख़ूबसूरत जूता उठाकर उसे मारने की धमकी देता। उसकी इस अदा पर अम्माँ जान तो बस लहलोट थीं। वह उसे चटाख़-चटाख़ चूमतीं और कलेजे से लगा लेतीं और रज़िया भी मुस्कराए बग़ैर न रहती। मगर हामिद जैसे अँगारों पर लोट जाता। उसका जी चाहता था, इस नदीदे बदतमीज़ इनसान को मोटे डंडे से इतना मारे कि ये मोटी-मोटी बद्धियाँ पड़ जाएँ और सब अकड़ना भूल जाए, मगर वह लाचार था।

"तो फिर नम्मो को भी ले जाइए।" रज़िया बोली।

"हाँ मुझे ले जाइए।" वह दाँत भींचकर बोला।

"क्या चाय, चाय लाऊ मुनीर दूल्हा ?" अम्माँ जान ने कुछ न सुनकर कहा। एक तो वैसे ही हामिद ही क्या कम जल रहा था कि और बड़ी बी ने 'गरमियों में गर्म चाय ठंडक पहुँचाती है' की मिसाल सादिक़[45] कर दी। हामिद का जी चाहा कि कह दे, "एक दफ़ा ही मिट्टी का तेल छिड़ककर आग लगा दो ना।" लेकिन चूँकि वह बहुत मुहज़्ज़ब[46] था लिहाज़ा ख़ामोश रहा।

अम्माँ जान बच्चे को झूठ-मूठ दिखावे के लिए हटाकर बोलीं, "ऐ हटना मियाँ, ज़रा मैं चाय बना लाऊँ।"

"आँ...नईं !" वह मिनमिनाकर बोला और हामिद ने मुँह फेर लिया, कहाँ तक दुख सहे जाता।

"नम्मो मियाँ...अम्माँ जान चाय बनाएँगी, मेरे पास आ जाओ।" रज़िया चुमकारकर बोली।

"न...अँ...मैं..." बच्चा और इतराया।

"ऐ बेटे ! मैं चाय बनाऊँगी तो क्या तुम्हें लादे रहूँगी गोद में, अपनी माँ के पास जाओ।"

"हाँ...हुँक ...हुँक..." नम्मो इठलाया, "तुम हो हम्हारी अम्माँ।"

---

43. दुस्साहसी, 44. वह बैर जो मन ही मन बढ़ाया जाए, 45. सच्ची, 46. सभ्य,

''ऐ मेरे लाल, मेरा कलेजा, मेरा चाँद का टुकड़ा। लो देख लो मुनीर दूल्हा। तुम कहते हो छोड़ जाओ बच्चे को। भला ख़ून न कर देगा। रो-रोकर जीना अजीरन[47] कर देगा।''

''कुछ नहीं। दो रोज़ में ठीक हो जाएगा।'' हामिद ने नम्मो को तख़य्युल[48] में ठोंकते हुए कहा।

''वाह मैं अपने लाल को क्यों छोड़कर चली जाऊँ। क्यों मियाँ जाऊँ, हटो! भई मैं जा रही हूँ। (बच्चा रोकर चिमट गया) ऐ वाह मैं तो झूठ-मूठ कह रही थी। (हँसते हुए) चल मेरे लाल मैं तुझे गोद में लेकर चाय बनाऊँगी।''

''चल...''

(बड़ी बी बच्चे को लादकर कराहती हुई चली गईं।)

'' नास कर दिया लड़के का।'' हामिद ने फटकारकर कहा।

''सत्यानास क्या कर दिया। जिस मुहब्बत से वह पालती हैं कोई क्या पालेगा! वह इस क़दर ज़िद्दी बच्चा है, मेरे तो बस का नहीं। और भई वह न हों तो कौन इसकी देखभाल करे, रो-रो के ज़िन्दगी...''

''क्या ज़िन्दगी...ज़िन्दगी...ये भी कोई ज़िन्दगी है कि हाथ पर हाथ रखे पड़ी हो। अम्माँ जान मुँह में पानी टपकाएँ तो ख़ैर वर्ना नहीं...अम्माँ जान रोटी दें तो पेट भरे वर्ना भूखे ही रहो! ये भी कोई ज़िन्दगी है। तौबा...तौबा...यही नहीं मालूम होता अपने घर में रहते हैं...ऐसा लगता है जैसे सराय में पड़े हैं, ख़ैरात मिलती है। गोया अपनी कमाई नहीं खाते...लाहौल वला क़ुव्वत...'' वह बड़बड़ाया।

''वह तो मेरी वजह से यहाँ पड़ी हैं। तुम्हें ही हज़ारों तरह के आराम हैं उनके दम से...वह तो आज चली जाएँ। दूसरे वह किसी की मुहताज[49] तो हैं नहीं। अपना खाती हैं बल्कि चार पैसे अपने पास से हमारे ऊपर लगा देती हैं। सब ही जानते हैं कि सवा सौ रुपल्ली में इतना उजला ख़र्च नहीं हो सकता।''

''तो कौन कहता है कि यहाँ...आन बैठकर अपना नुक़्सान करे। ऊँह ख़ूब, कौन रोकता।''

''ये उनकी मुहब्बत है जो रोकती है। वर्ना...''

''ऐ लानत है ऐसी मुहब्बत पर जो दूसरों की ज़िन्दगी अजीरन हो जाए।'' अम्माँ जान को आते देखकर सकपकाकर बाहर जाने लगता है!

''ऐ मुनीर दूल्हा, ऐ मुनीर दूल्हा। चाय नहीं पियोगे?'' वह घबराकर बोलीं।

''जी नहीं।'' और वह पैर पटख़ते रूठे बच्चे की तरह बाहर चला गया।

''रज़िया क्या, क्या मामला है।'' बड़ी बी बोलीं।

''न जाने नम्मो की ज़रा-सी ज़िद्द पर ग़ुस्सा हो गए।'' रज़िया रोकर बोली।

---

47. दूभर करना, कठिन करना 48. कल्पना, 49. जिसे किसी चीज का अभाव हो,

''ऊई बच्चे की ज़िद्द पर कैसा ग़ुस्सा। नहीं जी ये कोई और बात है। कई दिन से देख रही हूँ मिज़ाज[50] ही नहीं मिलता, हर वक़्त अकड़े-अकड़े रहते हैं। कुछ दाल में ज़रूर काला है। मैं...पहले ही...।'' रिक़्क़त[51] से आवाज़ रुक गई।

'' न जाने।'' रज़िया सिसकियाँ लेकर रोने लगी!

''ख़ुदा ग़ारत करे उस डायन क़त्तामा[52] को जो मेरी बच्ची का घर बिगाड़े। मेरे अल्लाह! ख़ुदा की मार उस प्यारे-पीटी पर जो मुनीर दूल्हा का दिल मेरी बच्ची की तरफ़ से फेरे। या अल्लाह मेरे...''

वह देर तक जाएनमाज़[53] पर बैठी 'उस डायन' को कोसती रहीं।

50. मन, 51. रोना, 52. छिनाल, 53. जिस कपड़े पर नमाज़ पढ़ी जाती है।

ख़िदमतगार[1]

"कितनी दफ़ा तुमसे कहा कि भई जल्दी लाया करो मगर सुनते ही नहीं!" मैंने पिछली सीट पर किताबें पटककर कहा, "डेढ़ घंटे से पागलों की तरह टहल रही हूँ। ग़ज़ब ख़ुदा का, ढाई बज रहे हैं। ख़ुदा की क़सम, आज अब्बा से ज़रूर कहूँगी कि बहादुर से वक़्त पर मोटर नहीं लाई जाती तो मेरे लिए दूसरा इन्तिज़ाम करें।" और मैं किताबें सरकाकर बैठ गई।

"तो सरकार नाराज़ क्यों होती हैं। कल ज़रा जल्दी लाया तो फ़रमाया कि इतनी जल्दी ले आता है, मैं लाइब्रेरी में पढ़ भी नहीं पाती।" बहादुर ने बदतमीज़ी से मेरी नक़्ल करते हुए कहा।

"चुप रहो, एक तो ग़लती करते हो और ऊपर से टर्राते हो।" मैंने झिड़ककर कहा।

"इतना ग़ुस्सा करेंगी तो सूखकर काँटा हो जाएँगी।" बहादुर ने तंबीहन[2] उँगली हिलाकर कहा।

"देखो बहादुर बक-बक मत करो।" मैंने ग़ुस्से को क़ायम रखने की कोशिश की।

"तो फिर आप भी...तो फिर आप ग़ुस्सा क्यों होती हैं। ऐसा बुरा मुँह लगने लगता है।"

"तुम्हारी बला से।"

"तुम्हारी बला से।" उसने इतराकर नक़्ल की। मुझे हँसी आने लगी।

"आज तो मारे ग़ुस्से के पीछे जा बैठीं। आगे आइए ना।" उसने खिड़की खोलकर हुक्म दिया।

"नहीं चलो, बक-बक न करो। जहाँ मेरा दिल चाहेगा बैठूँगी।"

"अच्छा तो फिर चला लीजिए ख़ुद, हमसे नहीं चलती।"

उसने निहायत लापरवाही से खिड़की का सहारा लेकर कहा।

"बहादुर, शायद तुम भूल रहे हो कि तुम नौकर हो।" मैं आज लड़ने पर तुली हुई थी।

1. सेवक, नौकर, 2. चेतावनी,

"तो लीजिए, मैं इस्तेफ़ा[3] देता हूँ बस।" मोटर से हटकर ज़मीन पर उकड़ूँ बैठ गया और लापरवाही से दूसरी तरफ़ देखने लगा।

"बहादुर, बदमिज़ाजी[4] मत करो। मुझे वाक़ई ग़ुस्सा आ रहा है।" मैंने झल्लाकर कहा।

"वाक़ई।" उसने हँसकर मज़ाक़ उड़ाया।

"बहादुर! सीधी तरह मोटर चलाते हो कि..."

"तो फिर आगे आइए ना। अच्छा क़ुसूर हुआ, लीजिए पैर छूता हूँ। आपका फूला हुआ मुँह देखकर सचमुच मेरे हाथ-पैर फूल जाते हैं और मोटर उलट जाती है। और..."

"नहीं आज मैं पीछे ही बैठूँगी।" मैंने सुलह[5] पर रज़ामंद[6] न होते हुए कहा।

"नहीं, आप आज आगे ही बैठेंगी, अब मुआफ़ी माँग ली है।" उसने ख़ुशामद से कहा।

मैं उतरकर आगे बैठ गई।

"अगर आप आगे न बैठतीं तो मैं मोटर न चलाता।" वह शरारत से मुस्कराया।

"बहुत बेहया हो।" मैंने कहा।

"कौन?" उसने ऐसे कहा गोया वह ख़ुद मुझे बेहया समझता है!

"बदतमीज़, मैं आज ज़रूर अब्बा से कहूँगी कि तुम कभी वक़्त पर नहीं आते।" मैंने अपनी हँसी को रोकते और बात टालने के लिए कहा।

"तो फिर ख़ुद ही मोटर चलाना सीख लीजिए ना।"

"सीखूँगी।" मैंने बेतवज्जुही[7] से फ़ैसला किया।

"तो फिर सीखिए ना। आज ही से शुरू कीजिए, चलूँ हेली पार्क।" उसने मोटर मोड़कर कहा।

"क्या वाक़ई दो रोज़ में सिखा दोगे?" मैंने इश्तियाक़[8] से पूछा।

"अरे क्या, देर ही कितनी लगती है। मगर यूँ थोड़ी, पहले सेर भर मिठाई।" उसने होंठ भींचकर सर हिलाते हुए कहा।

"मिठाई-विठाई का झोल है। यूँ ही सिखाओ।"

"ख़ूब, भई वाह तो फिर सिखाना भी झोल है, अच्छा सौदा है। ऐसी मुफ़्त की मोटर किसी और से सीखिए।" उसने अकड़कर कहा।

"अच्छा अब इतराओ नहीं, वर्ना अब्बा से कह दूँगी। वह जूते लगेंगे कि याद ही करोगे।" मैंने धमकी दी।

"अच्छा ये है तो फिर यही सही। जाइए कर दीजिए शिकायत, नहीं सिखाते।"

"तू इतना अकड़ता क्यों है। अच्छा चल। मिल जाएगी मिठाई, सिखाओ तो।" मैंने व्हील पर हाथ रखकर कहा।

---

3. त्यागपत्र, 4. चिड़चिड़ापन, 5. मिलाप, 6. सहमत, 7. बेध्यानी, 8. लालसा, चाह,

"तो फिर...ख़ैर...सुनिए तो...निरा वादा तो कुछ ऐसा है।" उसने बेएतिबारी[9] से कहा।

"बदतमीज़! तुझे मेरा एतिबार नहीं।"

"और जो नहीं, फिर!"

"देखो किधर।" मैंने बात टालने के लिए व्हील पकड़कर कहा।

"सीधी तरफ़।"

"अरे रे रे!" मेरे मुँह से निकला और मोटर बाल-बाल तार के खम्बे से टकराते-टकराते बची।

"सीधी सड़क पर जा रही है और मोड़ने की कैसी जल्दी है।" उसने मज़ाक़ उड़ाया, "अच्छा लीजिए सँभालिए।" उसने अलग होकर कहा।

मेरे हाथ काँपने लगे, मोटर की स्पीड बढ़ी और हवा साँय-साँय करके मेरे दिल में उतरने लगी।

"बहादुर! अरे!" मैंने तकल्लुफ़ से कहा, "अरे पकड़ो।"

" आप ही पकड़िए...हाँ ज़ोर से...अरे भागी।" और वह ज़ोर से हँसा।

मोटर की स्पीड बढ़ी और मैं घबराहट में चिल्लाने पर मजबूर हुई और एक ज़ोर का झटका लगा। मोटर उलटते-उलटते बची। बहादुर ने एकदम ब्रेक लगा दिया था। मैंने हाथ हटा लिए थे और वाक़ई ग़ुस्सा होकर बैठ गई। मुझे पसीना आ गया।

"अच्छा लीजिए...लीजिए अबके नहीं।" उसने ख़ुशामद से कहा।

"चलो घर सीधे।" मैंने ग़ुस्से से हुक्म दिया।

"अब चलाइए ना! इसमें डरने की क्या बात थी। हूँ...इसी बिरते पर मोटर चलाएँगी।" उसने मोटर घर की तरफ़ मोड़कर कहा, "और चिल्लाईं कैसे? जैसे लुट ही तो गईं ना। बहुत चली आपसे मोटर।"

बहादुर हँसता रहा और मैं उतरकर खिसियानी होकर अन्दर चली गई।

"अरे बुन्दू!" बहादुर ने माली को पुकारकर कहा, "बीबी को मोटर चलानी आ गई।" और वह तवील[10] क़हक़हा लगाकर मोटर गैराज में ले गया।

ज़रा सोचिए, एक ज़लील नौकर जो छोटी-सी उम्र से हमारे यहाँ रहा। दिन भर पिटता, बर्तन माँजता, जूते साफ़ करता। ज़रा बड़ा होकर छोटे-मोटे कामों के लिए ड्राइवर की ख़िदमत अन्जाम देता और ये दिमाग़। वजह ये है कि मेरे और भैया के सिवा बहादुर को कभी कोई दोस्त नसीब न हुआ। चुनाँचे हमने हमेशा उसके लाड़ बर्दाश्त किए। भैया तो जल्दी ही स्कूल से बोर हो गए और बहादुर ने मुझ पर रोब ज़माना शुरू किया। हर बात में उसकी ही वर रहती। रूठ जाता तो एक बात करनेवाला ही हाथ से जाता। अब्बा दूसरे अब्बाओं की तरह हमसे कभी लाड़-प्यार न करते थे, वैसे बहादुर को ख़ुद उन्होंने सर चढ़ा रखा था। कभी मैंने अगर उसकी

---

9. अविश्वास, 10. लम्बा,

शिकायत भी की तो हँसकर टाल दिया। छुटपन में तो अगर कभी भूले से बहादुर को मार देती तो वह तड़ाक़ से चाँटा मारता कि मुँह फिर जाता। अब्बा को फ़ख़्र[11] था, वह उलटा मुझी को डाँटते कि "तू पहले क्यों मारती है।" वैसे जब बहादुर का जी चाहता, मुझे छुप-छुपकर ख़ूब ठोंकता। भैया से भी वह बराबर ही का बर्ताव करता। अब तक जब वह कॉलेज से आते हैं तो दोनों की घुल-मिलकर बातें होती हैं कि मालूम ही नहीं होता कि आक़ा[12] और नौकर हैं।

मोटर सीखते दो दिन की बजाय हफ़्ते हो गए, सिवाय लड़ने और सब्र करने के मोटर सीखते वक़्त और कुछ न होता। कभी सोचती, भाड़ में जाए, ताँगे में कॉलेज चली जाया करूँगी। मोटर न हुई मुसीबत हो गई। मगर बहादुर सब्ज़ बाग़[13] दिखाता और मैं चक्कर में आकर सीखने को तैयार हो जाती।

बहादुर को हर बात में दख़्ल देने का हक़ है। पढ़े न लिखे, टूटी-फूटी उर्दू आती है। उस पर ज़ोर कि उर्दू का अख़बार घर में आना लाज़िमी[14]। जहाँ मैं और अब्बा अपनी संजीदा बहस शुरू करते, बहादुर अपनी बदतमीज़ राय पास करना शुरू कर देता। मेरी ही बात को काटता और मैं जल जाती। मगर अब्बा कहते, "ये ख़ूब सियासत[15] को समझता है, इसे उल्लू न समझो।"

बड़ी हँसी आती जब बहादुर साहब मौला चिश्ती, नत्था धोबी और ननवा चमार के लड़के और मस्जिद के मौलवी साहब के बीच में टूटी हुई ईंट पर बैठकर चीन, जापान, जर्मनी और ऑस्ट्रेलिया के मौजूदा तअल्लुक़ात[16] पर राएज़नी[17] फ़रमाते। ऊटपटाँग झूठे-सच्चे वाक़िआत पर रौशनी डाली जाती। ननवा नौजवान लड़का ख़ुद कैफ़ी और फ़रारी के वाक़आत जो उसे अज़बर[18] याद होते थे निहायत जोशीली आवाज़ से सुनाता। मौला को हमेशा हिन्दोस्तान की बाहमी[19] जंगों का ज़िक्र करते, सुनने में मज़ा आता। उसका बस न था कि हिन्दुओं को पीस डाले। नत्था गो हिन्दू था मगर उसे फ़सादों से दिलचस्पी न थी। दूसरे वह मौला के तगड़े-तगड़े बाज़ू देखकर ज़रा ख़ुशमिज़ाज[20] ही रहना पसन्द करता था।

एक दिन मैं अख़बार पढ़ रही थी कि बहादुर कमरा साफ़ करने आए। अख़बार को झाँक-झाँककर देखना उनकी आदत है। उनके 'फटे' हुए अख़बार में तस्वीर नहीं होती और इस वजह से उन्हें मेरे अख़बार में झाँकने के लिए नर्म होना पड़ता है।

"ये कौन है?" वह एक तस्वीर को देखकर बोले।

"ये एक लीडर है।" मैं नेकी के दम में थी।

"लीडर।" ये लफ़्ज़ उनके अख़बार में कम आता था, "लीडर।"

"हाँ।" मैंने मुख़्तसर[21] तौर पर कहा।

बहादुर की ग़रज़ अटकी थी, मुझे मालूम हो गया।

---

11. गर्व, 12. मालिक, 13. मुहावरा, अच्छे-अच्छे सपने दिखाना, 14. आवश्यक, 15. राजनीति, 16. वर्तमान सम्बन्धों, 17. विचार प्रकट करना, 18. कंठस्थ, 19. आपसी, 20. प्रसन्नचित्त, 21. संक्षिप्त,

" तो ये लीडर कौन होते हैं। यह तो जानवर लगता है।'

"चुप बदतमीज़, यह बहुत बड़ा आदमी है।"

"कोई पाँच-छह गज़ का?"

"बेवक़ूफ़ हो तुम।"

"वैसे ही तो नहीं जैसे लीडर साहब यहाँ आते हैं।"

"कौन?"

"वही जो परसों भी आए थे।"

"वह प्लीडर थे बेवक़ूफ़, यह लीडर है।"

"अच्छा।" उसने बिल्कुल न समझकर कहा।

"यह रहनुमा[22] है।"

"यह...रहनुमा...अच्छा...क़ुत्बनुमा[23]।" वह इतराने लगा।

"तो तुम उसे नहीं जानते?"

" नहीं।"

"तुम्हारे अख़बार में कुछ नहीं लिखा।"

"उसमें इतने बेहूदा लोगों का कहाँ ज़िक्र। दो तो वरक़[24] होते हैं सारे अख़बार में। ज़्यादातर तो बस ग़ज़लें ही होती हैं और आता भी तो बहुत दिनों में है।"

"कैसे अफ़्सोस की बात है कि हमारे मुल्क के जुहला[25] अपने लीडर को नहीं जानते।" मैंने तअस्सुफ़[26] से कहा।

"तो इसमें मेरा क्या क़ुसूर। मुझे तो फ़ुर्सत नहीं मिलती जो इन 'नुमा' साहब के पास जाऊँ। चौराहे तक तो जाने की मुह्लत नहीं मिलती।"

"तुम जैसे उसके पास जा भी नहीं सकते हो।" मैंने हँसकर कहा।

"क्यों। क्या वह सात तालों में रहता है?"

"जी वह तुम जैसे टटपूँजियों से ज़रूर मिलेगा?"

"हम टटपूँजिये काहे से हैं। ये देखिए।" बहादुर ने ज़रा सीधे खड़े होकर कहा।

"वह बहुत बड़ा आदमी है। दूर से देख लेना ही उसे ग़नीमत है। तुम्हारी तो वहाँ तक रसाई[27] भी न होगी।"

"उसमें कौन-से लड्डू लगे हैं जो हम खा जाएँगे; दिमाग़ क्यों खाती हैं। क्या बहुत रुपया-पैसा है?"

"बहुत। दूसरे उन्हें रुपए की परवाह नहीं। खद्दर पहनते हैं।"

"तो इसमें क्या हुआ। ननवा चमार हमेशा से खादी पहनता है। मौला भी एक तहमद में छह महीने गुज़ार देता है। हम भी सरकार और भैया की उतरन पहनते हैं।"

"तुम, ननवा और मौला, तीनों गधे हो, ये तो क़ौम की ख़िदमत करते हैं। ग़रीबों का उन्हें बड़ा दर्द है।"

---

22. राह दिखानेवाला, नेता, 23. दिशा बतानेवाला यंत्र, 24. पन्ने, 25. जाहिल का बहु., अनपढ़, 26. दुख, 27. पहुँच,

"अरे! और हम कोई ख़िदमत नहीं करते, सुबह से जो जुत जाते हैं तो शाम को कहीं दस बजे छुट्टी मिलती है। मौला की कमर पानी भरते-भरते टेढ़ी हो गई। ननवा के हाथ चमड़ा छीलते-छीलते घुना गए, अब और कौन-सी ख़िदमत लीडर करते हैं।"

"जी, तो जनाब का ख़याल है कि ननवा, मौला और आप तीनों लीडर हैं। ज़रूर।" मैंने हँसकर मज़ाक़ उड़ाया, "तुम लोग गाय-बैल की तरह काम करते हो। गुद्दी में से तो कुछ ख़र्च करने की ज़रूरत नहीं होती। ये लोग क़ौम की ख़ातिर क़ैदख़ाने जाते हैं। लोगों को सीधा रास्ता दिखाते हैं। उनकी भलाई के लिए अगर कोई जान माँगे तो जान तक दे दें।"

"तो कोई मौलवी है, ऋषि है, क्या है?"

"हट, ऋषि और मौलवी सब ढोंग मचाते हैं, ये तो रहनुमा हैं।"

"अरे कुछ बताइए तो ये कौन होते हैं। जैसे?"

"जैसे वह जो...तुझे याद है? लखनऊ में जुलूस निकला था।"

"वह लाट साहब का।"

"अरे हट...वह जो अमीनाबाद..."

"वह जो पलियपा साहब ने पंखा चढ़ाया था दरगाह पर?"

"मैं थप्पड़ मार दूँगी जो टैं-टैं करे जाएगा। जा नहीं बताते।"

"तो फिर बताती क्यों नहीं हैं, डाँटे जाती हैं।"

"अरे भई वह जो क़ौमी झंडियाँ लगी थीं।"

"वही तो लाट साहब वाला था। सारे में रौशनी ही रौशनी थी। ऐसी रौनक़[28] थी कि क्या कहना। मनों फूल लोगों ने डाले थे!"

"नहीं, उन कमबख़्त अंग्रेज़ों ने तो हमारे मुल्क को लूट-लूटकर नास कर दिया, ग़रीबों का पेट काट-काटकर इस्तिक़्बाल[29] के लिए रुपया जमा होता है और दो चार उम्दा-उम्दा सड़कें साफ़ करके और सिपाह[30] को इनमें से गुज़ार दिया जाता है। बड़े हमारे मुल्क पर हुकूमत करते हैं कमबख़्त कहीं के।" मैंने जोश में कहा।

"और ये लीडर क्या करते हैं। ये भी तो झंडियाँ लगवाकर, सड़कें झड़वाकर और हार-फूल पहनकर जुलूस निकाल देते हैं। बहुत हुआ तो कुछ बोल दिए। दे तालियाँ पीट रहे हैं। समझ में ख़ाक नहीं आता कि क्या कह रहे हैं।"

"तुम बेवक़ूफ़ों की समझ में क्या आएगा।"

"तो फिर आप जैसे..." वह हँसा, "तो फिर ये बेवक़ूफ़ों के लीडर नहीं।"

"नहीं। और न बदतहज़ीब[31] लोगों के।" मैंने जलकर कहा।

"तो फिर हमें क्या ज़रूरत कि हम उन्हें कौड़ी भर भी दें। भई हमारा भी कोई लीडर होता।"

"तुम तो समझते ही नहीं।"

---

28. शोभा, चमक-दमक, 29. स्वागत, 30. सेना, 31. असभ्य, उजड्ड,

"तो फिर समझाइए ना।" उसने आजिज़ होकर कहा।

"ये लीडर ग़रीबों के हमदर्द हैं। तुम्हारे पीपा शाह और मदारी शाह तो ठग हैं, लूट-लूटकर अपना घर भरते हैं। और ये तो ग़रीबों की रोज़ी की कोशिश करते हैं। उनके हुक़ूक़[32] दिलाते हैं।"

"पीपा शाह के यहाँ भी तो आए दिन लंगर बँटता है।" बहादुर ने दलील पेश की।

"लंगर बँटता है, पेट भरे पहुँच जाते हैं और कुछ नहीं।"

"लो पेट भरे क्यों पहुँच जाते हैं। अब मैं न पहुँच जाऊँ। आप न चली जाएँ।" बहादुर बोला।

"तुम समझ ही नहीं सकते।" मैंने आजिज़ आकर कहा।

"और जो कहता हूँ कि समझाइए तो सुनती ही नहीं।"

"क्या समझाऊँ कूढ़-मग़ज़[33]। भई ये हमारे हक़ूक़ दिलवा रहे हैं, हमें गवर्नमेंट की नौकरियाँ दिलवाएँगे। हमारे लिए सीट्स रिज़र्व करवाएँगे।" मैंने समझा ही दिया।

"सीट्स कैसी ? रेल की ?" कुंदए-नातराश[34] बोला।

"ऊँह गुट्ठल, भई हट, मैं तुझे नहीं समझा सकती। अरे भई सीट्स। ऊँह कैसे बताऊँ। असेम्बली में सीट्स।"

"अच्छा अब मैं समझा।" बहादुर ने समझने की कोशिश छोड़ते हुए कहा। "अच्छा तो सबको डिप्टी कलेक्ट्रियाँ मिला करेंगी ?"

"और क्या ?"

"तब तो मज़े हैं, मैं भी डिप्टी कलेक्टरी में काम डलवाऊँगा।"

"जूते लगेंगे।" मैंने हँसकर कहा।

"जी...ई, बहुत जूते लगें। और हाँ ननवा का लड़का नवें दर्जे में पढ़ता है, वह तो ज़रूर ही डिप्टी बन जाएगा।"

"तुम, तुम्हारे ननवा और मौला ही तो डिप्टी बनने के लायक़[35] हैं। ज़रा-सी अक़्ल गिरह में भी रखते हो। डिप्टी बनोगे।"

"क्यों, इसमें क्या है। थानेदारी तो मैं ऐसी करूँ कि क्या बताएँ।"

" भला तुम, जो न जाने धुनिये हो कि जुलाहे और ननवा चमार मैजिस्ट्रेट बनेंगे।" मैं हँसी।

"अच्छा तो फिर हम लोगों का ज़िक्र नहीं। और ये गांधी जी जो हमारे हैं, वह ?"

"वह क्या कर सकते हैं। वह मजबूर हैं। भला कैसे एक रज़ील[36] आदमी को ऊँचे उहदे दे दिए जाएँ। तुम ही सोचो बहादुर।"

"तो फिर क्या ? फिर ये नौकरियाँ भी सिर्फ़ बड़े लोगों के लिए ही हैं। लो भई, रोटी-कपड़े का ठिकाना भी नहीं हुआ और नौकरियाँ भी न मिलें तो ये कैसे लीडर। उनसे अच्छे तो मदारी शाह हैं, जो खाना-कपड़ा दें और फिर उनका कहना कर लो

---

32. हक़ का बहु., अधिकार, 33. कम बुद्धि, 34. उजड्ड, मूर्ख, 35. योग्य, 36. नीच,

तो जन्नत में अलग जाओ।'' बहादुर ने जली हुई आवाज़ में कहा।

''बस खाना-कपड़ा ही तो ज़रूरियात नहीं। इन ज़लील[37] ख़्वाहिशात[38] से बुलंदो-आला[39] और भी तो ख़्वाहिशें हैं। ये ज़रूरतें तो सिर्फ़ हैवानात[40] की हैं कि पेट भर लिया और भट्टे में सो गए।''

''वाह आप भी क्या कह रही हैं। ऐ जब पेट भरके खाना न मिलेगा तो कोई जिएगा क्योंकर? जानवरों के चरने के लिए घास तो है, और सोने को भट्टे तो हैं। बहुत से ग़रीबों को ये भी मुयस्सर नहीं। जानवरों को एक-एक के दर पर भीख तो माँगनी नहीं पड़ती।''

मैं खिसियानी होती जा रही थी। ये बहादुर बड़ा हुज्जती[41] है। एक बात के पीछे पड़ जाता है।''

''ग़रीबों की ज़िन्दगी बहुत अच्छी है।'' मैंने फ़लासफ़ी छाँटी, ''न किसी बात का ग़म न फ़िक्र। मज़े में खुली हवा में झोंपड़े में रहते हैं। रूखी-सूखी मिलती है मगर चैन से। कपड़े की फ़िक्र भी नहीं सताती।''

''बड़ी अच्छी है ग़रीबों की ज़िन्दगी। आपको क्या मालूम उनको ये रूखी-सूखी भी किन मुसीबतों और फ़िक्रों के बाद मिलती है। ज़मींदार का जूता जो सर पर रहता है। कैसी बातें करती हैं। भई ख़ूब खुली हवा में मज़े से रहें, ज़रा आप तो दो रोज़ ये मज़े उठाकर देखें। आँखें खुल जाएँ। आप समझतीं होंगी कि झोंपड़ी भी सरकार का दौरेवाला डेरा है कि अन्दर मज़े से मेज़-कुर्सी जमी हुई हैं और नौकर लगे हुए हैं। झोंपड़ी में भला-भल तो पानी भरता है और दुनिया भर के कीड़े-मकौड़े का डर। उस पर न बिस्तर न तकिया।'' बहादुर की आँखें चमकने लगीं।

मेरी आदत है कि बहादुर की दलीलों से ख़्वाह कितनी ही क़ायल हो जाऊँ मगर कहती अपनी ही रहती हूँ। मैंने बात टालने के लिए कहा, ''तुम तो हो ज़ाहिल लठ, तुमसे कौन मग़ज़ मारे[42]। पढ़ो-लिखो तो दुनिया में क़द्र[43] बढ़े।''

''तो फिर आप पढ़ातीं क्यों नहीं।'' उसने ज़िद्द की, ''देखिए फिर मेरी क़द्र भी बढ़ जाएगी।''

उस दिन की बहस इस बात पर ख़त्म हुई कि अगर बहादुर ईमानदारी से मुझे मोटर चलाना सिखाएगा तो मैं उसको पढ़ाऊँगी।

अभी चन्द रोज़ ही पढ़ते-पढ़ते हुए थे कि बहादुर को अपनी क़द्र बढ़ जाने का गुमान पैदा हो गया। बजाय नीचे बैठने के खाने के कमरे से कुर्सी लाकर उस पर बैठ गए और किताब के वरक़[44] निहायत इन्हिमाक[45] से उलटने लगे।

''उठो यहाँ से।'' मैंने उनका कान पकड़कर कहा।

''क्यों? क्या कुर्सी पर बैठना बुरा है?'' उसने आँखें फाड़कर कान छुड़ाते हुए कहा।

---

37. नीच, 38. इच्छा, लालसा, 39. ऊँची और उत्तम, 40. पशुओं, 41. वाद-विवाद करनेवाला, 42. दिमाग़ खपाए, 43. सम्मान, 44. पन्ने, 45. तन्मयता,

''हाँ।'' और मैं कुर्सी पर दराज़ हो गई।

''उठिए यहाँ से।'' बहादुर ने आहिस्ता से मेरे कान छूकर कहा।

मैंने उसके एक थप्पड़ लगाया, ''बदतमीज़।''

''आप ही ने तो कहा था कि कुर्सी पर बैठना बुरी बात है। ले के ऐसे ज़ोर से मेरे कान मरोड़े।''

''तुम नौकर हो और कुर्सी पर चढ़कर बैठते हो।''

''तो क्यों, क्या नौकरों के कान चमड़े के होते हैं। बड़ी आप तो गांधी जी की चेली बनती हैं। अल्लाह क़सम अब तक दर्द हो रहा है।''

''तो क्यों गधापन करते हो तुम...''

''क्या किया मैंने ?''

''तुम फिर इतने गन्दे क्यों रहते हो, ज़रा अपने हाथ तो देखो जैसे बैल के खुर।'' मैंने बात पलटी।

''क्या करूँ। सारी उम्र बर्तन माँजते, जूतों पर पॉलिश करते गुज़री। ये देखिए कैसे गट्टे पड़ गए हैं। अब मोटर का काम कुछ कम गन्दा है।''

''तुम्हारी रूह[46] ही गन्दी है।'' मैंने फ़ैसला किया, ''कपड़े देखो जैसे साफ़ी[47]।''

''इतने से रुपए। अम्माँ, बहन और उसके पाँच बच्चे। इतने कपड़े कहाँ से बनाऊँ।''

''और ये जो बाल झबरे कुत्तों की तरह आँखों पर पड़े हैं, ये।'' मैंने उसके सुर्ख़ी-माइल[48] सुनहरे बालों को पकड़कर हिलाया।

''और जो माँग-पट्टी करूँ तो सरकार जूते मारकर निकाल दें। जो सर मुँड़ाऊँ तो भैया वह टप्पे लगाएँ कि भेजा निकल पड़े, दूसरे ऐसी फ़िक्रें लगी रहती हैं कि जी नहीं चाहता।'' उसने बड़ी संजीदगी[49] से कहा।

''तुम पढ़ोगे भी या मेरा सर ही खाए जाओगे ?'' वह ख़ामोशी से पढ़ाने बैठ गई। रशीद अब्बा के बेतकल्लुफ़ हमउम्र दोस्तों में से थे। मुझसे उन्हें बचपन से ही बेहद लगाव था। मैं उन्हें रशीद चचा कहा करती थी, वह मुझे बहुत छेड़ा करते थे। वह बड़े ज़िन्दादिल और ख़ुशतबीअत इनसान थे। मुझे दिक़[50] भी करते थे लेकिन मेरी ज़रा-सी बात भी वह बड़ी मुसर्रत[51] और ग़ुरूर से मानते थे। उनकी ज़िन्दगी हमेशा एक मुजर्रद[52] जैसी ही गुज़री। वालिदैन[53] ने बचपन में ज़बरदस्ती शादी कर दी। दो-तीन बच्चे हुए और फिर जो बीवी से अलैहदगी[54] हुई तो मिलाप नामुमकिन हो गया। रिश्तेदारों से दूर हम लोगों के सिवा कोई हमदर्द क़रीब का न था। भैया को और मुझे बहुत ही चाहते थे। मुझे भी वह बहुत अच्छे लगते थे। अब्बा तो कभी लाड़-प्यार करते नहीं। रशीद की मुहब्बत एक नेमत[55] मालूम होती थी। वह चन्द

---

46. आत्मा, 47. झाड़न, 48. वह बाल जिन पर लालिमा दिखाई दे, 49. गम्भीरता, 50. सताना, 51. ख़ुशी, 52. अकेला, अविवाहित, 53. माता-पिता, 54. अलगाव, 55. ईश्वर की कृपा,

रोज़ के लिए आ जाया करते थे। जब जाने लगते थे तो उनके आँसू आ जाया करते थे। उन्हें आए हुए कई रोज़ हो गए थे। उन्हें मुझसे बहुत-सी बातें करनी थीं और बजाय घर में बैठने के कहीं बाहर कार में जाना चाहते थे। सुबह ही सुबह जो बहादुर मेरे कमरे में आया तो मैंने पूछा, ''रशीद कहाँ है?''

बहादुर ने शरारत से अपनी जेब में झाँका, फिर दूसरी में हाथ डाला, फिर हसरत से मुँह बनाकर हाथ और सर हिलाया। गोया कहता है, ''नहीं मिलते, खो गए।''

''बताओ कहाँ गए हैं?'' मैंने हँसी को रोकने के लिए कहा।

''पहले तो ये बताइए कि आप हमें आज कल पढ़ाती क्यों नहीं हैं?'' बहादुर ने कमर पर हाथ रखकर पूछा।

''नहीं पढ़ाती। पहले बताओ।''

''नहीं बताते पहले पढ़ाओ।'' उसने फ़ौरन कहा।

उसकी कमीनी आदत से वाक़िफ़ हूँ इसलिए नर्मी से कहा, ''पढ़ा दूँगी भई, आज मेरा दिल नहीं चाहता।''

''तो फिर मैं भी बता दूँगा। आज मेरा दिल नहीं चाहता।'' उसने त्योरी पर ज़ोर देते हुए कहा और जाने लगा।

''ठहर बहादुर।'' वह मुड़ गया।

''बात ये है...भई मुझे...मेरे सर में दर्द है, इसलिए आज तो नहीं कल पढ़ा दूँगी।''

''बात ये है...भई मुझे...मेरे सर में दर्द है, इसलिए आज तो नहीं हाँ कल पढ़ा दूँगी।'' वह नक़्ल उतारकर बोला।

वह बिल्कुल जानेवाला था।

''अच्छा बैठो।'' मैंने कहा और वह मेरे सामने पालथी मारकर बैठ गया।

''और किताब?'' मैंने पूछा।

''और ये आपके रशीद चचा?'' उसने लफ़्ज़ चचा को बनकर बिगाड़कर बिल्कुल बेतुकेपन से कहा, ''ज़रा मोटर तेज़ करो, बस घिग्घी बँध जाती है। अरे...रे...रे, इतनी तेज़ क्यों हाँकता है।'' बहादुर ने मसख़री सूरत बनाकर रशीद की नक़्ल करते हुए कहा।

''नहीं पढ़ना तो निकलो मेरे कमरे से। चलो मैं नहीं पढ़ाती।''

''ऐ लो बिगड़ गईं। बुज़दिल नहीं हैं तुम्हारे रशीद चचा।'' उसने फिर लफ़्ज़ चचा को वाज़ेह[56] तौर पर कहा।

मेरा जी जल गया, मगर कुछ कहते बन न पड़ा।

''बहादुर भागो यहाँ से। अब मेरा दिमाग़ न चाटो।'' मैंने आजिज़ आकर कहा।

''आज वह...'' उसने परवाह न करते हुए कहा, मगर फिर रुक गया।

''क्या?'' मैंने पूछा।

---

56. स्पष्ट,

"कुछ नहीं, आपके तो सर में दर्द है।" वह जाने के लिए उठा।

"तुम रशीद के लिए क्या कह रहे थे?" मैंने अपने शौक़ को छुपाते हुए कहा।

"हाँ अब उनका जो ज़िक्र है, तो जल्दी-जल्दी पूछ रही हैं तो नहीं बताते, जाइए।" वह दरवाज़े की तरफ़ चला, फिर बोला, "आज जब वह यहाँ बरामदे में खड़े थे तो मैंने ग़ौर से उन्हें देखा। कैसे बेहंगम[57] लग रहे थे। बुड्ढे हो गए हैं, सुना है शादी के लिए बड़े शौक़ीन हैं।"

मैं खिसियानी हो गई। रशीद छह साल से मुझसे शादी करने को कोशाँ[58] थे।

"मैंने सोचा।" वह दरवाज़े के पास जाकर बोला, "मैंने सोचा भई कैसी बदक़िस्मत वह लड़की होगी जो...जिससे उनकी शादी होगी।"

पैमाना छलक गया। मैंने मेज़ पर से रोलर उठाकर हुक्म दिया, "निकलो...बहादुर मेरे कमरे से।"

वह चला गया, लेकिन फ़ौरन फिर आ गया।

"और हाँ वह फाटक के पास खड़े आपका इन्तिज़ार कर रहे हैं। उन्होंने मुझे आपको बुलाने के लिए भेजा था। चलती हैं आप या जाके कह दूँ नहीं आतीं, सर में दर्द है।" फिर वह चला गया।

क्या बताऊँ मेरा किस क़दर जी जला। रशीद ने मुझे बुलाने को भेजा और ये यहाँ बातें बनाने लगा।

"मैं आ रही हूँ।" मैंने कोट पहनते हुए कहा।

"मैं तो कहे देता हूँ तबीअत ठीक नहीं। बुख़ार आ रहा है।" वह मुस्कराता हुआ तेज़ी से चला।

"नहीं।" मैंने डाँटा और जल्दी से मफ़लर लपेटती हुई उसके पीछे चली।

"तेज़ आइए, वर्ना फिर नहीं ले जाएँगे।" उसने मेरी तेज़ी देखकर ताना दिया।

रशीद जल्दी से टोपी घुमाते हुए आगे बढ़े।

"लीजिए सरकार आ गईं।" उसने फत्हमन्दाना[59] अंदाज़ में कहा, "कहती थीं नहीं जाऊँगी, सर में दर्द है। मैंने कहा चलिए भी, सैर को चलिए सब ठीक हो जाएगा।" उसने मक्कारी की हद करके कहा।

रशीद का चेहरा चमक उठा और वह हस्बे-आदत मेरी नब्ज़ टटोलने लगे।

"ऊँह!" मैंने जलकर कहा और मैं बैठ गई। बहादुर ड्राइव करने लगा। इस तेज़ी से मोटर स्टार्ट की, मालूम हुआ भूचाल आ गया और खम्भे से मोटर ज़रा ही बच के निकली।

"अरे!" रशीद ने आँखें फाड़कर कहा, "ठीक से नहीं हाँकता।" सामने लगे हुए शीशे में मैंने बहादुर की हँसी रोकने की नाकाम कोशिश का मुताला[60] किया और मैं जल गई। रशीद से कितनी मर्तबा कहा कि भई 'हाँकना' कहाँ का लफ़्ज़ है, कोई

---

57. भद्दे, 58. कोशिश करनेवाला, 59. विजेता की तरह, 60. पढ़ा,

मोटर न हुई ताँगा या छकड़ा हो गई जो हाँकी जाए। वह फ़ौरन ख़ुशमिज़ाज से कहते हैं कि "मेरा मतलब चलाने से है।" मुझे उनकी बाज़ बातों से नफ़रत है।

बातों में ख़याल भी न रहा और बहादुर ने मोटर खड्डों और नालियोंवाली सड़क पर डाल दी, ऐसे कि बात करना दुश्वार हो गया।

"अब इधर कहाँ ले आया?" रशीद गुर्राए।

"अरे तो आपने रोका भी नहीं।" उसने उलटा इलज़ाम दिया, "ख़ैर आगे सीधी सड़क है।"

मोटर फिर लुढ़कने लगी। चार मील गए। मगर सीधी सड़क का ख़ाक पता नहीं।

रशीद के मुँह से बात न निकल रही थी। मुझे भी सिर्फ़ हँसी आ रही थी।

"अरे भाई वह तेरी सीधी सड़क किधर है?" रशीद ने पूछा।

"हूँ...भूल गया। यह सड़क तो अठारह मील तक खड़खड़ियाँ ही चली गई है। क्या मोड़ दूँ?"

"अरे नहीं तो क्या मार डालेगा।" रशीद भिन्नाए, "यार तुम तो बस वही हो। लेके जोड़-जोड़ हिला डाला, हूँ।" रशीद ने अपना सर मेरे सर से टकराने से बचाकर कहा।

सैर क्या ख़ाक होती, सारे रास्ते तोतों की तरह अंडे पर नीचे जमाए बैठे रहे। सर फूट जाने का अलग डर। गद्दियों पर उचकते-उचकते थक गए। मालूम हुआ सैर नहीं बल्कि कुश्ती लड़कर आ रहे हैं। बहादुर ने फत्हमन्दाना मुस्कराहट से मुझे देखा, गोया कहता है कि 'देखा कैसी सैर कराई।'

"शाम को कहाँ चलिएगा। पाँच बजे मोटर निकाल लूँ।" उसने तड़ाक से खिड़की बन्द करते हुए कहा।

"अबे हट, हम क्या मरने के लिए तेरी मोटर में जाएँगे।" रशीद ने डाँटा।

रशीद हमेशा बहादुर से बदतमीज़ से बोलते हैं। उन्हें बड़ी शिकायत है कि ये नौकर होकर ज़रा भी मुहज़्ज़ब नहीं। अब्बा ने सर चढ़ा लिया है। बेहूदा है, किसी दिन ठीक कर दिया जाएगा। मगर बहादुर ख़ाक न सुनता बल्कि सिर्फ़ शरारत से मुस्कराकर और भी मज़ाक़ उड़ाने पर तुल जाता।

हम उतरकर बाहर ही बैठ गए। रशीद को मेरा इतना ख़याल रहता था कि अगर ज़रा सी चीज़ ख़रीदते तो सौ मर्तबा मेरी राय लेते। उनकी कोठी और फ़र्नीचर मेरी खास पसन्द का था। मोटर हमने ख़ुद जाकर देहली से ख़रीदी। जिस पर ख़ूबसूरत हल्क़े[61] में मेरा मोनोग्राम बनवाया था। हर चीज़ पर मेरा मोनोग्राम था। सारे नौकर मेरी पसन्द से रखे जाते और निकाले जाते थे। रशीद के कपड़े और मुख़्तलिफ़ चीज़ें उमूमन[62] मेरे पसन्दीदा रंग के होते, उन्होंने कभी मेरी मुख़ालफ़त[63] न की। जब मैं छोटी-सी थी जब ही से वह मुझसे डरते थे। मुझे छेड़ते और जब मैं ख़फ़ा हो जाती तो बेचैन हो जाते। उन्हें इसमें ही मज़ा आता था। मुझे अब तक उनसे रूठ जाने की

61. घेरे, 62. ज़्यादातर, 63. विरोध,

आदत है। एक दफ़ा उन्होंने मज़ाक़ ही मज़ाक़ में मेरी चाँदी की चूड़ी मछलियों वाले हौज़ में फेंक दी तो मैं दस-बारह बरस की ढींग वहीं मचल गई। बिचारे फ़ौरन कोट उतारकर पानी में उतर गए। मुझे अब तक याद है, वह कितने अच्छे मालूम हो रहे थे। सब्ज़काही[64] उनकी टाई और बालों में बेतरह उलझ गई थी और सारे जिस्म पर सड़ी-गली पत्तियाँ चिपकी हुई थीं। उन्हें तकलीफ़ पहुँचाकर मेरे दिल में गुदगुदी-सी होती थी। मुझे बड़ा फ़ख्र था कि ऐसा बा-रो'ब[65] और ताक़तवर इनसान भी मेरे सामने भीगी बिल्ली बन जाता था। भैया का तो दम निकलता था, मगर मैं बहुत दिलेर थी। ज़रा सी बात पर उन्हें बातें सुनाकर रख देती। वह उलटे ख़ुश होते। मुझे टाइफ़ाइड हुआ था। रशीद ने अपने पेशे[66] की सारी तरकीबें मुझे मोटा करने के लिए सर्फ़ कर दीं। इतने टॉनिक पिलाए कि मैं फूलकर कुप्पा हो गई और बहादुर और भैया मुझे चिढ़ा-चिढ़ाकर खा गए। डॉक्टर भैया को बहुत चाहते थे। मगर भैया बेवक़ूफ़ उनसे खिंचे-खिंचे रहते थे। रशीद और रशीद की सारी चीज़ें मेरे आने की मुन्तज़िर[67] थीं। कितने ही नए सेट ख़रीदे, कहते हैं मोटर मेरे मोनोग्राम से सजाएँगे। मगर मुझे कभी वहाँ पहुँचना नसीब न हुआ। अब्बा से जब रशीद तक़ाज़ा करते, वह कोई न कोई बहाना कर देते। रशीद मुझे एक नए आतिशदान का नक़्शा ज़मीन पर खींचकर बताते थे कि सामने से एक मरखनी-सी गाय दुम उठाए दौड़ती हुई सीधी हमारी तरफ़ लपकी। बुन्दू पीछे डंडा लेकर दौड़ा, ग़ुल सुनकर बहादुर भी अपनी कोठरी में से झाँका। न जाने क्या सोचकर एक छोटी-सी लकड़ी लेकर ऐसे गाय को हमारी तरफ़ हँका दिया कि वह फाटक छोड़कर हमारी तरफ़ आई।

गाए-बैल और बिच्छू तीन चीज़ों से मेरा दम निकलता है।

"अरे इधर मत हाँक बहादुर।" रशीद डरकर डाँटने लगा।

लफ़्ज़ 'हाँक' पर बहादुर हँसी से लोट गया। अगर हम मुँडेरों पर न चढ़ जाते तो यक़ीनन गाय हमारा आटा कर देती। बहादुर मुझे नज़रे-ग़लत अन्दाज़[68] से छेड़ता हुआ गाय के पीछे भागा चला गया। अगर रशीद को बहादुर की मक्कारियों का ज़रा भी पता चल जाता तो वह ग़दर मचा देते। वह उसे सिर्फ़ एक बेवक़ूफ़ गधा समझते थे।

इस दफ़ा रशीद कुछ ऐसे पीछे पड़े कि अब्बा शादी को राज़ी हो गए। मैं और रशीद दिन भर सामान ख़रीदते फिरते। ख़ाला जान भी इन्तिज़ाम में मदद देने आ गईं। अम्माँ के बाद वही थीं जो हमारी क़रीबी रिश्तेदार थीं।

बहादुर ख़ामोश दिनभर हमें मोटर में लादे फिरता था। रशीद छुट्टी लेकर आ गए थे और मुझे हफ्तों बहादुर से बात करने का भी वक़्त न मिलता था। बहादुर की बदमिज़ाजी बढ़ती जाती थी, वह मुझसे बिल्कुल बात न करता और अगर करता तो

64. हरी काई, 65. रोबवाला, 66. व्यवसाय, 67. प्रतीक्षक, 68. भ्रम में डालनेवाली दृष्टि,

तुर्शी[69] से करता। बात-बात पर हर एक से उलझ पड़ता, यहाँ तक कि अब्बा जान ने जो कुछ कहा तो ग़ुर्राकर उन्हें घूरने लगा। अब्बा में ग़ज़ब का तहम्मुल[70] था, वह उसे चाहते भी बहुत हैं, बिल्कुल चुप रह गए। मुझे बहादुर को देखकर बड़ा रंज होता। भैया के चले जाने के बाद सहेली कहूँ, भाई कहूँ या नौकर सब कुछ ये बहादुर ही था। रशीद बेशक मेरा लाड़ करते थे। बहादुर और ही था। ज़र्द[71] और दुबला हो गया था। मुझे यक़ीन था कि बहादुर मुझसे ख़फ़ा है। ये रशीद तो न थे अगर कभी ख़फ़ा हो जाएँ तो इनका बेहतरीन इलाज ये है कि ख़ुद खफ़ा हो जाऊँ। बस वह फ़ौरन उलटी ख़ुशामद शुरू कर देते थे। यहाँ बहादुर का सवाल था जो सिर्फ़ ख़ुशामद कराने का आदी था।

रशीद एक दिन दुकान पर सूट का आर्डर देने उतरे, मैंने बहादुर से पूछा, ''ये तुम्हारी थूथनी क्यों सूजी हुई है?''

कोई और वक़्त होता तो बहादुर ऐसा मुँह तोड़ जवाब देता कि मैं अपना-सा मुँह लेकर रह जाती लेकिन वह सिर्फ़ खिसियानी हँसी ज़बरदस्ती हँसने लगा।

''कभी दिमाग़ दुरुस्त ही नहीं होता, जब देखो मुँह डबल रोटी हो रहा है, आख़िर कोई वजह भी हो।'' मैंने नर्मी से मलामत[72] की।

''मैं किस पर ग़ुस्सा करूँगा भला। मैं एक मामूली नौकर और किसी से ग़ुस्सा हो जाऊँ तो फिर रोटी कहाँ से मिले।'' वह अफ़्सुर्दा[73] होकर मुझसे दूर देखने लगा।

''नहीं, तुम कुछ बदल ही गए हो।'' रशीद आ गए और हम वापस चले आए। मेरा दिल बहादुर से खुलकर बातें करने को चाहता था। लिहाज़ा मैंने उसे बुलाया।

''बहादुर ज़रा मेरी साड़ी पर इस्तरी कर दो।''

''लीजिए ये कोई मेरा काम है। नत्था को भेज देता हूँ।'' वह मुड़ा।

''नहीं वह ठीक नहीं करता। दूसरे वह मेरी इस्तरी तोड़ देगा।''

''अच्छा लाइए मुझे साड़ियाँ और इस्तरी दे दीजिए, मैं कर लाऊँगा।''

''मेरे कमरे ही में बड़ी मेज़ पर कर लो। मैं तुम्हें अपनी बिजली की इस्तरी तोड़ने के लिए न दूँगी।''

''तो फिर करवा लीजिए किसी और से।'' उसने सूखा मुँह बनाकर कहा।

''इधर आओ।'' मैंने डाँटकर कहा।

वह क़रीब आया।

''चलो।'' मैंने उसका कान पकड़कर अपने कमरे की तरफ़ ले जाकर कहा। ''साड़ियाँ निकालो और सीधी तरह इस्तरी करो।''

वह मुस्कराने लगा। उसका पतला-सा ज़र्द चेहरा, ख़ून की गर्मी से बादामी हो गया और आँखें भीग गईं। वह ख़ुश था। सन्दूक़ में से साड़ियाँ निकालकर वह इस्तरी करने लगा। मैं खिड़की के क़रीब स्टूल पर बैठ गई।

---

69. बैर, 70. धैर्य, 71. पीला, 72. निंदा, 73. उदास,

उसके खुरदुरे बड़े-बड़े बालोंदार हाथ चमकती हुई इस्तरी और रंग-बिरंगी साड़ियाँ मेरे लिए एक खेल बन गईं। बड़ी-बड़ी स्याह आँखों में एक नई जान पैदा हो गई थी। इस्तरी के साथ-साथ इसकी चमकीली आँखें आगे-पीछे दौड़ रही थीं। उसने अपने गुदाज़[74] लब को दाँतों से दबा रखा था, जैसे कि सख़्त मसरूफ़ियत[75] के और काम के वक़्त दबा लेते हैं। कफ़ बेतुकेपन से उसकी आस्तीनों में झूल रहे थे। अब्बा के चौड़े चकले दामन की क़मीज़ और भैया की ढीली-ढाली पतलून में वह एक तिनका मालूम हो रहा था। ग़िरेबान के तमाम बटन टूट गए थे और उसका सीना बहुत-सा खुला हुआ था जिस पर पसलियों का जाल बख़ूबी नज़र आता था। उसके बेरौनक़ कत्थई बाल बेतरतीब गुच्छों की सूरत में उसकी पज़मुर्दा[76] मगर बुलन्द और ज़हीन पेशानी पर बिखरे हुए थे।

मैं उसे मुतवातर[77] ग़ौर से देख रही थी। मेरा दिल दुख गया। आह, बेरहम ज़माने ने उसे एक ज़लीलो-ख़्वार[78] ख़िदमतगार बना दिया था। वर्ना वह ज़हानत और अक़्लमन्दी का मुजस्समा मालूम हो रहा था। न जाने कितने बुलन्द दिमाग़ सिर्फ़ ग़ुर्बत[79] के हाथों कुचलकर ख़ाके-राह[80] से बदतरीन बन जाते हैं। अगर उसे आला तालीम[81] दी जाती और उसके पास रुपया होता तो वह कितनी शानदार हस्ती बन जाता। वह एक ज़लील नौकर था जिसने बचपने से अपनी ही जिन्स[82] की दिलो-जान से ख़िदमत की थी। लेकिन फिर भी कोई बात थी कि वह नुमायाँ हस्ती[83] मालूम होता था। ज़िन्दगी के हर मामूली से मामूली और बड़े से बड़े काम में वह एक क़ाबिले-तारीफ़[84] अक़्लमन्दी का सुबूत देता था। मैं उसे महवीयत[85] के आलम में तक रही थी। उसने कई दफ़ा उचटती हुई नज़र मेरी तरफ़ डाली और मुझे अपनी तरफ़ घूरते देखकर वह बेइख़्तियार[86] एक मज़्लूम[87] मुस्कराहट में डूब गया।

उसने स्याह बारीक साड़ी की चार तहें करके मेज़ पर फैला दिया और साड़ी स्याह बादलों में बिजली की तरह तेज़ी से कौंधने लगी। एक सिह्र[88] था जिसने मुझे बेख़ुद कर दिया। कोई सख़्त-सी चीज़ मेरे गले में बार-बार अटकती हुई मालूम हुई और आँखें धुँधली-सी हो गईं, मैं खड़ी हो गई। बहादुर का हाथ रुक गया और उसने मुझे एक लम्हा तक बेमानी नज़रों से देखा, लेकिन एकाएक जज़्बात के हुजूम और ख़यालात की ख़ामोश घटाएँ उसकी आँखों में छा गईं। मैं आहिस्ता से उसके क़रीब जा खड़ी हुई। वह परेशान हो गया। चेहरा किसी नाक़ाबिले-बयान[89] तकलीफ़ से तमतमा उठा। उसके होंठ ख़ून की ज़्यादती की वजह से अंगारे हो गए। ऐसा मालूम होता था कि गोया फूट जाएँगे। उसके हाथों में एक लरज़िश थी जिसे वह झुँझला-झुँझलाकर छुपाने की कोशिश कर रहा था।

---

74. भरे-भरे, 75. व्यस्तता, 76. उदास, 77. लगातार, 78. नीच और अपमानित, 79. ग़रीबी, 80. रास्ते की धूल, 81. उच्च शिक्षा, 82. जाति, 83. विशिष्ट अस्तित्व, 84. प्रशंसनीय, 85. तल्लीनता, 86. सहसा, 37. पीड़ित, 88. जादू, 89. अकथनीय,

"तुम ये बताओगे?" मैंने उसके इस्तरी वाले हाथ पर हाथ रखकर कहा।

वह मज़बूती से इस्तरी को पकड़े रहा और मेरा हाथ उसके हाथ को जो काँप रहा था। उसने आहिस्ता से डरते-डरते मेरी तरफ़ देखा और इस मर्तबा ऐसे कि दोबारा किसी सवाल की ज़रूरत न रही। मैंने इस्तरी लेकर उसके हाथ से रख दी। वह दोनों हाथों से गिरेबान बन्द करने लगा। परेशानी के अलावा और कुछ भी छुपाने की कोशिश कर रहा था। उसकी पलकें भारी होकर लरज़ रही थीं और उसके होंठ एक सुबकी में मचल जाने को तैयार थे!

"बोलते क्यों नहीं?" मैंने नर्मी से क़रीब होकर कहा।

" मैं...मैं...क्या बोलूँ।" वह लफ़्ज़ चबाने लगा।

"तुम रंजीदा[90] क्यों रहते हो?" मैंने सवाल किया।

वह चुप रहा।

"क्यों रंजीदा रहते हो?" मैंने फिर कहा।

"मुझे नहीं मालूम।" उसने परेशानी से चारों तरफ़ देखते हुए कहा।

"तुम्हें नहीं मालूम, झूठे!..." मैंने लफ़्ज़ चबाकर कहा।

"सच।" उसने सर हिलाकर अपने झूठ का और भी पुख़्ता सुबूत दिया।

"मैं धोखे में थी। मैं समझती थी कि तुम मुझे अपना दोस्त समझते हो।" मैंने सब कुछ समझकर कहा और कुर्सी पर बैठ गई।

उसकी आँखें पुकार-पुकारकर कह रही थीं कि बनो मत। तुम ख़ूब समझती हो, मगर वह चुप था।

वह थोड़ी देर ग़ैर-मुतमइन[91] नज़रों से मुझे घूरता रहा। उसने चाहा कि बाहर चला जाए लेकिन फिर एकदम उसका वही ग़ुस्सा और जुनून औद[92] कर आया। वह तेज़ी से मेरी तरफ़ झपटा और मेरे इतने क़रीब आकर रुका कि मैं समझी, वह ज़रूर मेरे ऊपर गिर पड़ेगा।

"आप समझती हैं...आप खेल रही हैं। मुझ ग़रीब से...आप खेल रही हैं...आप जानती हैं। आप जानती हैं।" और वह झुँझलाकर अपने होंठ चबाने लगा। आँसू बेइख़्तियार बग़ावत पर आमादा हो गए।

मैंने उसकी तरफ़ हाथ उठाया। वह ख़ामोश मेरी तरफ़ थोड़ी देर तक देखता रहा। ख़ामोश फ़सानों [93] की ज़ख़ीम जिल्द[94] मेरे सामने खुल गई।

"बहादुर।" मैंने कहा।

और वह मेरे क़रीब गिर पड़ा और अपना सर मेरी गोद में रख दिया। बड़ी देर तक वह गहरी-गहरी सुबकियाँ लेता रहा।

"तुम्हें रंजीदा देखकर मेरा दिल दुखता है, बहादुर।" मैंने उसके सर को सहारा देकर कहा।

---

90. दुखी, 91. असन्तुष्ट, 92. पलटना, 93. कहानियों, 94. मोटी किताब,

"तो न देखा कीजिए मेरी तरफ़।" उसने ग़ुरूर से कहा।

"न देखा करूँ तुम्हारी तरफ़।" मैंने गोया ख़ुद से कहा।

"हाँ। क्या फ़ायदा।"

"क्या हर काम इनसान फ़ायदे के ख़याल ही से करता है?"

"हाँ...और जो नहीं करता वह दुख उठाता है।"

"क्या दुख बड़े कठिन होते हैं?"

"हाँ...एक भूखे-नंगे ख़िदमतगार के लिए।" उसने उँगली चटख़ाकर कहा।

"और जो भूखे-नंगे ख़िदमतगार नहीं होते, उन्हें क्या दुख नहीं होता?"

"क्या उनको भी दुख होता है?"

वह उम्मीद भरी आवाज़ में बोला और सीधा हो बैठा।

"क्या वह भी अपनी टूटी हुई कोठरी...नहीं...मेरा मतलब है साफ़-सुथरे कमरे में छुप-छुपकर रोया करते हैं।"

उसकी आँखें चमक रही थीं।

"और क्या वह भी उन...वह भी एक अमीर और ताक़तवर इनसान को देखकर कि वह...कि जब वह...उसको देखते हैं तो घंटों जला करते हैं।" उसने चबा-चबाकर बेतरतीबी से कहा।

"कौन-से ताक़तवर अमीर इनसान को? रशीद को?" मैंने शरारत से कहा।

"हाँ।" और वह शर्मिन्दा होकर ज़ोर से हँसा।

"तुम...ताक़तवर इनसान की यही तो पहचान नहीं कि वह मोटा हो और बहुत सा रुपया रखता हो। बल्कि...बाज़...बल्कि...।" मैं अल्फ़ाज़ ढूँढ़ने लगी।

"बल्कि?" उसने शौक़ से पूछा।

"तुम बेवक़ूफ़ हो।" मैंने उसे दूर धकेलकर कहा।

आक़ा और ख़ादिम[95] का रिश्ता कभी का टूट चुका था।

उसके बाद चन्द दिन कैसे गुज़रे, शायद उनके बयान करने की ज़रूरत नहीं। बस इतना कहना काफ़ी है कि मुसलसल ख़फ़गियाँ[96] और खुदकुशी[97] की धमकियाँ चलीं और आँसुओं की नहरें बह गईं।

अब्बा उतने ही संजीदा और ख़ामोश रहे।

रशीद की नई कार पर मेरे मोनोग्राम की जगह एक स्याह पट्टा नज़र आने लगा है। उन्हें अब छुट्टी बिल्कुल नहीं मिलती।

मैं कॉलेज बराबर जाती हूँ।

बहादुर वक़्त पर मोटर अब भी लाता है, बल्कि हमेशा जल्दी लाता है।

---

95. नौकर, 96. अप्रसन्नता, 97. आत्महत्या।

तारीकी[1]

चाँद की आख़िरी तारीख़ों में...जब चाँद ग़ायब हो जाता है और चमगादड़ें ठट्ठे लगाती हुई स्याह फ़िज़ा में गोते लगाती हैं...मुझ पर एक जुनूनी[2] कैफ़ीयत[3] तारी[4] हो जाती हैं।

''आमोंवाले बाग के पीछे।''

उस दिन मेरे कानों में कोई गुनगुना रहा था...लेकिन फिर वहीं-कहीं ये भी उसी तरह नाचके ?...ख़ैर।

मैंने यूसुफ़ से कहा, ''यार मेरी आवाज़ बनाकर हाज़िरी बोल देना।'' और सीधा स्टेशन की तरफ़ उड़ा...अभी ग्यारह बजने में डेढ़ घंटा बाक़ी था। मेरे हाथ न जाने क्यों काँप रहे थे। मैंने चिढ़कर दो पेग और पी लिए और देर तक वेटिंग रूम के सामने टहलता रहा।

टना टन ग्यारह का घंटा एक धुन की तरह मेरे कलेजे पर पड़ा। दो दफ़ा पैर पैडल पर से फिसलकर वापस सीढ़ी से टकराया। तीसरी कोशिश में दूसरी तरफ़ गिरते-गिरते बचा। आज साइकिल भी ज़ोर दिखा रही थी, जैसे उसे मेरी कमज़ोरी का पता चल गया हो। हवा एक बिफरी हुई नागिन की तरह मेरी साइकिल के पहियों से ज़ोर-आज़माई[5] कर रही थी। आगे का पहिया मस्त शराबी की तरह झूम रहा था।...मैं साइकिल से चिमट जाना चाहता था। डिग्गीवाली सड़क पर से होता हुआ दाहिने हाथवाली कच्ची सड़क पर मुड़ गया। धूल और गड्ढे, शाम को गुज़रनेवाले मवेशियों की ग़लाज़त[6]। उनसे बचता हुआ दोधपुर की सड़क पर निकल गया।

''आ गए बाबू जी।'' उसने पुलिया से नीचे रेंगकर कहा, ''ऊँह। कबसे ठारहन।'' वह रूठने के अन्दाज़ से बोली।

मैंने साइकिल को पेड़ से लगाकर डाल दिया और एक पुलिया पर बैठ गया। वह मेरे घुटनों पर ठोड़ी रखकर अँधेरे में मेरी आँखें ढूँढ़ने लगी, मगर रात अँधेरी थी।

---

1. अँधेरा, 2. पागलपन, 3. दशा, 4. छा जाती है, 5. लड़ना, 6. गन्दगी,

"अरे तुझे ठंड नहीं लगती।" मैंने अँधेरे ही में उसे टटोला। वह गर्म पानी की बोतल की तरह गर्म और पसीजी हुई थी। उसने सिर्फ़ एक गहरी साँस ली और हँस दी।

"ऊँह-हूँ!" मैंने पसीने, बासी खाने और ख़ाक-धूल में बसे भभके से बौखलाकर कहा, "चुड़ैल!"

"का करे, ही ही, ही।" वह फिर हँसी और अपने सर को खुजाने की कोशिश करने लगी। बालों का जाल, सड़े हुए तेल, ख़ाक और मैल में गुँधे हुए सर पर एक टोपी की तरह मँढा हुआ था। मगर पुलिया के नीचे सड़नेवाले पत्तों की सड़ाँध, आम के ताज़ा-ताज़ा बौर की ख़ुशबू, ख़ुद उसके जिस्म की बिसाँध मिल-जुलकर मुझे बदहवास[7] करने लगी। उसका बात-बात पर खिलखिलाना काँसी के कड़ों की झंकार में, सब कुछ भुला गई...दूर फ़िज़ा में चमगादड़ ने क़हक़हा मारा। मेरी पीठ पर कनखजूरे से रेंगने लगे। हवा दिक़[8] के मरीज़ की तरह लम्बी-लम्बी साँसें खींच रही थी। रात की कलौंस और गहरी हो गई।

जब मैं लौटा तो सफ़िया के कमरे में अभी तक लालटेन जल रही थी। मैं आहिस्ता-आहिस्ता ज़ीने पर चढ़ने लगा, लेकिन शायद वह जाग गई क्योंकि रौशनी ग़ायब हो गई। मेरा सर झुक गया।

"सफ़्फ़ो।" मैंने सुबह उसे प्यार से कहा।

"हाँ भैया।" वह दुपट्टा ओढ़ती हुई कमरे से निकली। उसकी आँखों से रात को जागने के आसार साफ़ ज़ाहिर थे। हल्की-सी ज़र्दी की झलक और आँखें झुकी हुईं, मेरा जी चाहा कि दौड़कर उसके पैर पकड़ लूँ। मेरी नन्ही-सी बहन जो ब-यक-वक़्त[9] मेरे लिए माँ, बहन और खादिमा[10] की ख़िदमत अन्जाम देती थी। उफ़, किस क़दर पाजी हूँ मैं भी,...मैं सर झुकाए चाय पीता रहा और वह मेरा स्वेटर बुनती रही।

मैंने ज़ीने पर चढ़ते में एक धारीदार क़मीज़ से ढका हुआ कन्धा दीवार के बिल्कुल क़रीब देखा, जो फ़ौरन ग़ायब हो गया। "यह" मैं उछल पड़ा..."यह कमीना झाँका करता है।" मेरा ख़ून खौलने लगा। मैंने सफ़िया से कुछ न कहा। वह बावर्चीख़ाने में चूल्हे पर झुकी हुई कुछ तल रही थी। मैं पलंग पर बैठकर बूट के तस्मे खोलने लगा।

न जाने क्यों मैं जिस वक़्त भी घर में घुसता, मेरी आँखें बेइख़्तियार दीवार की तरफ़ उठती जातीं जो हमारे पड़ोसी और हमारे दरमियान खिंची हुई थी। और जिसने एक घर को दो बराबर हिस्सों में तक़्सीम[11] करके दो ख़ानदानों के रहने का इन्तिज़ाम कर दिया था। मुझे ऐसा मालूम होता जैसे कोई उधर से झाँककर हमें देखा करता है। मेरा शुब्हा यक़ीन को पहुँच गया जबकि मैंने धारीदार क़मीज़वाला कन्धा देखने

---

7. बौखलाने लगी, 8. टी.बी. 9. एक वक़्त में, 10. नौकरानी, 11. विभाजित,

के बाद एक रोज़ मोटी-मोटी भवोंवाली पेशानी का कुछ हिस्सा और गुच्छेदार मर्दाना बालों की झलक देखी और फिर एक रोज़ चार मज़बूत भूरी उँगलियाँ दीवार पर थोड़ी देर जमी रहने के बाद ग़ायब हो गईं...कोई तेज़ी से दीवार के पास से हटा...मेरा सर घूमने लगा और फ़ौरन मेरी निगाहें सफ़िया पर गईं। वह बिल्कुल बेख़बर धूप में फैली हुई साड़ी को अलगनी पर से घसीटकर उतार रही थी। शुक्र है कि उसने बदमाश को झाँकते न देखा वर्ना उसके दिल को सख़्त-रंज[12] पहुँचता। मैंने इरादा कर लिया कि आज उन लोगों को ठीक कर दूँगा, लफंगे कहीं के, बदमाश!

अरे ये बताना तो भूल ही गया कि आमोंवाले बाग में बौर झड़ा, आम लगे और पक गए...इम्तिहान एक तूफ़ान की तरह टूट पड़े। कहाँ आमों का बाग़ और कहाँ की अँधेरी रातें। जिधर देखो दो-चार सर किताबों पर झोंके ले रहे हैं। कटी हुई बेरौनक़ आँखें, कुचली हुई जम्हाइयाँ, दबी हुई अँगड़ाइयाँ, गाढ़ी चाय के भी बस की न थीं। तालिबे-इल्मे[13] की ज़िन्दगी में दो ही तो कठिन वक़्त होते हैं : एक तो इम्तिहान से कुछ पहले शब-बेदारी[14] और दूसरा नतीजे के वक़्त...ख़ुदा की पनाह। सब संसार को भूलकर मैं भी उसी तूफ़ान में बह गया।

नया सेशन नई सूरतें और नई दिलचस्पियाँ लेकर आया और फिर वही हम...वही प्रोफ़ेसरों की ग़ैर-दिलचस्प आवाज़। वही जैसा चौदह बरस से हम देखते आए थे। वही सामने काला-काला बोर्ड। मेज़-कुर्सी और प्रोफ़ेसर।

जब मैरी रोड के चक्कर लगाते-लगाते टाँगें शल[15] हो गईं। गर्ल्स कॉलेज की हर-हर हवाख़ोरी की दिलदाह[16] उस्तानी[17] को हर मुमकिन[18] ज़ाविये[19] से देखकर उन पर हर क़िस्म और कई-कई शेर पढ़ चुके तो स्टेशन ही सुकून और दिलचस्पी की जगह रह गई। लिहाज़ा हस्बे-मामूल वहाँ का रुख़ करना पड़ा। वहाँ से हम और यूसुफ़ सीढ़ियों के क़रीब पहुँचे, पीछे से किसी ने कहा "बाबू जी!"

और यक़ीन मानिए कि वह अपनी कुल बिसाँद और बदबू के मौजूद थी।

"ई" उसने गूदड़ की एक पोटली को कुरेदते हुए इशारा किया। जैसे किसी ने मुझे पीछे घसीट लिया। "चट...ऐं।" एक बहुत हक़ीर[20] इनसानी कीड़े ने कुलबुलाकर सूखी हुई मुट्ठियाँ हवा में उछालीं...वह फ़ातिहाना मुस्कराहट से कभी उस केंचुए को और कभी मुझे देखती रही।

"आहा...ये ठाट हैं..." यूसुफ़ ने क़हक़हा लगाया।

"बाबू जी!" उसने मुझे फिर पुकारा...मगर हम पैडल मारकर निकले चले गए। मैंने मुड़कर देखा तो...वह एक ताँगे के पीछे चीख़ती-चिल्लाती भीख के लिए

---

12. बहुत दुख, 13. विद्यार्थी, 14. रात भर जागना, 15. शिथिल, 16. मुग्ध, 17. अध्यापिका, 18. सम्भव, 19. कोण, 20. तुच्छ,

दौड़ रही थी। गूदड़ की पोटली में से दो टाँगें...सुर्ख़ सूखी हुई टाँगें लटक रही थीं। मोड़ पर मोटर से टकराते-टकराते बचा। आगे सड़क सुनसान और तारीक थी।

जब मैं पलंग पर लेटा तो ऐसा मालूम हुआ कि कमरे की हर चीज़ घूम रही है। ओह...वह दो सुर्ख़ ख़ूनी टाँगें मेरे सामने बेबसी से झूल रही थीं। सिर्फ़ दो टाँगें, दहकते हुए लोहे की दो सलाख़ों की तरह मेरी आँखों में घुसी जा रही थीं। मैंने बचने की कोशिश न की। घुस जाओ कमबख़्तों मेरे दिमाग़ में...उफ़ कितना अँधेरा था कमरे में।

सुबह एक अजीब ज़ेहनी दुक्खन ने मुझे पस्त कर दिया था। मैं अपनी कमज़ोरी पर झुँझला उठा...ऊँह आख़िर मैं ही क्यों इस क़दर हस्सास[21] हूँ! होने दो...क्या हुआ फिर? ये सब कमज़ोरी है...कमज़ोरी यानी इसमें ऐसी बात ही क्या है? कौन-सा ग़ज़ब हो गया?...और क्या एक मैं ही हूँ? मगर मेरा जी चाहा...कोई इस चुभन को जो एक सीसे की गोली की तरह मेरे दिमाग़ में कानों के ज़रा पीछे अड़ी हुई थी, निकाल दूँ। मुझे फिर ग़ुस्सा आया...अपनी कमज़ोरी पर...मैं कॉलेज से जल्दी ही लौट आया। सफ़िया उदास और ख़ामोश बैठी थी। मुझे देखकर जैसे डरकर चौंक पड़ी। मैं बड़ी देर तक उससे प्यार की बातें करता रहा।

"तुम्हारा नाम लिखवा दूँगा स्कूल में।" मैंने कहा।

"वहाँ मेरी क्लास में छोटी-छोटी लड़कियाँ होंगी, मुझे शर्म आएगी।" वह परेशान होकर बोली। गो हमेशा से वह पढ़ाई की शौक़ीन थी।

"तो क्या हुआ!" मैं हँसने लगा।

"वह छेड़ेंगी।" उसने घबराकर कहा। न जाने उसका चेहरा हल्दी की तरह ज़र्द क्यों था, कमज़ोर और नहीफ़[22]। मेरा जी चाहा था किसी तरह तो उसे बहलाऊँ। वह किस क़दर उदास और ख़ौफ़ज़दा[23] थी। मैंने दीवार की तरफ़ देखा। शुक्र है कि वहाँ से अब कोई नहीं झाँकता। मकान दो महीने से ख़ाली हो चुका था। मैं इत्मीनान से कॉलेज चला गया।

ज़ीने पर चढ़ते हुए मुझे किसी की घुटी हुई आह सुनाई दी, मैं ख़ामोश खड़ा हो गया। फिर वही आह, जैसे कोई चीज़ मेरे पैरों के नीचे रखी थी और मेरे चलने से कुचली जाती थी। एक और आह। और मैं तेज़ी से ऊपर पहुँच गया। थोड़ी देर बरामदे में खड़ा रहा।

"आह" सफ़िया के कमरे में से आवाज़ आई। मैं जल्दी से चला... "सफ़िया...सफ़्फ़ो।" मैंने पुकारा। वह पलंग पर लेटी क्या आड़ी पड़ी थी...मुझे आता देखकर उसने जल्दी से रज़ाई ओढ़ ली और गुड़ी-मुड़ी बनकर पड़ी थी। तकलीफ़ उसके चेहरे से टपक रही थी...दुख से उसकी आँखें फट गई थीं और उसने इस तरह

---

21. संवेदनशील, 22. दुर्बल, 23. भयभीत,

मुझे डरकर देखा गोया कोई जिन्न या देव हूँ मैं कि उसे खा जाऊँगा। मैं उसके पलंग पर बैठ गया।

"क्या हुआ सफ़िया! कहाँ है दर्द? क्या बुख़ार है?" मैंने उसकी पेशानी[24] पर से बाल समेटे।

वह तकलीफ़ में थी। उसने गहरी-गहरी साँस लेना शुरू किया और और बल खाकर तकलीफ़ को छुपाती रही।

"ऊँह। यह रज़ाई को उतारो। किस क़दर गर्मी हो रही है...उफ़्फ़ुहो..." और वह रज़ाई को ज़ोर से पकड़कर औंधी हो गई। उसने घुटी हुई आह को और दबाया...मैं बुरी तरह घबरा गया...या अल्लाह! वह जिब्ह हुई[25] मुर्ग़ी की तरह अकड़-अकड़कर तड़प रही थी।

मैंने जल्दी से साइकिल उठाई और कॉलेज की तरफ़ उड़ा...डॉक्टर ड्यूटी पर थे। नफ़ीस कहीं बाहर गए हुए थे। ओह! मेरे पैर काँपने लगे।...सफ़िया की मासूम शक्ल आँखों में फिरने लगी...मैंने देखा भी नहीं कितने दिन से वह सुस्त और बीमार नज़र आती थी। हद होती है लापरवाही की भी। मैं मलामतें[26] करता ज़न्नाटे से चला...रमेश भी मौजूद न थे। मिस न्यूज लेडी डॉक्टर, मैं तेज़ी से घुसा चला गया। कमबख़्त सिनेमा जा रही थी। मैंने कुछ ऐसा बौलाया कि फ़ौरन तैयार हो गई। मैंने पता बताया और चला कि मोटर से आगे निकल जाऊँ। मालूम होता था पीछे खिसक जाऊँ। ख़ैर!

वह अन्दर गई और मुझे बाहर रोक दिया। चाँद की आख़िरी तारीख़ें थीं। सामने लालटेन सिसकियाँ ले रही थी।

"ओह...आप लोग...कितना बेवक़ूफ़...जल्दी कीजिए...फ़ौरन जाइए, डेल्सी को बोलिए कि बड़ा बक्स लेकर आए।" उसने वापस आकर कहा।

"मिस साहब..." मैंने कहा।

"बस चलिए-चलिए, जल्दी करिए। जब केस बिगड़ जाता है तो हमारे पास आता है आप...और कोई सामान भी नहीं आपके पास। कैसा जंगली होता हिन्दुस्तानी लोग..." मुझे खड़ा देखकर वह फिर दहाड़ी, "आपकी बेगम साहिबा का जान डेंजर में है...और आप..."

"मेरी बहन...मिस साहब..." मैंने झेंपकर कहा। बेहूदा कहीं की! जी चाहा थप्पड़ दूँ।

"वह कोई भी है...बच्चा मर चुका है और लड़की बेहोश है...आप...जल्दी।"

सन्न-सन्न...जैसे गोलियाँ चलीं। दूर चमगादड़ ने एक करीह[27] क़हक़हा लगाया। ...और ग़ोता मारकर मेरे ऊपर से निकल गई। दरवाज़े की चौखट उछलकर मेरे माथे पर लगी...और फिर...तारीकी!

---

24. माथा, 25. कटी हुई, 26. निन्दा, 27. भद्दा।

काफ़िर

''हट तेरे महादेव जी जैसे हव्वे की शक्ल रात को देख लो तो बुख़ार चढ़ आए।'' मैंने पुष्कर की तरफ़ हिक़ारत से देखते हुए कहा।

''अरे तेरे, तेरे वह मस्तान जी और मुस्टंडे पीर जो हर जुमेरात में तुझे आशीर्वाद देने आते हैं, जैसे डाकू चला आता है। मेरी तो उन्हें देखकर ही घिग्घी बँध जाती है।'' पुष्कर ने उँगलियाँ नचाकर कहा।

''तो तू काफ़िर है पुष्कर ?'' मैंने मौलवियाना अन्दाज़ से कहा, ''तू जहन्नम में जाएगा, फ़रिश्ते तेरा बदन लोहे की सलाख़ों से दाग़ेंगे और आग के कोड़े मारेंगे, ख़ून और पीप खाने को मिलेगा।''

''है गन्दी। कैसी जी मतलाने की बातें करती है। मैं तो वह तेरे फ़रिश्ते के मुँह पर उलटा मारूँगा। मैं काफ़िर हूँ तो तू काफ़िरनी है। तूने उस दिन बाबूजी से कहा था कि मुझसे शादी करेगी। तेरे भी जहन्नम में कुछ कम जूतियाँ नहीं पड़ेंगी।''

''हट मैं तो मुसलमान हूँ और तू हिन्दू है। जनाबे-आली, सारे मुसलमान तो जन्नत में चले जाएँगे, हम भी मज़े से जन्नत में जाएँगे, तू ही रह जाएगा। देख लीजियो।''

''बहुत रह गया। मैं तुझसे भी अच्छी जगह जाऊँगा। तू मुसलमंटी है, तू नरक में पड़ी जला करेगी।''

''सुअर कहीं का। तू मुझे मुसलमंटी कहता है। तू ही है भंगी, काफ़िर, उल्लू।''

''तू तो भंग्गन और काफ़िरनी है।''

मैंने उसके एक ज़ोर का तमाचा मारा। वह क्यों चूकता। दो धमोके जड़ दिए और हाथ अलग मरोड़ दिया। मैंने भी उसकी कलाई में नाख़ून ऐसे गड़ोए कि चर्बी निकल आई। चाची जूतम-पैज़ार की आवाज़ सुनकर दौड़ी और बीच-बचाव कर दिया।

''पुष्कर के बच्चे, आने दे बाबू जी को कैसी गत बनवाती हूँ।'' चाची ने पुष्कर को घूँसा दिखाकर कहा, जो दीवार का घोड़ा बनाए बैठा मेरा मुँह चिढ़ा रहा था।

''चाची अब इस सुअर से मैं शादी नहीं करूँगी।'' मैंने रोकर कहा।

"और मैं तुझ कलूटी से कब करूँगा। माँ यह मुझे पीप-ख़ून खिलाती है, उफ़।" पुष्कर ने उबकाई की नक़्ल करते हुए कहा।

" हे राम मलीछ कहीं का। चुप।"

"सच्ची माँ, यह कहती है सब हिन्दू नरक में जाएँगे और ये बड़ी आई, जन्नत में जाएगी।"

"नहीं, चाची नहीं जाएगी। भैया और बाबू जी भी नहीं जाएँगे, पर यह अन्नू तो ज़रूर जाएगा।" मैंने वुसूक़[1] से कहा।

"मैं गया तो तेरी भी टाँग पकड़कर घसीट ले जाऊँगा।"

"बहुत ले गया। वह ज़ोर से काटूँगी कि मर ही तो जाएगा।"

चाची हँसते-हँसते लाल हो गईं, "अरे ये नरक में भी जूता चलेगा। मुन्नी जब पुष्कर को मार डालेगी तो फिर ये नरक से जाएगा।"

"और तब भी नरक में जाएगा। देख लेना चाची, ये बड़ा कमीना है।"

"देखो माँ फिर मैं इसके ढेला खींचकर मार दूँगा।"

"क्या हो रहा है।" बाबूजी ने अपनी छतरी को बन्द करते हुए कहा।

"हिन्दू-मुस्लिम फ़साद।" चाची ने हँसकर कहा।

डरपोक पुष्कर भी भाग गया। चाची मुझे प्यार करती ले गई और मज़ेदार दाल-मोठ खिलाई। चाची तो मुसलमान है, ये पुष्कर ही काफ़िर है।

दीवाली आई। पुष्कर का घर दीयों से जगमग करने लगा। मैंने उससे फ़ौरन मिलाप कर लिया और दिन भर चिराग़ों के लिए बत्तियाँ बटीं और खीलें और शक्कर के खिलौने खाती रही। चाची बहुत चिल्लाई। मुन्नी की बच्ची सारी रूई मसल-मसलकर गुठलियाँ डाल रही है, मगर मैं भला कब मानती थी। शाम को पुष्कर सजकर निकला। सफ़ेद झाग सी धोती, सुर्ख़ मलीना का कुर्ता, ख़ूब माँग-पट्टी किए, लाल-लाल टीका लगाए। चाची भी बनारसी साड़ी पहने, झाँझन झँकारती, दीवे सँभालती फिर रही थी। पुष्कर घर की हर एक चीज़ का मुहाफ़िज़[2] हुआ था। आज वह कट्टर हिन्दू था। और मुझसे छूत कर रहा था, वही नदीदा पुष्कर जो कितनी ही दफ़ा मेरे झूठे बेर खा चुका था आज मुझे कचोरी दूर से पकड़ा रहा था। मेरा दिल कुढ़ रहा था।

"पुष्कर! हमारे भी चन्दन लगा दो।" मैंने उसे पुराने एहसानात याद दिलाकर कहा।

"नहीं!" उसने ग़ुरूर से सर हिलाकर कहा, "तुम हिन्दू थोड़े ही हो।"

"नहीं पुष्कर अब तो हिन्दू हूँ। अम्माँ से न कहना। अच्छा।"

उसे शायद रहम आ गया और उसने बड़े एहतिमाम[3] से चन्दन लगाया।

ईद पर मैंने भी सारी कसर निकाल ली। पुष्कर को काफ़िर कहकर उससे फ़ौरन

---

1. विश्वास, 2. रक्षक, 3. सलीक़ा, तमीज़,

लड़ाई कर ली। मगर जब मेहँदी से मेरे हाथ-पैर लाल हो गए तो मैं बेचैनी से उसके आने का इन्तिज़ार करने लगी। वह आया तो मैं बेतवज्जुही से अपने हाथों को गोद में रखकर बैठ गई।

"आहा मुन्नी के हाथ बड़े लाल कुत्तर हो गए। देखें मुन्नी।"

मैंने उसके हाथ झटककर कहा, "हटो भई हमारी तो ईद है। कोई तुम्हारी थोड़े ही है। जनाब आप कोई रोज़े थोड़े ही रखते हैं। मुसलमान जो रोज़े रखते हैं तब ही उनकी ईद आती है।"

"तू कब रोज़े रखती है?"

"रखती तो हूँ।"

"ऊँह। बड़ी रखनेवाली आई। दिन भर तो बकर-बकर खाती है। ऐसे एक डाढ़ का मैं भी रख लूँगा।"

"वाह तुम हिन्दू हो।" मैंने आख़िरी तुरप लगाते हुए कहा।

वह खिसियाना हो गया, "तो इससे क्या होता है?"

"हम कल नए-नए कपड़े पहनेंगे।" मैंने इतराकर कहा।

"मैं भी अपना नया कोट पहनूँगा।"

"वाह तुम हिन्दू हो, तुम क्यों पहनोगे। हम तुम्हें अपनी सिवईयाँ भी नहीं खिलाएँगे।"

"और हमारी दीवाली पर ढेर-सी खीलें ठूँस आई, हमसे चन्दन भी लगवा लिया, बाबू जी से खिलौने भी ठग लिए और ऐसी बातें करती है। बेईमान कहीं की!"

मैंने फ़ौरन पुष्कर से लड़कर उसे भाग जाने पर मजबूर किया, लेकिन कपड़े बदलते ही मुझे उस पर रोब गाँठने जाना पड़ा।

मैं गोटा-पट्टे के कपड़े पहनकर ग़ुब्बारा बनी हुई जब पुष्कर के पास पहुँची तो उसका सारा ग़ुस्सा रफ़ूचक्कर हो गया और उलटी मेरी ख़ुशामदें करने लगा। मगर मैंने उसे बार-बार समझाया कि वह हिन्दू है और उसे हमारी ईद पर ख़ुश होने का कोई हक़ नहीं।

वह मायूस होकर कहने लगा, "अच्छा हम भी मुसलमान हुए जाते हैं।"

मगर बेईमान कहीं का, होली पर फिर काफ़िर हो गया। उसकी बन आई और मेरे पीछे-पीछे लगे रहने और ख़ुशामदें करने के बावुजूद उसने मुझे रंग खेलने से साफ़ इनकार कर दिया।

"तू मुसलमंटी है।" उसने कहा।

"अच्छा पुष्कर ईद पर आना। कैसा पीटूँगी कि याद करेगा।" मैंने सर हिलाकर कहा।

"तो फिर हिन्दू हो जा न।" पंडित जी ने सर को बेरुख़ी से मोड़ते हुए कहा।

"अच्छा तो मुझे अबरक़ मिला हुआ गुलाल तो दो।"

"तू तो उस दिन कहती थी कि बदन के जौन-जौन हिस्से पर रंग पड़ता है वह दोज़ख़ में जाता है। अब रंग क्यों माँगती है?"

"अब मैं हिन्दू जो हो गई।" मैंने क़ायल होकर कहा।

"है बेईमान। हर दफ़ा हिन्दू होती है और फिर मुसलमान हो जाती है। पहले वादा कर, अब के मुसलमान नहीं होगी।"

"अच्छा।"

"और मुझसे शादी करेगी। क्यों है ना?"

मैंने आख़िरी शर्त भी मान ली और ईद तो ईद मैं मुहर्रम पर ही मुशर्रफ़-ब-इस्लाम[4] हो गई। और पुष्कर को यज़ीद[5] का बच्चा कहा क्योंकि वह काफ़िर और दोज़ख़ी[6] था।

यह पंडित भी क्या भोली ज़ात है और कश्मीरी पंडित ख़ुसूसियत से बस फ़रिश्ता होता है। इधर मैं पुष्कर को मारती उधर वह मिलाप कर लेता। बुज़दिल इतना कि ज़रा से जो बकरे कटे तो उन्हें तड़पता देखकर रो दिया।

"अरे तेरे अब्बा इतने बकरे क्यों मार डालते हैं?" उसने बड़ी-बड़ी आँखें हैरत से फाड़कर कहा।

"अरे बेवक़ूफ़, यह तो सवाब[7] है।" मैंने आलिमाना-लहजे[8] में कहा और उसके रोने का मज़ाक़ उड़ाया।

"सवाब है!...बकरे का काटना सवाब है?"

"हाँ और क्या। जब हम जन्नत में जाएँगे तो इन बकरों पर सवार होकर पुल सिरात[9] पर से गुज़रेंगे। पुष्कर हम तो फ़टाफ़ट चले जाएँगे और तुम रह जाओगे।"

"मैं अपनी साइकिल पर चला जाऊँगा।"

मैं जल गई, "वाह जनाब पुल सिरात बाल से भी बारीक और तलवार से भी तेज़ है। तू धड़ाम से दोज़ख़ में गिर पड़ेगा और हम बकरों पर टक-टक करते चले जाएँगे।"

"मैं तेरे बकरे पर बैठकर जाऊँगा।"

"वाह हट। मैं तुझे धकेल दूँगी।"

"मैं ख़ुद तुझे गिरा दूँगा।"

"कैसे गिराएगा तू।" मैंने उसे थप्पड़ मारते हुए कहा।

एक चश्मज़दन[10] में वह गिराकर दो चपतें लगा चलता बना। चूड़ियाँ टूट जाने से मेरा कलेजा फट गया और ऐसी दहाड़ी कि बाबूजी उसी वक़्त बाज़ार से चूड़ियाँ पहनवाकर लाए।

---

4. मुसलमान होने की इज़्ज़त प्राप्त होना, 5. इस्लाम का दुश्मन, इमाम हुसैन अलैहिस्सलाम को क़त्ल करनेवाला, 6. नरक का, 7. पुण्य, 8. पंडितों के से अन्दाज़ में, 9. मुसलमानों का विश्वास है कि जहन्नम के ऊपर वह पुल जो बाल से ज़्यादा बारीक और तलवार से ज़्यादा धारदार होता है। ईमान वाले लोग उस पर से गुज़रकर तुरन्त जन्नत में चले जाएँगे, 10. पलक झपकते ही,

न मालूम कितनी ईद और होलियाँ गुज़र गईं। ज़माने के साथ-साथ ख़यालात भी बदल गए। हम दोनों तो गोया मज़हब की फ़्लॉसफ़ी ही को समझे बैठे थे। होली पर पुष्कर आता और मुझे रंग में सराबोर कर देता और ढेरों गुलाल मल देता।

जन्माष्टमी पर उसने मुझे कृष्ण का एक मर्मरीं[11] स्टैचू दिया जिसके पैरों के क़रीब एक छोटे-से फ्रेम में पुष्कर की तस्वीर और मुजस्समा दोनों मेरी मेज़ पर रखे रहते। और अक्सर मेरी तवज्जुह[12] का मर्कज़[13] बनकर रह जाते।

पुष्कर बनारस चला गया और मैं अलीगढ़। हमारे स्कूलों में छुट्टियाँ भी मुख़्तलिफ़ ज़मानों में होतीं। और अब ईद और होली पर भी हम दोनों न मिलते। ख़ुदा दिसम्बर का भला करे सबके लिए बराबर सामाने-लुत्फ़[14] लाता है। मैं बरामदे में लेटी कुछ पढ़ रही थी कि मुसलमंटी की सदा ने मुझे पुष्कर के आने की ख़बर दी। मैंने 'काफ़िर' कहकर उसका इस्तिक़्बाल[15] किया। उसने मेरे मुँह पर गुलाल मल दिया!

''अरे ये दिसम्बर में होली।'' मैंने उसे धकेलते हुए कहा।

''हाँ ये गुलाल मैंने तेरे लिए होली पर बचाकर रख लिया था। क्या तू मुझे सिवईयाँ नहीं खिलाएगी ?''

''नहीं, तू तो काफ़िर है।''

''और तू काफ़िरनी, तुझे अपना होलीवाला बचपन याद है।''

'' कौन-सा ? मैंने चुँधियाकर कहा।

''अब इतराई। तूने वादा नहीं किया था कि मुझसे शादी करेगी।''

''हट बदतमीज़''

''क्यों बनती है।''

हम दोनों हँसने लगे।

''सुना है मसूलीनी तुम लोगों पर बड़ा ज़ुल्म तोड़ रहा है।''

पुष्कर मेरी साँवली रंगत पर हमेशा ही छींटा कसा करता है।

''विलायती चूहे, तू अपनी ख़बर ले। सुना है फ़ी[16] चूहा एक आना चुंगी से इनाम मिलता है।'' मैंने उसकी गोरी रंगत पर हमला किया।

हिन्दू-मुस्लिम फ़साद के ऊपर मैंने उससे कहा।

''भाग यहाँ से, भई तू हिन्दू है, कहीं चाक़ू-वाक़ू न मार दें।''

''तू ही क़साइनी है, मैं तो बिचारा बुज़दिल। तू ही सैकड़ों बकरे हज़्म कर गई।''

''मगर पुष्कर तुम बकरे नहीं, तुम तो बैल हो।''

उसने मेरे बाज़ू में वह ज़ोर से काटा कि मैं तड़प ही तो गई।

''अगर तू इतनी कलूटी, उलटा तवा न होती तो मैं ज़रूर तुझसे शादी कर लेता।''

---

11. मर्मर का बना हुआ, 12. ध्यान, 13. केन्द्र, 14. सुख-सामग्री, 15. स्वागत, 16. प्रति,

"ख़ैर पुष्कर मैं उलटा तवा तो नहीं हूँ।"

"तो आपका मतलब है कि आपसे शादी कर लूँ जी।" उसने आँखें चमकाकर कहा।

"चुप काफ़िर।"

"जानती हो शो'रा[17] ने काफ़िर किसको कहा है?"

"वह काफ़िर होता है, तू तो गधा हिन्दू है।"

"क्या हिन्दू मुसलमान गधे अलाहदा-अलाहदा[18] होते हैं। यहूदी गधे कैसे होते हैं?"

हम मुख़्तलिफ़ मज़ाहिब[19] की मुनासबत[20] से गधों की अक़्साम[21] पर बहस करके हँसने लगे।

ज़माना गुज़रता गया। पुष्कर डिप्टी कलेक्टर होकर हमारे क़रीब के ज़िले में तैनात हो गया। उसकी मोटर इतवार के दिन घिस डाली जाती थी। उसने कई बार मुझे अपना होली का बचपन याद दिलाया लेकिन मैंने बेतुकी बात कहकर ज़ुबान से निकालने को भी मना किया।

"आख़िर क्या तू मुझे यूँ ही डराती रहेगी। मैं आज माँ से जिकर करूँगा। चाहे फिर ग़दर ही क्यों न हो जाए। डरपोक कहीं की।"

"पुष्कर बड़े जूते पड़ेंगे। याद रखो, पेट फाड़ डालेंगे।"

"अजी इन बातों से नहीं डरता, लेकिन ये तो सोचो कि आख़िर कब तक यही सोचते रहेंगे कि आसमान से हमारी मदद को कोई आएगा।"

"पुष्कर ये तो सोचो कि हम और तुम किस क़दर मायूब[22] बातें कर रहे हैं। हमारे दरमियान एक ख़लीज[23] हाइल है, मज़हब।"

"अजी गोली मारो इस मज़हब को। मज़हब हमारे फ़ायदे के लिए है न कि हम उसकी क़ुर्बानी के लिए।"

"तुम अब्बा जान और चाचा जान की देरीना[24] मुहब्बत को देखो। उनकी जो बात शहर में है, उस पर ग़ौर करो। हमारी शादी से उनकी कैसी ज़िल्लत[25] होगी। अख़बार जिन्हें कोई ढंग का मौज़ू मयस्सर नहीं हमारी तस्वीर, हमारी इश्क़बाज़ी और मौजूदा तालीम की वह दुर्गत बनाएँगे कि जीना दुश्वार हो जाएगा। ग़ैर मज़हब में शादी करना जुर्म ही नहीं बल्कि एक आफ़त है। हमारी क़ौम के लड़कों को ये इजाज़त है कि वह हिन्दू ईसाई जिससे चाहे शादी कर लें लेकिन लड़कियों को नहीं। और आज तक फ़ख़्र से कहा जाता है कि मुसलमान लड़की को कभी ईसाई से शादी नहीं करनी चाहिए, न मालूम कहाँ तक ये फ़ख़्र बजा[26] है।"

"लेकिन मैं मुसलमान होने को तैयार हूँ।"

---

17. शायर का बहु., 18. अलग-अलग, 19. मज़्हब (धर्म) का बहु., 20. सम्बन्ध, 21. क़िस्म (प्रकार) का बहु., 22. बुरी, दोषपूर्ण, 23. खाड़ी, 24. पुरानी, 25. अपमान, 26. उचित,

"इससे क्या होता है। दूसरे मुझे तुम्हारी ये शर्त मंजूर नहीं। चूँकि मेरे लिए तुम्हारे मुसलमान होने से कोई फ़र्क़ न होगा। तुम जब भी इतने ही पाजी रहोगे। पसन्द से और मज़हब से दूर का भी लगाव नहीं।"

"तो फिर तू हिन्दू हो जा।"

"ज़रा सोच समझकर बात कर। अभी मैं जो कह दूँ कि मुझे मंगेतर बना रहा है तो मुहल्ले के सारे क़स्साई तेरी बोटियाँ काट डालें। दूसरे अगर मैं हिन्दू हो जाऊँ तो रबड़ की नाक भी न सलामत रहे। हम ग़ुलाम हैं पुष्कर, हमारी कोई चीज़ हमारी कहलाई जाने की मुस्तहक़[27] नहीं। हम सोसाइटी की मिल्कीयत[28] हैं। वह जो कुछ चाहे, हमारे साथ कर सकती है। हम अगर चाहें तब भी कुछ नहीं कर सकते।"

"ये सब वाहियात[29] हैं। मैं कुछ नहीं जानता। तुम्हारे भाई जो एक बीवी की मौजूदगी में मेम ले आए, वह ईसाई है। बराबर मैंने उन्हें गिरजा जाते देखा और तुम्हारे भाई साहब को भी।"

"पुष्कर वह मेम है और तू पंडित और मैं बक़ौल तेरे मुसलमंटी बस! लगा ले हिसाब।"

पुष्कर बेचैनी से टहलने लगा, "मैं इस सोसाइटी के टुकड़े-टुकड़े कर दूँगा। सुनती हो, हम आज ही सिविल मैरिज करेंगे।"

"ख़्वाहमख़्वाह बकने से क्या हासिल। तुम जानते हो, अब्बा को किस क़दर सदमा होगा और तुम्हारी बिरादरी तुम्हारा हुक़्क़ा-पानी बन्द कर देगी।"

"फिर क्या करें। सच बता तू कहीं उस पाजी हमीद से तो शादी नहीं कर रही है और मुझे चकमे दे रही है। याद रख, इस क़दर पिटवाऊँगा ख़ाँ साहब को कि भूल जाएँगे और इलाक़ा अलग-अलग कोर्ट करवा लूँगा। देख अगर हम यूँ डरते रहे तो बस हो चुकी ज़िन्दगी।"

"तू तो सचमुच पागल है। सोचने तो दे, शायद ख़ुदा कोई राह बता दे।"

"अब बता चुका ख़ुदा रास्ता, मैं जो तैयार हूँ। कोतवाली के क़रीब होते हुए दाहिने हाथ को निकल चलो। वहाँ से बस सीधी सड़क मिल जाती है।"

"और वहाँ से वापस आकर अब्बा का जूता।"

"वापसी क्यों। वहाँ से सीधे दौरे पर चलेंगे।"

"तो ये मशहूर हो जाएगा कि मैं भाग गई।"

"नहीं, बल्कि मैं तेरे साथ भाग गया। उठ जल्दी हाँ। तुझे कुछ मेहर-वेहर क्या होता है, वह चाहिए? मैं रजिस्टरी करा दूँगा।"

"मेहर मैं तुझे ख़ुद दूँगी। मेरी तनख़्वाह तुझसे ज़रा ही-सी तो कम है।"

"अच्छा उठ तो मेहर दे।"

"मगर जब जी चाहेगा, तलाक़ दे देंगे।"

---

27. योग्य, 28. वह चीज़ जिस पर मालिकाना अधिकार हो, 29. निरर्थक,

"ये भूल है। तू तो हर वक़्त लड़ती रहती है, घड़ी में सात तलाकें देगी। चल जल्दी...साड़ी बदल ले।"

"और रबड़ की नाक?"

"ठीक है बड़ी सुत्वाँ-सी ला देंगे, ये तो वैसे भी बिल्कुल चपटी है।"

"तो मैं नहीं चलती।" मैंने दरवाज़े को पकड़कर कहा।

"अपने बस नहीं चलेगी।" उसने घसीटते हुए कहा।

थोड़ी देर बाद हम कोतवाली की सड़क पर सीधे हाथ को पड़ी सीधी सड़क पर जा रहे थे।

"अब भी लौट चलो।" मैंने पुष्कर के कान में कहा।

"सचमुच।" उसने संजीदा होकर कहा।

मैंने सर हिला दिया। ख़ुदा जाने, नहीं में या इस्बात[30] में। और पुष्कर ने गर्दन पकड़कर मुझे चूम डाला।

"काफ़िर।[31]" मैंने उसकी कलाई में नाख़ून गड़ाकर कहा।

"शायरोंवाला।"

मैंने सर हिलाया, लेकिन इस दफ़ा इस्बात में!

---

30. सकारात्मक, 31. नास्तिक, शायरी की भाषा में काफ़िर प्रेमपात्र को कहा जाता है।

‘नेरा’

फटे-पुराने गूदड़ के लिहाफों और गद्दों के अम्बार[1] में न जाने कितनी हस्तियाँ[2] ग़ाफ़िल पड़ी थीं।

धायँ-धायँ जैसे गोलियाँ चलने लगीं। चौकीदार की खाँसी हवा में गूँजी। गर्दआलूद[3] खिचड़ी बाल सीह के काँटों की शक्ल में लटक रहे थे। उसने अपनी चमचमाती हुई आँखों समेत झाँका।

"धायँ-धायँ, धायँ-धायँ। और...हा...धायँ...धक। आक़...धू।" और क़रीब की दीवार पर पटाखा सुनाई दिया और फिर धायँ-धायँ शुरू हो गई।

"फिर...फिर...रम्मो की माँ...ऊँह!" और फिर वही गोलियाँ-सी फटने लगीं।

रम्मो की माँ यानी वही झरकट चेहरे और खिचड़ी बालोंवाली रम्मो की माँ ने एक खुली हुई जगह ढूँढ़कर सर उठाया और साथ ही साथ एक क़हत-ज़दा[4] ज़िस्म बाहर निकाला। कमर कुछ यूँ ही-सी झुकी हुई और सीना अन्दर को बैठा हुआ था।

"लेट जाओ!" उसने उठने की कोशिश करते हुए चोखी के कन्धे आहिस्ता से पीछे धकेलते हुए कहा।

"ओ...व!" और वह पीछे लुढ़क गया। रम्मो की माँ का दिल कुढ़ गया। उसका मतलब ये थोड़ी ही था कि वह गिर जाए। वह उसे प्यार से सहारा देकर उठाने लगी।

"थोड़ा पानी देयो, खाँसी रुकेगी।" पानी की घंटी मुँह से लगा दी गई और ‘धाय-धाय’ के झटकों और ‘खौं’ ‘खौं’ के धचकों के दरमियान चन्द घूँट पानी के चोखी के हलक़ में फिसला दिए गए।

"दी...ई...हो...ओ हो। कौन लेजइहे रम्मो की माँ...ऊँ...।" बूढ़े के गले से एक बात ढंग से न निकल सकती थी। फिर वही भयानक खाँसी के घूँसे लगने लगे जैसे ताज़े-ताज़े धान नई मूसल से कूटे जा रहे हों।

रम्मो की माँ आठ-दस बरस के मैले-कुचैले चीथड़ों में लिपटे हुए रम्मो को देखने लगी। एक उम्मीद बँधी और फिर टूट गई।

---

1. ढेर, 2. अस्तित्व, जीवन, 3. धूल में अटा हुआ, 4. अकाल का मारा हुआ,

अगर आज भी दही-दूध हाट न गया तो फिर क्या होगा। मीठा तो घर में मौजूद था पर दाने के नाम कंकरी भी न थी। रम्मो की माँ जाए तो चोखी की देखा-भाली कौन करे? न जाने कब दर्द बढ़ जाए।

''नेरा चली जाए।'' चोखी का सीना मलते हुए बोली।

''तू जगा...हा।'' और फिर धान कुटने शुरू हो गए। खाँसी हट्टी-कट्टी जवान जाटनी की तरह चोखीराम पर सवार थी। रम्मो की माँ ने चोखी को ख़ूब कम्बल से ढक दिया। कम्बल भी तो जी छोड़ चुका था। न जाने कितने सालों से वह चोखी का मफ़लर क़ब्र की तरह धँसे हुए सीने पर पड़ा-पड़ा मुँह चिढ़ाया करता था। सौ-सौ छींटों पुराने ऊनी बनियानों के जोड़ों और पैवन्दों ने उसे सूरत से बेसूरत बना दिया था। आदमी मर जाता है तो दफ़्न कर देते हैं या फूँक देते हैं। कम्बल बेचारे को तो छुटकारा ही न था।

''नेरा...ओ नेरा।'' माँ ने गूदड़ में से उसका कन्धा ढूँढ़कर हिलाया।

''ऊँ!'' नेरा ने नींद में रूठकर करवट बदल ली।

''उठ बेटा, बाबूजी का जी अच्छा नहीं। हाट चली जा। उठ ना।''

नेरा हिली भी नहीं। माँ ने अब कर्रा पकड़ा।

''उठती है राँड कि लगाऊँ अब।'' और गूदड़ के लच्छे उसके जिस्म पर से घसीट लिए। नेरा घबरा-घबरा सर खुजाती और बदन तोड़ती उठी। माँ मुन्तज़िर रही। सर खुजाते-खुजाते हाथ नीचे को ढलक आए और कमर पर पहुँचकर आराम से लेट गए। नेरा बैठी-बैठी सो गई। अब माँ से सब्र न हो सका। घंटी उठाकर चल्लू भर पानी छपाक से मुँह पर मारा।

''सू-सू, हाँ।'' नेरा मैले-मैले पानी को चेहरे पर मलने लगी। अब रम्मो की बारी आई।

रम्मो, बावला, सिड़ी, दिन भर गाँव के छोरे उसे चपतियाते। जिसका जी चाहता बेगार पर लगा देता। घर का काम तो उसकी मैया करती थी। इधर-उधर से दो-चार गीत सीख लिए थे और कूल्हे पर हाथ रखकर मटकना भी आता था और दोपहर की चिलचिलाती धूप से जी छोड़कर सबके सब पुलिया के नीचे बैठ जाते और ज़रा सी देर में महफ़िले-रक़्सो सुरूद[5] जम जाती। पिन्नू अपनी भर्राई हुई आवाज़ में 'चुरा के ले गया ज़ालिम मेरी झांझर सोने की' गाता, सीतल अपने झुलसे हुए सीने और मोटे-मोटे होंठों की मदद से 'भम-भम पटाक' तबले की गत शुरू कर देता तो रम्मो कमर पर हाथ रखकर मुँह से 'छपक, छपक छीं' की ताल देकर मटकना शुरू कर देता।

रम्मो ज़नाना था। सीतल भी कहता था कि वह बीच खेत ज़नाना है और पिन्नू की भी यही राय थी। देख लेना चाहिए। पर इस वक़्त तो रात के तीन बजे वही नेरा

---

5. नाचने और गाने की सभा,

का मुहाफ़िज़[6] बनकर हाट जा रहा था। तीन-चार झटकों और फिसलते हुए तमंचों की मदद से उसे खड़ा किया गया। बोरियों को नफ़ासत से तय करके 'खो-खी' तैयार की गई और रम्मो चलने के लिए तैयार जम्हाइयाँ लेने लगी।

दूध-दही की बडी मटकियाँ, एक घी की मटकी, दो छोटी-छोटी बटलोइयाँ। पंसेरी, दो सेरी और छोटे-छोटे बाट, दो धड़े के पत्थर, तराज़ू और मक्खन की पींड़ियाँ माँ ने पत्तों में लपेटकर वैसे ही कोने में रख दीं। ओढ़नी के कोने की एंडवी बनाकर नेरा के सर पर जमाई और माँ ने सहारा देकर आध मन का बोझ सर पर सँवार दिया। एक-दो दफ़ा उसका पतला-दुबला जिस्म नीम की कच्ची लकड़ी की तरह लचका और फिर वह जमकर कड़ी हो गई।

छोटे ताल से गुज़रकर पुलिया पर से होते हुए दोनों नन्हे-मुन्ने व्यापारी शहर की सड़क पर चलने लगे। ये कमबख़्त जाड़ा तो अब के ऐसा दाँत पीसकर पीछे पड़ा था कि नर्म होने का नाम ही नहीं लेता था। गर्मी तो जैसे-तैसे कट जाती, चाहे जितना नहाओ। प्याऊ पर से ठंडा-ठंडा पानी चाहे जितना पी लो। कपड़ों का, रम्मो को तो धोती का भी मर्हूने-मिन्नत[7] न होना पड़ता था। स्याह सूत का डोरा जो उसके कचरी जैसे पेट पर से फिसलकर कूल्हे की हड्डियों पर मज़े से टिक जाता था, ज़रूरत से ज़्यादा था। मज़े से तलिया में डुबकी लगाई, न तौलिए की ज़रूरत, न बेरंग गाऊन की हाजत। किनारे पर उकड़ूँ बैठ गए और लू के छपाकों से सूख गए। मगर अब तो जाने कितने दिन हो गए थे, पानी चुल्लू में लेता था पर छपाका मारने की हिम्मत न होती थी और फुरैरी लेकर ज़मीन पर छिड़क देता। हाँ दाँत ख़ूब उँगलियों से रगड़ता यहाँ तक कि चूँ-चूँ बोलने लगते।

और ये जुएँ! हर वक़्त नेरा के सर में घुड़-दौड़ मचाए रखतीं। मरने जोगियों को रात में नींद भी तो नहीं आती। खुरंड बनते और फिर उखड़ जाते। सरसों का तेल आठवें दिन ही खट्टी-खट्टी बू देने लगता। कहाँ तक सर को धोएँ।

नेरा को फिर नींद आने लगी। ''ऊँह'' उसने गर्दन की रगों को तानकर जैसे नींद को मार ही तो भगाया। रम्मो को ठोकर लगी और वह सड़क के गुस्ताख़[8] रोड़ों को मुग़ल्लज़ात[9] सुनाने लगा।

पौ फटने में अभी देर थी और उसकी भीनी-भीनी ख़ुशबू सड़क के दोनों तरफ़ से आ रही थी। दूर कहीं से रहट की सुरीली रौ-रौ और मवेशियों की अज़्दहों[10] जैसी फुनकारें हवा की सनसनाहट में मिल-जुलकर अजीब तिलिस्म[11] पैदा कर रही थीं।

''खटा खट।'' कोई कुट्टी काट रहा था।

''टोप-टोप, छिन्न-छिन्न।'' दूर कोई इक्का जा रहा था।

हाट अभी बहुत दूर था। नेरा की आँखें फिर झपकने लगीं। बावुजूद दाँत भींचने के एक जम्हाई होंठों में से मचल ही गई।

---

6. रखवाला, 7. आभारी, 8. ढीठ, 9. गन्दी गालियाँ, 10. अजगरों, 11. जादू,

"आ...ऊ, ऊ।" नेरा ने वक़्त काटने के लिए बोलना शुरू किया।

"आँ..." रम्मो मरखन्नी आवाज़ में बोला।

"कोई कित्ती दूर आ गए होंगे।"

"बहुत दूर।" रम्मो रोनी आवाज़ में मिनमिनाया।

"और अब हाट कित्ती एक दूर होगी? ऐं।"

"बहुत दूर।" रम्मो ने बहुत को खींचकर कहा।

मोड़ पर रास्ता काटने के लिए गुदगुदे-गुदगुदे मैले के ढेर पर से नेरा आहिस्ता-आहिस्ता गुज़रने लगी कि सामने टाप-टाप छन्न-छन्न इक्का सर पर आ गया। नेरा बचने के लिए कभी सड़क के इधर गई कभी उधर मगर वह किधर भी न जा सकी। और अगर वह ज़रा परे न गिरती तो इक्के का पहिया उसके सूखे हुए सीने को चर-चर करता गुज़र जाता। इक्केवाले ने एक बहन की गाली न मालूम शै को और दो एक अपने घोड़े और चाबुक को दीं और निकला चला गया।

नेरा का कलेजा फट गया और रम्मो ज़नाना तो रो ही दिया। ज़मीन पर बिखरे हुए दही के लोथड़े चाँदी के डलों की तरह शब[12] की तारीकी[13] में जगमगा रहे थे! ज़मीन दूध को मुफ़्त के माल की तरह चूसने लगी और नेरा मक्खन में से कंकरों की बजरी झाड़ने लगी। उस कटकटाती सर्दी में आँसू सावन-भादों की झड़ी की तरह बहने लगे।

नेरा भी पिटी और रम्मो भी मगर गिरा हुआ माल वापस न मिला।

चोखी की खाँसी में कमी न हुई। फेफड़े दिन-रात की धोंस न सह सके। और जाड़ों के रुख़सत होने से क़ब्ल[14] ही चोखी चल बसा! रम्मो की माँ ने माथा फोड़ लिया और नेरा रोते-रोते नीली पड़ गई। रम्मो को पता भी न था कि हंडिया भर राख वह किस लिए ले जा रहा था और जब भूखे शोलों ने चोखी के खपच्ची जैसे जिस्म को भूनना शुरू किया तो वह अपनी आँखें दोनों हाथों से ढककर चिल्लाने लगा। अधचरी सुनसान रातें जैसे-तैसे कटने लगीं। बेझड़ की रोटियाँ और लोटा भर मट्ठा हासिल करने के लिए सारे घर को दिन भर तेरे मेरे खेत में जुते गुज़र जाते। नेरा घास छील लाती। भैंसों के भी दिन लगे और दूध चुराना शुरू कर दिया। कौन देखता भालता, कांजी हाउस में ही एक तो ज़ब्त हो गई। दूसरी ब्याने का नाम ही न लेती थी। भैंस जब बूढ़ी जो जाती है तो पता नहीं चलता, न उसकी कमर झुके न बाल खिचड़ी हों। दिन भर की मेहनत-मशक़्क़त[15] ने नेरा को और भी जल्दी जवान करना शुरू किया। जवानी ग़ुर्बत[16] को नहीं देखती, बिन बुलाए टूट पड़ती है और बे कहे सुने चल देती है। भर पेट रोटी न मिली तो क्या सुहाने ख़्वाब तो कोई रोक न सका। जम्पर और शलवार से न रुके तो क्या जिस्म ने पैर रोक लिए, वह तो बढ़ता ही गया। पन्द्रह बरस की नेरा एक ख़याली दुनिया में झकोले खाने लगी। न जाने किसने

---

12. रात, 13. अँधेरा, 14. पहले, 15. अधिक परिश्रम, 16. ग़रीबी,

उसके कान में चुपके से कह दिया कि वह मोती, सीतल और सुन्दर जैसे नौजवान छोकरों को देखे तो एक दफ़ा अपने चीकट आँचल को फिसल जाने दे और कमर को ख़्वाहमख़्वाह हलका-सा झटका देकर सँभल जाए। जब वह थक-हार के गुदड़ी में सिकुड़कर लेटती तो उसकी तअफ़्फ़ुन[17] भरी फ़िज़ा में शरीक होने न जाने कौन-कौन आ पहुँचता। भारी-भारी हाथ मुस्कराते हुए गर्म-गर्म उसके क़रीब सरकते हुए चले आते और कई दफ़ा वह रोनी-सी हँसी हँस देती जिस पर माँ घुरकी बताती। जवानी को ख़ैरबाद[18] कहकर आए दिन की रोगी बुढ़िया तूफ़ान भरे ज़माने के सब दुख-दर्द फ़रामोश[19] कर चुकी थी।

पढ़ने-लिखनेवाले लड़कों को गाँव में कोई जाज़िबीयत[20] ही नज़र नहीं आती। सेठ के लाड़ले सुन्दर को गाँव में आकर दिन भर घर में पड़े रहने के सिवा कुछ बन न आता। जिधर वह निकल जाता, ख़ुद उसके हमउम्र उसकी जूतियों की ख़ाक चाटने लगते। उसका मेयार[21] बड़ा ऊँचा था। घसीयारनों और ग्वालिनों को छेड़कर वह अपनी क़ीमत गिराना नहीं चाहता था। वैसे सेठ भी बड़ा कट्टर था। गाँववालों से बिगाड़ना न चाहता था। भोले-भाले किसानों को प्यार-चुमकार से क़ाबू में रखनेवाला बड़ा दयालू होता है तो सुन्दर बड़ा सीधा था। मगर कुछ तो चाहिए, ज़िन्दगी भी हुई ना!

एक दिन उसने नेरा को बड़ी-सी गठरी से निपटते देखा तो यूँ ही शराफ़त से मजबूर होकर ज़रा-सा सहारा लगा दिया और एक ज्ञानी साधु की तरह दूर चला गया। लेकिन दूसरे रोज़ ऐन उसी वक़्त वह न जाने कहाँ से फूट निकला, जब कि नेरा अपने बोझ को सर पर रखने की कोशिश कर रही थी तो इसने फिर इम्दाद-बहम[22] पहुँचाई।

उसने गठरी उठवा दी और यूँ ही भूले से उसका हाथ फिसल गया। नेरा का पूरा जिस्म काँप उठा और वह बमुश्किल[23] लचकती चल दी। जब वह घर पहुँची तो उसे इतना पसीना आया कि उसने फ़ौरन शलवार को उतार दीवार पर फैला दिया और ख़ुद धोती लपेटकर कोने में बैठ गई। उसे ऐसा मालूम हो रहा था जैसे सारे जिस्म पर घास के तिनके रेंग रहे हैं। ख़ुद अपने हाथ के मस[24] से शर्म आने लगी। रग-रग में गुदगुदी हो रही थी। उसने जल्दी से साड़ी को और भी लपेट लिया। रात को देर तक उसे नींद न आई। न जाने किसके हाथ उसके जिस्म पर सरसरा रहे थे। बार-बार वह बालोंदार सख़्त-सख़्त उँगलियों की गिरिफ़्त[25] से अपनी कलाई छुड़ा लेती। उसे रोना आने लगा। बार-बार करवट बदलने पर माँ ने डाँटा, ''ये भैंसिया की तरह ऐंड क्यों रही है?''

फिर वह सो गई।

सुन्दर ऐसा बोदा तो न था। वह न जाने किससे डरता था। छुट्टियाँ ख़त्म होने

---

17. दुर्गंध, 18. विदा, 19. भूल जाना, 20. आकर्षण, 21. स्तर, 22. सहायता, 23. बहुत कठिनाई से, 24. स्पर्श, 25. पकड़,

आई थीं और वह गठरी उठवाते-उठवाते थक गया था। अब वह गठरी वहीं की वहीं ख़रीद लेता और दो-चार बातें करके नेरा चली आती। मगर ये तो झोल था। अगर गाँववालों के दंगे-फ़साद और बाप के जूते का ख़ौफ़ न होता तो वह कभी यूँ बेवक़ूफ़ न बनता। फिर भी कहाँ तक बनता। पर ये छुपे चोरी कब तक? फिर वह कॉलेज चला जाएगा। अगर शहर में भी नेरा हो तो क्या बुरा। शहर के मकान बहुत सस्ते हैं। ख़याल बुरा न था।

"नेरा तुम तो मेरे बिना बिल्कुल सुखी रहोगी।" सुन्दर ने एक दिन कह ही दिया।

"तुम्हारे बिना?" वह इस लफ़्ज़ 'बिना' से डर गई।

"हाँ छुट्टियाँ जो ख़त्म हो रही हैं।"

उसने सर लटका लिया और कुछ न बोली।

"तो तुम भी चलो ना।" सुन्दर ने ज़िद्दी बच्चे की तरह कहा।

"मैं!" नेरा ने बिदककर कहा।

"और क्या!" नेरा में अब भी सुन्दर के लिए दिलचस्पियाँ थीं।

"मगर!" उसे लछमी का ख़याल आया जो दरोग़ा जी के साथ रही थी तो फिर गाँववालों ने उसकी कैसी गत बनाई थी।

"क्या हुआ तो इसमें। नेरा तुम्हें रहने को मकान मिलेगा, कपड़ा-लत्ता जो चाहोगी सब कुछ!"

"पर..." नेरा बेवक़ूफ़ न थी। वह कई दफ़ा इस क़िस्म की बातें श्यामा, रम्पा वग़ैरा से सुन चुकी थी कि लोग भगा ले जाते हैं तो वैसी बात होती है।

"तो हम ब्याह कर लेंगे।" सुन्दर ने एक नए ख़याल के ज़ेरे-असर[26] कहा।

"ब्याह!" नेरा लज गई, "बापू जी..."

"बापू जी को ख़बर ही क्यों हो?"

"माँ।"

"न माँ को।"

"तो ये कैसा ब्याह!" उसने आँखें फैलाकर कहा।

"यही कि हम-तुम चुपके से कर लें! और ब्याह में क्या जोखम लगते हैं।"

"फिर वह फेरे और पंडित?"

"क्या पंडित बग़ैर ब्याह नहीं होता...हा-हा। बेवक़ूफ़ नेरा तुम अनपढ़ हो जभी ना। ब्याह तो ईश्वर ही के सामने क़ौल[27] देने से हो जाता है।" नेरा को हराने के लिए काफ़ी था।

"फिर लोग क्यों करते हैं?" वह फिर बोली।

"लोग बेवक़ूफ़ हैं। बेकार फ़ुज़ूल में, भला पंडित के अटरम-शटरम बक देने

26. प्रभाव में, 27. प्रतिज्ञा,

से ही ब्याह होता है, वैसे नहीं होता और नेरा हमारा तो ब्याह हो भी गया।'' वह शरारत से मुस्कराया।

''हट।'' वह शर्माने लगी। सुन्दर को तरस आ गया। न जाने नेरा की मासूमियत पर या जहालत पर। ''ब्याह फिर क्या होता है।''

''और ऐसा ही है तो लाव भाँवरे डाल लें। आग भी सुलगते कितनी देर लगती है और तुम घूँघट भी मार लेना।'' वह ज़ोर से हँसा।

''माँ।'' उसने डरते हुए पूछा।

''ऊँह! फिर वही। न माँ न बापूजी, ख़्वाहमख़्वाह दंगा मचेगा। वह कोई मना थोड़े करेगी। मैं किसी को बताना नहीं चाहता। यही तो सारी बात है।''

नेरा चुप रही। रम्मो, माँ और बहुत-सी बातें थीं जो उसे याद आने लगीं।

''सोमवार तक सोच-विचार कर लो। अगर तुम नहीं जाओगी तो नेरा...'' आगे उसने नेरा के तख़य्युल[28] पर छोड़ दिया।

नेरा घर पहुँची तो माँ ने गालियों से आव-भगत की।

''राँड। सारे-सारे दिन न जाने कहाँ मरी रहत है। मैं ही हड्डियाँ तोड़न को रही हूँ। बता कहाँ गई रहे!''

नेरा ग़ुरूर से सर उठाए आग सुलगाने चली गई। बुढ़िया ने पीछा न छोड़ा।

''पहले बोल कहाँ रही।'' उसने दोनों हाथ कमर पर रखकर दरोग़ा जी की तरह पूछा।

नेरा ने सब काम तो कर लिया था फिर ग़ुर्राना कैसा। वह कहीं गई थी, किसी को क्या?

''बड़ी सैर-सपाटे की पड़ी है। सारा निकाल देहूँ ई घूमना-फिन्ना।''

बुढ़िया ने दाँत किटकिटाए।

''सारा दिन तो काम किया। अब...''

''ऊपर से गुर्राती है छिनाल।''

''तो कौन-सा सुख देती हो, जाओ नहीं करती काम-धाम। हाँ नहीं तो।'' उसने गर्दन घुमाई।

बुढ़िया ने दो हाथ पास पड़े हुए चैले के लगाए।

''करेगी कैसे नहीं काम। नहीं तो मैं तेरे आगे थाल परोसूँ।''

''नहीं करूँगी मैं काम।'' नेरा ने चैले से बचते हुए कहा।

''तो जा खा कहीं अपने यारों के यहाँ। यहाँ तो काम ही करना होगा!''

''चली ही जाऊँगी।'' नेरा ने मुँह फुला के कहा।

''और क्या बैठा है न तेरा कोई खसम।'' वह जानती थी कि नेरा बकवास करती है।

---

28. कल्पना,

नेरा को बुढ़िया की भूल पर बड़ी हँसी आई, पर वह चुप रही और सोमवार की राह तकने लगी। आज अगर माँ उसे न डाँटती तो शायद। शायद सोमवार को वह कहीं न जाती। और शायद फिर मुझे उसकी बाबत कुछ भी मालूम न होता! मगर बुढ़िया क्यों मानती। सोमवार आया। पत्तों के ढेर की आग जली और ज़िद्दी छोकरी ने फेरे भी किए और घूँघट भी काढ़ा। पर न जाने क्यों कलेजे में धुकड़-पुकड़ हुई। कोई हँस-हँसकर कह रहा था। यह ब्याह नहीं हुआ। यह ब्याह नहीं हुआ!

बदमाश लड़की और वह भी कंगाल, अगर भाग जाए तो न पुलिस दौड़ती है और न अख़बारों में छपता है।

सुन्दर तालिबे-इल्मी[29] के ज़माने में गृहस्थी के मज़े लेने लगा। सुबह-सुबह जब गर्म पराँठों और चाय का नाश्ता करके वह कॉलेज जाने लगता तो नेरा से वह बिल्कुल ऐसे ही पान लगाने की फ़रमाइश करता जैसे उसने अपने मोटी तोन्दवाले बाप को करते देखा था और जब वह उसके मुँह में पान देती तो उसकी उँगली आहिस्ता से दाँतों में पकड़ लेता। नेरा को उसकी ये शरारत बहुत भाती।

तीन महीने गुज़र जाने के बाद भी सुन्दर का जी नेरा से न उकताया। यह बड़ी नई बात थी। यह उसके उसूल के क़तई ख़िलाफ़ था। वह चन्द दिन या ज़्यादा से ज़्यादा वह चन्द हफ़्तों से ज़्यादा का झोल ही नहीं पालता था। नेरा की हैसियत नौकरानी की-सी थी, पर जब वह काम-काज करके बन-ठनकर सुन्दर का सर अपने ज़ानू पर रखकर तेल डालती तो वह पूरी घरवाली नज़र आती। नेरा तो एक दरिया थी जिससे सुन्दर सैराब ही न हो सकता था। अभी क्या जल्दी थी। बीवी तो थी नहीं कि एक दफ़ा जो ढोल की तरह गर्दन में लटकी तो सदा झूलती रही। हर साल बच्चा दे तो कुछ नहीं। फूल-फाल के बोरा हो जाए तो भी निभाओ। नेरा को जब वह चाहता, छोड़ देता। पर अभी क्या जल्दी थी। नई मोटर ख़रीदने से पहले पुरानी को जितना चला लो अच्छा है। सुन्दर की शादी दूर थी।

तीन-चार दिन सुन्दर घर से खोया-सा रहा। वजह कुछ भी न बतलाई। ज़रा फ़िक्रमंद[30] भी रहता था। नेरा से अगर वह रूठ जाता, मना लेती। हँसता तो रूठ जाती पर रोते हुए सुन्दर को क़ाबू में लाना उसने न सीखा था।

"पिता जी आए थे। अस्ल में मैं उन्हें बताना नहीं चाहता था।" उसने आख़िर को बता ही दिया। नेरा को क्या ख़बर कि वह सुन्दर की सगाई पक्की कर गए।

तो सुन्दर बाप को नेरा के मुतअल्लिक़ इल्म[31] न देना चाहता था! ऊँह इसमें उसकी हत्क[32] थी जैसे वह उसकी बीवी न थी। नेरा चुप रही। आख़िर इसमें छुपाने की क्या बात थी। क्या लोग ब्याह नहीं करते। और सुन्दर क्या ऐसा शर्मीला था।

---

29. विद्यार्थित्व, 30. चिन्तित, 31. जानकारी, 32. अपमान,

"मजबूरी है नेरा," आख़िर कब तक न कहता कोई ऐसा बोदा था।

"कैसी मजबूरी बाबूजी! आप तो कहते थे..."

"हाँ कहता तो था पर नेरा तुम नहीं समझतीं। सेठ जमनालाल की बेटी है। बाबूजी की राल टपक पड़ी है।"

"और तुम्हारी।" नेरा ने कहा।

"तुम जानती हो इस साल रूई के व्यापार में घाटा बैठ गया है।"

रूई के व्यापार में घाटा बैठ गया है तो बैठ जाए। नेरा की ज़िन्दगी का व्यापार क्यों बैठ जाए, कौन पूछता है।

"यूँ नहीं कहते हैं बाबूजी..."

"नहीं नेरा सच। बापू बड़ा ज़ोर डाल रहे हैं। वह कभी ऐसी सोने की चिड़िया हाथ से न जाने देंगे।"

"और तुम?" नेरा ने पूछ ही लिया।

"मैं। मैं..." वह चकराया, "मैं किस गिनती में हूँ।"

"और मेरे साथ जो ब्याह हुआ था?"

"नहीं हुआ।" सुन्दर आदतन[33] झेंप गया।

नेरा के कलेजे पर जैसे किसी ने मोगरी मार दी।

"और वह फेरे...?"

"वह सब धोखा था। कौन मानेगा।"

"तुम मानोगे। कहते थे कि क़ौल देने ही से तो परमात्मा के आगे ब्याह हो जाता है। तुमने कहा था कि चार लोग न हों तब भी..."

"वह यूँ ही कह दिया होगा।"

"इस यूँ ही की भी ख़ूब रही। तो मैं तुम्हारी कोई नहीं।"

सुन्दर को बड़ा दुख हो रहा था, मगर वह मजबूर था। उसने सिर्फ़ सर हिला दिया। नेरा न रोई न पीटी। उसने ख़ामोश होकर एक तरफ़ सर डाल दिया।

वह उसे देर तक चुमकारता रहा।

"मैं साल पर तुम्हें रुपया भेज दिया करूँगा। तुम बड़ी सुखी रहोगी।"

सुखी तो वह कभी नहीं रही। हाँ ये चन्द माह उसकी ज़िन्दगी में हमेशा सितारों की तरह जगमगाते रहेंगे। एक बार सही पर उसने दुख-सुख देख तो लिया। औरों की तरफ़ देखो जिन्हें ये भी नहीं मिलता।

उसे लक्ष्मी का ख़याल आया। धुतकारी कुतिया की तरह अपने बच्चे को लटकाए कोने-कोने में मुँह छुपाए फिरती है। कहने को तो ये गँवार बड़े ग़रीब हैं पर ऐसी बातों में न जाने किधर से शर्म आने लगती है। कुछ नहीं तो 'इज़्ज़त-इज़्ज़त' ही पुकारना शुरू कर दिया। वह गाँव तो न जाएगी। फिर कहाँ?

---

33. स्वभाव,

रूपा की शुरू हुई दुकान चल निकली और नेरा उसकी हो गई। तन्दुरुस्त जिस्म और चमके हुए गालों से उसने भरपूर फ़ायदा उठाया। यही एक औरत की दौलत है। चाहे वह लौंडी हो चाहे रानी। जब तक बदन चुस्त है और गाल चिकने हैं सब अच्छे हैं और फिर ? फिर तो कुछ भी नहीं। नेरा को यक़ीन भी न था कि सिवाय गोबर थापने और घास छीलने के किसी और मस्रफ़[34] की भी हो सकती है। अब यहाँ तो उसकी यह हालत थी कि क्या अमीर और क्या ग़रीब, हर एक के लिए उसके आश्रम के दरवाज़े खुले हुए थे। एक छोड़ दस सुन्दर, बीस सीतल और अनगिनत सेठ मौजूद थे। जब शहर के नौजवान और तन्दुरुस्त लोग अपने उजड़े हुए घर सड़ी-बुसी चमरख़ बीवियों से आजिज़ आ जाते तो सुकूने-क़ल्ब[35] की तलाश में उसी के दर[36] की ख़ाक चाटते।

कभी एक-आध थका-मारा मरघिल्ला-सा क्लर्क दो-चार टूटी हुई बीड़ियाँ जेब में डाले उसके दरबारे-करम से बख़्शिश चाहता तो रूपा भेड़िए की तरह उस पर ग़ुर्रा के दौड़ती और वह जली-कटी बातें कहती कि वह अपना-सा मुँह लेकर चल देता तो नेरा का जी बेचैन हो जाता। और वह रूपा से डरती न होती तो ज़रूर उस मुर्दा दिल दुखी को वापस ले आती और उसका थका-माँदा सर अपने मुअत्तर[37] सीने से लगाकर उसको तस्कीन[38] देती। वह भी तो कभी दुखी थी!

एक सुन्दर ने उसे बीवी न बनाया तो क्या हुआ। क्या मुर्ग़ नहीं होता जो अज़ान नहीं होती। अब वह सारे जग की बीवी थी। एक छोड़ दस सुन्दर, बीस सीतल मौजूद थे पर जब कोई नया मेहमान आता तो वह किसी सोच में पड़ जाती। मुक़द्दस[39] आग के गिर्द वह भाँवरे पड़ते देखती और अपना सर एक नई दुल्हन की तरह झुका लेती और वही आग एकदम भड़क उठती और फिर सुख ही सुख और फिर सुख क्या होता है।

सब ही आते थे, पर उसका सबसे पहला सुन्दर कभी न आया। न जाने वह कहाँ था। शायद किसी नई नेरा के संग। मगर नेरा को इतनी फ़ुर्सत कहाँ थी कि वह माज़ी[40] के मुतअल्लिक़ सोच सके, हाल[41] और मुस्तक़्बिल[42] ही उसमें बहुत थे और फिर उसकी नई साड़ी में फ़ीता भी तो नहीं लगा था, न ही दर्ज़ी ने शलोका अभी दिया था। सोमवार का वादा था। ये 'लिपिस्टिक' तो बस मुसीबत थी, आज मँगाइए और कल आधी, लो परसों ख़त्म। रूपा, 'बटनी' भी तो नहीं मँगा देती, न जाने ये जापानी रौग़न मेदे[43] के लिए मुज़िर[44] तो नहीं होता। उसका दिल नर्म था।

---

34. प्रयोजन, 35. मन की शान्ति, 36. द्वार, 37. सुगन्धित, 38. सन्तोष, तृप्ति, 39. पवित्र, 40. अतीत, 41. वर्तमानकाल, 42. भविष्य, 43. पेट, 44. हानिकारक।

लेख

बचपन

अभी चन्द रोज़ पहले ही का ज़िक्र है कि लाइब्रेरी साफ़ करते में 'इस्मत[1]' के पुराने पर्चे नज़र पड़े। एक उन्वान[2] देखकर ख़यालात न मालूम कहाँ से कहाँ दौड़ गए। ये मज़्मून मिस हिजाब इस्माईल का था और उन्वान 'बचपन' था।

मिस हिजाब इस्माईल (जबकि वह मिस हिजाब इस्माईल थीं) अख़बारों की हीरोइन थीं। एक रोमांटिक सा नाम जिसमें कुछ जिद्दत[3], कुछ नज़ाकत और कुछ अफ़्सुर्दा-हुस्न की झलक थी और फिर उनके मज़्मून 'ओह माबूद', 'लफ़्ज़ों की मुसलसल क़तारें', 'दरीचा', 'समुन्दर कोट', 'काहीदा जिस्म', 'मोमबत्ती जैसी उँगलियाँ', 'डॉक्टर', 'ग़ार', 'बूढ़ी भैंस', 'चूहिया ज़ोनाश' और ऐसी ही अदना[4] अक़्ल से बालातर बातें कुछ अजीब सा बेवक़ूफ़ बन जाने पर मजबूर करती हैं।

'आमदम बर-सरे मतलब[5]' तो ये मज़्मून उनके सुरीले बचपन के मुतअल्लिक़ था। हमें एक ज़ेरे-लब[6] मुस्कराहट का मर्हूने-एहसान[7] होना पड़ा। बचपन! जिसे देखो बचपन के शीरीं नग़मे[8] अलाप रहा है। 'बेफ़िक्री का ज़माना मुसर्रत से लबरेज़ घड़ियाँ' और 'खेल कूद के दिन' उमूमन बचपन से वाबस्ता समझे जाते हैं। हम ख़ुद जब सबको बचपन की मज़ेदार बातें और मुख़्तलिफ़ क़िस्म के लाड़-प्यार के क़िस्से सुनाते देखते हैं, तो अस्लीयत को ज़रा 'वैसा' करके सुना देते हैं। 'यूँ खेला करते थे।' 'यूँ अम्माँ जान ने प्यार करके कलेजे से लगा लिया।' 'यूँ खिलौने तोहफे में आया करते थे।' आप ही बताइए क्या करें। क्या सबसे कह दें कि भई जान बची लाखों पाए। अच्छा हुआ कि वह नापाएदार[9] ज़माना गुज़र गया। हम तो ये कहते हैं जो यह नापाएदार न होता तो हम लोगों का जिनके न तो 'चचा गार', 'न कैप्टन हारली' और न 'काहीदा-जिस्म' और न कभी कहूबा वग़ैरा मिले, ना चॉकलेट के बंडल खाने को मिले, कैसे गुज़र होता। हम तो जब तक छोटे रहे मदारी के बन्दर जैसी हालत रही। सुबह हुई और आपा ने लोटा और मंजन पुड़ा सँभाला और पूरी फ़ौज का मुँह धुलाना शुरू कर दिया। अब लाख कहते हैं, हूँ-हूँ भई कल ही तो मुँह धोया था तो बाद एक धमोके के जवाब मिलता है : फिर रोटी भी मत ठूँसना, कल ही तो खाई थी। अब दीजिए जवाब उनकी फ़्लासफ़ी का। अब भर-भरके बुकट्टे[10] मंजन के

1. महिलाओं की एक पुरानी पत्रिका, 2. शीर्षक, 3. नयापन, 4. साधारण, 5. अस्ली मतलब पर आती हूँ, 6. होंठों-होंठों में, 7. आभारी, 8. मीठे गीत, 9. अनिश्चित, 10. मुट्ठी भर,

मुँह में रगड़े दे रही हैं तो निशाना तो बाँधती नहीं, कभी उँगली फिसलकर नाक में घुस जाती है, तो कभी गाल को दरदरे मंजन से घिस्से देती ठोड़ी पर पहुँच जाती है। गर्दन पर इस तरह पाँचों उँगलियाँ पैवस्त[11] जैसे ज़्यादा किराया माँगनेवाले को धक्के दिए जाते हैं। बेतरह[12] ठुनक रहे हैं मगर कुछ सुना ही नहीं। ज़रा सोचिए, अब ज़रा काले रह जाएँगे तो क्या हरज हो जाएगा। नहीं, हम बर दिखव्वे[13] को जा रहे हैं, जैसा कि ख़ुद आपा मसले हुए कपड़े पहनाते हुए फ़रमाती हैं। रोज़ साबुन के रगड़े, जो मज़ाहमत[14] कर दो तो हुक्म मिलता है, अगर रोई तो सचमुच आँखों में साबुन घुसेड़ दूँगी, गोया अब तक सिर्फ़ झूठमूठ घुसेड़ रही थीं।

अब मुँह धुलने के बाद तौलिए के दाँव दिखाने शुरू किए, गोया कोई चपटी सीनी[15] है जो दमकाई जा रही है, ख़्वाह नाक तौलिये में लिपटी चली जाए। मगर रोओ मत, सारे मराहिल[16] तै होने के बाद जो कहा 'खाना' तो कहा जाता है, ऊई तौबा, ऐसी भी क्या बिलबिलाहट है। सुबह हुई और रोटी का पिटना पड़ गया। अभी चील कव्वों ने कूड़ा भी न कुरेदा होगा। ऐसा ही है तो पेट से रोटी बाँधकर सोया करो। कहो भला फिर मुँह क्यों धुला, चील कव्वों का कब धुलता है। मुँह, इनसान धोता है खाने के लिए। एक दिन जो हमारी शौकत आपा बिचारी ने रोज़-रोज़ की मंजन बाज़ी से तंग आकर कहीं कह दिया कि "भई आज हम मुँह नहीं धोएँगे क्योंकि हम खाना नहीं खाएँगे।" तो आज तक उनकी खेंचल होती है।

अब नाश्ते का दौर शुरू हुआ। आपा बिचारी का तो ये कि उन्होंने रात के कोफ़्ते गर्म कर लिए और बासी रोटी में घी और पानी का छींटा देकर बासी-कूसी खा ली और हम चाय पिएँ। आपा को चाय ख़ुश्की करती है।

अब मगर चाय में शक्कर नहीं डाली तो फिर लीजिए एक खाई फाँदिए। जो माँगी तो कहा गया—तौबा है, दो हाथ हैं, इनसे क्या-क्या करूँ। बच्ची ज़रा छुरी तले दम तो ले। शक्कर पर मरी जाती है च्यूँटी कहीं की। लो, जो थोड़ी देर मिनमिनाने के बाद वैसे ही पी ली तो और आफ़त, "अल्लाह रे नदीदन[17] ज़रा सब्र न हुआ। वह फीकी ही ग़टग़टा गई, लड़की ज़ात होकर ऐसी नदीदी, क्या फीकी भी न लगी।"

यह औरत ज़ात होकर तो मेरी बड़ी मिट्टी ख़राब हुई।

अभी नाश्ते से फ़ारिग़ होकर दो ही तीन चक्कर लगाए होंगे कि मास्टर साहब आ गए कि सदा[18] आ गई। ख़ून में एक क़िस्म की कमज़ोरी-सी ग़ालिब आ गई।[19] रग और पट्टों में दम न रहा। जी चाहा मचल जाएँ। ना मालूम अब क्या करें। अब किताबें ढूँढ़ते हैं तो वह नहीं मिलतीं। कमबख़्त दवात कुर्सी पर रखी-रखी आप ही उलट गई। तख़्ती धोना याद ही न रहा। क़लम पर बाजी अपने तन्दुरुस्त जिस्म के साथ खड़ी हो गई। घर के इस कोने से उस कोने तक 'अरे भाई, अरे अल्लाह' करते

11. गड़ी हुई, 12. बहुत अधिक, 13. शादी के लिए दिखाने जाना, 14. रोक-टोक, विरोध, 15. थाली, 16. कठिन पड़ाव, 17. नदीदी, मरमुखी, 18. आवाज़, 19. छा गई,

चक्कर काट रहे हैं। ख़ैर ख़ुदा-ख़ुदा करके कुल मरहले तय हुए और चबूतरे पर मस्अलए-तालीम-निसवाँ[20] होने लगा।

कमबख़्त एक किताब आफ़त होकर चिमट गई। अब्बा मियाँ के रोज़-रोज़ के तबादलों ने एक मुसलसल मदरसा तो रखा नहीं। नई जगह गए, फिर वही मुहम्मद इस्माईल साहब का क़ायदा या पहली दूसरी किताब शुरू कर दी। किताब का रंग-रूप और क़दोक़ामत कुछ ऐसा हो गया कि हम टटोलकर बता सकते थे कि ये हमारी किताब है, मगर उसमें जो बेशबहा-मज़ामीन[21] थे उनसे हम कोरे ही रहे। न मालूम कैसा तरीक़ए-तालीन[22] था कि महीनों घुटनों पर हाथ फेरते मगर किसी तरह कुछ नूरे-आलम[23] हम पर नुज़ूल[24] न फ़रमाता।

अब दिले-ख़ाना ख़राब[25] कि न मालूम कहाँ बहता चला जाता है, अपनी हालत को देखिए और दुनिया पर नज़र डालिए। हुसना भी बर्तन माँजकर कबड्डी खेल रहा है, इसकी 'बड़-बड़' पर बेइख़्तियार आँखें उठ जातीं। मंगिया भी गोबर थापकर मज़े से हमारे सामने ही जानुनें झाड़-झाड़कर खा रही है। यहाँ तक कि ढालू और बलका बावुजूद पिल्ले होने के आज़ादी से दौड़ते और हम 'पुल पर जा', 'वह उसका देवर है', 'गंगा जमुना से बड़ी है' बका करते। वाए-बर हाले मा[26]!

जब मास्टर साहब मुतनइन[27] हो जाते कि हम लोग बाक़ायदा ठुक-ठुका चुके हैं और मेरे बाजुओं और रानों पर ख़ूब गहरे-गहरे नील पड़ चुके (औरत ज़ात होने की वजह से मास्टर साहब मुझ पर हाथ नहीं उठाते थे बल्कि निहायत मीठी-मीठी चुटकियाँ लेते थे।) बल्कि हुक्म था कि अगर "अन्दर बताया तो मार डालेंगे।"

जब नहलाते में आपा ये नील देखतीं तो उनमें एक नील का और इज़ाफ़ा[28] कर देतीं कि क्यों ऐसी जगह जाती है जो गिरकर नील डाल लेती है। अब इमला[29] की बारी आती। ये बदबख़्त स्याह रोशनाई न मालूम किन साइंटिफ़िक तरीक़ों से तैयार की जाती है कि हमारे क़ाबू में तो कभी इसका क़िवाम[30] आया नहीं। कभी तो ऐसी कि डोब लो तो लोथड़े के लोथड़े झूलते चले आते हैं और कभी ये कि धर धर के क़लम ठोंक रहे हैं और स्याही फीकी फद्दक।

ख़ुदा-ख़ुदा करके छुट्टी मिली, बस्ता बग़ल में, बदबूदार स्याही में लुथड़ी हुई उँगलियाँ, तख़्तियाँ घसीटते, मुँह बिसूरते चले आ रहे हैं। जो किसी ने कह दिया : "पिटी। मत रो बिचारी।" बस वहीं पसर गए। अब जो कहते हैं : 'बीबी खाना' तो जवाब मिलता है, "मुझे खा लो। ऐ हाँ नहीं तो।" खाने पर हर चीज़ सक़ील बहुत गर्म, बहुत ठंडी और देर-हज़्म[31] हो जाती है, बोटी माँगो तो "मेरी बोटियाँ नोच लो।" जो कहो हमें भी अंडा दो, मुन्नू को तो दिया है, तो जवाब मिलता है : "अब

---

20. स्त्री-शिक्षा की समस्या, 21. बहुमूल्य निबन्ध, 22.शिक्षा-प्रणाली, 23. संसार का प्रकाश, 24. उतरना, 25. अभागा मन, 26. हमारे हाल पर खेद, 27. सन्तुष्ट, 28. बढ़ोतरी, 29. अनुलेख, 30. मूल, 31. देर में पचनेवाली,

खाँची लाओ तो अंडे भी दो, और क्या मेरे बावा ने धड़ बड़ रखवा दी है।'' आपा बेचारी को बस चन्द गूदे की हड्डियाँ, एक आध सीने की या कर्री हड्डी मिल गई, वह उन्होंने खा ली, सालन न बचने की वजह से दो-तीन अंडे तलवा लिए, बाँटनेवाले की यही तो ख़राबी है कि उलटा-सीधा मिलता है। दोपहर को चुन-चुनकर सब की एक क़तार बना दी जाती। ख़स की ट्टटी लगी है, पंखा चल रहा है, हम पर दफ़ा 44 क़ायम है।

हिलो मत।

करवटें मत लो।

फ़र्श पर लोटें मत लगाओ।

ख़रबूज़े, तरबूज़ जो टट्टी के पास रखे हैं उन्हें गिनो मत, न ही छुओ।

पंखे की झालर में मत झूलो।

घुसकर मत लेटो।

ये मत करो।

वह मत करो।

अब ज़रा इन 'मतों' पर ग़ौर कीजिए।

टट्टी के कमरे से छूटते ही चुन्नू और शमीम तो खेलने चले जाते, लेकिन औरत ज़ात गुड़िया खेलती। क़ौल है कि ढंग से बैठकर गुड़िया खेलो, सलीक़ा आता है।

क्या बताऊँ, मुझे इन कमीनी गुड़ियों से कैसी नफ़रत है। इन गुड़ियों से कोई क्या खेले। बच्चों की शक्ल, कपड़ों के ढेर थे! कहीं अंग्रेज़ों वाली बात थोड़े ही थी कि चाहे नहलाओ-धुलाओ, कुछ नहीं बिगड़ता। यहाँ तो ये हाल कि दो दिन में चूहा।

गुड़ियों में आम तौर पर ब्याह का खेल खेला जाता है। हमारी बहुत-सी गुड़ियाँ थीं लेकिन एक चीकट-सा गुड्डा, वही फ़र्दन-फ़र्दन[32] हर गुड़िया का ख़ुदाए-मजाज़ी[33] बनता। अगर कहो नए गुड्डे बनवा दिए जाएँ तो न मालूम किस साइकोलॉजिकल नुक़्तए-नज़र[34] से जवाब मिलता है नहीं बस गुड्डियों से खेलें। गुड्डे की कोई ज़रूरत नहीं।

अभी रस्मे-कतख़ुदाई[35] ख़त्म भी न होने पाई कि मौलवी साहब आ गए। कुल हवास खोए जाते, जी चाहता सो जाएँ मगर कहाँ। दो-तीन झंझोड़ियाँ देकर खड़े कर दिए जाते। चले क़ायदा सँभालकर। रास्ते में ज़रा पानी पीने रुके तो चुन्नू बज़िद्द है, अब चलो, क्या पिए जाओगी। कहो भई तुझे क्या, तो तू जा, मगर वह है कि डटा खड़ा है। आप ख़्वाह नौ गिलास पी जाएँ, मगर वह साथ ले जाकर छोड़ेगा।

झूम-झूमकर सबक़ शुरू हुआ : आनकुम, ईनकुम, ऊनकुम। फिर वही इख़्तिलाज[36] शुरू हुआ। कायदा[37] का सफ़्हा[38] ज़्यादा ग़ैर-दिलचस्प[39] होना शुरू

---

32. एक-एक करके, अलग-अलग, 33. भौतिक ख़ुदा अर्थात् पति, 34. दृष्टिकोण, 35. विवाह की रस्म, 36. घबराहट, 37. अरबी वर्णमाला की पुस्तिका, 38. पृष्ठ, 39. अरुचिकर,

हुआ, पीले-पीले काग़ज़ पर स्याह बदवज़अ[40]-हुरूफ़[41] मुँह चिढ़ाने लगे। इधर-उधर देखने को जी चाहा। हर चीज़ हमारी तवज्जुह[42] की मुहताज नज़र आने लगी। चुन्नू की गेंद जो क़समपुर्सी[43] की हालत में मोरी के पास लुढ़क रही थी, आपा का अलगनी पर पड़ा हुआ दुपट्टा, दरख़्त के पत्ते, मौलवी साहब की टोपी का फुँदना, शमीम का उमेठा हुआ सुर्ख़ कान सबक़ से ज़्यादा हसीन और दिलचस्प मालूम देने लगे।

घर में आपा की वही हैसियत थी जो आजकल हिटलर और मुसोलिनी की है। अह्कामाते-आला[44] वक़्तन-फ़वक़्तन[45] हमारी सलाह के लिए महक्माजाते-तदीरस[46] में सादर[47] होते रहा करते थे. एक सीपारा[48] ख़त्म करते ही मुहसिना को 'औरत ज़ात' की फ़लाहो-बह्बूद[49] की फ़िक्र हुई और कहला भेजा कि क़ुरान सिखाई जाए ताकि दीन-दुनिया दोनों रौशन हो जाएँ। खुल गई होती जन्नत की खिड़की मगर इस गुनहगार से क़िर्अत[50] क़ाबू में न आनी थी न आई। या तो छह-छह तानें निकल पड़तीं या गले में सिर्फ़ एक अदद फंदा पड़कर उबकाई आ जाती, जो चुटकी के एक शीरीं हिचकोले से मजरूह[51] होकर नीम-जान क़ाफ़[52] पर दम तोड़ देती, इतनी देर में मसाइले-तसव्वुफ़[53] हल करती। चुन्नू कनपटियों पर हाथ फेरता जाता है और मेरी हालते-ज़ार[54] पर मुस्कराता जाता है। शमीम ख़ुद एक नाक़िदाना[55] मुस्कराहट के साथ ग़ौर से मेरी हर हरकत को नोट करता जाता है ताकि बाद में मेरी नक़्लें सब के सामने करके मुझे ख़ून के आँसू रुलाए। इसी अस्ना[56] में अगर बरात या इसी क़िस्म की कोई वज्दानी[57] कैफ़ीयत पैदा कर देनेवाली चीज़ें आ जातीं और हम चौंककर 'मौलवी साहब बरात' कहते तो बस थप्पड़ों के ज़न्नाटे, चपतों के चटाख़े और चुटकियों की सिसकियाँ शुरू हो जातीं। बज़ाहिर मौलवी साहब सिर्फ़ मेरा बाज़ू पकड़कर हिला देते लेकिन निहायत होशियारी से अँगूठे और क़लम की उँगली मिलाकर चकाचौंध करनेवाली चुटकी ले लेते जो आस्तीन ही में जज़्ब होकर रह जाती।

हम 'काफ़िरों' से वह बारहा कह चुके थे कि बाजे की आवाज़ पर लाहौल भेजा करें और इस क़दर बहका न करें क्योंकि क़यामत के रोज़ दज्जाल[58] आने वाला है और बाजे के शौक़ीन लोग उसकी आवाज़ पर दौड़ेंगे और दोज़ख़ में जाएँगे।

हम लोग चुप होकर तोशए-आक़िबत[59] समेटने में लग जाते।

वहाँ से छूटकर आते, आपा कुछ तल रही होतीं। क्या मजाल जो मुझे या चुन्नू

40. भद्दे, 41. अक्षर, 42. ध्यान, 43. बेबसी, 44. उपदेश, 45. कभी-कभी, 46. पाठन विभाग, 47. जारी, 48. क़ुरान के तीस भागों में से एक, 49. कल्याण, 50. क़ुरान की शुद्ध उच्चारण के साथ पढ़ाई, 51. घायल, 52. एक अक्षर, 53. अध्यात्मवाद की समस्याएँ, 54. ख़राब हालात, 55. आलोचनात्मक, 56. बीच, 57. आनन्दायक, 58. बहुत बड़ा छली, 59. अच्छी कृतियाँ,

को एक मक्खी बराबर आटा दे दें। कुछ भी कढ़ाई में डाल लेने दें। चुन्नू तो ख़ैर घी का लड्डू टेढ़ा भी भला, 'औरत ज़ात' को तो पाँचों उँगलियाँ पाँचों चिराग़ होना चाहिए, वर्ना न मालूम किसके घर जाकर आग लगाए। मगर उस वक़्त मेरे सुघड़ापे का सवाल बालाए-ताक[60] रख दिया जाता है। वह तो जिस वक़्त खेलते हैं मेरा दाँव आएगा, फ़ौरन मेरे सुघड़ापे का ख़याल भी आएगा और कमरबन्द सीने या और कोई रद्दी-सी बद-शक्ल शै में भेजा मारने का हुक्म न मिलेगा, उस वक़्त तो हुक्म मिलता है, बस चलो यहाँ से। जो अब के आई, कड़कड़ाता तेल हाथ पर रख दूँगी। "देखो भई अम्माँ ये नहीं मानती।" वहाँ से हुक्म मिलता है, "मारो।" लीजिए।

अब खेलने कहाँ जाएँ? पलंगों पर मत खेलो, झूला हो जाएँगे। तख़्तों पर मत कूदो, धड़-धड़ से कान उड़े जाते हैं। चबूतरे पर तिल धरने को जगह नहीं। अँगनाई में मेरी शौक़ीन आपा की क्यारियाँ मत खोदो, वर्ना टाँगें तोड़ देंगी। कभी सिल से ठोकर लगती है तो कभी लोटा औंधा हो जाता है, कभी सीनी में पैर पड़ता है तो कभी बच्चे के पालने में उलझे जाते हैं। कुछ नहीं तो कोने में खड़ा हुआ बाँस ही ज़रा से बहाने से धड़ाम से सर पर आन पड़ा। साथ-साथ साबुनदानी मोरी में लुढ़क गई और जाकर सोए हुए कुत्ते पर गिरी। क्या आफ़त[61] है इलाही[62] या तो इन बच्चों को उठा ले या मेरी मिट्टी अजीज़ कर दे। ऐसे बच्चे भी कहीं दुनिया जहान में हुआ करते हैं। हों तो कोई काहे को जिएँ। मुख़्तलिफ़ वज़न की डाँटों के बाद बिठा दिए जाते कि ख़बरदार जो ज़रा भी हिले, हड्डियाँ तोड़ दूँगी।

रात को बिस्तर के सुपुर्द कर दिए गए कि "लो मरो" ख़ैर मरने से पहले हँसी है कि क़ाबू में नहीं आती। चले आते हैं खो-खो, खी-खी, खीक-खीक, खो। हुक्म मिला कि अब के अगर साँस भी ली तो गला घोंट दिया जाएगा। अब सोए तो ख़्वाबे-शीरीं[63] की तवक़्क़ो[64] रख सकते हैं, सिवाय इसके कि पड़े भाग रहे हैं, कुत्ते, बन्दर, उल्लू, बैल पीछे दौड़ चले। पानी ही पानी जिसमें मटके बराबर मेंढक, चुहियाँ ही चुहियाँ। गाड़ी चढ़ी चली आती है। इकन्नियाँ ही इकन्नियाँ पड़ी हैं, ख़ुशी-ख़ुशी जमा कर लें। कस के मुट्ठियों में पकड़ लें। आँख जो खुली तो मुट्ठियाँ वैसी कसी हुई हैं और इकन्नियाँ ग़ायब। जो रोए तो आवाज़ आती, ऐ है रात को भी चैन नहीं। चुप, नहीं तो दे दूँगी कुत्ते को उठाकर। सुबह को फिर वही मंजन और वही हम।

अब और अब...माशा अल्लाह, गोया स्वराज मिला हुआ है। अपनी राजधानी है। बिस्तर में लेटे-लेटे चाय पी, उठकर नाश्ता किया। सज-सजाकर दफ़्तर गए। खाना वक़्त से ज़रा देर में मिला और नौकर पिटा। बोटी ख़ूब और गली हुई मिलती है। अंडे खाते हैं। जब तक चाहो ग़ुल मचाओ और हँसो, बिल्कुल शोर नहीं होता।

60. ताक पर, अलग, 61. मुसीबत, 62. मेरे ख़ुदा, 63. मीठे सपने, 64. आशा,

पलंगों पर चाहे जितना कूदो, झोला नहीं होते और जो होते हैं तो हामिद पिटता है। तख़्त पर चाहे कितना ही कूदो किसी के कान नहीं उड़ते। चाहे सारे आटे को लेकर कड़ाही में डाल दें कोई कफगीर नहीं मारता। आपा मंजन ज़रूर तैयार करवाती हैं और घिस्से भी लगते हैं, मगर मक्खन और नीबू के। हमें तो नर्म ब्रश और ख़ुशबूदार क्रीम काफ़ी है। किसी क़िस्म के मास्टरों के आने का क़तई हुक्म नहीं, सिर्फ़ म्यूज़िक मास्टर आ सकता है और वह भी बाज़-वक़्त सुस्ती की बिना पर भगा दिया जाता है। बात ये है कि हम अब बच्चा थोड़े ही हैं। जब कि कोई फ़िकरें[65] न थीं, आज़ाद ज़िन्दगी, भोलपन का ज़माना, प्यारी-प्यारी बातें, सुख की नींद। काश फिर एक दफ़ा...ख़ैर।

65. चिन्ताएँ।

ड्रामा

इन्तिख़ाब

ख़ाला बी : चालीस-पैंतालीस साल की अमीर बेवा, भारी-भरकम, अपनी उम्र से ज़्यादा जवान और ख़ूबसूरत नज़र आती है। बड़ी-बड़ी स्याह आँखों से बुर्दबारी[1] और ग़ुरूर[2] टपकता है। कनपटियों पर हल्के-हल्के सफ़ेद बालों की झलक पैदा हो गई है। छोटे से दहाने में लगे तीन मस्नूई[3] दाँत किसी तरह अस्ली बत्तीसी से कम ख़ूबसूरत नहीं, चाल में एक दब्दबा[4] है और तम्कनत[5] है।

शमीम : ख़ाला बी की भाँजी, ख़ालिस[6] हिन्दोस्तानी रंग और मामूली नक़्शे का नजमूआ[7]। सीधी-सादी बच्ची, ख़ाला बी के दबावों में रहनेवाली, कभी सीधे मुँह बात नहीं करती! लोग कहते हैं, इसका मे'दा[8] ख़राब रहता है, इसलिए इस क़दर चिड़चिड़ी और खिस्यिाई हुई रहती है! अल्लाह जाने!

वाजिद : शमीम से साल डेढ़ साल बड़ा भाई। सीधा-सादा, जल्दबाज़।

आलम : वाजिद का बचपन का दोस्त, हमसिन[9] हम-जमात[10] ज़रा क़द लम्बा है। लेकिन ज़रा दुबला और करख़्त-साख़्त[11] का बना हुआ जिस्म नाक-नक़्शा आम इनसानों जैसा, बहुत बेतकल्लुफ़, गोया अपने ही घर में रहता है!

नौकर : नन्ही फ़रीदा और हस्बे ज़रूरत[12] नाम लेने के लिए।

स्टेज : शमीम का कमरा और एक आम हिन्दोस्तानी बीबी के बैठने का बरामदा जिसमें चार तख़्तों का फ़र्श है और इधर-उधर हस्बे ज़रूरत कुर्सियाँ वग़ैरा रखी हैं।

ज़माना : जो भी आपको पसन्द हो!

वक़्त : शाम। शमीन अपने कमरे में बैठी कुछ पढ़ रही है। एक दरवाज़ा पुश्त[13] पर है और दूसरा दाएँ और बाएँ तरफ़। बाएँ तरफ़ का

---

1. गम्भीरता, 2. घमंड, 3. बनावटी, 4. प्रताप, 5. गर्व, 6. शुद्ध, 7. संग्रह, 8. पेट, ९. हमउम्र, 10. सहपाठी, 11. कठोर बनावट, 12. आवश्यकता पड़ने पर, 13. पीछे,

दरवाज़ा खुलता है और ख़ाला बी नज़र आती हैं। वह कुछ देर शमीम को मुंतज़र[14] नज़रों से देखती है। और फिर अन्दर आ जाती है।

ख़ाला बी : ऐ शमीम, नहा-धोकर गीले बालों से अन्दर आकर बैठ गईं, बाल भी न सुखाए। ज़रा बाहर ही निकलो! तौबा है!

शमीम : जी ख़ाला बी, अभी जाती हूँ।

ख़ाला बी : तो आख़िर इस क़दर शाम गए नहाने का कौन-सा फ़ैशन निकला है। जब ज़रा-सी भी धूप नहीं रहती घर में तो बेगम ग़ुस्ल[15] करने चलती हैं! गीले बाल! ग़ज़ब ख़ुदा का। ज़रा-सी देर में सर्दी लग जाए।

शमीम : *(बालों में उँगली से कंघी करके)* सूख तो चले अब।

ख़ाला बी : ख़ाक़ सूख चुके। ज़रा अपना डील-डौल देखो और ये बेएहतयातियाँ।[16]

शमीम : *(तंग आकर)* कह तो दिया अभी जाती हूँ बाहर।

ख़ाला बी : तुम जानो! मैं तो भई तुम्हारे ही भले को कहती हूँ। अपने पाले का सब ही को दर्द होता है। ये कहो कि मुहब्बत में मज़्बूत हूँ और तुम समझती हो कि...

शमीम : *(नसीहत के तूफ़ान से डरकर)* ये मैंने कब कहा। *(जाने के लिए उठती है)* जा तो रही हूँ।

ख़ाला बी : अब क्या सर्दी में मरने को जाओगी। धरी है धूप तुम्हारे लिए इस वक़्त, अब बैठी हो तो बैठी ही रहो। नन्ही से कहती हूँ, अँगीठी यहीं ले आए *(दरवाज़े की तरफ़ मुड़कर)* नन्ही!...ऐ नन्ही...कितनी दफ़ा कहा कि अल्लाह की बंदी मुँह से बोला करो कि बस चली आ रही है! *(नन्ही की आवाज़ दरवाज़े के पास आती है और वह अन्दर झाँकती है)* ज़रा लपककर कोयले अँगीठी में डाल के तो ले आओ।

हाँ...सुनो ज़रा दहका लाना, ये नहीं कि धुआँ फैले। और वहाँ मेरी शाल अलगनी पर पड़ी होगी, वह भी लेती आना। *(ख़ुद से)* मुई उँगलियाँ ऐंठी जाती हैं, क्या बला की सर्दी है...और शमीम तुम कुछ पहने भी नहीं हो। क्या बर्फ़ कट रही है।

(शमीम ख़ामोशी से एक सदरी खूँटी पर से उतारकर पहनने लगती है।)

---

14. प्यार, 15. नहाने, 16. लापरवाहियाँ,

ख़ाला बी : बेटी मैं तो तुम्हारे ही भले को कहती हूँ...*(नन्ही को आता देखकर)* ऐ बस आ भी चुको बन्नो बेगम कि बस चल रही है दुल्हन की चाल...*(नन्ही अँगीठी लाकर रख देती है)* ज़रा इधर सरकाओ। क्या सोज़नी जलाओगी? ऊई...ऐ ज़रा इधर...मैं कहती हूँ *(ख़ुद दुपट्टे से पकड़कर सरकाती हैं)* दिल जलाने से बेहतर है इनसान हाथ जलाए...लो शम्मी, ज़रा सरककर बैठो...हाँ...*(नन्ही से)* ऐ बी मेरा मुँह क्या खड़ी तक रही है। *(शम्मी से)*...हाँ तो तुम्हारे ही भले के लिए कहती हूँ, तुम समझती हो मेरा भी कुछ फ़ायदा है।

शमीम : *(ख़्वाहमख़्वाह[17] रंजीदा[18] होकर)* जी नहीं तो।

ख़ाला बी : वाजिद और तुम...दोनों ही मेरी ज़िन्दगी का आसरा हो...मेरा जो कुछ है तुम्हारे ही लिए है! तुम लोगों के अलावा और कौन बैठा है मेरा...तुम समझती होगी कि मैं तुम्हारी दुश्मन हूँ।

शमीम : आप तो फिर यूँ ही कह देती हैं। मैं क्यों समझती कुछ।

ख़ाला बी : तो फिर क्या तुम मुझे अपना हमदर्द समझती हो! अगर ऐसा है तो फिर भूल क्यों जाती हो। जो बात मैं करती हूँ वह...

शमीम : क्या भूल जाती हूँ?

ख़ाला बी : ...यही कि मैंने तुमसे कितनी दफ़ा कहा कि भई आलम को मना कर दो...ख़्वाहमख़्वाह यूँ ही...

शमीम : ...कुछ बुरा मानकर, क्या ख़्वाहमख़्वाह?

ख़ाला बी : ...यही कि वह यहाँ...न आया करे...अब...तुम जानती हो कि...

शमीम : *(कुछ न समझकर)* ऐं?

ख़ाला बी : अब तुम कोई नन्हा बच्चा नहीं...जो कुछ न समझो। मैं कहती हूँ वह आख़िर क्यों आता है यहाँ?

शमीम : *(रुआँसी होकर)* तो ख़ाला बी क्या मैं बुलाती हूँ उसे।

ख़ाला बी : तो मना कर दो ना।

शमीम : मना कर दूँ...वह माने भी। जब मैं उसे कुछ कहती हूँ तो कह देता है, तुम्हारा घर नहीं है। तुम ख़ुद निकल जाओ यहाँ से...आप क्यों मना नहीं कर देतीं।

ख़ाला बी : तुम उसे अपने कमरे में तो न आने दो। न तुम मुँह लगाओगी और न वह आएगा।

शमीम : *(चिढ़कर)* मैं कब मुँह लगाती हूँ उसे...वह वाजिद का दोस्त

17. बिना कारण, 18. दुखी,

है, वर्षों से आता ही है। और मुझे तो आप देखती ही हैं। परेशान ही करता है। मैं तो ख़ुद चाहती हूँ वह न आए।

ख़ाला बी : कुछ भी हो। उसका इस तरह से घुस-घुसकर आना अच्छा नहीं। लोग न जाने क्या-क्या कहते हैं।

शमीम : क्या-क्या ?

ख़ाला बी : हाँ, जितने मुँह उतनी बातें...और भई कोई किसी का मुँह थोड़ी बन्द कर देता है !

शमीम : क्या कहेंगे लोग ? हमेशा से जब से बिल्कुल छोटा-सा था हमारे यहाँ आता है।

ख़ाला बी : अब तुम तो बस बच्चा ही बनी जाती हो। जब की और बात थी बेटी।

शमीम : क्या बात थी जब की ?

ख़ाला बी : यही कि भई खाते-पीते घर का लड़का है। किसी दिन अच्छी ख़ासी जगह लग जाएगा और अब...

शमीम : *(चेहरे पर शिकन डालकर)* अब क्या होगा ?

ख़ाला बी : अब ये बात है कि उसके अब्बा मुक़दमा हार गए। मकान अलग...

शमीम : फिर इससे क्या होता है।

ख़ाला बी : *(दबी ज़ुबान में)* फिर ? बस यही होता है कि कौड़ी-कौड़ी को मुहताज है। और क्या ?

शमीम : तो हम क्या करें...वह कोई हमारे सर पर तो आन नहीं पड़ा... अपना खाता है। हमें क्या ?

ख़ाला बी : ऐ है, तुम तो बस दीवानी हो। बेटी अब और बात है... भई...ऊँह... लोग ख़्वाहमख़्वाह बातें बनाना शुरू कर देंगे। वैसे तुम्हारे ख़ालू का इरादा था कि हाँ भई किसी लायक़ होगा तो देखा जाएगा... मगर अब तो...भई लोग क्या जानें...वह समझेंगे कि अब भी वह इसी ख़याल से आता है।

शमीम : *(जलकर)* ऊँह आता है। वह क्यों आता ? जी हाँ।

ख़ाला बी : हाँ हाँ, लोग मगर क्या जानें कि अब हमारा इरादा रिश्ता करने का नहीं। ख़्वाहमख़्वाह रिश्ते आने बन्द हो जाते हैं कि भई अब तो एक जगह तय ही हो गया। तुम क्या जानो दुनिया की बातों को।

शमीम : *(संजीदगी से)* अच्छा... *(आलम को दाहिने दरवाज़े से झाँकता देखकर घबराती है। वह जल्दी से भाग जाता है।)* अच्छा ख़ाला बी...मैं...मैं...हाँ...हाँ।

ख़ाला बी : *(ख़ुश होकर)* हाँ बेटी तुम समझदार हो...और तुम्हारे ही भले

की कहती हूँ, ज़रा बाल सुखा लो तो बाहर आओ...मैं ज़रा खाने-वाने का कर दूँ जाकर। *(भुलाने को)* कब तक खुल रहा है स्कूल तुम्हारा! कुछ कपड़े वग़ैरा भी ठीक किए या यूँ ही। साड़ियाँ वो कलकत्ते से मँगवा लो, ग़नी को जम्पर दे दो...आज आया था, तुम सो रही थीं। पूरे साल का इन्तिज़ाम कर लो...ऐ हाँ। बीच में वो ज़रूरत न पड़े। तुम्हारा ही फ़ायदा है। *(जाती हैं।)*

आलम : *(अकड़ते हुए दूसरे दरवाज़े से दाख़िल होकर)*
फ़ायदा... फ़ायदा, बस हर वक़्त फ़ायदा। जब देखो फ़ायदा...हुँह! बनिए की-सी रूह पाई है, क़सम ख़ुदा की।

(शमीम उसे देखकर त्योरियाँ चढ़ाती है।)

आलम : कहाँ गया वज्जन?

शमीम : मैच देखने।

आलम : मैच देखने! और हमें लाइब्रेरी में बिठा गया पढ़ने को कि इम्तिहान है।
मैं... क़सम ख़ुदा की।

शमीम : *(जल्दी बात ख़त्म करने को)* तो क्या हुआ जो आज पढ़ लिया। अब चले जाओ मैच देखने।

आलम : अब चला जाऊँ। हूँ। गोया मेरे लिए रात भर मैच होता रहेगा। आख़िर उस पाजी को हक़ क्या कि ख़ुद जाए मैच देखने और हमें पढ़वाए तीन घंटे...*(तीन उँगलियाँ हिलाकर)* ख़ुदा की क़सम तीन घंटे जुत के...मुतवातर[19]! सोचो ज़रा... तीन...इतनी देर में न जाने कितने मैच देखे जा सकते हैं!

शमीम : *(टालने को)* तो अब वाजिद से लड़ना, मेरा दिमाग़ तो न चाटो। जाओ।

आलम : *(खड़े ही खड़े)* दिमाग़! ऊँह, गोया आप के भी है। ख़ूब! ख़ाली हड्डियाँ भला मैं क्या चाटूँगा।

शमीम : *(बहाना पकड़कर)* होगा। ख़ैर जाओ मैं इस वक़्त। *(किताब पढ़ने लगती है)* फ़ुज़ूल बकवास।

आलम : फ़ुज़ूल...और बकवास...दो लफ़्ज़ बदतमीज़ी के। *(किताब छीनकर फेंकते हुए)* हम तीन घंटे पढ़कर आ रहे हैं। किताब देखकर जी मतला रहा है। बस।

शमीम : *(ग़ुस्से से)* भई हो चुकी बदमज़ाक़ी...हर वक़्त यही...ख़ैर

19. लगातार,

जाओ यहाँ से *(किताब उठाकर झाड़ती है।)* जाओ ना।

आलम : ज़रूर *(बैठ जाता है)* तुम कौन भेजनेवाली।

शमीम : *(ग़ुरूर[20] से बड़बड़ाकर)* हूँ! गोया बड़ी... *(शमीम मज़ाक़ बढ़ाना नहीं चाहती, लिहाज़ा चुप, हथेली पर ठोड़ी रखकर पढ़ने लगती है।)*

आलम : ख़ैर भई पढ़ो।

(उठकर उसकी पुश्त पर अल्मारी में किताबें देखने लगता है, कनखियों से उसे देखता जाता है, क़रीब आकर उसका एक बाल पकड़कर खींचता है, शमीम सिर्फ़ सर खुजाती है। थोड़ी देर बाद आलम फिर एक बाल तोड़ता है, वह बाल समेटकर जूड़ा बाँध लेती है। आलम एक सिगरेट सुलगाता है, बुझी हुई दियासलाई उसकी उँगली से लगा देता है। शमीम उछल पड़ती है और मुड़कर उसे घूरती है। आलम बेतकल्लुफ़ी से करख़्त[21] चेहरा बनाए किताबों को घूरता है।)

शमीम : बेहूदा कहीं के, मैं ख़ाला बी से कह दूँगी। बेहया कहीं के, मैं घंटा भर से कह रही हूँ, जाओ, जाओ, सुनते ही नहीं। कोई और होता तो कभी न आता फिर इस कमरे में।

आलम : बदतमीज़ तुम ख़ुद और बेहया भी परले दर्जे की। बस कोई और होता तो पकड़ के तुम्हें ठोकता बुरी तरह। कोई तुम्हारे यहाँ आए और तुम थूथनी सुजाकर बैठ जाओ।

शमीम : मैं कहती हूँ जब कमबख़्त किसी की यहाँ ज़रूरत न हो तो फिर कोई क्यों आए, लानत है।

आलम : ख़ुद तुम्हारे मुँह पर, पढ़ना ख़ाक नहीं आता, लेके बैठी हैं टाल्सटाय।

शमीम : अंधे ये टाल्सटाय है *(दिखाकर)* हार्डी है।

आलम : वह हार्डी हो या फार्डी। तुम्हारे बस का रोग नहीं। क्यों दिमाग़ खपा रही हो...इससे तो बेहतर है कि जाकर रोटी पकाना सीखो, जो किसी काम भी आए।

शमीम : रोटी बनाना सीखो तुम, जिसे बावर्चीगीरी करनी हो।

आलम : यही तो ख़राबी है पढ़ी-लिखी लड़कियों में कि घर के काम-काज से नफ़रत करने लगती हैं।

शमीम : होने दो ख़राबी, तुम्हारी बला से।

आलम : फिर भी अगर पकाना पड़े तो क्या करें! तुम?

---

20. घमंड, 21. तनावपूर्ण,

शमीम : क्यों पकाना पड़े, ख़ुदा न करे। तुम्हें भीख माँगना पड़े तो?

आलम : किसी वक़्त न हो नौकर तो कौन पकाए?

शमीम : तुम पकाओ और कौन? जाओ यहाँ से, बक-बक न करो, वर्ना कहती हूँ ख़ाला बी से।

आलम : कह दो, हज़ार दफ़ा कह दो...नहीं जाते।

(पीछे दरवाज़े से वाजिद आता है।)

वाजिद : *(आकर बग़ैर सोचे-समझे)* हाँ नहीं जाते...क्यों जाएँ!

आलम : *(शेर होकर)* क्यों जाएँ? बेशक!

शमीम : तुम्हारे तो अच्छे भी जाएँगे मेरे कमरे से।

वाजिद : क़तई नहीं...बैठ जाओ आलम। *(लो, बैठकर)* नहीं जाते कर लो कुछ।

आलम : *(फ़ौरन नक़्ल करते हैं।)* हाँ कर लो कुछ।

शमीम : तुम न जाओ, मैं ख़ुद जाती हूँ। *(जाने लगती है।)*

वाजिद : न...न तुम भी नहीं जा सकतीं। लेना आलम उसे...

(शमीम जल्दी से भाग जाती है। लेकिन दोनों बच्चों की तरह उसे पकड़कर ले आते हैं। एक-एक बाज़ू पकड़े लेफ़्ट-राइट करते आते हैं। शमीम कुछ चिढ़कर हँस रही है, कुछ वापस जाने की फ़िक्र कर रही है।)

शमीम : छोड़ो भई!

(दोनों उसे चौकी पर बिठाकर दोनों तरफ़ घुसकर बैठ जाते हैं।)

वाजिद : हूँ...अब बोलो।

आलम : हाँ अब बोलो। चलीं भाग के। समझी थीं हम तो रह गए हैं।

शमीम : भई क्या बदतमीज़ी है। *(गिरिफ़्त[22] से निकल जाती है।)* *(दोनों पकड़ लेते हैं)*

आलम : चलीं कहाँ?

शमीम : *(थककर)* छोड़ो तो। कहीं नहीं, भई जा नहीं रही हूँ, यहीं बैठूँगी कुर्सी पर।

वाजिद : अच्छा। तो। छोड़ दो आलम। हाँ बात क्या थी?

(वह ज़रा हिलती है तो दोनों उसे एकदम दबोच लेते हैं।)

---

22. पकड़,

शमीम : भई ख़ुदा की क़सम मैं रो दूँगी *(किताब उठाकर)* अब के जो तुमने छुआ तो मार दूँगी। लो, अब आओ...

(आलम और वाजिद किताब को डरकर देखते हैं। एक-दूसरे के क़रीब बच्चों की तरह बैठ जाते हैं।)

शमीम : बात ये थी।

आलम : नहीं...बात दरअस्ल ये थी—

शमीम : क़तई नहीं... ये हुआ कि—

आलम : हुआ ही नहीं... क़तई नहीं *(शमीम उसे बोलने का मौक़ा देती है।)* ये हुआ, क्या हुआ, शमीम बताओ न, ले के सारा भुला दिया...ऊँह!

शमीम : हुआ कुछ भी नहीं।

वाजिद : हैं...क्या उल्लूपन है। आख़िर जब हुआ ही नहीं तो फिर तुम्हें क्या हक़ जो आलम को कमरे से निकाल रही हो।

आलम : *(भीगी बिल्ली की तरह)* तुम्हीं देखो अब।

शमीम : भई ये बात थी कि मैंने कहा, मेरे कमरे में से जाओ।

वाजिद : क्यों साहब क्यों जाऊँ, यानी बात कुछ भी नहीं और जाओ...*(हाथ चलाकर)* क्यों?

शमीम : भई मेरी मर्ज़ी, मैं नहीं चाहती!

आलम : *(ज़ोर से क़हक़हा लगाकर)* ज़रा इनकी सुनना वज्जन 'नहीं चाहती' गोया इन्हें चाहने और न चाहने का हक़ भी है कुछ। अरे ये कौन?

वाजिद : हाँ! ये कैसे?

शमीम : भई मैं नहीं पसन्द करती।

आलम : पसन्द...लो...वज्जन *(कन्धे से टहोका देकर)* अब लो अब तक तो चाहा ही करती थी, अब पसन्द करने भी चलीं। ये कैसे?...भाई तुम तो बस जो ख़ाला बी कहती थीं, और चाहती थीं वही करती थीं। अब ये स्वराज कैसे मिल गया।

शमीम : वाह...ये क्यों...वाह...ऊँह!

आलम : अब हकलाने से क्या होता है? क्या मालूम नहीं है हक़ीकत तुम्हारी क्यों?

वाजिद : हम इन्हें ग़ुलाम[23] कहते हैं या...ग़िल्मान[24]?

आलम : *(टाई को सीने पर सँभालते हुए)* हाँ!

---

23. दास, 24. स्वर्ग के बालक, यह 'ग़ुलाम' का बहुवचन भी है,

शमीम : क्यों आख़िर?

वाजिद : ऐसे ही।

शमीम : तुम ख़ुद कमीने, ग़ुलाम, बदतमीज़, कमबख़्त, बस। अब हुए ठीक।

आलम : और कुछ कहो। भला फूल से झड़ रहे हैं। बस, मेरा बस चले तो ऐसी छोकरियों की जुबान काट लूँ, ख़ुदा क़सम!

शमीम : तुम्हारा बस चलने ही क्यों लगा। ख़ुदा गंजे को नाख़ून ही नहीं देगा।

आलम : ये हैं तो लम्बे-लम्बे डाइनों जैसे। *(उसकी उँगलियाँ जिनमें लम्बे नाख़ूनों पर रौग़न लगा है, पकड़कर)* ये देखो...क्यों वज्जन।

शमीम : *(ग़ुस्से से किताब मारकर)* हटाओ हाथ बदतमीज़। मैं कहती हूँ, बेहतर है चले जाओ यहाँ से।

वाजिद : क्यों...ऊँ? आख़िर वज्ह भी हो कुछ या यूँ ही। और तुम जो आईं हमारे कमरे में तो फिर हम भी निकालेंगे और मार के निकालेंगे। फिर न कहना।

आलम : हाँ आओ, तुम ज़रा बाहर, देखो, कैसा ठीक बनाते हैं। और अब के आए-जाए तुम्हारी मिस शाह...यार वज्जन मेरे सिगरेट चुरा-चुरा के ले जाती है, कुल्चड़ी।

वाजिद : *(चिढ़ाने को)* और वह कौन है...मिस...मिस फटीचर-सी...उनसे हमारी शादी करा दो। सुना!

शमीम : *(रुआँसी होकर)* भई मैं ख़ाला बी से कहती हूँ जाकर कि मुझे संभल भेज दो, हाँ। तो अब के बोर्डिंग में रहूँगी।

वाजिद : फिर बात क्या है? आलम *(आँख मारकर)* तुम जाओ ज़रा, हमें बताएँगी शम्मो *(और उसके गले में बाँहें डालकर)* हाँ, हमारी तो बहन है, क्यों?

आलम : ख़ैर...अच्छा *(जाता है।)*

शमीम : *(उठकर उचक-उचककर गैलरी की तरफ़ देखते हुए)* गया, या नहीं। मैं...ये बात थी, ख़ाला बी ने कहा *(फिर देखती है)*... वह...

वाजिद : क्या वाक़ई कोई बात है? अरे बुलाओ आलम को। उससे कोई बात छुप सकती है।

शमीम : *(रोककर)* नहीं उसे न बुलाओ। सुनो तो!

वाजिद : कहो भी, कह भी चुको, फिर बता तो दूँगा ही।

शमीम : ख़ाला बी कहती हैं, वह हमारे यहाँ न आए।

वाजिद : क्यों न आए? वह मेरा दोस्त है, मैं जहाँ जा सकता हूँ वह भी

जा सकता है। वज्ह क्या?

शमीम : वह कहती हैं, उसका बाप मुक़दमा हार गया और जाने क्या-क्या...भई मुझे नहीं मालूम।

वाजिद : अरे मुक़दमा हारे बाप और आना आलम का बन्द हो। वह मुक़दमा ही हारनेवाला था फिर भला आलम से...

शमीम : जाने क्या। भई वह कहती हैं आलम न आए।

वाजिद : आख़िर क्यों?

शमीम : वह कहती हैं कि लोग न जाने क्या कहेंगे।

वाजिद : क्या कहेंगे कि वह क्यों आता है। कहने दो।

शमीम : हाँ वह कहती हैं कि लोग बातें बनाएँगे!

वाजिद : *(कुछ सोचकर)* क्या यही कहेंगे कि वह यहाँ तुमसे...तुम्हारे...

शमीम : *(चिढ़कर)* भई मैं कब कह रही हूँ? वाह!

वाजिद : *(बिगड़कर)* क्या समझा है तुमने मेरे दोस्तों को! कोई वह गुंडे हैं? क्या क़िस्सा है! मुआफ़ कीजिएगा, मेरे दोस्त लफ़ंगे नहीं। वह क़तई तुम्हारे...वह मेरे दोस्त हैं न कि आपके-आप...

शमीम : *(क़रीब-क़रीब रोकर)* भई...उलटा मुझी से लड़ने लगे...ये भी कोई बात है।

वाजिद : ख़ूब! वह मैं अभी कहता हूँ। ज़रूर आएगा आलम ज़रूर...ऐसे ही आएगा। समझीं। *(पुकारकर)* आलम!...अरे आलम!!

शमीम : ख़ुदा के लिए उससे तो न कहो।

वाजिद : क्यों न कहूँ! मैंने आज तक उससे कोई बात छुपाई नहीं। *(उठकर दरवाज़े में से झाँकता है)* अरे कहाँ गया?...शायद... *(संजीदा[25] हो जाता है।)*

शमीम : *(उदासी से)* हाँ मुझे भी आहट मालूम हुई थी...शायद वह सुन रहा था।

वाजिद : *(ग़ुस्से से)* ये बहुत...ये हद है। मैं अपने दोस्तों की इस क़िस्म की हत्क बर्दाश्त नहीं कर सकता। मैं आज ही बोर्डिंग चला जाऊँगा...फ़ौरन...

शमीम : तुम तो ऐसे ग़ुस्से हो रहे हो गोया मैंने ही कुछ किया हो।

वाजिद : मैं ये ज़िल्लत बर्दाश्त नहीं कर सकता। इन्तिहा है...इस क़िस्म की बातें...मैं आज ही...

आलम : *(पुश्त[26] की खिड़की से)* अरे...भई हो चुकीं प्राइवेट बातें...? आ जाएँ अब?

---

25. गम्भीर, 26. पीछे,

वाजिद : *(एकदम घूमकर)* आलम...अरे आओ...ये देखो...अभी...

आलम : *(आकर कुर्सी पर ठाठ से लेटते हुए)* क्या कह रही थी मेरी बंदरिया ये शमीम!...यार वज्जन ये बहुत ही सर चढ़ती जा रही है...अब ज़रा आकर इसे...

वाजिद : हम समझे तुम हमारी बातें सुन रहे थे। आलम सच बताओ, तुम यहाँ क्यों आते हो...क्या सिर्फ़ इससे बातें करने?

आलम : सिर्फ़ इससे बातें करने कौन बेवक़ूफ़ आ सकता है। इसे सिवाय जुबान दराज़ी के और क्या बातें आती हैं!

वाजिद : फिर।

आलम : फिर क्या, कैसा भद्दा सवाल है! अरे भई हम यहाँ आते हैं बाजरे की खिचड़ी खाने, दाल भरी रोटियाँ खाने, कैरम खेलने और शलगम का अचार खाने और हाँ *(एकदम से)* यार बहुत दिनों से अचार ही नहीं बना...कल बाजरे की खिचड़ी के साथ रहे। क्यों?

वाजिद : *(ख़ुशी से)* तो फिर तुम इसके पास तो नहीं आते?...सिर्फ़ इससे बातें करने और...

आलम : महा बेवक़ूफ़ हो तुम! इनकी खोपड़ी में है ही क्या, सिवाय साड़ी जम्पर और लिपस्टिक के।

शमीम : कुछ ही हो हमारी खोपड़ी में...जी हाँ गोया बड़े वह...

आलम : कुछ ही क्या, गूदड़ है।

शमीम : अब देखो वाजिद, मेरी कोई सहेली कभी तुमसे इस क़दर बदतमीज़ी करती है जो यह...

आलम : कर सकती है बदतमीज़ी तुम्हारी कोई पार्जा सहेली? ठोंकें न हम उसे, डंडों से सर फाड़ें क्यों...वज्जन...यार सच कहता हूँ...हद्दा को तो एक दिन पीटना ही पड़ेगा हमें।

वाजिद : और क्या। मगर सुनो तो ख़ाला बी कहती हैं...

शमीम : क्या है वज्जन! फिर तुम...

वाजिद : कुछ नहीं। हम ज़रूर बताएँगे एक-एक बात *(आलम से)* हम समझे तुम हमारी बातें सुन रहे थे।

आलम : *(बेपरवाही से)* सुन ही जो रहे थे।

वाजिद : अरे...फिर...तुम, हम समझे ग़ुस्सा होकर चले गए।

आलम : ग़ुस्सा होकर ये क्यों? ख़ाला बी जैसे तुम्हारी बुज़ुर्ग हैं वैसे ही मेरी। वह मुझे कितना ही धक्का दें, परवाह नहीं। वह एक दरवाज़े से निकालें, दूसरे से वापस आ जाऊँ। यही करता हूँ।

अभी उनसे शमीम के कमरे में कभी न आने का वादा करके बाहर से घूमकर आ गया...*(ज़ोर से हँसता है।)* और क्या! ख़ुदा की क़सम और क्या?

(वाजिद ख़ुशी से मुस्कराता है और शमीम भी अपनी हँसी रोक रही है।)

[2]

(शाम! बरामदे में चौकियों के फ़र्श पर ख़ाला बी बैठी छालिया कतर रही हैं। आलम औंधा एक कुशन पर कुहनियाँ टिकाए, बिच्छू के डंक की तरह टाँगें ऊपर को उठाए है। वह सिर्फ़ सफ़ेद पतलून और क़मीज़ पहने है। छालिया की टोकरी में से दाने चुन-चुनकर खा रहा है।)

ख़ाला बी : कब खुलेगा तुम्हारा कॉलेज?

आलम : यही कोई पन्द्रह दिन तक खुल जाएगा। सोच-सोचकर ख़ून खुश्क हो रहा है कि ख़त्म हो गईं छुट्टियाँ!

ख़ाला बी : ऊई ख़ैर! इतने बड़े हो गए, पढ़ने में दम निकलता है!

आलम : क्या करूँ ख़ाला बी, मज़दूर आदमी हूँ, मज़दूर से जितनी चाहो मेहनत ले लो, दिमाग़ी मेहनत नहीं की जाती! अब्बा इम्तिहान ज़बर्दस्ती दिलवा रहे हैं। खोपड़ी बिल्कुल खोकल है। नजूमी ने बताया था, लड़ाई में काम आओगे। इल्म[27] तुम्हारी क़िस्मत में नहीं।

ख़ाला बी : ऐ हटो, इन नजूमियों का क्या है। झूठे निगोड़े।

आलम : नहीं ख़ाला बी झूठ नहीं। बाज़[28] वक़्त तो ये पते की बात बता जाते हैं। मेरे दोस्त को बहुत ठीक बताया।

ख़ाला बी : *(कुछ सोचते हुए मगर टालकर)* ऐ हटो भी।

आलम : मज़ाक नहीं ख़ाला बी। इनकी बाज़ बात बिल्कुल ठीक बैठती है।

ख़ाला बी : *(सरौता[29] हाथ में लेकर अपना हाथ देखते हुए)* भला कैसे बता देते हैं ये लोग?

आलम : हाथ की लकीरें देखकर। लाइए मैं देखूँ।

(हाथ पकड़कर ग़ौर से देखता है। ख़ाला बी अजीब नज़रों से साँस रोके उसके चेहरे को ताकती हैं।)

आलम : हूं...आ...ये...हूँ। ठीक! अच्छा।

---

27. विद्या, 28. कोई, 29. डली या छालिया काटने का कटर,

ख़ाला बी : *(इन्तिज़ार से थककर)* अरे ख़ाक पता चलता होगा लकीरों से।

आलम : चलता क्यों नहीं? ये देखिए! आ!

ख़ाला बी : ऐ फिर बताओ भी कुछ!

आलम : *(छुँगली से लकीरों पर निशान बनाकर)* रुपया बहुत!

ख़ाला बी : क्या नई बात बताई...मगर वह भी अब मैंने बच्चों के नाम कर दिया।

आलम : हूँ। मगर चैन नहीं। सुकूने-क़ल्ब मयस्सर[30] नहीं।

ख़ाला बी : *(चेहरे का रंग बदलता है)* हूँ। और...

आलम : बहुत! एँ बहुत! कमज़ोर दिल, तकलीफ़।

ख़ाला बी : *(ठंडी साँस लेकर)* दिल तो बहुत दिन से कमज़ोर हो गया है।

आलम : और...शायराना...ख़्वाब...तख़य्युल बुलन्द[31]।

ख़ाला बी : *(लड़कियों की तरह हँसकर)* अरे।

आलम : *(देखते हुए।)* क्यों?

ख़ाला बी : ऐ यही बुलन्द तख़य्युल...नज़्म[32], नस्र[33] लिखने का तो बहुत शौक़ था। छपीं भी एक-दो जगह अख़बारों में। वह तो कहो, अब घर के झगड़ों से फ़ुर्सत नहीं मिलती। और कुछ ढंग की बातें बताओ तो जानें!

आलम : जी...और...उलझनें...परेशान दिमाग़, बिल्कुल फ़्लासफ़रों जैसे ख़यालात की भरमार।

ख़ाला बी : *(ग़मज़दा[34] तबस्सुम[35] से)* और।

आलम : *(और एकदम फट से)* दो बच्चे, नहीं तीन।

ख़ाला बी : *(शर्माकर हाथ खींचते हुए)* हट दीवाने।

आलम : क्यों क्या हुआ? आप शादी करें तो...*(हँसकर)* अच्छा लाइए देखने तो दीजिए *(हाथ पकड़ लेता है)*।

ख़ाला बी : तो ढंग-ढंग की बातें बताओ ना।

आलम : आप देखने भी दें...और फिर आप कहेंगी, 'हट दीवाने'।

ख़ाला बी : ऐ तो फिर...ये भी कोई बात है।

आलम : अच्छा हूँ, *(ग़ौर से देखकर)* नाकामी, पहली मुहब्बत में नाकामी।

(ख़ाला बी ऐसी नज़रें ज़मीन पर गाड़ देती हैं गोया पकड़ी गईं।)

ख़ाला बी : बयालिसवाँ साल लगा था, पहली रजब[36]।

---

30. दिल को शान्ति नहीं मिलती, 31. ऊँची सोच, 32. गद्य, 33. पद्य, 34. दुखी, 35. मुस्कराहट, 36. मुसलमानों के एक महीने का नाम,

आलम : *(बनाने के लिए)* हैं! मगर अरे! मैं आपको हमेशा तीस बरस का समझता था। बल्कि इससे भी कम।...यानी आप शमीम की बड़ी बहन मालूम होती हैं! भई ख़ुदा की क़सम तअज्जुब!

ख़ाला बी : सब यही कहते हैं, बकते हैं। *(कुछ दिलचस्प बातें मालूम करने के लिए)* और कुछ?

आलम : भई आप मारेंगी फिर।

ख़ाला बी : क्या? क्या बात है? कहो तो!

आलम : शादी...बहुत जल्दी...

ख़ाला बी : *(शर्म से गुलाबी होकर)* ऊँह, ऐ हट लड़के।

आलम : मुझे क्या मालूम! भई हाथ कहता है। दिल का हाल किसे मालूम? और ख़ाला बी हाथ झूठ नहीं कहता...हाँ...*(ज़ोर-ज़ोर से हँसता है। ख़ाला बी मुस्कराती हैं)* भई ख़ूब।

शमीम : *(आकर)* ख़ाला बी! ख़ाला बी! धोबन मेरी नीली शलवार फाड़ लाई, ये भी कोई बात है...

ख़ाला बी : *(ग़ैर-शायराना[37] मौज़ू[38] से चिढ़कर)* तुमने फटी हुई दी होगी।

आलम : लाओ, तुम्हारा हाथ भी देख दूँ शमीम।

शमीम : नहीं भई रहने दो...(ख़ाला बी से) बिल्कुल साबुत दी थी और अब सारे पायँचे ग़ायब...

आलम : *(उसका हाथ पकड़कर जो बेख़बर बातें कर रही है)* ऐ है, बस पीट चुकी शलवार की जान को। इधर तो सुनो! ज़रा ये देखो...ये...

शमीम : *(हाथ खींचकर)* छोड़ो भई, मैं नहीं दिखाती।

ख़ाला बी : क्या हरज है। कोई खा जाएगा तुम्हारा हाथ। दिखा दो ना।

शमीम : *(हाथ ढीला करके)* ऊँह...भई मुझे नहीं अच्छा लगता। मुझे काम अलग है।

आलम : *(ग़ौर से हाथ देखकर)* ग़रीबी...परेशानी...ज़िल्लत...डाँटें।

शमीम : सब झूठ, लगे बातें बनाने। सारा झूठ।

आलम : झूठ? अरे ये देखो। ये दिन-रात की जूतियाँ, मियाँ की अलग *(हाथ खींचती है)* और सुनो। जवान मौत। उफ़!

शमीम : होने दो भई, छोड़ दो! *(हाथ खींचती है।)*

आलम : और...इम्तिहान में फ़ेल और रुपए का नुक़्सान। दुश्मन घात में।

शमीम : तुम ख़ुद फ़ेल हो जाओ ख़ुदा करे। हटो!

---

37. अकाव्यात्मक, 38. विषय,

आलम : ठहरो भई...(हाथ बेकार इस क़दर मोड़ता है कि शमीम रोने पर आ जाती है) और...ओ....फ़्फ़ो...ह!

शमीम : हूँ...झूट!

आलम : क्या झूठ। एक-एक बात ठीक। और ये...ये...तेरह ग़ज़ब ख़ुदा का। लानते-अल्लाह है। तौबा...अल्लाह।

ख़ाला बी : क्या तेरह?

आलम : अजी बच्चे...एक दम बच्चे! ख़ुदा क़सम तेरह बच्चे!!

शमीम : *(ज़ोर से हाथ छुड़ाकर)* बदतमीज़...ज़माने भर के *(उठकर बड़बड़ाती चली जाती है)।*

आलम : अरे...सुनो...तो...और तो सुनती जाओ!

ख़ाला बी : बड़ी बदमिज़ाज हो गई है।

आलम : बड़ी साहब! इन्तिहा है, *(उठता है)* हद है। और डाँटतीं भी नहीं उसे। *(जाने लगता है।)*

ख़ाला बी : कहाँ चले?

आलम : ज़रा किताबें लेनी हैं। शमीम के कमरे में भूल गया था। उस दिन। *(चला जाता है।)*

(ख़ाला बी ग़ुस्से और नफ़रत से उसे जाता देखती हैं। ज़ोर-ज़ोर से छालिया कतरती हैं। हल्की-सी रक़ाबत[39] और नफ़रत के मिली-जुली झलक-सी चेहरे पर नज़र आती है। डली का एक बड़ा-सा टुकड़ा एक पुरमानी[40] खटाके से काटती हैं। गोया वह मारा दुश्मन को।)

[3]

(उसी ख़ाला बी वाले बरामदे में ख़ाला बी पानदान खोले उसे चीथड़ों से साफ़ कर रही हैं। कपड़ों में ख़िलाफ़े मामूल[41] हल्की-सी रंगत ने उनके हल्के गुलाबी चेहरे को बला का दुश्मन बना दिया है। आलम चुस्त पाजामा और बारीक मलमल का कुर्ता पहने एक सोफ़े पर ऐसे लेटा है कि उसके पैर घुटने तक नीचे लटक रहे हैं। वाजिद शमीम के घुटने पर सर रखे उससे दूर लेटा है। शमीम किताब पढ़ रही है।)

---

39. प्रतिस्पर्द्धा, 40. अर्थपूर्ण, 41. नित्य नियम के विरुद्ध,

वाजिद : ख़ाला बी ! मटर पुलाव नहीं पका बहुत दिनों से, कल पके।

आलम : मटर पुलाव नहीं पाये पकें।

वाजिद : लाहौल वला कुव्वत। पाये भी कोई खाने की चीज़ है, इससे अच्छा खिचड़ी न खा लो, भई शम्मो क्या पके ?...पाये या मटर पुलाव।

शमीम : *(जलाने को)* कुछ भी न पके, बस उड़द की दाल।

वाजिद : हट बदतमीज़। *(उसकी किताब अपने सर से टकराती देखकर)* ऊँह अब हटाओ इस किताब को। *(लेकर दूर फेंक देता है।)*

शमीम : भई तुम कौन होते हो ? *(उठकर किताब लेना चाहती है मगर आलम उठाकर अपने सर के नीचे रख लेता है)* लाओ मेरी किताब दो...मैं अपने कमरे में जा रही हूँ। तुम लोगों के पास बैठना ही हिमाक़त है !

आलम : नहीं देते। हमारे सर में दर्द है।

शमीम : *(कुशन फेंककर)* लो ये तकिया।

आलम : देखा ख़ाला बी। कैसा ज़ोर से तकिया मारा है, वैसे ही सर में दर्द है।

वाजिद : *(संजीदगी से सर सहलाकर)* हाँ धूप में जाने से हो गया है।

वाजिद : *(चुमकारकर)* शम्मो जाओ बाम लाकर मल दो इसके। *(उसे मुँह बनाते देखकर)* कितनी ख़राब हो तुम। अरे मैं आप लाकर मल दूँगा। आलम इतना काम करता है तुम्हारा।

ख़ाला बी : इधर आओ आलम, मैं देखूँ।

आलम : *(पास आकर लेटते हुए)* यहाँ है...कनपटियों के पास।

ख़ाला बी : ऐ काहे से हुआ ?

आलम : न जाने...

ख़ाला बी : *(कुशन रखकर बड़ी नर्मी से आलम का सर रखती हैं...और उसकी पेशानी[42] पर हाथ रखती हैं।)* ठहरो...अरे नन्ही...ओ नन्ही...

नन्ही : *(दूर से)* जी आई।

ख़ाला बी : ऐ आने की कोई ज़रूरत नहीं। फ़रीद से कह दो, कल के लिए आज ही पाये ले आए। और सुनो...अभी मसाला पीसना शुरू कर दो। आते ही चढ़ा देना। रात भर पकेंगे सुना...और ज़रा सा ख़मीर छोड़ देना। *(नन्ही की तरफ़ से मुतमइन[43] होकर। मुहब्बत से)* कुछ मिठास भी पकवाऊँ, तुम्हें मीठे टुकड़े पसन्द हैं...क्यों आलम ?

---

42. माथा, 43. सन्तुष्ट,

आलम : जी हाँ, और मटर पुलाव भी, वज्जन की पसन्द है!

वाजिद : *(बाम लाकर देता है)* लो शमीम ज़रा अब मल तो दो!

ख़ाला बी : ला मैं मल दूँ...

(बाम लेकर पेशानी पर मलती हैं। बड़े इनहीमाक[44] से उसकी पेशानी और कनपटियों को मलती हैं। शमीम कुछ देर बावलों की तरह बैठी रहती है, फिर उठकर चल देती है।)

वाजिद : मैं ज़रा कपड़े बदल आऊँ। तुम तो चलोगे नहीं, सर में दर्द है। मैं ज़रा यूसुफ़ के हमराह सिनेमा जा रहा हूँ। आज ग़ज़ब की अच्छी पिक्चर है।

आलम : *(आँखें बन्द किए)* हूँ। *(वाजिद जाता है, आलम आँखें बन्द किए ख़ामोश लेटा रहता है।)*

ख़ाला बी : और *(झुककर)* बुख़ार तो नहीं? *(दूसरा हाथ उसकी गर्दन पर रखकर देखती हैं। फिर अपना माथा छूती हैं।)* नहीं तो ठंडा पड़ा है। कैसा है अब जी?

आलम : *(वैसे ही आँखें बन्द किए)* बड़ा सुकून मिल रहा है...आहा...हा... सी...*(आँखें बन्द किए उँगलियों से खेलता है।)*

(ख़ाला बी पेशानी पर से उसके बाल हटाकर ग़ौर से उसे देखती हैं। दूसरे हाथ से उसके गिरेबान के खुले हुए बटन को बन्द करती हैं। आँखें और भी स्याह और दिलकश हो जाती हैं और होंठ लरज़ने लगते हैं। सर झुक जाता है, गर्म-गर्म साँस को कान के नीचे महसूस करके आलम आँखें चार होते ही घबराकर आँखें फाड़ देता है। उनकी आँखें न जाने क्या-क्या कह जाती हैं...और वह एकदम बड़बड़ाकर उठ खड़ा होता है और नामालूम किसी ग़ैर-इनसानी शै से डरकर चारों तरफ़ देखता है। ख़ाला बी के चेहरे की सुर्ख़ी लहरों की तरह दम-ब-दम ऊँची-नीची होती है। वह उसकी तरफ़ देखती हैं।)

आलम : *(घबराकर पेशानी छूकर)* अरे बिल्कुल ग़ायब! सर में बिल्कुल दर्द नहीं रहा। *(जैसे शर्मिन्दा होकर सर झुका देता है।)*

ख़ाला बी : *(ज़रा चेहरे की सुर्ख़ी को दबाकर)* कहाँ चले? सर दर्द ऐसा भी क्या कि...जादू से अच्छा हो गया।

---

44. एकाग्रता,

आलम : जी...जी...हाँ। अब बिल्कुल अच्छा है, गोया कभी न हुआ। टुड...गया...दिमाग़। *(सर पकड़कर जाने लगता है।)*

ख़ाला बी : बैठो! चाय बनवाऊँ?

आलम : *(बग़ैर नज़र मिलाए)* जी नहीं चाय तो और गर्म होगी। *(दरवाज़े की तरफ़ बढ़ता है।)*

(शमीम दाख़िल होती है।)

आलम : *(उसे देखकर हिम्मत बँध जाती है)* ऐ शमीम, वज्जन कहाँ है?

शमीम : कमरे में अपने और कहाँ? *(बेतकल्लुफ़ी से अपनी चादर उठाकर जाने लगती है जो भूल गई थी।)*

आलम : *(उसके जाने से घबराकर)* सुनो तो, अगर तुम मेरी किताब पढ़ चुकी हो तो दे दो।

शमीम : *(बिल्कुल दरवाज़े के पास से)* अब कल मैं तुम्हारे घर पर भिजवा दूँगी, इस वक़्त तो नहीं।

आलम : *(बचने के लिए बिल्कुल उसके क़रीब जाकर)* मगर देखो... *(शमीम चली जाती है।)* सुनो तो।

ख़ाला बी : मैंने पायों को कह दिया है...और ख़मीरी रोटी तुम्हें पसन्द है? ...आलम...वह मुंशी जी कल तक...आ जाएँगे...मेरा!

आलम : कौन मुंशी जी? मुंशी जी!

ख़ाला बी : हाँ...वह ख़त...तुम्हारी...जेब...

आलम : *(इत्मीनान की साँस लेकर)* वज्जन...तुम...मैं भी सिनेमा चलूँगा।

ख़ाला बी : अभी तो सर में दर्द था। और अभी सिनेमा की तैयारी होने लगी।

आलम : अब नहीं रहा।

वाजिद : क्या करोगे जाकर और बढ़ जाएगा। तुम लेटो और आज बोर्डिंग न जाओ, यहीं सो रहो मेरे कमरे में। मैं कह दूँगा मॉनीटर से!

आलम : *(जल्दी से)* नहीं...बिल्कुल ठीक हूँ! मैं देखना चाहता हूँ पिक्चर...चलो...!

वाजिद : तुम जानो। ख़ाला बी! तीन रुपए दे दीजिए।

ख़ाला बी : *(रुखाई से)* मेरे पास कहाँ रखे हैं इस वक़्त तीन रुपए।

वाजिद : *(इरादा ढीला ज़ाहिर करने के लिए कोट उतारने लगता है।)* तो फिर हटाओ सिनेमा को भी!

आलम : मेरे पास हैं। *(हैट और शेरवानी लेकर)* चलो तो!

(दोनों जाते हैं। आलम अपने हाथ की लरज़िश[45] को हिला-हिलाकर छुपाता है। ख़ाला बी दोनों को जाता देखती हैं। बिल्कुल बग़ैर इरादे के वह अपने हाथ में लकीरों को घूरने लगती हैं। हल्की उम्मीद भरी मुस्कराहट आ जाती है।)

[4]

(अपने कमरे में शमीम बहुत परेशान और हस्बे-मामूल[46] भरी बैठी है। किसी नई बात ने उसे हैरतज़दा भी बना दिया है। जी चाहता है रो दे, मगर ज़ब्त[47] करती है!)

शमीम : *(ख़ुद-ब-ख़ुद[48])* मक्कार कहीं का।

(किताब खोलकर एक मसला हुआ काग़ज़ निकालती है और पढ़कर गुस्से से फाड़ना चाहती है, लेकिन दो टुकड़े करके आगे नहीं फाड़ती, वापस रख देती है। फिर चन्द छोटे-छोटे पुर्ज़ों को जोड़कर पढ़ना चाहती है। आहट सुनाई देती है तो जल्दी से दरी के कोने उठाकर छुपा देती है। वाजिद आ जाता है।)

वाजिद : *(आकर प्यार से उसकी पीठ पर हाथ मारकर)* शम्मो। बेटे क्या हाल चाल हैं। बड़े मोटे होते जा रहे हो। *(बिसूरती है शक्ल देखकर)* रोना रोना, मुदाम[49] रोना और भी कुछ काम है तुम्हें। अल्लाह की बन्दी! *(उसे रोता देखकर)* अरे ये क्या, हुआ क्या? *(घबराकर बैठ जाता है।)* क्या हुआ आख़िर?

शमीम : *(रोकर)* वज्जन घर चलो—आपा के पास सम्भल में, नहीं ठहर सकती एक घड़ी भी यहाँ।

वाजिद : कोई बात भी हो। क्या ख़ाला बी ने डाँटा।

शमीम : नहीं। *(ख़ामोशी)*

वाजिद : फिर... *(प्यार से)* भई ये कोई बात नहीं है। हम तुम्हारे दोस्त हैं...सिर्फ़ तेरह दिन तो कॉलेज खुलने में रह गए हैं।...और अब कहती हो चलो। आख़िर क्यों?

शमीम : *(दरी का कोना उलटकर काग़ज़ के पुर्ज़ निकालकर)* लो।

वाजिद : *(ठीक तरह से बैठकर काग़ज़ जोड़-जोड़कर पढ़ना शुरू करता*

---

45. कम्पन, 46. नियमानुसार, 47. सहन, 48. स्वयं से, 49. हमेशा,

है। उलझकर) क्या पढ़ूँ, ख़ाला बी का ख़त है। क्या तुम्हें कुछ लिखकर हिदायत[50] दी है।

शमीम : जी नहीं। ज़रा पढ़िए तो फिर कहिएगा—ये देखिए ये।

वाजिद : *(ग़ौर से देखकर)* क्या...हाँ, आलम...और ये क्या है। बाबा एक तो ख़ाला बी का ख़त, दूसरे फटा हुआ, फिर *(कोशिश करता है।)* 'ठोकर... नहीं, ठुकराना मत' *(चकराकर)* ये क्या गड़बड़ है। 'है' उम्मीदें... 'वास्ता' नहीं 'वाबस्ता' 'मायूसी' 'मायूस न करना' *(कुछ देर ख़ामोशी से पढ़ता है।)* हूँ। ज़बान 'ज़बानी, कहने का मौक़ा न मिला'।

शमीम : और ये! *(दूसरा टुकड़ा देती है।)*

वाजिद : *(पढ़कर रंग स्याह पड़ जाता है। कानों में ख़ून की तेज़ी से झनझनाहट होने लगती है। डरी हुई नज़रों से शमीम को देखता है।)* मगर तअज्जुब!...मगर ये है क्या मामला?...आलम सिर्फ़ एक साल बड़ा है मुझसे। कहाँ मिला ये तुम्हें?

शमीम : मेरे...मेरे कमरे में। शायद आलम की जेब से गिर पड़ा।

वाजिद : *(हैरत से)* पागल! ख़ाला बी यक़ीनन[51]...और...मुझे यक़ीन नहीं आता...आलम... *(थोड़ी देर दोनों ख़ामोश रहते हैं। फिर वाजिद के चेहरे पर बजाय परेशानी के ग़ुस्से और नफ़रत के जज़्बात पैदा हो जाते हैं! वह अपने होंठ चबाने लगता है।)* कमीना...मुझे वहम भी न हुआ था। शम्मो! हम अभी चले जाएँगे, बल्कि मैं अभी जाकर फ़ोन करता हूँ हैदर साहब को कि फ़ौरन कार भेज दें अपनी...अच्छा!

शमीम : और कॉलेज...?

वाजिद : कॉलेज पन्द्रह को खुलेगा। फिर हम आ जाएँगे और तुम भी बोर्डिंग चली जाना। मैं यूसुफ़ के साथ रह लूँगा। अच्छा *(ख़ुद-ब-ख़ुद)* मक्कार दोस्त बनता है और...तुम्हें कोई रंज नहीं, कोई परवाह नहीं...क्यों?

शमीम : *(रंजीदा[52] सर झुकाए ग़ुरूर[53] से)* नहीं।

वाजिद : *(ग़ुरूर से)* हमें ख़ाला बी से वास्ता? हमें कोई ज़रूरत नहीं उनसे कहने की। ठीक कर लो तुम अपने थोड़े-से कपड़े...मैं जा रहा हूँ, पन्द्रह मिनट से ज़्यादा नहीं लगेंगे। *(जाता है।)*

(शमीम थोड़ी देर ख़ामोश बैठी रहती है, फिर उठकर अलमारी में से कपड़े निकालकर एक अटैची में रखती है। दो-एक

---

50. निर्देश, 51. निःसन्देह, 52. दुखी, 53. घमंड,

चीज़ें और किताबें मेज़ पर से उठाकर डाल लेती है। एक फ्रेम जिसमें आलम और वाजिद की तस्वीर है, उठाकर रखना चाहती है। फिर सोचकर आलम की तस्वीर निकाल देती है और वाजिद की रख लेती है...फिर कुछ सोचकर आलम की तस्वीर देखती है, हिचकिचाती है मगर फिर बेपरवाही से सब कपड़ों के नीचे उसे भी डाल लेती है। पैरों की चाप सुनाई देती है और आलम की आवाज़ दूर ही से आती है।)

आलम : वज्जन...वज्ज...न... कहाँ हो? *(आता है। शमीम बेतकअल्लुफ़ी से कपड़े रखती है।)* अरे शम्मू दोस्त...वह कहाँ है...वज्जन...। *(उसके कन्धे पर हाथ रख देता है।)*

शमीम : *(उसका हाथ कन्धे पर से हटाकर)* मुझे नहीं मालूम।

आलम : *(उसकी तुर्शरूई[54] से मुतअस्सिर[55] होकर)* अरे...मुझे कहा था कि आज सिनेमा चलेंगे। वज्जन भी क्या बेवक़ूफ़ इनसान है। *(शमीम का चेहरा देखकर)* अरे भई शाबाश है। न जाने इतना ग़ुस्सा करके लड़की जीती कैसे है, मैं तो दो दिन में मर जाऊँगा। आहा...ज़रा आपका मुँह मुलाहज़ा[56] हो...वा...ह...वाह। *(मुँह ऊँचा करता है उसका)*

शमीम : *(उसका हाथ झटककर)* ऊँह! *(दूर मेज़ पर सामान लेने चली जाती है।)*

आलम : कब तक आएगा वाजिद? भला ये भी कोई अन्दाज़ है...? *(कुछ याद करके)* अरे हाँ, सुनो तो शम्मू, ये ज़रा...इधर देखो...चेहरे पर मसर्रत[57] नाच रही है। *(कमर पर हाथ रखकर खड़ा हो जाता है। शम्मो एक नज़र देखकर नज़र फेर लेती है।)* ए देखो...बोलो...क्या ज़ाहिर हो रही है, कुछ शान हमारे चेहरे पर—

शमीम : *(कटते हुए लहजे में)* जी हाँ मालूम है। आज आपका चेहरा बड़ा शानदार हो रहा है...

आलम : *(उसके बोलने से ही ख़ुश होकर)* रोब पड़ रहा है कुछ?

शमीम : *(तंज़[58] से हँसकर)* आपका रोब हमारे ऊपर न पड़ेगा तो फिर किसका पड़ेगा। भला आप...

आलम : *(हँसकर)* अच्छा तो तुम्हें मालूम हो गया वह?...

---

54. मुँह पर क्रोध देखकर, 55. प्रभावित, 56. देखना, 57. ख़ुशी, 58. व्यंग्य,

शमीम : *(उसकी दीदादिलेरी[59] से मजरूह होकर)* जी हाँ मालूम हो गया! बस! और कुछ कहना है अभी आपको?

आलम : *(हैरान होकर)* अजीब दीवानी लड़की है। अरे भई किसी वक़्त तो सीधे मुँह बात कर लिया करो कि बस हर वक़्त नख़रे? मैं कहता हूँ...मैं तो वह...ख़त...

शमीम : *(बात काटकर)* जी हाँ...वह ख़त...*(उठकर जल्दी से अलमारी में से निकालने लगती है।)*

आलम : अरे तो भौंकती क्यों हो?...तुम जल गईं, जैसे मैंने तुम्हारा कुछ ले लिया हो और दूसरों की तरक़्क़ी से इस क़दर न जला करो। अपनी-अपनी क़िस्मत है। कहती तो होगी कि निखट्टुओं के ऐसे ही भाग्य होते हैं। छप्पर फार के ख़ुदा क़सम! इन्तिख़ाब[60] ही तो है!...लड़ गई तक़दीर *(उसकी शोला-अफ़्शा[61] आँखों से बचकर)* ऊँह अच्छी-ख़ासी लड़की एकदम से चुड़ैलों का रूप कैसे धार लेती है...? मगर तुमने कैसे देखा?...शायद यूसुफ़ ने वाजिद को बताया हो...ख़त तो मेरी जेब में ही पड़ा है। *(टटोलकर)* शायद भूल आया। कुछ ऐसा बिलबिलाया कि सीधा भागा कि तुम लोगों को बता दूँ। छोड़ो इन बातों को, तो बताओ आज पका क्या है?

शमीम : *(जिसके आँसू बावुजूद ज़ब्त के नहीं रुकते, ग़ुस्से से काँप जाती है)* निकल जाओ...निकल जाओ मेरे कमरे से। बड़े, बड़े आए दोस्त बनते हैं...जाओ...ख़ुदारा चले जाओ...

आलम : *(उसको वाक़ई ग़ुस्से में देखकर)* शम्मो!

शमीम : अभी कुछ और कहना है...जाओ यहाँ से ख़ुदा के लिए!

(वाजिद दाख़िल होता है।)

आलम : *(उसे देखकर ज़ोर से क़हक़हा लगाकर)* यार वज्जन, पागल हो गई है ये आज...अरे देखते हो इस बिल्ली को ख़ुदा की क़सम।

वाजिद : *(अपने दोस्त की जालसाज़ी[62] से मुँह उतरा हुआ है। नफ़रत से)* शम्मो! तैयार हो तुम—

आलम : ये...क्या कहीं जा रहे हो तुम लोग? आख़िर बताओ भी कुछ तो।

वाजिद : *(कुछ न सुनकर शम्मो से)* वह...वह कार आती ही होगी।

आलम : वाजिद कुछ कहोगे भी या तुम...

59. ढिठाई से, 60. चुनाव, 61. आग बरसाती हुई, 62. धोखेबाज़ी,

वाजिद : *(गुस्से को ज़ब्त करके)* मैं कुछ नहीं कहना चाहता...बस थोड़ा-सा सामान ले लो शमीम!

आलम : लेकिन वाजिद तुम्हें ये हो क्या गया है। कुछ..

वाजिद : मुझे?...जी मुझे सौदा[63] हो गया है।
(शमीम से) वह सूटकेस बस और...

आलम : *(उसके गुस्से से बौखलाकर)* मगर...मैं वह...ख़त लाया था कि...वह...ये कहना था कि...

वाजिद : क्या! अभी तुम्हें कुछ और कहना है! हाँ वह ख़त...फिर?

आलम : *(मुर्दा होकर)* मगर तुम...तुम्हारे इतने ग़ुस्सा होने की वजह? ऐसे गोया...

वाजिद : *(चोट से तिलमिलाकर)* बेशक हम क्यों ग़ुस्सा हों। हमें क्या हक़? हम होते कौन हैं? *(रंजीदा[64] क़हक़हा लगाता है।)* वाक़ई *(एकदम संजीदा होकर)* हमें क्या? *(बेतुकेपन से हँसता है।)* क्या वजह? आहा...

आलम : *(जिसकी समझ में नहीं आता, क्या करे।)* मगर...ये क्या कह रहे हो तुम? तुमने कब देखा...तुम...

वाजिद : हाँ! हमने देखा...और वह ख़ुशख़बरी भी मिल गई हमें। और इसी वजह से हम लोग इस वक़्त इस क़दर मसरूफ़[65] नज़र आ रहे हैं *(ता'न[66] से)* और हाँ आपको मुबारकबाद तो देना ही भूल गए!

आलम : *(अपने रूठने की बारी समझकर)* मुझे नहीं चाहिए तुम्हारी मुबारकबाद। ले के पहले तो...

वाजिद : बेशक बेशक *(कार की आवाज़ सुनकर)* उठो शम्मो!

आलम : मगर...

(वाजिद अटैची उठाकर शमीम की कमर में प्यार से हाथ डालकर उसे ले जाता है। आलम अजीब परेशानी के आलम में ढीला-ढाला खड़ा रह जाता है, गोया किसी ने उसे कुचल दिया हो। पेशानी पर हाथ फेरता है, गोया मालूम करने के लिए कि ये ख़्वाब है या बेदारी[67]! कार की आवाज़ पर घबराकर चौंकता है मगर दूर उसका हॉर्न सुनकर बेसुध होकर कुर्सी पर गिर जाता है। सर पर दोनों हाथ रखकर कुछ सोचता है कि इतने में उसे फटे हुए पुर्ज़े नज़र आते हैं। पहले

---

63. पागलपन, 64. दुखी, 65. व्यस्त, 66. व्यंग्य से, 67. जाग,

बेपरवाही से फिर आँखें झपकाकर ग़ौर से देखता है। उन्हें जोड़कर पढ़ता है तो आँखें फटी की फटी रह जाती हैं।)

आलम : अरे...ओ...रे...ये...मगर...

(फिर देखता है मगर हक़ीक़त समझ में आ जाती है। जल्दी-जल्दी जेबें टटोलकर एक ख़त निकालता है। थोड़ी देर ख़ौफ़नाक नज़रों से ख़ला[68] में घूरता रहता है, फिर मुट्ठियाँ भींचकर खड़ा हो जाता है। दरवाज़ा खुलता है और ख़ाला बी ख़िरामा-ख़िरामा[69] ख़ुशरंग लिबास में दाख़िल होती हैं।)

ख़ाला बी : *(बिल्कुल बदली हुई आवाज़ में कि चौबीस बरस की ख़ाला बी मालूम होती हैं।)* तुम सीधे इधर चले आए...

(आलम जैसे मस्हूर[70] है, दो क़दम पीछे हट जाता है।)

ख़ाला बी : *(उसकी परेशानी से न घबराकर)* मैंने मुंशी जी को बुला लिया है। वह कल आ जाएँगे और सब तय हो जाएगा। बेहतर है कि हिबा[71] हो।

आलम : *(बेवक़ूफ़ों की तरह)* हिबा?

ख़ाला बी : हाँ, और बैंक में शायद पैंसठ हज़ार रह गया है...बाक़ी के हिस्से ख़रीद लिए थे। काग़ज़ात सब मेरे सन्दूक़चे में हैं। *(नीची नज़र किए हुए)* और मकानात...

आलम : *(बदहवासी से)* ओ, ख़त *(फटे हुए ख़त को टटोलकर)* ये... ये...ये...*(ख़ुद अपने हाथ का ख़त देखकर)* ये...और मैं...ये...

ख़ाला बी : *(बड़े प्यार से)* हाँ-हाँ, ये कैसा ख़त है?

आलम : *(जवाब भी खोया हुआ है।)* ये ख़त...मेरा है...तक़र्रुर[72] हो गया मेरा *(और घबराकर जुड़े हुए कमरे को देखकर)* और...

ख़ाला बी : *(ख़ुशी से)* कहाँ हुआ तक़र्रुर—देहली में ही या कानपुर?

आलम : *(कुछ न सुनकर जैसे किसी ग़ायब हस्ती से)* वह...मैं ख़ुद हो जाता-पागल...वाजिद। *(साँस भरकर)* शम्मो!

ख़ाला बी : *(उसके क़रीब आकर)* आलम!

आलम : *(उनकी अजीब आवाज़ से चौंककर)* ख़ाला बी!

ख़ाला बी : *(ना उम्मीद न होने की कोशिश करके)* आलम! मैं तुम्हारी ख़ुशी...

---

68. शून्य, 69. धीरे-धीरे चलते हुए, 70. जिस पर जादू किया गया हो, 71. अनुदान, 72. नियुक्ति,

आलम : *(जल्दी से)* ख़ाला बी!

ख़ाला बी : *(काँपती हुई आवाज़ में)* आलम...तुम्हें...तुम...

आलम : *(बात काटकर जल्दी से)* ख़ाला बी...ख़ाला बी!

ख़ाला बी : *(पज़मुर्दा[73] होकर गर्दन झुक जाती है।)* आ...लम...

(आलम बग़ैर कुछ कहे-सुने जल्दी-जल्दी ख़त जेब में रखते हुए तेज़ी से निकल जाता है। ख़ाला बी कुछ देर हैरत से उसे जाता देखती हैं। उसके जाते हुए पैरों की आवाज़ को एक नग़मे की तरह कान लगाकर सुनती हैं। ज़रा देर में उनकी नज़र उसकी टोपी पर पड़ती है, जो वह घबराहट में भूल गया। अजीब अन्दाज़ में बढ़कर उसे उठा लेती हैं। एक मुतबर्रिक[74] और नाज़ुक मुजस्समे[75] की तरह उसे देखती हैं। उनकी बड़ी-बड़ी स्याह आँखें फीकी होकर बन्द होना शुरू होती हैं और बड़े-बड़े बेरौनक़ आँसू रुख़्सारों[76] पर ढलक आते हैं। गर्दन ज़रा पीछे गिर जाती है और वह टोपी को आहिस्ता से सहलाती हैं जैसे दिल-शिकस्ता[77] माँ अपने बेजान बच्चे को टटोलती है। वह क़दमों की चाप भी नहीं सुनतीं। दरवाज़े में आलम नज़र आता है, वह शायद टोपी लेने आया है जिसे भूल गया था। थोड़ी देर ग़ैर-फ़ैसलाकुन[78] अन्दाज़ में खोया हुआ सा खड़ा रहता है...और फिर...)

(स्टेज टूट जाती है।)

---

73. दुखी, 74. पवित्र, 75. मूर्ति, 76. गालों, 77. टूटा हुआ दिल, 78. जिसका निर्णय न लिया सका हो।

साँप

एक एक्ट का ड्रामा

किर्दार (पात्र)

रफ़ीआ : हलकी-फुलकी तीतरी की मानिन्द, भूरी जानदार आँखें और बात के साथ जुंबिश करनेवाली भवें। मोटे उभरे हुए होंठ और चपटी-सी नाक मगर रंग निहायत शफ़्फ़ाफ़[1], चेहरे पर बवक़्ते ज़रूरत[2] ग़ुस्सा और मासूमीयत दोनों अपना-अपना रंग दिखा सकते हैं! लोग उसे हसीन कहते हैं।

सैयद : रफ़ीआ का भाई, गोरा रंग, दरमियाना क़द, सरीउल-ग़ज़ब[3] और जूदरंज[4] लेकिन जल्दी ही मन जाता है। मगर चेहरे की और आँखों की बनावट ही कुछ ऐसी कि पता नहीं चलता कि अभी ग़ुस्सा है या मन चुका है। ये पता नहीं चलता कि रफ़ीआ रज़िया से छोटा है या बड़ा। यक़ीनन दोनों तवाम[5] तो नहीं।

ख़ालिदा : गदरा बदन। अगर ऐहतियात न करे तो गोल-मटोल हो जाए। बड़ी-बड़ी ग़िलाफ़ी आँखें जिन्हें वह जानकर नीमबाज़[6] रखती हैं। गन्दुमी रंग, पाउडर की मदद से ज़रा खिलता हुआ सुनहरा। फूले हुए गाल जिनसे मासूमीयत टपकती है और ग़ुस्सा तो गोया आता ही नहीं। तराशे हुए बाल गुच्छे की सूरत में शानों पर पड़े रहते हैं। छोटे-छोटे हाथ और बादामी नाख़ून, चलते में बार-बार मासूमाना ग़ुरूर से दोनों को देखती है।

ग़फ़्फ़ार : निहायत हसीन और नाज़ुक, इसके बावुजूद ज़रा शायराना चाल मुसव्विरों[7] के साफ़-सुथरे हाथ! हिन्दोस्तान में इतने दिलकश चेहरे बहुत कम नज़र आते हैं। ये रज़िया की ख़ुशक़िस्मती है कि ग़फ़्फ़ार से इसकी मँगनी हो गई और अब शादी में कुछ

---

1. साफ़, 2. ज़रूरत के समय, 3. जिसे जल्दी ग़ुस्सा आ जाए, 4. जल्द बुरा मान जानेवाला, 5. जुड़वाँ, 6. अधखुली, 7. आर्टिस्ट

ज़्यादा देर न थी, इसके अलावा अपने बाप का इकलौता बेटा। दादी जान के उसूल के मुताबिक़ अपने घर और कॉलेज के अलावा वह आज तक, क़सम ले लो, कहीं नहीं गया, हाँ ससुराल आ जाता है। यहाँ उसे शर्म इस क़दर आती है कि तौबा ही भली। यही वजह है कि वह रफ़ीआ से बेतकल्लुफ़ भी नहीं।

नौकर : ऐसा जैसे आम नौकर हुआ करते हैं! फ़रमाँबरदार[8], मेहनती, डाँट बरदाश्त करनेवाला।

वक़्त : सुबह आठ बजे, गर्मी के दिन।

लिबास : बेहतरीन फ़ैशन के!

स्टेज : सिर्फ़ एक कमरा जिसमें सैयद रहता है और एक अमीराना[9] ठाठ का ड्राइंग रूम।

(सैयद का कमरा) कमरे में दाएँ और बाएँ एक-एक दरवाज़ा और पुश्त[10] पर एक दरवाज़ा और खिड़की जिसमें बाग़ और पेड़ वग़ैरा नज़र आते हैं। एक तरफ़ एक पलंग और चन्द कुर्सियों और मेज़ों पर किताबें रखी हैं। एक आराम कुर्सी पर सैयद आगे को झुका हुआ शेव कर रहा है। शेव का सामान एक बहुत ही छोटी मेज़ पर रखा हुआ है, जिस पर से कोई चीज़ उठाने में बड़ी महारत की ज़रूरत है, वर्ना दो-तीन चीज़ें और लटकी चली आती हैं। सैयद के चेहरे पर किसी ताज़ा ग़म के आसार[11] हैं, जिससे मालूम होता है वह कुछ छिपा रहा है। ज़रा मैला सा रात का लिबास पहने है और बेइन्तिहा-संजीदा[12] भवें चढ़ाए बैठा है।

सीन-1

रफ़ीआ : *(एक बादामी रंग के सूट के बाज़ू पर एक पट्टी टाँकती हुई आहिस्ता-आहिस्ता आती हैं।)* लो सैयद *(दाँत से तागा तोड़ते हुए)* लाओ इस दूधिया कोट को भी टीक कर दूँ।

सैयद : *(शेव रोककर भिन्नाकर खड़ा हो जाता है।)* हैं, ठीक कर दूँ! क्या ठीक करोगी? *(आजिज़[13] आकर)* आख़िर मेरे हर कोट के पीछे क्यों पड़ गई हो *(कोट छीनकर)* छोड़ो इधर, आख़िर ये क्यों?

रफ़ीआ : *(संजीदगी से डोर में गिरह लगाते हुए)* हूँ, तो तुम्हारा इरादा है कि अब्बा जान के इन्तिक़ाल[14] के बाद ज़रा भी इज़्हारे-ग़म[15]

---

8. आज्ञाकारी, 9. धनवानों जैसा, 10. पीछे, 11. लक्षण, 12. बेहद गम्भीर, 13. ऊब कर, 14. मृत्यु, 15. शोक प्रकट,

न करो। आख़िर दुनिया क्या कहेगी कि एक ज़रा-सा टुकड़ा लगाना भी दुश्वार है। लाओ, दूधिया कोट कहाँ है ?

सैयद : क्या कहेगी दुनिया ? बकने दो, मुझे ये दिखावट पसन्द नहीं !

रफ़ीआ : तो तुम...बस दीवाने हो। आख़िर इसमें क्या बुराई है !

सैयद : होने दो मुझे दीवाना। क्या दुनिया में हमें डुगडुगी पीटना है कि भई हमारे बाप का इन्तिकाल हो गया है, जिसका हमें बहुत ही सदमा है। यक़ीन न आए तो देख लो काली पट्टी।

रफ़ीआ : ये तो हमारा मतलब नहीं है। *(कुर्सी पर बैठकर नाख़ूनों से तागा सूँत रही है।)*

सैयद : फिर आख़िर तुम्हारा मतलब क्या है ! ये जो तुमने स्याह[16] कपड़े पहने हैं, ख़ूब जानता हूँ क्यों पहने हैं !

रफ़ीआ : क्यों पहने हैं, ज़रा बताना तो सही।

सैयद : इसलिए कि ज़रा गोरी नज़र आओ !

रफ़ीआ : पागल। क्या मैं वैसे नहीं पहन सकती !

सैयद : *(कुछ न सुनकर। तौलिये से मुँह रगड़ते हुए)* और दूसरे कॉलेज के लड़के सोचें कि बड़ी फ़रमाँबर्दार बेटी है, देखो ना कैसा मातमी-लिबास[17] पहन रही है बिचारी।

रफ़ीआ : *(नफ़रत से)* ऊँह...क़तई नहीं।

सैयद : फिर शायद इसलिए कि लोगों पर ज़ाहिर कर दो कि तुम्हारा मज़ाक़[18] इस मामले में शहला, ख़ालिदा वग़ैरा से बुलन्द[19] है, वह कभी इतने मैचिंग मातमी लिबास नहीं पहन सकतीं जितने तुम पहन सकती हो।

रफ़ीआ : झूठ, बिल्कुल ग़लत, शहला और ख़ालिदा दोनों के बाप ज़िन्दा हैं।

सैयद : *(लापरवाही से)* तो माँएँ मरी होंगी।

नौकर : *(दरवाज़े में आकर एक बार खँखारता[20] है और कोट का कालर पकड़कर खींचता है।)* हम सरकार...ग़फ़्फ़ार मियाँ आए हैं।

सैयद : *(गुस्से से कुर्सी धकेलता है)* ऊँह लाहौल वला क़ुव्वत !

रफ़ीआ : क्यों, ये आख़िर इतराने क्यों लगे।

सैयद : *(ऐसे ही चिढ़कर)* ये कहाँ की रस्म है कि एक तो इनसान वैसे ही परेशान हो और ऊपर से लोग आकर जान खाएँ।

(ड्रेसिंग गाउन पहन लेता है।)

---

16. काले, 17. दुख प्रकट करनेवाले काले कपड़े, 18. रुचि, 19. ऊँचा, 20. रिवाज के मुताबिक़ घर में आते समय मर्द खाँसी की आवाज़ करते हैं,

रफ़ीआ : मगर सैयद! ग़फ़्फ़ार है!

सैयद : *(घुटी हुई आवाज़ में)* ग़फ़्फ़ार नहीं उसका बाप भी हो तो क्या करूँ। मुझे इन पुर्सा[21] देनेवालों से चिढ़ है। बार-बार गोया छेड़ने चले आ रहे हैं!

रफ़ीआ : *(ताने से)* सुबह से न जाने कौन-कौन तुम्हारे दोस्त चले आ रहे हैं तो कुछ नहीं। अब ग़फ़्फ़ार के आने से जल गए!

सैयद : *(झल्लाकर)* तुम और मुझे जला रही हो। जो भी आ रहे हैं बेवक़ूफ़ हैं। माना कि ग़फ़्फ़ार तुम्हारा मंगेतर है तो इसके ये मानी[22] तो नहीं कि वह हर वक़्त सर पर सवार रहे।

रफ़ीआ : *(चिढ़कर)* वाह, शर्म नहीं आती, सबके सामने मेरा मंगेतर कह दिया करते हो।

सैयद : ओहो तो गोया आप शर्माती हैं न अपने मंगेतर से!

रफ़ीआ : यूँ तो न कहो, काफ़ी शर्माती हूँ!

सैयद : *(मुँह सिकोड़कर)* काफ़ी शर्माती हो, मैं कहता हूँ जब तुम्हें उससे शादी ही नहीं करनी तो फिर उससे चालें क्यों चला करती हो?

रफ़ीआ : ऐ है सैयद बावले न बनो *(आहट सुनकर)* शश...चुप!

(आहिस्ता से पर्दा हिलता है और ग़फ़्फ़ार अन्दर आता है। हसीन और भोले चेहरे को ग़म और घबराहट ने और भी मासूम बना दिया है। थोड़ी देर तक बेतुकी ख़ामोशी छाई रहती है। तीनों ख़ामोश हैं। सैयद का ग़ुस्सा भी।)

ग़फ़्फ़ार : *(समझ में नहीं आता क्या करे, हिम्मत करके)* उफ़! किस क़दर उदासी छाई हुई है।

सैयद : *(कटते हुए लहजे में)* मुआफ़ करना...ग़फ़्फ़ार, यही बिल्कुल यही जुमला तुम सुबह दोहरा चुके हो।

ग़फ़्फ़ार : *(सकपकाकर रहम तलब[23] निगाहों से रफ़ीआ को देखता है जो सैयद को तंबीहन[24] घूरती है। हिम्मत करके)* रफ़ीआ, आपका इरादा तालीम[25] जारी रखने का है।

सैयद : *(रफ़ीआ के बोलने से पहले ही)* क्यों? भला ऐसी क्या ख़ुशी की बात हुई है जो पढ़ना छोड़ बैठेगी। ख़ूब!

ग़फ़्फ़ार : *(घबराकर)* ये मेरा मतलब नहीं...मेरा मतलब है कि अम्माँ जान तन्हा हो जाएँगी।

---

21. मृत्यु हो जाने पर किसी के यहाँ शोक प्रकट करने के लिए जाना, 22. अर्थ, 23. दया चाहना, 24. डाँट के अन्दाज में, 25. शिक्षा,

सैयद : हूँ। जैसे ये उनके पहलू[26] ही से तो लगी बैठी रहती है!

ग़फ़्फ़ार : उन्हें एक ग़मख़्वार[27] और हमदर्द की ज़रूरत होगी।

सैयद : *(जलकर)* किस क़दर बेवक़ूफ़ हो तुम। भला ये बेगम साहिबा अम्माँ जान की क्या दिलजोई[28] करेगी। भई उनके शौहर का इन्तिक़ाल हुआ है यह क़तई नेमलबदल[29] बदल नहीं हो सकती।

रफ़ीआ : *(तंबीहन)* सैयद!

ग़फ़्फ़ार : *(मुर्दा[30] आवाज़ में)* भई सैयद, न मैं तुम्हारी तरह चालाक और न चर्बज़ुबान[31]।

सैयद : फिर आपको ऐसी पुर्सा देने की आफ़त क्या पड़ी है।

रफ़ीआ : *(डाँटते हुए)* सैयद तुम इनसान के पीछे पड़ जाते हो!

सैयद : *(लड़ाई के लहजे में)* तुम कौन। तुम कौन ग़फ़्फ़ार की हिमायत[32] लेनेवाली। उसके मुँह में क्या ज़बान नहीं है!

रफ़ीआ : ज़बान तो है पर तुम्हारी तरह मुँह में तलवार नहीं है। मैं क्यों न लूँ हिमायत!

ग़फ़्फ़ार : *(ज़रा सँभलकर)* अगर रफ़ीआ मेरी हिमायत कर भी ले तो तुम्हें क्या एतिराज़ है। ये उनकी मेहरबानी है।

सैयद : *(जलकर)* हिमायत...तुम...तुम्हें इससे बहुत मेहरबानियों की उम्मीद है!

रफ़ीआ : *(जल्दी से)* सैयद देखो तुमने फिर मेरा दिल दुखाने की बातें कीं। अम्माँ जान के इन्तिक़ाल के बाद से तुम बहुत ही वह हो गए हो।

सैयद : ऊँह! ये सब मक्कारी है।

रफ़ीआ : *(रुआँसी होकर)* हर वक़्त मेरे पीछे ही पड़े रहते हो!

सैयद : *(जलकर)* तुम्हारे...तुम्हारे! अरे क्यों...बस...ये सब हमदर्दी वुसूल करने के लिए है...*(उसे वाक़ई रोने पर तैयार देखकर)* अच्छा भई ग़फ़्फ़ार शुरू करो तुम अपनी तक़रीर[33]...हाँ। क्या कह रहे थे...कि, बड़ी...वह उदासी छा रही है...हाँ और क्या?

(ग़फ़्फ़ार खिसियानी हँसी हँसता है।)
(थोड़ी देर फिर वही बेतुकी ख़ामोशी)

ग़फ़्फ़ार : *(हिम्मत करके)* रफ़ीआ! तुम्हें इतना रंज न करना चाहिए।

सैयद : *(जल्दी से)* इतना कितना?

(रफ़ीआ रूमाल से आँसू नहीं आँखें पोंछती है।)

---

26. पार्श्व, 27. दुख का साथी, 28. ढारस, 29. किसी चीज़ की जगह बिल्कुल वैसी ही चीज़, 30. मरी हुई, 31. बातूनी, 32. पक्षपात, 33. भाषण,

ग़फ़्फ़ार : *(सैयद की मौजूदगी को भूलने की कोशिश करके)* रोना नहीं चाहिए रफ़ीअ, मर्हूम[34] को दुख होगा। *(सैयद जलकर ज़ोर से हँसता है। और बड़े आईने के पास जाकर तौलिये से मुँह पोंछता है और अपनी शक्ल और बाल देखता है।)*

ग़फ़्फ़ार : (मुस्तइद्दी[35] से) रफ़ीआ तुम्हारी सेहत पर असर पड़ने का डर है।

(सैयद बेताब होकर जल्दी से ग़ुस्लखाने में चला जाता है। ग़फ़्फ़ार को बहुत नागवार गुज़रता है।)

ग़फ़्फ़ार : *(जो तन्हाई को बेहतरीन मौक़ा समझता है।)* रफ़ीआ, तुम्हें रंजीदा देखकर जानती हो मेरा क्या हाल होता है?

रफ़ीआ : *(बड़ी मासूम आवाज़ में)* अब रंज करना न करना तो अपने बस की बात नहीं है।

ग़फ़्फ़ार : *(सरगोशी से)* रफ़ीआ! *(गोया उसके नाम में मज़ा है, ऐसे मुँह में ज़बान फेरता है)* रफ़ीआ! सब्र करना चाहिए, सब्र न करें तो फिर जैसे इनसान क्या से क्या हो जाए।

सैयद : *(वापस आकर आख़िरी जुम्ले[36] को सुनकर)* हूँ! फिर नख़रे। *(रफ़ीआ को एतिराज़ की नज़र से देखता है।)*

ग़फ़्फ़ार : *(पहली दफ़ा ग़ुस्सा होने की कोशिश करके)* सैयद!

(सैयद नाक सिकोड़कर सूँ-सूँ करता है और छोटी मेज़ पर से सँभालकर कुछ चीज़ें उठाकर बड़ी मेज़ पर रख आता है। थोड़ी देर ख़ामोशी रहती है। तीनों पर झुँझलाहट और बेतुकापन छा जाता है। सैयद उँगलियों से कोई बेसुरा गीत घुटनों पर बजा रहा है। रफ़ीआ बार-बार रूमाल का कोना बदल रही है। ग़फ़्फ़ार अपनी अंगुश्तरी[37] वाली शायराना उँगली के नाख़ून को घबरा-घबराकर दाँतों से टटोल रहा है।)

ग़फ़्फ़ार : *(इधर-उधर देखकर)* अच्छा तो अब इजाज़त है।

सैयद : *(चौंककर त्योरी से)* बड़ी ख़ुशी से।

ग़फ़्फ़ार : *(टक्कर तोड़ जवाब से मुर्दा दिल होकर)* मैं...मैं!

(चला जाता है।)

---

34. मरनेवाले को, 35. फुर्ती, 36. वाक्य, 37. अँगूठी,

सैयद : *(ग़फ़्फ़ार के जाने के बाद)* ऊँह मक्कार!

रफ़ीआ : *(बल खाकर)* देखो सैयद तुम्हारी हरकतें...

सीन नम्बर-2

(ड्राइंग रूम में रफ़ीआ बैठी शीशे के मर्तबान में मछलियों को तोस डाल रही है, सैयद बहुत से ख़त और पैकेट लिये आता है। एक-एक को बार-बार देखता है और उलट-पलट करता है।)

सैयद : हुम...इलाहाबाद से जवाब ही नहीं आया।

रफ़ीआ : *(मुड़कर)* आहा डाक आ गई...कोई मेरा ख़त?

सैयद : *(सोफ़े पर ख़ुतूत[38] को डालते हुए)* सब तुम्हारे ही हैं। मेरा तो एक आया है...ये मक्खनवाले का बिल।

(रफ़ीआ जल्दी से ख़त उठाती है और खोलकर बड़ी तेज़ी से पढ़ना शुरू कर देती है, बार-बार हँसती है।)

सैयद : रफ़ीआ किसका ख़त है?

(रफ़ीआ सुनती ही नहीं, पढ़ने में मश्ग़ूल[39] है।)

सैयद : *(जोर से)* मैं कहता हूँ किसका ख़त है?

रफ़ीआ : *(सर हिलाकर टालते हुए)* एक का है।

सैयद : आख़िर वह एक है कौन?

(रफ़ीआ दूसरा ख़त पढ़कर और भी ज़ोर से हँस देती है।)

सैयद : *(बेताब होकर)* मैं कहता हूँ आख़िर तुम्हारे पास इस क़दर ख़त क्यों आते हैं?

रफ़ीआ : ये डाकिए से पूछिए, वही लाता है। *(मश्ग़ूल है।)*

सैयद : न जाने किस-किस के ख़त और ऐसे बेहूदा-बेहूदा, मैं कहता हूँ बेहयाई की भी कोई हद है!

रफ़ीआ : तुम...तुम्हें कौन मना करता है। तुम भी ख़त मँगवा लो, इससे भी बेहूदा ख़त...

सैयद : मगर मैं ये बातें पसन्द नहीं करता।

रफ़ीआ : *(चुमकारकर)* तुम बड़े अच्छे बेटे हो!

---

38. पत्र का बहु., 39. लीन,

सैयद : *(ग़ुस्से से)* मैं वाक़ई मज़ाक़ नहीं कर रहा हूँ। मुझसे कई लोगों ने कहा कि...

रफ़ीआ : *(बेतअकल्लुफ़ी से)* हूँ...क्या कहा?

सैयद : तुम्हें शर्म नहीं रही, मगर मैं तो ज़लील होता हूँ। अच्छा तुम उस अब्दुर्रहमान को क्यों ख़त लिखती हो?

रफ़ीआ : *(सादगी से)* चन्द ज़रूरी बातें पूछनी थीं इसलिए।

सैयद : वह ज़रूरी बातें मैं जानता हूँ क्या हैं!

रफ़ीआ : जब जानते हो तो मेरा दिमाग़ क्यों चाट रहे हो?

सैयद : मुझे बड़ी शर्म आती है और वह अब्दुर्रहमान तुमसे शादी करना चाहता है।

रफ़ीआ : ओहो तब तो बड़ी अच्छी बात है।

सैयद : कैसे बनती हो जैसे तुम्हें मालूम ही नहीं।

रफ़ीआ : अरे बेवक़ूफ़ मालूम होता तो मैं उसके छह ख़तों का जवाब क्यों गोल कर जाती। आज...ये देखो लिखा है : 'ये सातवाँ ख़त है' देखो न, अगर मुझे मालूम होता तो यक़ीनन...

सैयद : तुम उससे शादी करोगी?

रफ़ीआ : देखो ज़ोर-ज़ोर से न कहो, ग़फ़्फ़ार सुन लेगा तो बस...

सैयद : बको मत। मैं तुमसे पूछता हूँ, क्या...तुम...उससे शादी करोगी? *(एक-एक लफ़्ज़ साफ़ कहता है।)*

रफ़ीआ : अब इसका जवाब वैसे दे सकती हूँ।

सैयद : क्यों अभी से क्या। रफ़ीआ...मगर याद रखो, अगर तुमने उस बुड्ढे खूसट से शादी की बस...

रफ़ीआ : तो बस...क्या? तो तुम ग़ुस्से में आकर जुम्मन बी से ब्याह कर लेना। बस मज़ा तो रहेगा।

सैयद : अब्बा जान के बाद घर किस क़दर...

सैयद : चुप रहो! तो अब तुम उसे ख़त न लिखना।

रफ़ीआ : क्यों? वाह!

सैयद : नहीं। आख़िर फ़ायदा। तुम इससे शादी तो कर नहीं रही हो!

रफ़ीआ : क्या मालूम...क़िस्मत की किसी को क्या ख़बर? फ़र्ज़ करो ग़फ़्फ़ार मुझसे शादी न करें जैसे कि तुम कहते हो, ज़फ़र मेरे ऊपर थूके भी नहीं, तो फिर ये...ठीक रहेगा...रुपया बहुत है। सैयद फिर दोनों...

सैयद : *(ग़ुस्से से भिन्नाकर)* कमबख़्त चुप रह और फिर कहती है, तुझे कुछ न कहूँ।

रफ़ीआ : आख़िर क्यों? मैं करती क्या हूँ।

सैयद : और फिर पूछती हो 'क्या करती हूँ।' ये तुम इतना क्यों इतराती हो?

रफ़ीआ : कौन, मैं इतराती हूँ?

सैयद : हाँ और ख़ुसूसन[40] ग़फ़्फ़ार को देखकर।

रफ़ीआ : ज़रा...*(जलकर)* अच्छा जाओ इतराते हैं, फिर तुम्हारा क्या। तुम क्यों जले मरते हो?

सैयद : मुझे ग़फ़्फ़ार पर तरस आता है।

रफ़ीआ : ऊँह, बड़ा तरस आता है जैसे उसे कोई खाए ही तो जा रहा है।

सैयद : *(ख़त उठाते हुए)* तुम तो पागल हो...याद है वह बावला कुत्ता जिसने तुम्हें काटा था, तो कसौली गए थे। जो न करो कम है!

सैयद : अरे मुझसे जलती हो। आख़िर को तुम्हारा बड़ा भाई हूँ।

रफ़ीआ : तो तुम ही बता दो, मैंने ग़फ़्फ़ार के साथ क्या ज़ुल्मो-सितम किए?

सैयद : तुम उसे फाँसने की कोशिश करती हो!

रफ़ीआ : *(मुतहय्यिर[41] होकर)* सैयद! कोई भाई अपनी बहन को ऐसी बेहूदा बात कहता होगा! पता है, ये गाली है!

सैयद : *(हाथ घुमाकर)* सच्ची बात में गाली भी हो तो क्या किया जाए।

रफ़ीआ : अच्छा खाओ क़सम कि मैं ग़फ़्फ़ार को...तौबा! तौबा! फाँसती हूँ।

सैयद : *(इत्मीनान से)* फाँसती ही नहीं बल्कि फाँस चुकीं! और अब ज़फ़र पर दाँत तेज़ कर रही हो!

रफ़ीआ : देखो सैयद तुम बड़ी बेहूदगी पर उतर आए हो, मैं बरदाश्त नहीं कर सकती। वाह-वाह ये भी कोई बात है!

सैयद : तो फिर तुम क्यों ऐसी हरकतें करती हो। आख़िर उस मेमने का ख़ून चूसने में क्या मज़ा आता है! हाँ ज़फ़र और चीज़ है!

रफ़ीआ : *(जल्दी से)* और चीज़...और चीज़ से तुम्हारा क्या मतलब है?

सैयद : *(एक अख़बार मोड़ते हुए)* मेरा मतलब है, ज़फ़र तुमसे भी ज़्यादा मक्कार है, वह उल्टा तुम्हें मज़ा चखा देगा। लोहे को लोहा काटता है न!

रफ़ीआ : *(बिगड़कर)* देखो तुम घुमा-फिराकर किसी न किसी बहाने मक्कार कह ही जाते हो। तुम्हारी ख़ालिदा बड़ी मासूम है।

---

40. विशेषत:, 41. चकित,

सैयद : ख़ालिदा! लफ़्ज़ मासूम के साथ तुम्हें ख़ालिदा कैसे याद आ सकती है। अरे वाह!...वह तो तुम्हारी भी उस्ताद है। उसी ने तुमको बिगाड़ा है।

रफ़ीआ : *(धमकाकर)* अच्छा कहूँगी ख़ालिदा से।

सैयद : *(बदमिज़ाजी से)* लाहौल-वला-क़ुव्वत। एक दफ़ा नहीं लाख दफ़ा कह देना।

रफ़ीआ : फिर देखना वह तुम्हारी क्या गत बनाती है! सूरत भी न देखेगी।

सैयद : अरे वह मुबारक दिन आए भी कभी जब वह मेरी सूरत देखने और अपनी दिखाने से बाज़ आए।

रफ़ीआ : *(हैरत से)* क्या सच कह रहे हो तुम?

सैयद : और नहीं तो क्या झक मार रहा हूँ।

रफ़ीआ : तुम्हीं दौड़-दौड़कर वहाँ जाते हो। उसकी जूती भी परवाह नहीं करती।

सैयद : जूती परवाह न करती होती तो भले ही दिन थे! जूती में ख़ालिदा से ज़्यादा इन्सानियत है मगर वह तो यूँ ही *(पंजा घुमाकर)* मुझे यूँ शिकंजे में कसे हुए है...

रफ़ीआ : कौन मना करता है, निकल आओ ना शिकंजे में से!

सैयद : *(झल्लाकर)* अरे वह निकलने भी दे जब ना। वह एक पहुँची हुई है, निकलने कब देगी। ज्यों ही निकलने की कोशिश करता हूँ अड़ंगा लगा देती है।

रफ़ीआ : बोदे हो तुम! यूँ कहो!

सैयद : और क्या बोदा न होता तो यूँ मुझ पर छा सकती थी।

(दाएँ दरवाज़े का पर्दा हिलता है। ख़ालिदा एक स्याह भारी और सुनहरी छोटी-सी सदरी पहने दाख़िल होती है।)

ख़ालिदा : *(दोनों हाथ फैलाकर एक तरफ़ सर डालकर)* रफ़्फ़ी!

रफ़ीआ : *(दौड़कर उससे लिपटते हुए)* ख़ल्लू!!

सैयद : *(जाने के लिए खड़े होकर नक़्ल में)* इतराना!

ख़ालिदा : *(चौंककर)* अरे रफ़्फ़ी अभी कौन चूँ से बोला था? कान पर हाथ रखकर कहीं...भई मुझे चूहों से बहुत डर लगता है!

सैयद : *(दाँत भींचकर)* बिल्लियाँ ही चूहों से नहीं डरेंगी तो कौन डरेगा।

ख़ालिदा : *(मुड़कर मसर्रत[42] से)* सैयद डियर!

(सैयद जेबों में हाथ डाले, ठोड़ी सीने पर टिकाए खड़े घूरते रहते हैं!)

---

42. ख़ुशी,

ख़ालिदा : *(जैसे निढाल होकर कुर्सी पर गिर जाती है)* रफ़्फ़ी, मैं सैयद से बहुत ख़फ़ा हूँ!

सैयद : *(वैसे ही तने हुए)* शुक्रिया!

ख़ालिदा : *(तअज्जुब से)* शुक्रिया? रफ़्फ़ी, सैयद से पूछो, आज मेरे ग़ुस्से पर शुक्रिया कैसा?

सैयद : *(नक़्ल में)* रफ़्फ़ी! ख़ालिदा से कह दो, मुझे उसके ग़ुस्से की रत्ती भर भी परवाह नहीं।

ख़ालिदा : इनसे कहो, इतराओ नहीं!

सैयद : रफ़्फ़ी इनसे कहो, दबते नहीं तुमसे!

ख़ालिदा : *(संजीदगी से)* रफ़्फ़ी इनसे कह दो, ख़ुदा के लिए अपनी जेबों में से हाथ निकाल लें। बिल्कुल रबड़ का गुड्डा लग रहे हैं।

सैयद : *(जल्दी से जेबों से हाथ निकाल लेता है मगर फ़ौरन ही शर्मिन्दा हो जाता है। रफ़ीआ और ख़ालिदा एक दूसरे पर गिरकर लोट जाती हैं और बेबात हँसती हैं।)* और तुम...तुम जैसे मोम की पुतलियाँ, मानो पाउडर थोप लिया और बन गईं हसीन...

ख़ालिदा : *(चेहरे के पाउडर को एहतियात से थपथपाते हुए)* रफ़्फ़ी मैं पाउडर लगाती हूँ।

रफ़ीआ : *(झूठ बोलकर)* नहीं तो।

ख़ालिदा : *(डाँटकर)* फिर...फिर सैयद ने कैसे कहा?

रफ़ीआ : *(ख़ुशामद से)* ग़लती हुई बिचारे से।

सैयद : बिल्कुल नहीं। तुम दोनों पाउडर लगाती हो और भवें भी उखेड़ती हो।

रफ़ीआ : अहा...*(मज़ाक़ उड़ाते हुए)* उखेड़ती!

ख़ालिदा : हाँ "उखेड़ती हैं।" भवें न हुईं ख़ेमे हो गए जो उखेड़े जाएँ।

सैयद : *(खिसियाकर)* और क्या!

ख़ालिदा : रफ़्फ़ी ये सरासर बुहतान[43] है। न हम पाउडर लगाएँ न भवें उखेड़ें। हम क़तई इतने हसीन नहीं जितने नज़र आते हैं। और सैयद को ख़ुदा के लिए समझाओ कि हमारी भवें पैदाइशी[44] कमान जैसी खिंची हुई हैं।

सैयद : *(हाथ झटककर)* होंगी! ज़रूर होंगी। कमान नहीं तो तोप के गोले होंगी बस!

ख़ालिदा : तो गोया आपको शक भी हो सकता है। रफ़्फ़ी! सैयद कितने बदमज़ाक़ हैं। दुनिया अपने महबूब की शान में क़सीदे[45] कहती

43. आरोप, 44. जन्म के समय से, 45. पद्यात्मक प्रशंसा,

हैं और ये ख़्वाहमख़्वाह पाउडर, लिपिस्टिक का ज़िक्र करते हैं। तुम्हें क्य, हम कुछ भी लगाएँ, दिखाई ख़ूबसूरत देते हैं।

सैयद : तुम लोग बेशर्म हो!

(लापरवाही से खिड़की में से झाँकने लगता है। ख़ालिदा और रफ़ीआ चुपके-चुपके बातें करके स्कीम बनाती हैं।)

रफ़ीआ : अच्छा तो मैं दोपहर के खाने के लिए बावर्ची को बता दूँ। *(रौब से)*

सैयद : ख़ालिदा का दिल न घबराने पाए।

सैयद : *(गोया सुना ही नहीं)*

(ख़ालिदा दबे पैर सैयद के पीछे जाती है, वह कुछ नोटिस नहीं लेता और बराबर ग़ौर से झाँक रहा है। ख़ालिदा कुछ चिढ़कर हाथ तोलकर गाल पर थप्पड़ मारती है।)

ख़ालिदा : *(भोलेपन से हाथ को देखती है गोया कुछ ढूँढ़ रही है।)* कहाँ गया। मोटा सा मच्छर था, उड़ गया।

सैयद : *(भन्नाकर मुड़ता है और गाल पर हाथ रखकर)* लाहौल-वला-कुव्वत?

ख़ालिदा : सच कहती हूँ, मच्छर था, ये बड़ा-सा। उड़ गया।

सैयद : मुआफ़ कीजिए आइन्दा आप मेरे मुँह पर मच्छर का शिकार न कीजिए, काटने दीजिए मच्छरों को।

ख़ालिदा : *(मासूम आँखें बनाकर भचकती हुई आवाज़ में)* वाह ये कैसे हो सकता है! मेरा दिल कैसे मानेगा। मच्छर को काटते देखूँगी तो उसे ज़रूर मारूँगी। तुम्हारी तकलीफ़...!

सैयद : मेरी तकलीफ़? *(रुखाई से)* मुआफ़ रखो अपनी हमदर्दी से!

(दूर कुर्सी पर बैठ जाती है।)

ख़ालिदा : ओह! ये कैसे? *(आकर उसकी कुर्सी के हत्थे पर बैठ जाती है।)* ये कहीं हो भी सकता है, मैं तुम्हारी तकलीफ़ का ख़याल न करूँ तो फिर कौन करे सैयद? फिर कौन तुम्हारी ख़बर-गीरी[46] करे। तुम्हारे ऊपर मक्खियाँ भिनकने लगें तो क्या मैं न उड़ाऊँ!

सैयद : *(कुछ जला हुआ)* हूँ। बकवास तो कोई तुम्हारी सुने।

ख़ालिदा : तुम पर हर वक़्त भूत सवार रहता है!

---

46. देख-रेख,

सैयद : *(तुर्शी[47] से)* हूँ! जानती हो ये भूत आता कहाँ से है!

ख़ालिदा : हाँ...आ...अरे ठहरो *(कान पर उसके चुटकी लेती है गोया कोई कीड़ा पकड़ रही है।)* ऐ है जूँ! तौबा है सैयद *(बाल पकड़कर हिलाकर)* सर मुँडाओ। ये पट्टियाँ पाटने का क्या शौक़ है, कानों पर तो जूएँ रेंग रही हैं...ई...क...*(घिन खाती है।)*

सैयद : *(तड़पकर दूसरी कुर्सी पर ज़ोर से जा बैठता है।)* क्या मतलब है तुम्हारा।

ख़ालिदा : इस ज़रा-सी देर में मज़ाक़ ही मज़ाक़ में तुमने एक थप्पड़ टिका दिया, चुटकी भर ली और बाल नोच डाले। कहाँ हैं जूँ, ज़रा मैं भी देखूँ!

ख़ालिदा : तो, तो क्या मैं तुम्हारी जुएँ सैंत-सैंत कर रखती हूँ। फेंक भी दी मैंने।

सैयद : *(ताड़कर)* हाँ ज़रूर फेंक दी।

ख़ालिदा : ऐ ये ज़रा-सी जूँ का क्या झगड़ा खड़ा कर लिया और नहीं तो क्या मैंने ख़ाली...दीवाने...*(रूठकर कुर्सी पर बैठ जाती है।)*

सैयद : मैं पूछता हूँ तुम्हें मज़ा क्या आता है?

ख़ालिदा : काहे का?

सैयद : लोगों को दुख पहुँचाने में।

ख़ालिदा : *(ख़ुशी से खिलकर)* दुख पहुँचाने में। तुम्हें दुख पहुँचता है। *(मुहब्बत से)* सैयद मैं समझती थी कि तुम बिल्कुल मिट्टी के तोंदे हो, जिसे न कोई दुख पहुँचा सकता है न सुख, जो न रोता है न हँसता है। *(दुआ के लिए हाथ उठाकर)* या अल्लाह तेरा शुक्र कि सैयद में भी जान है!

सैयद : *(ग़ुस्से से पहलू बदलकर)* तुम बड़ी मक्कार हो!

ख़ालिदा : *(एकदम संजीदा[48] होकर)* तुम्हारी ज़बान बड़ी गन्दी हो गई है सैयद!

सैयद : जो बात होगी वह ज़रूर कहूँगा।

ख़ालिदा : क्या बात है आख़िर, मैंने तुम्हारे साथ क्या मक्कारी की? जो हर वक़्त कहते रहते हो।

सैयद : ये मक्कारी नहीं तो फिर क्या है कि ख़ुद...ख़ुद तो मेरे सर पर चढ़कर आती हो और अपनी सहेलियों से कहती फिरती हो, सैयद मेरी जूतियाँ चाटता है, हूँ...

---

47. खटास, बैर, 48. गम्भीर,

ख़ालिदा : बिल्कुल ग़लत। टॉमी अगर तुम्हें मेरी जूतियाँ चाटते देख ले तो चाब डाले, नामुम्किन, मैं ऐसी बेहूदा और ग़लत बात कह ही नहीं सकती।

सैयद : *(तेज़ी से)* तुमने नहीं कहा कि मैं तुम्हारे पीछे–पीछे लगा फिरता हूँ।

ख़ालिदा : *(इत्मीनान से सर हिलाकर)* हाँ ये तो मैंने कहा तो इसमें क्या ऐब है। लड़कों के लिए तो ये बात बाइसे–फ़ख़्र[49] है कि वह ख़ूबसूरत लड़कियों के पीछे दौड़े, देख लो सभी ये...करते हैं!

सैयद : होगा बाइसे–फ़ख़्र औरों के लिए मगर मेरे लिए तो ज़िल्लत[50] है। मैं ये...बेहूदगियाँ नहीं पसन्द करता।

ख़ालिदा : ऊँह बड़े वह हो ना। ख़ूब जानते हैं तुम्हें, शहला के साथ...

सैयद : लाहौल–वला–क़ुव्वत, वह मेरी क्लासमेट थी। कभी–कभी बात कर लेता था तो सुना है आपने उससे उलटी–सीधी बातें कीं।

ख़ालिदा : मैंने क्या उलटी बातें कहीं ? मैंने यही कहा कि तुम बड़े चलते हुए हो।

सैयद : झूठी, ये नहीं कहा तुमने।

ख़ालिदा : झूठे होगे तुम। फिर क्या कहा मैंने...अच्छा वह मँगनी वाली बात!

सैयद : हाँ।

ख़ालिदा : तो क्या हुआ ?

सैयद : तुमने कहा कि मेरी तुम्हारे साथ मँगनी हो गई!

ख़ालिदा : हाँ! कहा तो फिर ?

सैयद : तुम्हारा मतलब क्या था ये कहने से जबकि...जबकि...तुम...

ख़ालिदा : ऐ सैयद! सचमुच दीवाने हो! ऐ है, यूँ ही कह दिया था ताकि वह तुमसे फ़्लर्ट न करें।

सैयद : तुम कौन होती हो! तुम्हें इससे क्या, कोई कुछ करे।

ख़ालिदा : तो अब मैंने ये भी तो मशहूर कर दिया कि मँगनी टूट गई। बस बदला निकल गया।

सैयद : अरे ख़ालिदा, इन्तिहा करती हो। तुमने मँगनी टूटने के क़िस्से में भी मुझे ही ज़लील किया।

ख़ालिदा : और क्या पागल! ख़ुद अपने आप को कुछ कह देती!

सैयद : मगर अब मैं जो शीरीं से मिलता हूँ तो क्यों जलती हो!

ख़ालिदा : कुछ भी हो सैयद तुम कैसे नालायक़[51] या बदहैअत[52] क्यों न हो मगर कोई लड़की ये कभी पसन्द नहीं कर सकती कि उसे पसन्द करनेवाला किसी दूसरी लड़की को पसन्द करने लगे। समझे।

---

49. गर्व का कारण, 50. अपमान, 51. उजड्ड, 52. बदसूरत,

सैयद : ख़्वाहमख़्वाह[53] उसे रत्ती भर न पर धारती हो?

ख़ालिदा : ना चाहे रत्ती भर न पर धारती हो?

सैयद : बेशर्म।

ख़ालिदा : क्यों?

सैयद : और ये तुम मुझे इस वक़्त दिक़्क़[54] करने चली आई, क्यों?

ख़ालिदा : ख़ाक, मैं तो पुर्सा देने आई थी।

सैयद : हाँ। और ये जब से तुम मेरी जान को पुर्सा ही तो दे रही हो, या बैठी-बैठी मुझे दिल दे रही हो!

ख़ालिदा : ऊँह! अब तुम्हें कौन समझाए!

सैयद : समझाओ तो जब कि मैं ख़ुद न समझता हूँ। ये तुमने रफ़ीआ को यहाँ से क्यों टर्ख़ा दिया। इसीलिए ना कि मुझे घेरकर मेरा ख़ून चूसो।

ख़ालिदा : अगर तुम ऐसी बातें करोगे तो मैं अभी चली जाऊँगी।

सैयद : *(मुर्दा आवाज़ में)* काश अपनी धमकियों को कभी सच भी कर दिखातीं।

ख़ालिदा : तो क्या तुम चाहते हो कि मैं चली जाऊँ?

सैयद : यक़ीनन *(फिर जल्दी से)* नहीं नहीं, अगर तुम्हें शुब्ह[55] भी हो जाएगा कि मैं चाहता हूँ, तुम चली जाओ तो तुम सारे वक़्त मेरे सर पर सवार रहोगी! तुम्हें मेरी हर बात से ज़िद्द हो जाती है!

ख़ालिदा : *(हँसते हुए उसकी तरफ़ बढ़कर)* तुम बहुत अक़्लमंद हो गए हो सैयद!

सैयद : *(तुर्शी से)* हालाँकि तुम्हें पुख़्ता[56] यक़ीन है कि मुझे बेवक़ूफ़ समझती हो। *(उसे अपनी तरफ़ बढ़ता देखकर)* ये मेरी तरफ़ फिर इनायत[57] हो रही है। अगर तुम चाहती तो वह रहा दरवाज़ा।

ख़ालिदा : *(मसनूई[58] हैरत से)* अरे तुम तो वाक़ई होशियार होते जा रहे हो!

सैयद : हाँ...हाँ। मगर तुम बड़े आराम से उस कुर्सी पर बैठ सकती हो!

(दूर कुर्सी की तरफ़ इशारा करता है।)

ख़ालिदा : (प्यार से) आओ सैयद मिलाप कर लें!

सैयद : मुआफ़ ही रखो। क्या फिर कोई मच्छर-वच्छर नज़र आया?

ख़ालिदा : *(नर्मी से)* ना सैयद, अब के कुछ नहीं। जो कुछ भी करूँ तो

---

53. चाहे-अनचाहे, 54. सताना, 55. शक, भ्रम, 56. पक्का, 57. कृपा, 58. बनावटी

जो सज़ा चाहो दे देना। *(आकर कुर्सी के हत्थे पर बैठ जाती है।)* लो इसी बात पर तुम मेरा हाथ चूम सकते हो!

सैयद : *(त्योरियाँ चढ़ाए मुँह फुलाए)* हूँ!

(रफ़ीआ पर्दे की आड़ से झाँकती है और ख़ालिदा को आँख से इशारा करती है।)

ख़ालिदा : *(अपना हाथ उसके होंठों से लगाकर)* लो। *(चुमकारती है।)*

(रफ़ीआ अन्दर आती है और सैयद को ऐतिराज़ की नज़रों से देखती है।)

रफ़ीआ : *(कटती हुई आवाज़ में)* आजकल के लड़के इस क़दर बदमाश हो गए हैं कि तौबा ही भली। शरीफ़ लड़कियों का तो घर में आना दुश्वार है!

(सैयद जलकर ख़ालिदा को हत्थे पर से धकेलना चाहता है जो पहले ही हट चुकी है और खिड़की में से बाहर झाँक रही है।)

रफ़ीआ : *(डाँटकर, जिससे सैयद को नफ़रत है।)* क्या बात थी सैयद!

ख़ालिदा : *(मासूम आवाज़ में)* कुछ नहीं। इनके कान पर जूँ रेंग रही थी, ये मोटी भैंस की भैंस, मैंने पकड़कर फेंक दी! अब कहते हैं...

(सैयद को उठता देखकर जल्दी से खिड़की में से बाहर झाँकने लगती है, गोया कुछ हुआ ही नहीं।)
(सैयद भिन्नाकर उठता है, बाग़ की तरफ़ जो दरवाज़ा है उसमें से चला जाता है। ख़ालिदा और रफ़ीआ ज़ोर-ज़ोर से हँसती हैं।)

सीन नम्बर-3

(सैयद और रफ़ीआ एक ही सोफ़े पर बैठे हैं, दोनों ज़रा बेहतर और मुहज़्ज़ब[59] नज़र आ रहे हैं। रफ़ीआ एलबम में तस्वीरें लगा रही है और सैयद टाँग पर टाँग रखे अख़बार देख रहे हैं।)

रफ़ीआ : छुट्टियों ने तो सैयद थका दिया, जी हो नहीं लगता!

सैयद : हूँ। बोर्डिंग को चलती हो?

रफ़ीआ : हाँ ख़ल्लू को भी बुला लेंगे।

सैयद : ना भई, ख़ल्लू-टल्लू का झूल है!

---

59. शिष्ट,

रफ़ीआ : ऊँहूँ, ख़ल्लू बग़ैर चाहे कुछ मज़ा न आए ख़ुद को भी!

सैयद : कैसे। भई तौबा करो। सारे वक़्त तो मुझसे उलझती रहती है। तुम्हीं कह दो इंसाफ़ से उस दिन इसने मेरा जीना दूभर कर दिया था कि नहीं!

रफ़ीआ : अच्छा अब मैं उसे मना कर दूँगी। आज मैंने ख़ालिदा, ज़फ़र और ग़फ़्फ़ार को खाने पर बुलाया है! ख़ल्लू तो चाय भी यहीं पियेगी!

नौकर : *(दरवाज़े में से झाँककर)* ज़फ़र मियाँ आए हैं, आपको बुला रहे हैं!

सैयद : ये क्या बेहूदगी है 'वाह' कि दरवाज़े में से कव्वे की तरह गर्दन झुका-झुकाकर चिल्ला रहे हैं!

नौकर : *(नौकर अन्दर आकर ज़रा खिसियानी आवाज़ में)* ज़फ़र मियाँ आए हैं।

सैयद : कितनी दफ़ा कहा कि ऐसे दूर से न चिल्लाया करो। गोया... कि...ये कोई तरीक़ा नहीं।

नौकर : *(और भी मुर्दा आवाज़ में)* ज़फ़र मियाँ आए हैं।

सैयद : *(जलकर)* बस बके चले जाना...टर्र-टर्र। कह दो, आते हैं।

रफ़ीआ : *(एलबम समेटकर)* नहीं ज़फ़र को यहाँ बुला लो ना, यहीं भेज दो!

सैयद : नहीं ठहरो।

(नौकर आधा जाकर लौट आता है।)

रफ़ीआ : *(नौकर को डाँटकर)* जाओ, मैं कहती हूँ। कह दो सैयद काम कर रहे हैं!

सैयद : ठहरो बदतमीज़! *(नौकर मुँह बनाकर लौटता है, यही मुझे काम है)* हम दोनों जा रहे हैं मोटर ख़रीदने के लिए!

रफ़ीआ : *(खड़े होकर नौकर को डाँटती है)* जाते हो कि नहीं। कह दो नहीं आते सैयद!

(नौकर भागता है तो अन्दर दाख़िल हुए ज़फ़र से टकरा जाता है। बेतरह[60] डरकर भागता है।)

ज़फ़र : अरे भई आते क्यों नहीं थे! चलोगे?

(सिगरेट सुलगाता है।)

सैयद : हाँ...हाँ चलो।

रफ़ीआ : ठहरो तो, ज़फ़र। अम्माँ जान ने कहा है कि तुम मुझे फ़िलॉसफ़ी

---

60. बुरी तरह,

पढ़ाने आया करो।

ज़फ़र : *(नाक सिकोड़कर)* फ़िलासफ़ी! मेरे बाप ने फ़िलासफ़ी नहीं पढ़ी तो तुम्हें क्या ख़ाक पढ़ाऊँगा।

रफ़ीआ : तो ख़ैर इकनॉमिक्स पढ़ा देना।

ज़फ़र : क्या बक रही हो! ये बनियोंवाले मज़्मून[61] मैं क्या जानूँ। मैं साइंस स्टूडेंट हूँ।

रफ़ीआ : बको मत। अम्माँ जान ने कहा है। शर्म नहीं आती उनका कहना टालते!

सैयद : *(हाथ हिलाकर)* नहीं ज़फ़र, अम्माँ जान ने क़तई नहीं कहा, दिल से गढ़ रही है।

ज़फ़र : मगर भई मुझे आए भी, जब ही तो पढ़ाऊँ मैं!

रफ़ीआ : अच्छा पोएट्री पढ़ा दिया करो। *(हँसकर)* अब बचकर कहाँ जाओगे!

सैयद : कुछ नहीं जी, झूठ बोल रही है। इसे ज़रूरत भी नहीं।

रफ़ीआ : मैंने क्या झूठ बोला।

सैयद : यही कि अम्माँ जान ने कहा कि कोई न कोई उलटा-सीधा मज़्मून ज़रूर ही ज़फ़र से पढ़ो। *(ज़फ़र से)* जब इसका दिल काम करने को नहीं चाहता तो मेरे या अब्बा जान के थोप देती हैं और कुछ ऐसा फंदा डलवाती है कि बस ही नहीं चलता।

रफ़ीआ : *(तेज़ी से)* और जो मैंने पुछवा दिया तो?

सैयद : किससे पुछवाओगी!

रफ़ीआ : ख़ल्लू से, दूसरे ज़फ़र तुम्हारा ही फ़ायदा है!

ज़फ़र : फ़ायदा! मेरा क्या फ़ायदा है, न पढ़ोगी न कुछ। जान जीक़[62] में रखोगी। सैकड़ों दफ़ा लड़ाई होगी ख़्वाहमख़वाह, क्या फ़ायदा।

रफ़ीआ : तुम्हारा ये फ़ायदा है कि तुम्हें बहाना ढूँढ़कर मुझसे मिलने न आना पड़ेगा। मज़े से एक बहाना मौजूद रहेगा और ग़फ़्फ़ार को भी एतिराज़ न होगा। क्यों?

सैयद : *(तड़पकर)* ओह...ह...बस...ज़फ़र, मैंने कितना कहा तुझसे कि इस बला से बचा रहियो...मगर तू भी निरा चुग़द[63] ही निकला। अब देख तुझे कैसी जूतियाँ खिलवाती है!

ज़फ़र : अर्जी खिलवाए जूतियाँ! मैं जैसे इसकी चालों में आ ही तो जाऊँगा।

रफ़ीआ : लो ज़फ़र अब तुम्हें भी रोटियाँ लगीं और सैयद की तरह इतराना

---

61. विषय, 62. मुसीबत, 63. उल्लू, मूर्ख,

शुरू किया। इनकी सुह्बत[64] ने तुम्हें कौड़ी काम का नहीं रखा!

सैयद : मेरी सुह्बत! मेरी सुह्बत क्या बुरी है? तुम अपनी कहो, तुम्हें ख़ालिदा की सुह्बत ने जंगली बना दिया है बिल्कुल।

(ख़ालिदा मुँह फुलाए आती है और बिल्कुल सैयद के क़रीब बैठ जाती है।)

ख़ालिदा : हर वक़्त मेरा ज़िक्र[65], हर वक़्त मेरा ज़िक्र। तुम्हारे ख़यालों की दुनिया में मैं ही छाई हुई हूँ।

सैयद : *(मुँह बनाकर)* ज़रूर।

रफ़ीआ : लो अब पुछवाए देती हूँ, क्यों ख़ल्लू...

ज़फ़र : *(बात काटकर)* क्यों...ठहरो। ख़ल्लू क्या तुम्हारे सामने अम्माँ जान ने कहा कि रफ़ीआ को पढ़ाऊँ?

ख़ालिदा : *(संजीदगी से)* कितनी मर्तबा कहा कि ज़फ़र मेरा नाम इस क़दर प्यार से न लिया करो, सैयद को शक होता है। क्यों सैयद।

सैयद : *(बुरा मानकर)* लाहौल-वला-क़ुव्वत।

रफ़ीआ : तो कल से ज़फ़र मुझे पढ़ाने आया करेंगे।

ज़फ़र : नहीं, क़तई नहीं...मैं...

रफ़ीआ : ख़ैर तो मैं महमूद साहब को लिख दूँगी, वह पढ़ा दिया करेंगे।

सैयद : जी नहीं। महमूद से नहीं। हमारे यहाँ उनकी आमदोरफ़्त[66] नहीं।

रफ़ीआ : आमदोरफ़्त नहीं तो अब हो जाएगी।

सैयद : जी नहीं! नहीं होगी!

रफ़ीआ : *(चिढ़कर)* ये भी तुम्हारी धौंस है, ज़फ़र पढ़ाए नहीं, महमूद साहब की आमदोरफ़्त नहीं। क्यों उनके पढ़ाने पर क्या एतिराज़ है आपको...? पोएट्री इनसे अच्छी कौन पढ़ा सकता है।

ज़फ़र : अजी...वह है ज़माने भर का...लोफ़र...

सैयद : जी नहीं ये बात नहीं है। *(ताने से मुस्कराकर)* उनसे पढ़कर कौन लोफ़र होगा।

रफ़ीआ : *(चौंककर)* कौन?

सैयद : जी आप। ख़ालिद वग़ैरा-वग़ैरा।

ख़ालिदा : होश में सैयद, तुम्हारी वग़ैरा-वग़ैरा होगी लोफ़र, हम क्यों होते।

सैयद : जी नहीं, आप तो सब से बढ़कर। ख़ुदा बचाए।

ख़ालिदा : *(हैरत और रंज से)* सुन रही हो रफ़ीआ।

रफ़ीआ : सुन रही हूँ, रोज़ ही सुनती हूँ। सैयद तो ख़ैर पागल है ही, मुझे

---

64. संगत, 65. चर्चा, 66. आना-जाना,

तो ज़फ़र पर हैरत हो रही है कि अम्माँ जान की बात नहीं सुनते।

ज़फ़र : मैं कहता हूँ कि अम्माँ जान बिचारी को ख़बर भी नहीं, तुम दिल से बना रही हो।

रफ़ीआ : *(आहट सुनकर)* शश, लो अम्माँ जान ख़ुद ही आ रही है।

(ज़फ़र सिगरेट फेंककर ठीक से बैठ जाता है, ख़ालिदा जल्दी से सैयद के पास से उठकर दूर बैठ जाती है। पर्दा खुलता है और स्याह शेरवानी और तंग पैजामा पहने ग़फ़्फ़ार दाख़िल होता है।)

रफ़ीआ : *(हैरत से)* अरे!

(सब ज़ोर से क़हक़हा लगाते हैं। ख़ालिदा वापस सैयद के पास बैठ जाती है, ज़फ़र नया सिगरेट सुलगा लेता है, सैयद, तुरुशरूई[67] से घुटना हिला रहा है।)

ग़फ़्फ़ार : *(उस ख़ामोश एक्टिंग से उकताकर)* क्या बात है भई!

(सब फिर ज़ोर से हँसते हैं।)

सैयद : चुग़द।

ग़फ़्फ़ार : *(मुज्रिमाना[68] अंदाज़ से)* कौन?

ज़फ़र : ऊँह...हम...सब *(बात टालकर)* तुम अपनी कहो।

ग़फ़्फ़ार : *(नीमबाज़[69] आँखों से सैयद को देखकर कि लो अब क्या जवाब दूँ।)* हाँ, मगर मेरी तबीअत थी कब ख़राब!

ग़फ़्फ़ार : मेरा मतलब है मिज़ाज तो अच्छा है!

रफ़ीआ : मैं बदमिज़ाज[70] कभी थी ही नहीं।

ग़फ़्फ़ार : *(थककर)* ये तो मैंने नहीं कहा कि तुम बदमिज़ाज हो!

रफ़ीआ : फिर?

ग़फ़्फ़ार : *(परेशान होकर)* मैंने तो वैसे ही पूछा था।

रफ़ीआ : *(दबी ज़ुबान से)* रस्मन[71]...

ग़फ़्फ़ार : हाँ रस्मन ही समझ लो अब।

सैयद : अरे काँटों की झाड़ी से क्यों उलझ रहे हो!

(थोड़ी देर बेतुकी ख़ामोशी रहती है।)

रफ़ीआ : *(एकदम से)* ऐ है, ज़ाफ़रान देना तो भूल ही गई। मैं आज

---

67. चिड़चिड़ेपन, 68. अपराधियों जैसा, 69. अधखुली, 70. बुरी प्रकृति का, 71. परम्परानुसार।

शाही टुकड़े पका रही हूँ!

सैयद : चल झूठी कभी बावर्चीख़ाने[72] में झाँकती भी तो नहीं।

रफ़ीआ : तुम कौन, सैयद। *(चली जाती है।)*

ख़ालिदा : *(बाग़ की तरफ़ दरवाज़े से जाते हुए)* सैयद ज़रा यहाँ आओ, तुमसे एक ज़रूरी बात कहनी है।

सैयद : *(मुँह फैलाए)* क्या बात है, फिर कोई मच्छर-वच्छर...

ख़ालिदा : नहीं-नहीं, तुम आओ तो सही।

(सैयद उठकर जाता है। ख़ालिदा उसके बाज़ू में हाथ डालकर उसे खींचती हुई चली जाती है।)

ज़फ़र : *(जैसे ख़्वाब में)* उफ़्फ़ोह ये लड़कियाँ!

ग़फ़्फ़ार : क्यों, कौन लड़कियाँ?

ज़फ़र : सब लड़कियाँ, आपकी एक...सब नागिनें है!

ग़फ़्फ़ार : *(ग़ैर-शायराना गुफ़्तगू से मुतनफ़्फ़र[73] होकर)* मैं तो नहीं सोचता ये, क्यों?

ज़फ़र : *(बहुत-सा धुआँ हवा में फैलाकर)* हूँ, तुम बिचारे सोचते ही क्या हो!

ग़फ़्फ़ार : *(बुरा मानकर)* क्यों मुझमें बिचारेपन की ऐसी क्या बात है?

ज़फ़र : यह...यह कि तुम...तुम...जाने भी दो अब।

ग़फ़्फ़ार : आख़िर कुछ कहो भी।

ज़फ़र : कहो क्या, *(कुछ जलकर)* तुम बच्चे हो बच्चे और रफ़ीआ नागिन।

ग़फ़्फ़ार : *(बिगड़कर)* क़तई नहीं। कम-अज़-कम रफ़ीआ के बारे में तुम्हें ग़लतफ़हमी[74] हुई। वह इस क़दर।

ज़फ़र : *(ताने से जुमला पूरा करके)* भोली है! क्यों?

ग़फ़्फ़ार : यक़ीनन!

ज़फ़र : *(ज़ोर-ज़ोर से हँसता है और मसनूई[75] खाँसी खाँसता है।)* भोली, ज़रूर!

ग़फ़्फ़ार : *(ज़रा सख़्ती से)* तुम यह भी जानते हो, यह तुम किसके सामने कह रहे हो?

ज़फ़र : *(जलकर भवें सिकोड़कर उसे देखते हुए)* शायद आपके सामने।

ग़फ़्फ़ार : और शायद तुम यह भी जानते हो कि...

---

72. रसोईघर, 73. घृणा के कारण अलग होने का भाव, घृणित, 74. कुछ का कुछ समझना, 75. बनावटी,

ज़फ़र : कि जनाब को रफ़ीआ से मुहब्बत है और उसे चाहते हैं!

ग़फ़्फ़ार : यक़ीनन, एक फ़रिश्ता ख़स्लत[76] लड़की के लिए है...

ज़फ़र : रफ़ीआ, फ़रिश्ता ख़स्लत।

ग़फ़्फ़ार : बेशक क्यों नहीं...आख़िर...

ज़फ़र : *(बात काटकर अपनी तेज़ ज़बान में)* तुम शायद उन बेवक़ूफ़ों में से हो जो आँख मींचकर हर लड़की को हसीन, मासूम और नेक क़रार दे देते हैं। *(एकदम ज़रा उठकर)* ग़फ़्फ़ार तुम्हारा इरादा और मेरा मतलब रफ़ीआ से शादी करने का है?

ग़फ़्फ़ार : ये बात अर्सा हुआ तय हो चुकी!

ज़फ़र : तुम तो ठिकाने लग चुके।

(वापस कुर्सी पर लेट जाता है।)

ग़फ़्फ़ार : *(कुछ न समझकर)* यानी?

ज़फ़र : *(थोड़ी देर ग़फ़्फ़ार को घूरकर)* ऊँह! तुम नहीं समझते, तुम कुछ नहीं समझते, तुम समझ ही नहीं सकते!

ग़फ़्फ़ार : न जाने क्या बक रहे हो!

ज़फ़र : *(कुछ न सुनकर)* तुम नहीं जानते इन लड़कियों को। ये सब...सब बिल्लियाँ हैं, बिल्लियाँ। तुमने देखा होगा, एक चूहे को बिल्ली कैसी झँझोड़ियाँ देती है। कभी इस रान को दबाया, कभी उस पंजे पर केंचुली मार दी, कभी कमर में गुदगुदियाँ...और कभी पूरा हड़प कर गई!

ग़फ़्फ़ार : *(मुतहय्यिर[77] होकर)* सिन्फ़े-नाज़ुक[78] के बारे में तुम्हारे बड़े भीचड़ ख़यालात[79] हैं!

ज़फ़र : *(जल्दी-जल्दी)* सिन्फ़े-नाज़ुक, सिन्फ़े-नाज़ुक। और किस क़दर बेमानी-लफ़्ज़[80] है। किस...न जाने किन बेवक़ूफ़ों ने उन्हें सिन्फ़े-नाज़ुक का खिताब[81] दिया है।

ग़फ़्फ़ार : *(ज़फ़र की बेवक़ूफ़ी पर मुस्कराकर)* तो तुम्हारे ख़याल में औरतें सिन्फ़े-नाज़ुक कहलाने की मुस्तहक़[82] हैं।

ज़फ़र : मुस्तहक़! मुस्तहक़ होने की ख़ूब रही। अजी ये दुनिया के सारे आराम और चैन उठाने की मुस्तहक़ हैं। कोल्हू के बैल की तरह जुतकर हम काम करें, सर फुड़वाएँ, दुनिया भर की आफ़तें उठाएँ हम। और ये सिन्फ़े-नाज़ुक बनकर हमारे ऊपर भूत की

---

76. फ़रिश्तों जैसी विशेषता व गुण रखनेवाली, 77. चकित, 78. स्त्री वर्ग, 79. विचार का बहु., 80. अर्थहीन, 81. उपाधि, 82. योग्य,

तरह सवार हो जाएँ और फिर सिन्फ़े-नाज़ुक अपनी-सी करने पर उतर आएँ तो वह गत बनाएँ कि जीना दुशवार कर दें!

ग़फ़्फ़ार : मेरे ख़यालात शुक्र है कि तुमसे मुख़्तलिफ़[83] हैं और रहेंगे।

ज़फ़र : और फिर इन्हीं ख़यालात के बूते पर तुम रफ़ीआ से शादी करने का दावा रखते हो। *(एकदम से)* कभी तुमने बराहे-रास्त[84] भी रफ़ीआ की राय मालूम की!...

ग़फ़्फ़ार : हाँ, मुझसे एक दफ़ा ये ग़लती हो गई थी!

ज़फ़र : *(ग़ुस्से से चीख़कर)* ग़लती! क्या आदमी हो तुम...

ग़फ़्फ़ार : हाँ हाँ ग़लती *(रंजीदा[85] होकर)* इन्तिक़ाल के फ़ौरन बाद ही!

ज़फ़र : फिर उसने क्या किया?

ग़फ़्फ़ार : कुछ नहीं। मत याद दिलाओ ज़फ़र, वह मेरी बेवक़ूफ़ी थी। वह रोने लगी!

ज़फ़र : *(हैरत से)* रोने लगी!

ग़फ़्फ़ार : हाँ, मेरी बेवक़ूफ़ी! ऐसे मौक़े पर दिल दुखाना!

ज़फ़र : हूँ। ज़रूर रोई होगी। तुम्हारी बदहवासियों[86] पर वह बार-बार रो चुकी है। मगर दिल दुखाने को तुमसे किसने कहा था!

ग़फ़्फ़ार : दिल ही दुखाना हुआ, ऐसे सदमे के बाद।

ज़फ़र : *(हाथ झटककर)* तो फिर तुम क़यामत तक किसी लड़की को नहीं समझ सकते। *(कुछ सोचकर, रुककर)* फ़र्ज़[87] करो कि रफ़ीआ...कि...रफ़ीआ मर जाए...तो तुम...

ग़फ़्फ़ार : कम-अज़-कम मेरे सामने तो ऐसी बातें न करो!

ज़फ़र : *(दोनों हाथों से कनपटियाँ दबाकर)* उफ़्फोह कैसे कहूँ तुमसे ग़फ़्फ़ार, *(मुर्दा आवाज़ में)* हम सब बेवक़ूफ़ हैं! हम सब चूहे हैं, जिनसे ये ख़ूँख़्वार[88] बिल्लियाँ खेल रही हैं। हम, तुम, सैयद, सब चूहे हैं! बुज़दिल चूहे!

ग़फ़्फ़ार : *(कुछ न समझकर)* मैं तो नहीं सोचता!

ज़फ़र : *(बेचैन होकर)* चुप रहो ग़फ़्फ़ार। तुम मुझे पागल कर दोगे ओह!

ग़फ़्फ़ार : *(निहायत सुकून से)* मैं ज़रा अम्माँ जान के पास जा रहा हूँ। तुम भी चलते हो।

ज़फ़र : *(परेशान होकर)* तुम जाओ, मैं ज़रा देर में आऊँगा!

(ग़फ़्फ़ार जाता है। जैसे ज़फ़र पर रहम की निगाहों से ताकता है, थोड़ी देर सोचता है, फिर उठकर टहलना शुरू कर देता है। तीन कुर्सी मेज़ों से बेख़याली में ठोकर लगती

83. विभिन्न, 84. सीधे, प्रत्यक्ष, 85. दुखी, 86. बौखलाहट, 87. सोचो, 88. निर्दय,

है। कार्नेस के पास जाकर तस्वीरें देखने लगता है। रफ़ीआ की तस्वीर को ग़ौर से देखता है।)

ज़फ़र : *(बड़बड़ाते हुए)* हूँ। *(ग़फ़्फ़ार रफ़ीआ की तस्वीर देखता है। मगर रफ़ीआ को नहीं। देर तक कभी दूर से कभी पास से, कभी दूर से तस्वीर को उठाकर देखता है। आहिस्ता-आहिस्ता उसका सर तस्वीर की तरफ़ झुकता है, रफ़ीआ दबे पाँव दाख़िल होती है, उसकी पुश्त से पंजे के बल खड़े होकर देखती है। ज़फ़र तस्वीर पर अपने होंठ लगा देता है।)*

रफ़ीआ : *(उसके कन्धे पर हाथ रखकर तहक्कुमाना[89] लहजे में)* देखा पकड़े गए न! कहो अब?

(ज़फ़र एकदम मुड़कर उसे ग़ुस्से से घूरता है और जल्दी से तस्वीर पीठ के पीछे कर लेता है।)

रफ़ीआ : अब तो तुम्हें मुझे पढ़ाने के लिए आने में कोई एतिराज़ नहीं।

(ज़फ़र एक झटके से तस्वीर मेज़ पर रखकर आतिशदान के पास बैठ जाता है।)

रफ़ीआ : *(उसकी ठोड़ी छूकर)* बेचारा ज़फ़र बहाने किया करता था। आज... ।

ज़फ़र : *(उसका हाथ झटककर)* ऊँह! तुम वाक़ई साँप हो।

रफ़ीआ : और तुम छछूंदर जिसे मैं न निगलती हूँ न उगलती हूँ। मगर मैं कहती हूँ छछूंदर की दीदादिलेरी[90] तो देखो, साँप के मुँह से लग रही थी।

ज़फ़र : *(मुस्कराकर)* भुगत तो रही है छछूंदर अपने आमाल[91] की सज़ा।

(सैयद कुछ भिन्नाया हुआ आकर एक कुर्सी पर बैठ जाता है। पीछे-पीछे ख़ालिदा कन्धों को हल्की सी जुंबिश देती हुई दाख़िल होती है।)

रफ़ीआ : आहा। एक और छछूंदर!

ज़फ़र : (ख़ालिदा को देखकर) एक और साँप भी।

ख़ालिदा : ज़फ़र तुम्हें किसने बताया कि सैयद ने मुझे साँप कहा।

रफ़ीआ : किसी ने भी नहीं, उन्हें तो वही[92] आती है। बिचारे को अभी-अभी शहादत[93] का रुतबा मिला है!

---

89. आदेशात्मक, 90. ढिठाई , 91. कर्मों, 92. आकाशवाणी, 93. शहीद होने का पद,

ख़ालिदा : *(पज़मुर्दा[94] होकर)* मैं समझती थी कि सैयद ही इस क़दर शायराना बात कह सकता है, पर अब मालूम हुआ कि ज़फ़र भी। ख़ैर सैयद कभी तो कोई नई बात निकाला करो, जिससे मुझे फ़ख़्र करने का मौक़ा मिले।

(सैयद मुँह बनाता रहता है।)

(रफ़ीआ ख़ालिदा के पास जाकर उसके कान में कुछ कहना चाहती है।)

ज़फ़र : *(बग़ावत करके)* ये कानाफूसी यहाँ नहीं होगी। *(रफ़ीआ को खींचकर)* तुम लोग बातें नहीं कर सकतीं?

रफ़ीआ : ख़ल्लू! फिर बताओगी। अच्छा।

ख़ालिदा : और मैं *(सैयद से आहिस्ता से)* बता दूँ सैयद तुम्हारी शायरी!

सैयद : *(अपनी जगह झूमकर)* भाड़ में जाओ तुम और तुम्हारी शायरी।

ख़ालिदा : रफ़्फ़ी *(सैयद को देखती है)* मैंने उन्हें एक बात कहने को बुलाया। तौबा, ख़ुद एक बहुत ज़रूरी बात कहने लगे...बोले *(प्यार से)* कह दूँ सैयद?

सैयद : *(पहली दफ़ा मुस्कराकर)* बेहया हो तुम दोनों।

ख़ालिदा : फिर उतर आए अपनी औक़ात पर। फिर तुमने मुझसे शादी की दरख़्वास्त क्यों की थी?

ज़फ़र : अच्छा!

रफ़ीआ : *(ख़ुशी से उछलकर)* और ख़ल्लू, ये ज़फ़र इतनी देर यहाँ क्या करते रहे। देखो ना। आँधी की वजह से सारी तस्वीर पर गर्द जम गई थी। उन्होंने सा...ब...चाटकर साफ़ कर दी *(अपनी तस्वीर उठाकर)* ये देखो किस क़दर चमक गई। ज़फ़र तुम चाहो तो इसे घर भी ले जा सकते हो। इत्मीनान से साफ़ कर लेना।

(ज़फ़र खिसियाना होकर मुस्कराता है।)

रफ़ीआ : नहीं लेते, बस यही तो मुझे जहालत[95] की बातें खलती हैं। अच्छा किसी दिन छिपा के ले जाना। ये रखी है।

(ज़फ़र उठकर तस्वीर लेकर जेब में डाल लेता है।)

सैयद : रफ़ीआ, तो तुमने तय कर लिया कि ज़फ़र से शादी करोगी?

रफ़ीआ : हाँ, फ़िलहाल तो मैं ज़फ़र ही से कर रही हूँ।

---

94. दुखी, 95. मूर्खता,

ज़फ़र : *(बिगड़कर)* ये फ़िलहाल से तुम्हारा क्या मतलब *(सैयद से)* यार मैंने ऐसी लड़कियाँ ही कहीं नहीं देखीं। सुना करते थे बड़ी सीधी-सादी होती हैं।

ख़ालिदा : ओह जैसे तुमने देखी भी बहुत-सी लड़कियाँ हैं। ले-देकर हम दोनों ज़रा ढंग के दिखाई दिए तो तुम हम पर पेश हो गए। और सीधी-सादी लड़कियों को आजकल कौन पूछता है...पड़ी घरों में रोटियाँ पकाया करती हैं।

रफ़ीआ : और क्या। सच बताओ! तुम्हें वह 'गुड्डे' पसन्द हैं?

ज़फ़र : *(मुस्कराकर सैयद को देखते हुए)* तुमसे तो ग़नीमत ही होगी!

ख़ालिदा : *(एकदम से)* लोगो, ये तो बताओ जब रफ़ीआ ज़फ़र से शादी करेगी तो ग़फ़्फ़ार क्या करेगा?

रफ़ीआ : *(जल्दी से)* वह ख़ुदकुशी करेगा या हमेशा मेरे नाम पर कुँआरा बैठा रहेगा।

ज़फ़र : किस क़दर इतराती हो तुम!

ख़ालिदा : भई ये तो अजीब गड़बड़ है, मेरे ख़याल में उसे कुल मुआमलात से आगाह[96] कर दिया जाए, मैं उसे समझा दूँगी। अभी बुलाती हूँ। *(उठती है।)*

ज़फ़र : *(घबराकर)* भई मैं जा रहा हूँ।

ख़ालिदा : नहीं तुम्हें यहीं रहना चाहिए, वर्ना फिर पूरा मरहला[97] तय नहीं होगा।

सैयद : हटो जी, सब वाहियात हैं। चलो जी ज़फ़र ये दोनों फ़साद पर तुली हुई हैं।

रफ़ीआ : अगर तुम दोनों चले जाओगे तो भई मैं साफ़ मुकर जाऊँगी।

सैयद : *(एकदम मुड़कर)* यानी?

रफ़ीआ : यानी ये कि तुम फिर मुझसे न कहना कि ग़फ़्फ़ार को धोखा दिया।

सैयद : और तुम धोखा दोगी?

रफ़ीआ : और क्या। वर्ना तुम मत जाओ।

सैयद : ख़ैर इसमें भी तुम्हारी कोई चाल है *(बैठ जाता है।)* बैठो भई ज़फ़र।

ख़ालिदा : तो मैं ग़फ़्फ़ार को बुलाने जाती हूँ। *(चली जाती है।)*

सैयद : ज़फ़र तुमने फ़ैसला कर ही लिया कि रफ़ीआ से शादी करोगे!

ज़फ़र : मैं शादी कर रहा हूँ या रफ़ीआ मुझसे शादी कर रही है। यह ख़ुश!

सैयद : अमाँ वह एक ही बात हुई!

---

96. सूचित, परिचित, 97. झमेला

ज़फ़र : एक ही बात कैसे हुई। छछूंदर साँप को निगलती है या साँप छछूंदर को? अब तो ये साँप ही जाने कि वह छछूंदर को निगलेगा या यूँ ही चबाता रहेगा।

रफ़ीआ : बिल्कुल ग़लत, साँप चबाता कब है, उसके दाँत ही नहीं होते।

ज़फ़र : तुम दाँतोंवाला साँप हो। अजगर। *(हाथ से जसामत[98] बताता है।)*

रफ़ीआ : देखो सैयद! अब ये ज़फ़र ही बात निकाल रहे हैं। *(ख़ालिदा और ग़फ़्फ़ार आते हैं।)*

ख़ालिदा : लो एक और छछूंदर।

रफ़ीआ : *(जल्दी से)* देखो ग़फ़्फ़ार, ज़फ़र मुझे साँप कह रहे हैं।

ग़फ़्फ़ार : *(बेवक़ूफ़ी से)* क्यों?

ज़फ़र : ये यूँ कि ये साँप है ही जो। *(लड़ने पर आमादा[99] हो जाता है।)*

ग़फ़्फ़ार : *(बैठकर)* ये ज़फ़र तुम्हारी ग़लती है।

ज़फ़र : *(जलकर)* और तुम्हारी बेवक़ूफ़ी! रफ़ीआ जिस शख़्स से शादी करेगी, उस बदनसीब को छठी का दूध याद आ जाएगा। हम लोग अभी यही सोच रहे थे।

रफ़ीआ : *(बनावटी रंज[100] से)* ओह मुझे नहीं मालूम था कि मैं इस क़दर ख़ौफ़नाक हूँ।

ग़फ़्फ़ार : बिल्कुल ग़लत, मैं तुम्हें ख़ौफ़नाक बिल्कुल नहीं समझता।

(एक दम मौजू[101] के छिड़ जाने से घबराया हुआ है।)

रफ़ीआ : नहीं मैं तुम्हारी ज़िन्दगी बरबाद नहीं करूँगी।

ग़फ़्फ़ार : *(जोश से)* बरबाद नहीं, तुम मेरी ज़िन्दगी आबाद करोगी!

रफ़ीआ : नहीं मैं तुम्हें निगल जाऊँगी। साँप ही जो ठहरी।

ग़फ़्फ़ार : *(शिद्दते-जोश में काँपकर)* कैसी बातें करती हो। तुम मुझे निगल भी जाओ तो भी मेरे लिए ऐन राहत[102] है!

ख़ालिदा : मगर अब तो रफ़ीआ ने फ़ैसला कर लिया।

ग़फ़्फ़ार : *(चौंककर)* क्या फ़ैसला कर लिया!

ख़ालिदा : यही कि वह तुम्हें नहीं निगलेगी।

रफ़ीआ : हाँ अब तो मैं ज़फ़र को निगलूँगी। ये है तो फिर यही सही।

(ज़फ़र परेशान होकर मुस्कराता है।)

ग़फ़्फ़ार : *(समझकर)* तो तुम्हारा मतलब ये है कि तुम मुझे ठुकरा रही हो।

---

98. स्थूलता, 99. तैयार, 100. दुख, 101. विषय, 102. वास्तविक सुख,

रफ़ीआ : ऊँह! अब तुमने भी ग़लीज़[103] शायरी शुरू कर दी।

ग़फ़्फ़ार : *(परेशानी से उँगलियाँ चटख़ाकर)* और ज़फ़र तुम मुझे धोखा देते रहे।

ज़फ़र : ग़फ़्फ़ार! बच्चे न बनो, ये फ़ितना[104] तुम्हारे बस का नहीं था। शुक्र करो कि मेरे ही ऊपर बीती और तुम बच गए। तुम देखना, वह मेरी गत बनाएगी कि तौबा ही भली।

ग़फ़्फ़ार : काश मेरी ही वह गत बन जाती।

ख़ालिदा : मगर ग़फ़्फ़ार सोचो तो...!

ग़फ़्फ़ार : एक अर्सए-दराज़[105] से बुज़ुर्गों ने ये बात तय कर दी थी।

ख़ालिदा : ये बात तो ठीक है कि आबाई हक़[106] तो तुम्हारा है मगर यहाँ तो रफ़ीआ का मामला आन पड़ा है। वह एक ज़िद्दी है!

ग़फ़्फ़ार : *(अंदोहगीं होकर[107])* मैं...जा रहा हूँ। *(निहायत उदासी से)* रफ़ीआ ख़ुदा करे तुम ख़ुश रहो। *(खड़ा हो जाता है।)*

ज़फ़र : मुझे कोई दुआ नहीं देता। *(बड़बड़ाकर)* जैसे रफ़ीआ को बड़ी दुआओं की ज़रूरत है। लोग मुझे दुआ नहीं देते।

रफ़ीआ : *(ग़फ़्फ़ार के पास जाकर प्यार से)* ग़फ़्फ़ार तुम ग़ुस्सा तो नहीं हो?

ग़फ़्फ़ार : *(ग़ुस्से से)* नहीं।

रफ़ीआ : और रंजीदा?

ग़फ़्फ़ार : *(रिक़्क़त[108] से)* न रंज़िश।

रफ़ीआ : *(एकदम उसका हसीन चेहरा हाथों में लेकर बड़ी मुहब्बत से देखती है।)* तुम बड़े प्यारे हो ग़फ़्फ़ार, तुम नहीं जानते मुझे तुमसे कितनी मुहब्बत है।

सैयद : *(तंबीहन[109])* फिर फैलाया जाल!

रफ़ीआ : *(वैसे ही उसका चेहरा देखते हुए)* तुम कौन होते हो सैयद बीच में बोलनेवाले। *(ग़फ़्फ़ार से)* मैं तुम्हें बचपन से पसन्द करती हूँ, बहुत ही पसन्द करती हूँ!

(ज़फ़र मुतहय्यिर[110] आँखें फाड़े देख रहा है।)

ग़फ़्फ़ार : *(उम्मीद भरी आवाज़ में)* रफ़ीआ।

रफ़ीआ : *(बड़ी रोमेंटिक आवाज़ में)* हाँ।

ग़फ़्फ़ार : (उसके बाज़ुओं पर हाथ फेरकर) तुमने अभी कहा कि तुम

---

103. गन्दी, घटिया, 104. शैतान, शरीर लड़की, 105. बहुत पहले, लम्बा समय, 106. मूल अधिकार, 107. दुखी होकर, 108. गला भर आना, 109. डाँटकर, 110. चकित।

मुझसे मुहब्बत करती हो।

रफ़ीआ : हाँ और हमेशा इसी तरह मुहब्बत करती रहूँगी। *(उसका मुँह क़रीब करके)* तुम्हें याद है ग़फ़्फ़ार, बचपन में मैं किस क़दर तुम्हारी शरारतें पसन्द करती थी।

सैयद : झूठी, ग़फ़्फ़ार ने कभी शरारत की ही नहीं।

ग़फ़्फ़ार : *(सैयद की परवाह न करके जोश में)* तो फिर...तो फिर... रफ़ीआ!

रफ़ीआ : हाँ...फिर अब मैंने फ़ैसला कर लिया...कि ज़फ़र से शादी करने के बाद मैं फ़ौरन तुम्हें गोद ले लूँगी...क्यों ज़फ़र? *(उसका चेहरा झुकाकर प्यार करना चाहती है।)*

(ज़फ़र एक दबी हुई इत्मीनान की साँस लेता है और आराम कुर्सी पर लेट जाता है।)

ग़फ़्फ़ार : *(जिस्म में एक धक्का-सा महसूस करता है और ख़ामोश दो क़दम पीछे हट जाता है।)* साँप!!

(बग़ैर दूसरी निगाह डाले एकदम पहले दरवाज़े से निकल जाता है।)

(रफ़ीआ हैरत से मुस्कराती हुई अपने ख़ाली हाथ देखती है। ज़फ़र, सैयद और कुछ ख़ालिदा भी हैरत से मुँह फाड़े बैठे हैं!)

ज़फ़र : *(घुटी हुई मुर्दा आवाज़ में)* साँप!!!

फ़सादी

एक एक्ट का ड्रामा

अफ़्रादे ड्रामा[1]

इज़्ज़त — बाईस साला लड़की, सन्दली रंग, मामूली नक़्शा, भोला-भाला चेहरा, किसी क़दर हसीन, बहुत जल्द हर बात का यक़ीन कर लेती है। ज़रा डरपोक और दूसरों पर भरोसा करनेवाली।

अलमास — बीस साला, गोरी चिट्टी तन्दुरुस्त लड़की, तबीअत में चुलबुलापन, नाक पर ग़ुस्सा, बात-बात में रूठना और आँसू बहाना, बोल-चाल बन्द करने की आदत। गाने की शौक़ीन, ख़ुश आवाज़, इज़्ज़त की चचाज़ाद[2] बहन।

अयाज़ — दुबला-पतला, सबुक नक़्शा, मतानत[3] और संजीदगी का मुजस्समा[4], ज़ूद रंज[5] मगर साबिर[6], कमसुख़न[7], जल्दी घबरा जानेवाला, गवर्नमेंट में अच्छे उहदे[8] पर ताज़ा-ताज़ा तक़र्रुर[9] हुआ है। इज़्ज़त के बचपन का मंगेतर, अलमास का भाई।

निशात : अठारह-उन्नीस बरस का जवान जो सिर्फ़ पन्द्रह बरस का लड़का मालूम होता है। नहीफ़[10] आवाज़ का बीमार, सफ़ेद रंग, मगर बला की चमकती हुई स्याह आँखें और ग़ज़ब का चर्बज़बान[11] और ख़ुशमिज़ाज[12], निचला नहीं बैठने देता। अयाज़ का छोटा भाई।

हूरा : दस-ग्यारह बरस की मोटी-ताज़ी सुर्ख़-सफ़ेद लड़की। हर वक़्त इतराती और अम्माँ के लाड़ की वजह से थरकती रहती है।

---

1. ड्रामे के पात्र, 2. चचेरी, 3. गम्भीरता, 4. मूर्ति, 5. जल्द बुरा मान जानेवाला, 6. सहनशील, 7. कम बात करनेवाला, 8. पद, 9. नियुक्ति, 10. कमज़ोर, 11. बातूनी, 12. ज़िन्दादिल, सुशील,

जूली : आठ बरस का लड़का और शरीर, बुरी तरह चीख़ता और बात-बात पर लड़ता है। हर वक़्त खाता रहता है।

अम्माँ जान : चालीस-पैंतालीस साला भारी बदन की बीबी, बहुत ग़ुस्सैल, डबल चाल और दबंग आवाज़, ज़रा चालाक बेवक़ूफ़, समझने से पहले ग़ुस्सा, फूली हुई साँस, मग़रूर।

महमूद : ख़ुश वज़्अ जवान, साँवला, तन्दुरुस्त और हँसमुख, बेफ़िक्र, तेल का सौदागर, ख़ूब अमीर, अलमास का मंगेतर।

मौसम : आख़िरी जाड़े।

ज़माना : बस यही हमारा और आपका।

पहला सीन

(इज़्ज़त का एक कुशादा कमरा, जो एक पलंग, चन्द कुर्सियों और ज़मीन पर चाँदनी और क़ालीन के फ़र्श से मुज़य्यन[13] है। एक कोने में चौकी, दो-तीन सन्दूक़ भी हैं जिन पर सलीक़े से कोई कपड़ा बिछा हुआ है। एक कोने में एक लम्बी-सी कोच जिसके पास ही खिड़की है, जिसमें एक चाय की प्याली रखी है! इज़्ज़त कोच पर ऐसी लेटी है कि दोनों घुटने पेट में अड़े हुए हैं और किताब ग़ौर से पढ़ रही है।)

अयाज़ : *(ख़ामोशी से कमरे में दाख़िल होकर नर्मी से)* इज़्ज़त मैंने तुम्हें बारहा[14] मना किया है कि इस तरह रौशनी की तरफ़ पीठ करके न पढ़ा करो मगर...

निशात : *(सोफ़े के क़रीब वाली खिड़की से चढ़ते हुए जुमले पूरा करता है।)* तुम मानती ही नहीं।

अयाज़ : *(निशात की तरफ़ एकदम मुड़ते हुए)* निशात अहमद, मैंने तुमको बारहा मना किया है कि इस तरह उचक्कों की तरह खिड़कियाँ और दरीचे न फलाँगा करो मगर...

इज़्ज़त : *(आहिस्ता से)* तुम मानते ही नहीं।

निशात : क़िब्ला भाई जान मैंने आपको बारहा मना किया है कि मुझे ये इस्मी मज्मूआ[15] निशात अहमद क़तई पसन्द नहीं मगर आप हमेशा 'निशात अहमद' ही कहते हैं। आप मानते ही नहीं।

अलमास : *(जूली का हाथ पकड़कर दाख़िल होकर)* हम एक दूसरे का

---

13. सजा हुआ, 14. कई बार, 15. नाम का समूह

कहना बिल्कुल नहीं मानते, ये जूली अपने भूरे जूते पर स्याह पॉलिश किए बग़ैर नहीं मानता। ज़रा देखिएगा, आपके जूते कैसे बेहूदा रंग के हो गए हैं!

(जूली इतरा-इतराकर पाँव छुपाना चाहता है और इस कोशिश में अपने नेकर को स्याह उँगलियों से मैला करता है।)

अयाज़ : अरे जूली *(नासेहाना[16] अंदाज़ में)* चिक़-चिक़! इतने बड़े हो गए और इतने बदतमीज़! तौबा-तौबा!

निशात : *(चाय की छोटी प्याली अयाज़ के सामने करते हुए)* ज़रा पहले इन मुहतरमा[17] इज़्ज़त को देखिए 'ये सुघड़ापा' है। जूली बिचारा तो ख़ैर बच्चा है और ये मुकर्रमा[18] तो माशाअल्लाह।

इज़्ज़त : *(शर्मिन्दा होकर)* तो इसमें क्या फूहड़पना है?

निशात : *(ताने से)* जी ये तो महा सुघड़ापा है *(अयाज़ से)* भाई जान! क़िस्मत फूटी समझो। जूली ग़रीब को डाँट रहे हो और इज़्ज़त साहिबा को कुछ नहीं कहते। वह बिचारा छोटा जो है! मत रो जूली च च। बिचारा रोता भी तो नहीं, मत रो...

(जूली अपनी दर्दनाक[19] हालत का एहसास करके वाक़ई रोने लगता है।)

निशात : *(चुमकारकर)* मत रो, ग़रीब को अभी तो बुख़ार आया था। जब बिचारे के सुइयाँ लगी थीं और अब डाँट पड़ रही है। क्या करे।

(जूली ज़ोर से रोता है। अयाज़ कुछ खिसियाया कुछ झुँझलाया खड़ा है। इज़्ज़त मुस्करा रही है, अलमास कुछ ग़ज़बनाक[20] कुछ परेशान)

अलमास : *(अयाज़ से)* वाह भाईजान, इतना क्यों डाँटते हैं?

(जूली को पकड़कर ले जाती है।)

अयाज़ : निशात तुम बड़े वह हो, आख़िर इन बातों से फ़ायदा?

निशात : *(मुस्कराता हुआ इज़्ज़त के बहुत पास घुसकर बैठ जाता है।)* हाँ तो भाई आपकी क़िस्मत फूटी ही रही?

अयाज़ : *(जलकर)* चुप रहो निशात। *(बड़े-बड़े डग भरते चले जाते हैं।)*

निशात : *(इज़्ज़त के क़रीब सरककर)* इज़्ज़त आपा!

---

16. उपदेशकों के, 17. महोदया, 18. पूज्य, 19. कष्टजनक, 20. क्रोध से भरा हुआ,

इज़्ज़त : निशात भई ज़रा हटकर बैठो। *(और हट जाती है।)*

(निशात फिर क़रीब घुसकर बैठ जाता है।)

इज़्ज़त : ऊँह! खा लिया निशात तुमने। *(उठकर कुर्सी पर बैठ जाती है।)*

निशात : *(फ़ौरन कुर्सी के हत्थे पर बैठते हुए)* अभी कहाँ खाया? अभी तो चबा रहा हूँ!

इज़्ज़त : *(धकेलते हुए)* हट भई यहाँ से।

निशात : तू ख़ुद हट यहाँ से।

इज़्ज़त : देखो निशात, मैं तुमसे बड़ी हूँ। ख़बरदार जो तू कर-कर बोले।

निशात : जी हूँ मैं बड़ी। ऐसे बड़े बहुत देखे हैं।

इज़्ज़त : बदतमीज़ कहीं का। मैं तुझसे बहुत बड़ी हूँ, चार बरस के क़रीब।

निशात : हुआ करो, मगर अक़्ल तो नहीं है।

इज़्ज़त : *(जलकर)* तुम तो बस नामालूम अक़्ल के पुतले ही हो ना!

निशात : पुतली-वुतली होगी तुम, हम तो सीधे आदमी हैं।

इज़्ज़त : होंगे!

निशात : होंगे क्या, हैं ही। ये 'मुस्तक़्बिल[21] की चीज़ें' तुम ही हो, तुम ही इस आसरे पर हो कि न मालूम क्या-क्या होगी। अयाज़ की बीवी होगी...मेरी ख़ुदा न करे भावज होगी...रमसरना की...

इज़्ज़त : *(थप्पड़ मारकर)* बस चुप उल्लू कहीं का। ज़ुबान है कि क़ैंची।

निशात : देखो अगर हम मारेंगे तो अपने बुज़ुर्ग लेकर आओगी।

इज़्ज़त : भई निशात क्यों दिक़ करते हो। जाओ ना।

निशात : हूँ जब ग़रज़ पड़ती है तो?

इज़्ज़त : भैया मेरा दिमाग़ मत चाट। ख़ुदा के वास्ते जा। या अल्लाह।

निशात : *(ताने से)* या अल्लाह। बिचारी को अपना घर याद आ रहा है, वहाँ तो कोई भी दिमाग़ नहीं चाटता। मत रो। अब हम तुझे दिक़ नहीं करेंगे।

इज़्ज़त : फिर वही तू-तड़ाक़। निशात, मेहरबानी से मेरे कमरे में से निकलो, वर्ना...

निशात : क्या-क्या...लमटंगों से शिकायत करोगी।

इज़्ज़त : *(चिढ़कर)* हाय ख़ुदा! तुम नहीं जाओ, मैं ख़ुद ही ग़ारत हो जाऊँगी।

निशात : बिस्मिल्लाह।

(इज़्ज़त भिन्नाती हुई जाती है।)

निशात : अच्छा, नहीं, अब नहीं इज़्ज़त आपा। *(झुककर आँखों में*

---

21. भविष्य,

आँखें डालकर) आपा! आपा!! *(आहिस्ता से प्यार कर लेता है और चला जाता है, लेकिन, दरवाज़े ही से लौटता है।)* अरे सुनो तो इज़्ज़त!

इज़्ज़त : *(ध्यान न देते हुए)* क्या है भई?

निशात : सुनो क्या तुम्हें लमदराज़ ख़ान पसन्द है?

इज़्ज़त : *(चुँधियाकर)* कौन लमदराज़ खान?

निशात : *(हाथ नचाकर)* कैसी बनती हो। वही जो तुम्हारे गले पैदा होते ही बाँध दिए गए। चिड़ी के ग़ुलमटे की शक्ल! क्या ख़ूब नाम है। अयाज़ अलमटे!

इज़्ज़त : *(हँसी को देखते हुए)* अपनी तो शक्ल देखो। सुए जैसी नाक। मरतंगगड़ कहीं के!

निशात : मुझ ग़रीब की तो नाक-आँख का सवाल ही नहीं, मगर फिर भी ख़ाकसार[22] की नाक बट्टे जैसी नाक से बदर्जहाँ[23] बेहतर है। क्यों झेंपती हो, कह दो क़ायल हो गई। नाक वाक़ई ख़तरनाक जसामत[24] की है।

इज़्ज़त : कोई नहीं।

निशात : अरे हम ख़ूब जानते हैं, वह ख़ुद तुमसे नफ़रत करते हैं। अजी वह क्या तुम पर मरते हैं, वह तो चचीजान का दिल रखने को मजबूरन तुम्हें क़बूले ही क़बूले। मरता क्या न करता, वर्ना उनकी तो कॉलेज में मिस प्रभाकर से बहुत ही...

इज़्ज़त : *(बेतरह ज़लील होकर)* तो यहाँ कौन मरता है उनके लिए। उनकी मिस प्रभाकर हो या कोई हो!

निशात : भई चचीजान की दिल-शिकनी[25] का ख़याल है।

इज़्ज़त : *(ख़ुद्दारी[26] से)* मुआफ़ कीजिएगा, चचीजान का दिल ख़ाक नहीं टूटेगा। वह हज़ार दफ़ा इनकार करें, ऊँह!

निशात : जी मालूम है, बस रहने दीजिए!

इज़्ज़त : निशात! *(ग़ुस्से से खड़ी हो जाती है।)*

(इज़्ज़त किताब उठाकर साड़ी सँभालती हुई तेज़ी से बाहर निकलने के लिए बढ़ती है। दरवाज़े पर घबराए हुए अयाज़ से टक्कर हो जाती है, खिसियानी होकर लौट आती है।)

(निशात मुँह और नाक बच्चों की तरह छुपा-छुपाकर हँसता है।)

---

22. तुच्छ, विनीत, 23. कई गुना, बहुत अधिक, 24. लम्बाई-चौड़ाई, 25. दिल तोड़ना, 26. स्वाभिमान,

अयाज़ : इज़्ज़त, तुम्हारा क़लम मिला ?

इज़्ज़त : *(नर्मी से)* नहीं, निशात कहते हैं...*(निशात खिड़की में से कूद जाता है)* कि उन्होंने आप को दिया।

अयाज़ : मुझे। अरे...रे, भई निशात...लो वह ग़ायब हो गया। निशात अहमद...! *(दूसरे कमरे में चला जाता है।)*

निशात : *(खिड़की में नीम-दराज़[27])* हूँ...*(मानीख़ेज़[28] नज़रों से देखते हुए)* कर दी शिकायत अपने चहीते से! *(हाथ चलाकर)* क्या कर लिया उन्होंने। बड़े गोली ही मार दी ना ?

इज़्ज़त : *(मुज्रिमाना[29] लहजे में)* मैंने शिकायत तो नहीं की थी!

निशात : *(मुँह बनाकर)* मैंने शिकायत तो नहीं की। बड़ी मासूम बनती है। कौन मसख़रा उनसे डरता है। *(अन्दर आकर)* जाओ सौ मर्तबा शिकायत करो। नहीं देते क़लम को, कर लो कुछ।

इज़्ज़त : बला से न दो, मगर मेरी जान छोड़ दो। *(बतवज्जुही से पढ़ने की कोशिश करती है।)*

अयाज़ : *(दूर से)* अरे निशात तुमने मुझे तो इज़्ज़त का क़लम नहीं दिया।

निशात : *(मसनूई हैरत से)* नहीं दिया। अरे तो शायद इज़्ज़त आपा को दिया होगा, मैंने दिया किसी को ज़रूर है!

(इज़्ज़त निशात की मक्कारी पर हैरत से मुस्कराती है।)

(जूली दौड़ता हुआ आता है और अयाज़ के पीछे छिपने की कोशिश करता है। हूरा नीमगिरियाँ ठिनकती हुई पीछे-पीछे आती है। दोनों एक दूसरे को घसीटने लगते हैं।)

निशात : है...है...अरे हूरा...बस...बस...जूली भई अब के मारा और मैंने तुम्हें ठोंका। अरे बस...आ...आ...बस।

(बीच-बचाव हो जाता है।)

अयाज़ : तुम दोनों क्यों लड़ रहे हो ?

हूरा : पहले इसने...ऑन...अ...वह बोर्ड उलट दिया...और ले के...

जूली : *(तेज़ी से)* हे गप्पन...ख़ुद तो मारा...आपी तो उलटा...और झूठा नाम हमारा लगा रही है। हमने तो...वाह...आ...

हूरा : नहीं नहीं। हम उसे मारके रहेंगे, चाहे कुछ भी हो जाए। उसने मारा ही क्यों ? *(झपटती है।)*

निशात : *(दोनों को अलैहदा[30] करता है।)* अरे-अरे क्यों खाए लेते हो!

---

27. अध-लेटा, 28. अर्थपूर्ण, 29. अपराधियों जैसा, 30. अलग,

अम्माँ जान : *(एक ग़मनाक चिंघाड़ सुनाई देती है।)* अरे ये क्यों हूरा डकरा रही है। *(साँस फूली हुई दरवाज़े में नज़र आती हैं।)* मैं कहती हूँ...ये...

हूरा : अम्माँ...न...ये जूली नहीं मानता...*(दुख भरी आवाज़ में रोती है।)*

निशात : बेटा जूली आ गई तुम्हारी मौत। उड़ो, *(चुटकी बजाकर)* चल...भाग...

(जूली तीर की तरह दूसरे दरवाज़े से ग़ायब। अम्माँ जान हूरा को घसीटती और सारे घर पर बड़बड़ाती चली जाती हैं! एक सुकून-सा कमरे पर छा जाता है, गोया मतला साफ़ हो गया।)

दूसरा सीन

(निशात का कमरा। एक पलंग पर निशात चादर ओढ़े लेटा है। आहट पर सोता बन जाता है। इज़्ज़त दबे पाँव आती है और आहिस्ता-आहिस्ता ताज़ा अख़बार के वरक़[31] उलटने लगती है। दूसरा दरवाज़ा आहिस्ता से खुलता है और अयाज़ पंजों के बल दाख़िल होता है और इज़्ज़त की पुश्त[32] पर सर झुकाकर अख़बार देखने लगता है। इज़्ज़त चौंकती नहीं, अयाज़ का बायाँ रुख़सार[33] इज़्ज़त के बालों से छू रहा है और इज़्ज़त के मेज़ पर रखे हुए हाथ के नाख़ून से अयाज़ नादानिस्ताँ[34] खेल रहा है। अयाज़ कुछ झुककर कान में कहता है, जिसका जवाब इज़्ज़त बहुत आहिस्ता से देती है, दोनों मुस्कराते हैं। अयाज़ कुछ और कहता है जिसका जवाब इज़्ज़त सिर्फ़ नज़रों से देती है। निशात की चमकीली आँख बार-बार झपक रही है, कभी एक कभी दूसरी। अलमास के भारी क़दमों और गुनगुनाने की आवाज़ आती है। अयाज़ उसी दरवाज़े से वापस चला जाता है। अलमास एक खटके के साथ दाख़िल होती है।)

निशात : ओफ़...*(गोया अलमास के गाने से बेदार[35] हुआ है।)* ऊँ हूँ, दिमाग़ उड़ा दिया भई आपा, कई दफ़ा कहा कि ख़ुदा के वास्ते यूँ न लहका करो। जगा दिया ले के।

---

31. पन्ने, 32. पीठ, 33. गाल, 34. अनजाने में, 35. जागना,

अलमास : *(मुज्रिमाना मगर मुस्कराने के अन्दाज़ में)* लो...वाह मैंने क्या किया। *(सुर फिर हलकी लहरों में शुरू करके)*

निशात : *(उठकर बैठ जाता है।)* अरे आपा तुमने जगा दिया शुक्र है...वर्ना आज तो ख़त्म ही हो गए थे।

अलमास : क्यों? *(गीत बराबर निहायत मुर्दा सुर में गा रही है।)*

निशात : बड़ा डरावना ख़्वाब देख रहा था। क्या देखा कि मेरे कमरे में एक चुड़ैल घुस आई और काग़ज़ों को खड़बड़-खड़बड़ करने लगी। इतने में एक भूत आ गया और दोनों में वह ख़ाँव-ख़ाँव लड़ाई हुई कि ख़ुदा की पनाह...इतने में तुमने गाना शुरू कर दिया।

(इज़्ज़त सब कुछ समझकर गोया सुना ही नहीं।)

अलमास : *(कुछ न समझकर)* हटो...जने क्या बक रहे हो!

निशात : सच कहता हूँ आपा। तुम्हारे बाबू जी की क़सम!

अलमास : *(ज़रा तुनककर)* ज़रा होश में। कौन मेरे बाबू जी!

निशात : अरे ख़ुदा के लिए आपा बिचारे बाबू जी को न भूल जाना, वर्ना बेमौत मर जाएँगे। अरे वही तुम्हारे वाले बाबू जी, वही जिनके पास सिर्फ़ एक पतलून है, जो कि पहले सफ़ेद थी मगर अब निहायत सुबक़ किशमिशी रंग की होती जा रही है। लो अब भी नहीं समझीं। वही जो तेल बेचते फिरते हैं, बाबू महमूद ख़ान, तुम्हारे मंगेतर, आपा मार डालेगा। याद रखना भूखा रखेगा कंजूस!

अलमास : *(बेतरह चिराग़पा[36] होकर)* वाह! जैसे ख़ुद तो बड़े लाट साहब हो ना। बड़े रईसे-आज़म[37] घर के। वह तेल के मर्चेन्ट हैं...बेचते फिरते हैं...हूँ...

निशात : चूल्हे में डालो उस तेलवाले को, बड़ा कंजूस है। एक सिगरेट निकाल लो तो फ़ौरन खट-खट गिन लेगा। आपा एक साड़ी साल में पकड़ा देगा। बड़ा गुरु है वह चालाक!

अलमास : *(जलकर)* तुम ख़ुद भाड़ में जाओ...उल्लू...*(भिन्नाई हुई चल देती है।)*

इज़्ज़त : *(जाते हुए)* तौबा है निशात। बिचारी अलमास को ख़फ़ा कर दिया। महमूद तो अच्छा आदमी है।

निशात : तो फिर तुम महमूद ही से क्यों ब्याह नहीं कर लेतीं? छोड़ो उन सारस साहब को!

---

36. क्रोधित, 37. सबसे बड़ा धनवान्,

इज़्ज़त : *(अपनी आफ़त आती देखकर)* निशात तुम्हारी तो अक़्ल ख़राब हो गई है। *(तेज़ी से चली जाती है।)*

(निशात ज़ोर का क़हक़हा लगाती है।)

तीसरा सीन

(इज़्ज़त का कमरा : इज़्ज़त कुर्सी पर बैठी आगे-पीछे झूल रही है। तस्वीरों का एक एलबम घुटनों पर खुला रखा है। निशात मुक़र्रर[38] खिड़की से चढ़ता है।)

निशात : *(खिड़की में से गुलदान एक तरफ़ फेंकते हुए)* ये रास्ते में क्या खड़ाग लगा रखा है?

इज़्ज़त : ये रास्ता है? बन्दरों का रास्ता खिड़कियाँ और रौशनदार होते हैं!

निशात : और ऊँट का?

इज़्ज़त : *(इज़्ज़त फ़ौरन समझकर)* कैसा ऊँट!

निशात : अब अलमास की तरह आप ग़रीब ऊँट को भी भूल गई ना... दिलाऊँ याद या...।

इज़्ज़त : निशात जाओ बस फ़ौरन जाओ, चलो। मैं तुम्हारी एक बात नहीं सुनती।

निशात : *(बहुत क़रीब होकर बैठते हुए)* ये लो। *(एक किताब देता है।)*

इज़्ज़त : *(सब भूलकर)* अरे कहाँ से लाए? *(हाथ बढ़ाती है।)*

निशात : *(रुखाई से)* कैसी मतलबी! अरे मुँह धो, जा पहले लक्स से! फिर आना।

इज़्ज़त : *(ज़रा हटकर)* इतराते क्यों हो? कहाँ से मिली?

निशात : *(किताब देते हुए)* कहाँ से मिली? तुम्हें क्या उससे, अजी सारे शहर में ढूँढ़ी। लाइब्रेरी से मिली। सारा दिन साइकिल पर रगड़ा हूँ! तब हाथ आई है। तुम्हारे वह *(कन्धे झुकाकर मुँह चिढ़ाता है।)* भला तुम्हारे लिए इतना दौड़ते, ख़ैर उनकी क्या। वह तो बिचारे मजबूर हैं। मैंने मिस प्रभाकर को देखा है, तो इस क़दर स्टाइलिश लेडी है कि बस क्या बताऊँ।

इज़्ज़त : ऊँह, हुआ करें।

निशात : जी हाँ, हुआ करें। अब तो ग़रीब भाई जान की क़िस्मत ही गई चची का दिल रखने को...

---

38. निर्धारित

इज़्ज़त : निशात, मैं तुमसे कह चुकी हूँ कि किसी का दिल नहीं टूटा करता। मुआफ़ करना, मेरी अम्माँ ऐसी गिरी पड़ी नहीं है। चची ने ही ख़ुशामद की थी।

निशात : हाँ हाँ, मैं कब कहता हूँ...चची ही तो अपने बेटे की दुश्मन हैं। सच कहता हूँ, अम्माँ जान भाई जान से बहुत कम मुहब्बत करती हैं!

इज़्ज़त : *(अपनी हत्क की इन्तिहा महसूस करते हुए)* अयाज़ में ऐसे कौन-से लाल जड़े हैं। क्या दुनिया में कोई दूसरा है ही नहीं।

निशात : बेशक-बेशक, मैं ख़ूब जानता हूँ कि तुम ख़ुद उनसे नफ़रत करती हो। दूसरा बेशक उनसे बेहतर है। *(अपने सीने पर उँगली रखता है!)*

इज़्ज़त : *(उसका मतलब समझकर हँसती है।)* चल बदतमीज़।

अयाज़ : *(हूरा का हाथ पकड़े आता है)* इज़्ज़त! भई आज फिल्म देखने चलोगी?

निशात : आपका हुक्म और ये न माने । मजाल नहीं।

अयाज़ : *(अपने मतलब को उलटे मानों में लेता देखकर)* मेरा मतलब ये थोड़ी है कि ज़रूर जाए।

निशात : *(मानी-ख़ेज़[39] लहजे में)* हाँ कोई ख़ास ज़रूरत तो नहीं। मिस प्रभाकर जाएँगी?

अयाज़ : *(मुस्कराकर)* हाँ शायद। मुझे ठीक नहीं मालूम।

(इज़्ज़त का चेहरा तमतमा जाता है।)

अयाज़ : भई हूरा ने मजबूर किया है कि इस फ़िल्म में उनकी रुहानी[40] दोस्त शर्ली काम कर रही है। लिहाज़ा वह ज़रूर जाएगी।

निशात : तो भई इज़्ज़त तो जाएगी, मेरा कुछ ठीक नहीं।

इज़्ज़त : *(जली कटी आवाज़ में)* जी नहीं मैं नहीं जाऊँगी।

अयाज़ : *(इज़्ज़त के लहजे से चौंककर)* क्यों? आख़िर वजह!

इज़्ज़त : *(कड़ककर)* अपना दिल। क्या कोई ज़बर्दस्ती है।

अयाज़ : *(चिढ़कर)* ज़बरदस्ती की न ज़रूरत और न किसी को शौक़, हर एक का अपने ऊपर पूरा इख़्तियार[41] होता है!

इज़्ज़त : होता नहीं बल्कि है। बल्कि है।

निशात : भई मेरे पास तो एक पाई भी नहीं जो सिनेमा जाऊँ।

हूरा : *(चौंककर, अयाज़ से)* भाईजान मेरी पाई।

---

39. भावपूर्ण, 40. हार्दिक, 41. अधिकार,

अयाज़ : अरे...तुम ही को तो दे दी थी।...यहीं तो थी...मैं अभी तो उछाल रहा था।

हूरा : वाह हमें नहीं दी। हमारी पाई। *(ठिनकती है।)*

अयाज़ : *(ढूँढ़ते हुए)* अरे भई न मालूम कहाँ गई, अभी तो थी। हूरा, हम दूसरी ला देंगे।

हूरा : *(मचलने की धमकी देते हुए)* आँ...आँ हम तो वही-सी लेंगे, अपनी चमकती हुई।

निशात : नहीं भई हूरा ज़िद्द न करो। बेकार है। अब तो वह झिलमिलाती हुई तुम्हारी उम्दा वाली खो गई। अब तुम काली ही ले लेना। दूसरी...काली...मत रो...ग़रीब चची भी तो नहीं, हाए...कैसी चमकीली थी जैसे सितारा। इसने सुबह से ज़मीन पर एड़ियाँ रगड़-रगड़कर चमकाई थी। चुप रह हूरा।

हूरा : *(दर्दनाक आवाज़ में दहाड़ती है।)* आँ हमारी वाली, हम आप से लेंगे।

अयाज़ : कहता तो हूँ दूसरी ला दूँगा।

निशात : मगर उस चमकती हुई को कैसे भूलें। ख़ैर अब वह काली ही ले लेगी। ले लो हूरा काली कलूटी ही ले ले...। *(चुमकारता है हूरा धारों-धार रोती है। अयाज़ परेशान खड़ा है।)*

अम्माँ जान : *(दबंग आवाज़ सुनाई देती है।)* अरे ये कौन हूरा को मारे डालता है। चैन नहीं लेने देते। *(दरवाज़े में से)* ये क्या क़िस्सा है। *(दोनों हाथ कमर पर रखकर)* मैं कहती हूँ, ऐ मेरी क़िस्मत का चैन ही उड़ गया है। हुआ क्या?

निशात : *(जल्दी से)* अम्माँ जान हूरा की चमकती हुई पाई भाई जान ने खेलते-खेलते न मालूम कहाँ खो दी। अब उसे गाली दे रहे हैं। वह ज़रा रंजीदा है।

अम्माँ जान : *(झुँझलाकर)* अयाज़ मियाँ बूढ़े हो गए मगर बच्चों की चीज़ों की अब भी ज़रूरत है। आज को पाई छीनी, कल को नन्ही की चुसनी छीन लेना।

अयाज़ : *(जिज़बिज़[42] होकर)* अम्माँ जान आप तो ख़्वाहमख़्वाह[43]...

निशात : भाई जान गुस्ताख़ी मुआफ़। बुज़ुर्गों को इस तरह नहीं धमकाते ख़्वाहमख़्वाह, भला अम्माँ ख़्वाहमख़्वाह आपको क्यों दिक़[44] करेगी।

अयाज़ : चुप रहो निशात...तुम्हारी बक-बक हर जगह...

---

42. अप्रसन्न, 43. अकारण, 44. सताना,

निशात : जी हाँ बुज़ुर्गों से ज़ुबान चलाने से रोको तो बक-बक, ख़ूब।

अम्माँ जान : *(रुआँसी होकर)* ऐ मियाँ *(सर्द आह*[45] *भरकर)* मुझे क्या ज़लील करोगे, ख़ुद रुसवा होगे। तुम्हारे छोटे तुम्हारे जूतियाँ लगाएँगे। *(भिन्नाई हुई चली जाती है!)*

(अयाज़ कुछ झल्लाया, कुछ शर्मिन्दा, कुछ सरासीम[46] *बैठा रह जाता है।)*

निशात : *(गोया कुछ हुआ ही नहीं)* हाँ तो भई इज़्ज़त, सिनेमा जाओगी। पहले शो में या...

इज़्ज़त : *(तेज़ी से)* मैंने कह दिया, मैं क़तई न जाऊँगी!

निशात : तो भाई जान पर क्यों ग़ुस्सा होती हो, उन्हें वैसे ही अम्माँ जान ने क्या कम डाँटा है!

अयाज़ : *(आजिज़ होकर)* न जाओ, कौन कहता है। *(बड़बड़ाता चला जाता है।)*

निशात : भाई जान का ग़ुस्सा बहुत बढ़ गया है। बिचारी इज़्ज़त को कैसा डाँटा।

इज़्ज़त : *(ज़ब्त*[47] *से)* हो गए ग़ुस्सा तो मेरा क्या बिगाड़ लेंगे।

निशात : और क्या इज़्ज़त का कोई कुछ बिगाड़ सकता है। क्यों है ना? *(झुककर उसकी आँखों में ग़ौर से देखता है।)* इज़्ज़त आपा रो रही हो, वाह भई वाह। *(झुककर उसके बालों को चूम लेता है और फिर रुख़सार। इज़्ज़त के आँसू।)*

चौथा सीन

(इज़्ज़त अपने कमरे में सोफ़े पर लेटी है। कमरे में सिर्फ़ एक हलका बल्ब जल रहा है। क़रीब मेज़ पर एक गिलास ठंडे पानी से भरा रखा है जिसमें से इज़्ज़त कभी-कभी एक घूँट पीकर वैसे ही रख देती है।)

निशात : *(आहिस्ता से दाख़िल होकर एकदम बिजली बुझा देता है।)* लो अब पढ़ो चैन से!

इज़्ज़त : *(घबराकर)* अरे मेरा दिल अँधेरे में बहुत घबराता है। भई ख़ुदा के लिए बिजली जलाओ!

निशात : *(बिजली जलाकर)* तो फिर लैम्प से क्यों नहीं पढ़तीं। *(दूसरे*

---

45. ठंडी आह, 46. व्याकुल, 47. सहनशीलता,

कमरे से लैम्प लाकर रख देता है, गिलास को हटाकर सोफ़े पर रख देता है।)

इज़्ज़त : आज तुमने शाबाशी पाने का काम किया है

निशात : क्या पढ़ रही हो, हमें भी सुनाओ। *(ज़रा सा भीग जाती है।)*

इज़्ज़त : उफ़ बेवक़ूफ़ कहीं के। सारा भिगो दिया।

निशात : मेरा नाम लगा दो, मैंने भिगोया है, कह दो हाँ।

इज़्ज़त : *(उसके झूठ पर मुतअज्जिब[48] होकर)* निशात, और फिर किसने पानी का गिलास यहाँ रखा?

निशात : तुमने इज़्ज़त, अरे क्या इस क़दर जल्दी भूल जाया करती हो!

इज़्ज़त : इन्तिहा है तुम्हारे झूठ की।

निशात : अच्छा टॉस कर लो कि किसने गिलास रखा *(जेब से पाई निकालकर बोलो!)* हैड या टेल।

इज़्ज़त : *(मज़ाक़ समझकर)* हैड!

निशात : *(पाई उछालता है)* आहा हैड!

इज़्ज़त : *(हँसती है।)* अरे निशात, ये पाई तो हूरा की है!

निशात : ख़ूब! मेरी है।

इज़्ज़त : चल झूठे।

निशात : चल झूठी।

इज़्ज़त : निशात मैं तुमसे बहुत बड़ी हूँ। तुम्हें मेरा अदब[49] करना चाहिए।

निशात : बिल्कुल ग़लत। हम एक सिरे से ही तुम्हारी बुज़ुर्गी की थ्योरी ही नहीं मानते। कौन कहता है कि तुम मुझसे बड़ी हो। बिल्कुल ग़लत।

इज़्ज़त : तुम्हारे कहने से छोटी हो जाऊँगी। जाओ अब मैं पढ़ूँगी। जाओ।

निशात : *(दूसरे कमरे में जाते हुए)* हम बाजा बजाएँगे।

इज़्ज़त : *(किताब ढूँढ़ती है सोफ़े पर, मेज़ पर, और किताबों में, सोफ़े के नीचे इधर-उधर नहीं मिलती।)* अरे मेरी किताब कहाँ गई निशात?

निशात : *(दूसरे कमरे में बाजा बजाते हुए)* ख़ामोशी से सुनो। कितना उम्दा रिकॉर्ड है!

इज़्ज़त : ख़ाक भी अच्छा नहीं। मगर मेरी किताब।

निशात : *(बाजा उठाकर लाता है।)* तुम ही कोई अच्छा-सा रिकॉर्ड बजाओ।

(इज़्ज़त बहुत एहतियात से एक रिकॉर्ड लगाती है। निशात उसकी सुरीली आवाज़ में रक़्स करता है। इज़्ज़त दाद[50] की निगाहों से देखती है। निशात रक़्स करता-करता इज़्ज़त के

---

48. चकित, 49. इज़्ज़त, 50. प्रशंसा,

पास आता है—उसके दोनों हाथ पकड़कर रक़्स करता है। इज़्ज़त हँस रही है। एकदम उसके दोनों हाथ छोड़कर कमर में हाथ डालकर उसे ज़ोर से भींच लेता है। इज़्ज़त थोड़ी देर हिचकती है, फिर आहिस्ता से उसके हाथ उठकर निशात की पीठ पर जाते हैं और एक पल के लिए उससे चिमट जाती है, लेकिन फ़ौरन बिच्छू की तरह कोई डंक-सा उसके दिल में मारता है और निशात को ज़ोर से धक्का देकर फ़ौरन दूसरे कमरे में भाग जाती है। निशात ज़ोर से ताली बजाकर हँसता है। इज़्ज़त थोड़ी देर के लिए क़ायल हो जाती है कि निशात उससे बड़ा है... बहुत बड़ा...।

पाँचवाँ सीन

(इज़्ज़त कमरे में बैठी कुछ सोच रही है। निशात खिड़की में से छलाँग मारकर आता है। इज़्ज़त चौंक पड़ती है।)

निशात : हम समझ गए, बोलो बताएँ?

इज़्ज़त : *(रुखाई से)* क्या समझ गए! कुछ हो भी।

निशात : भूखी हो।

इज़्ज़त : हटो भई!

(जूली बिस्किट हाथ और मुँह में लिये आता है। निशात उसे शिकारी नज़रों से देखता है।)

निशात : अरे जूली बस भसके जाता है। एक दिन तेरा पेट ज़रूर फटेगा।

जूली : *(इतराकर)* हमारी उँगली तो आपा ने बचा ली।

निशात : हूँ...तो अब ये ज़ख़्म पर मलहम लीप रहा है। *(लहजा बदलकर)* भई हमारा जूली तो बस लाखों में एक है। ये इज़्ज़त आपा बिचारी भूखी हैं, इन्हें सब बिस्किट दे देगा। हूरा कभी नहीं देती, बड़ी कंजूस है। इज़्ज़त तुमने ये नहीं देखा कि बेमाँगे चीज़ें दे देता है। अब ये बिस्किट जो लिये हैं वह हमें बेमाँगे दे देगा और ख़ुद और ले आएगा। ख़ुद दे देता है। माँगने की ज़रूरत कब है।

जूली : *(अकड़ में आकर)* लीजिए हम और ला दें। हैं, ला दें?

निशात : वह तो तुम ला ही दोगे, कहने की क्या ज़रूरत है। *(जूली ग़ज़ब का तेज़ है। वह चला जाता है।)*

(जूली शेख़ी में आकर बेतहाशा[51] दौड़ता है। दरवाज़े पर

51. अंधाधुंध,

चोट लगती है और गिर पड़ता है। रोना चाहता ही है कि निशात कहता है।)

निशात : हूरा साहब गिरती है तो फ़ौरन भैं-भैं रोती है। जूली के चाहे कितने ज़ोर की चोट लगे कभी नहीं रोता। वह उठ बैठता है। वह खड़ा होकर गया भी, वह हँस भी रहा है। *(जूली ज़ब्त करके उठता है। ज़बरदस्ती की हँसी हँसता है और चला जाता है। इज़्ज़त बेताब होकर हँसती है।)*

निशात : इज़्ज़त, कहो कैसा शिकार किया है!

इज़्ज़त : हट बच्चे से छीन लिया। फ़रेबी। मैं तो नहीं खाती।

निशात : अपने बस[52] न खाओगी। *(ज़बरदस्ती मुँह में ठूँस देता है।)*

(सारा बिस्किट का चूरा इज़्ज़त के मुँह पर लग जाता है, जो हँस भी रही है और ग़ुस्सा भी है।)

अम्माँ जान : भाड़ में जाए बिस्किट। तेरे बाबा ने दुकान लगा दी है जो हर वक़्त बिस्किट-बिस्किट। अभी जो दिया था...क्या निशात ने ले लिया। ऊई ये निशात का दिमाग़ क्यों चल गया। *(दनदनाती हुई दाख़िल होती हैं।)* निशात बेटा! ये कौन-सा ढंग है कि...

निशात : *(निहायत सुलझी हुई आवाज़ में)* अम्माँ जान ज़रा पहले मेरी सुनिए। इज़्ज़त को भूख लग रही थी, इन्होंने ज़रा-सा बिस्किट लेकर खा लिया।

अम्माँ जान : *(चौंककर। बिस्किट का चूरा मुँह पर देखकर होनेवाली बहू के अच्छे अतवार[53] न देखकर)* ऊई इज़्ज़त ने जूली से बिस्किट क्यों ले लिय, क्या गंजीने[54] में ताला पड़ा है, ख़ुद निकाल लेतीं।

निशात : अम्माँ जान वह बेचारी तकल्लुफ़[55] करती है। आप खाने पर इन्हें इस क़दर कम खिलाती हैं। इन्हें भूख लगती है।

अम्माँ जान : *(बेबात के इल्ज़ाम से चिराग़पा[56] होकर)* लो और अँधेर सुनो। मैं क्यों कम खाना देती, वह आप ही कम खाती है।

निशात : हाँ अस्ल में बिस्किटों से पेट भर जाता है। भाई जान हमेशा ला दिया करते हैं, आजकल वह भी नहीं लाते।

अम्माँ जान : *(होनेवाली बहू की मंगेतर से बिस्किट मँगाकर खानेवाली बात को सख़्तमायूब[57] समझकर।)* उई ये निगोड़े बिस्किट का क्या शौक़ है। जी चाहा था तो गंजीने में से ले लिए होते। *(चली जाती हैं। इज़्ज़त को जैसे अम्माँ और बेटे ने बोलने का बिल्कुल*

---

52. अपने आप, 53. तौर-तरीक़ा, 54. लकड़ी की जालीदार अल्मारी जिसमें खाने-पीने का सामान रखा जाता है, 55. संकोच, लज्जा, 56. क्रोधित, 57. दोषपूर्ण,

मौक़ा न दिया। हैरत से मुँह खोले देखती रहती है! निशात की हँसी से चौंककर मोटे-मोटे आँसुओं से रोने लगती है।)

छठा सीन

(ड्राइंगरूमनुमा[58] कमरा, जिसमें दो पलंग, पाँच-छह कुर्सियाँ और ज़मीन पर फ़र्श हो रहा है। एक नीची-सी काऊच पर अलमास बैठी कुछ सी रही है। महमूद नीम-दराज़[59] ब-ज़ाहिर[60] ताशों की गड्डियाँ लगा रहा है, लेकिन अलमास से सरगोशियाँ भी कर रहा है। अम्माँ जान पलंग पर लेटी पैर दबवा रही हैं और अन्ना के शौहर के माशूक़ाना[61] मज़ालिम[62] भी सुन-सुनकर नाक़िदाना[63] राय पास कर रही हैं। जूली अम्माँ के कन्धे लगा मुँह से फ़ुटबॉल में हवा भरने की नाकाम कोशिश कर रहा है और हर साँस पर ठिनकने लगता है। बीचोंबीच क़ालीन पर हूरा और अयाज़ कैरम खेल रहे हैं। इज़्ज़त चौकी के कोने पर हाथों पर ठोड़ी रखे किसी ख़याल में ग़र्क़[64] है।

हूरा : वाह...आ...आ...बेईमानी, आप तो सीधे हाथ से खेल रहे हैं।

जूली : ऊँह। ठुनक-ठुनक। भई ख़त्म हो गई। क्या करें जने?

अलमास : पहले ही कहा था कि ज़र्द पर सिवाय काले के कुछ अच्छा न लगेगा! *(इज़्ज़त से)* क्यों है न इज़्ज़त आपा। *(कुछ दिखाती है, इज़्ज़त वहीं से सर हिला देती है।)*

(निशात दबे-दबे पाँव आता है और फ़रमाँबरदार बेटे की तरह अम्माँ जान से लगकर बैठ जाता है।)

महमूद : अरे भई...कुछ दाल में काला है। इज़्ज़त और निशात की जंग हो गई। क्यों भई इज़्ज़त?

इज़्ज़त : जी नहीं। कोई भी नहीं।

निशात : मुझे कसौली की सैर तो करनी नहीं जो लड़ता फिरूँ।

महमूद : मगर हुई है लड़ाई। सुना है एक बिस्किट के टुकड़े पर जूता चल गया। इज़्ज़त बेचारी ने बड़ी मुसीबत से जूली को फाँसकर बिस्किट छीना, उस पर निशात की नीयत आ गई। सुना है कि मार-कुटाई तक नौबत आ गई।

---

58. ड्राइंग रूम जैसा, 59. अधलेटा, 60. देखने में, 61. माशूक़ों जैसा, 62. अत्याचार का बहु., 63. आलोचनात्मक, 64. डूबी हुई,

निशात : आप सुना बहुत करते हैं। कौन-से कान से सुनते हैं?

महमूद : *(अलमास की तरफ़ इशारा करके)* उन्होंने...

निशात : *(क़हक़हा लगाकर)* भई ख़ूब। इस कान के तो ख़ूब मरोड़िए। अजी बिल्कुल गुँग हो गया है।

अलमास : *(ज़रा चिढ़कर)* मैंने तो नहीं कहा कि जूता चला या क्या हुआ।

निशात : कुछ बिगड़ने की बात नहीं। तेल का भाव गिर रहा है। *(जूली से)* जूली भैया ये तू कब तक भरेगा, ला मैं भर दूँ।

(हवा भरने लगता है।)

महमूद : भई हम भी कैरम खेलेंगे। अलमास आओ हम तुम एक तरफ़!

अलमास : ज़रा टाँका ख़त्म कर लूँ। जब तक इज़्ज़त को ले लो।

महमूद : आओ इज़्ज़त।

इज़्ज़त : जी नहीं।

महमूद : नहीं कैसे? *(ज़बरदस्ती पकड़कर बिठा लेता है। खेल शुरू होता है।)*

निशात : आओ जूली, हम तुम फ़ुटबॉल खेलें। लेकिन भई हाथों की है।

(निशात और जूली बीच में गेंद उछालना शुरू कर देते हैं। बॉल बार-बार इज़्ज़त के ऊपर गिरती है। एक दफ़ा उसका पैर भी निशात से भूले में कुचल जाता है, जिसकी वह बहुत रुखाई से माफ़ी माँगता है। एक दफ़ा इज़्ज़त गेंद लेकर दूर फेंक देती है। निशात जलकर खेल बन्द करके कैरम देखने लगता है।)

निशात : वाह बेचारी हूरा हार रही है। बेईमानी हो रही है, सफ़ा।

हूरा : आँ...बेईमानी।

निशात : जनाब वह आपके साथ नहीं खेलेगी, बल्कि हमारे साथ खेलेगी। वह बोर्ड उलट देगी।

(हूरा शेख़ी में आकर बोर्ड उलट देती है। दूसरा खेल शुरू हो जाता है, अयाज़ और निशात, इज़्ज़त और महमूद। तीन दफ़ा इज़्ज़त की उँगली में निशात से इस्ट्राइकर लगता है, और दो दफ़ा बोर्ड के नीचे पैर दब जाता है। इज़्ज़त रुआँसी होकर हट जाती है।)

इज़्ज़त : मैं नहीं खेलती।

निशात : हारते वक़्त जूली भी यही करता है। *(मुँह चिढ़ाकर)* हम नहीं खेलते।

महमूद : अच्छा भई, अब कुछ गड़बड़ न होगी। इज़्ज़त ये बाज़ी ख़त्म कर दो।

(खेल शुरू होता है।)

इज़्ज़त : *(अपनी दानिस्त[65] में बोर्ड ख़त्म करके)* यह लीजिए बस!

निशात : *(तल्ख[66] लहजे में)* और ये, ये इन दो बदनसीब गोटों को कौन डालेगा? मैं!

(इज़्ज़त शक की नज़रों से निशात को देखती है और कोने में रखी हुई गोटों को एक ही बार में डाल देती है। निशात जूली के गुदगुदी करता है, गोया उसने कुछ देखा नहीं।)

जूली : भैया ने यहाँ दो गोटें निकालकर रख दी थीं।

इज़्ज़त : बेईमान आदमी के साथ मैं नहीं खेलती।

निशात : शुक्रिया, तो फिर कीजिए इधर से मुँह काला, आपा वहीं बैठेंगी।

इज़्ज़त : तुम ख़ुद मुँह काला करो।

निशात : जी मेरी और आपकी बोलचाल बन्द थी। भई हद कर दी इन्होंने भी ढिठाई की। मैं मुँह लगाता नहीं और आप हैं कि बोले चली जाती हैं।

इज़्ज़त : और ये जो बार-बार गेंद मेरे ऊपर आकर गिर रही है, ये क्या है आख़िर? मेरी उँगली में तुम्हारा स्ट्राइकर बार-बार क्यों लग रहा है। बोलते नहीं तो ग़नीमत ही था।

निशात : ये तो सब इत्तिफ़ाक़[67] से लग जाते थे।

इज़्ज़त : लानत तुम्हारे इत्तिफ़ाक़ पर कि वह बस मेरे ही लिए रह गया है!

निशात : *(आगे झुककर)* तो फिर मिलाप कर लो ना। बोलो!

इज़्ज़त : मैं तुमसे लड़ी कब थी?

निशात : फिर यह मुँह क्यों कुप्पा हो रहा है? *(गाल फुलाकर नक़्ल करता है।)*

(इज़्ज़त हँस देती है।)

निशात : *(झिझककर)* उसके हाथ को ऐसे देखता है गोया उसमें कोई ग़िलाज़त[68] भरी है। ठहरो भई हम वैसे हाथ नहीं छू सकते। *(हाथ को कुर्ते के दामन में लपेटकर)* लो अब मिलाओ।

---

65. जानकारी, 66. कड़वा, 67. संयोग, 68. गन्दगी,

इज़्ज़त : *(बिगड़कर)* जब मेरे हाथ नापाक[69] हैं तो फिर मिलाने की ही क्या ज़रूरत है!

(फिर लड़ाई हो जाती है।)

निशात : अच्छा नहीं। *(दोनों हाथ मिलाते हैं। निशात ज़ोर से उसका हाथ दबाता है और ख़ूब झटकता है) (महमूद से)* महमूद भाई मैं समझता था कि इज़्ज़त में ज़रा तो ख़ुद्दारी[70] होगी। भई कमाल की बेहया है कि इधर लड़ी, उधर ख़ुशामद कर ली।

इज़्ज़त : चल हट।

निशात : *(और क़रीब आते हुए)* सच बताओ, मुझसे लड़कर उदास तो बहुत थीं।

इज़्ज़त : मैं! अरे हट भी। मुझे तेरी ख़फ़गी[71] की क्या परवाह होगी!

निशात : भई यह तो तुम ही ख़ूब जानती हो।

(दोनों ख़ूब हँसते हैं।)

सातवाँ सीन

(इज़्ज़त गर्म शाल ओढ़े पलंग पर लेटी है। मुँह तमतमाया हुआ है, हरारत और ज़ुकाम है। कभी-कभी खाँसती है। अयाज़ दूसरे दरवाज़े से दाख़िल होता है और इज़्ज़त के पलंग के पासवाली कुर्सी पर बैठ जाता है।)

अयाज़ : *(निहायत नर्म आवाज़ में)* इज़्ज़त कैसी हो?

इज़्ज़त : *(जवाब में खाँसती है और अपना हाथ माथे पर ले जाती है।)* दर्द है।

अयाज़ : *(मुहब्बत से उसके बालों और पेशानी[72] पर हाथ फेरता है।)* तुम एक हफ़्ते में तो अच्छी हो जाओगी। क्यों? *(जवाब के लिए उसके हाथों को देखता है।)*

(इज़्ज़त सर हिलाती है मगर आँखों में आँसू हैं।)

अयाज़ : *(कुछ सरासीमा[73] होकर बहुत ही आहिस्ता से)* क्यों? क्यों?

इज़्ज़त : कुछ नहीं। *(बेचैनी से करवट लेती है।)*

---

69. अपवित्र, 70. आत्मसम्मान, 71. नाराज़गी, 72. ललाट, 73. चकित,

(निशात की आवाज़ बाहर से) जी हाँ, इज़्ज़त के पास बैठे हैं।

(अयाज़ कुछ घबराकर शर्माता हुआ खड़ा हो जाता है और बग़ैर कुछ कहे बाहर निकल जाता है।)

निशात : *(इत्मीनान से सीटी बजाता हुआ आता है।)* अरे तो क्यों इस क़दर ठूँस लेती हो जो मरने लगती हो!

(इज़्ज़त कुछ चिढ़कर मुस्करा देती है।)

(निशात पलंग पर इस तरह बैठ जाता है कि एक हाथ इज़्ज़त के ऊपर से ले जाकर दूसरी तरफ़ पलंग की पट्टी पर रखे है) बहुत गाल फूल चुके थे। *(गाल हलके से नोचता है)* मैं कहता हूँ कि अब भी तो मुझसे चौगुने हैं।

इज़्ज़त : देखो मैं उठकर चली जाऊँगी अगर तुमने मुझे दिक़ किया। *(उठना चाहती है।)*

निशात : *(नहीं उठने देता और झुककर गाल पर प्यार करता है। ख़ामोशी से उसके रुख़्सार*[74] *पर रुख़्सार रख देता है।)* इज़्ज़त, मेरी इज़्ज़त, इज़्ज़त। *(इज़्ज़त कुछ मस्हूर*[75] *सी आँखें फाड़े ख़ला*[76] *में घूर रही है।)*

(निशात इज़्ज़त की ठोड़ी पकड़कर उसके होंठ चूम लेता है।)
(इज़्ज़त काँपने लगती है।)

अलमास : *(गुनगुनाने की आवाज़ आती है और दरवाज़े में आकर)* निशात तुम तो कह रहे थे कि महमूद इज़्ज़त के पास बैठे हैं!

निशात : *(ज़रा भी न घबराकर)* मैं खा गया उनको। अरे चले भी गए वह मेरे आने से पहले।

(अलमास चलती हुई बड़बड़ाती चली जाती है।)

अयाज़ : *(दूसरे दरवाज़े से आकर)* निशात मैं समझा तुम मेरे लिए कह रहे थे कि मैं इज़्ज़त के पास बैठा हुआ हूँ!

निशात : कब? *(मक्कारी से)* तो क्या आप बैठे थे, हुआ क्या इसमें।

अयाज़ : अम्माँ जान मायूब[77] समझती हैं।

निशात : *(जले-कटे लहजे में)* अम्माँ जान किस बात को मायूब नहीं समझतीं। इस दुनिया में सब ही हर बात को मायूब समझते हैं। अगर बजाय आपके मैं इज़्ज़त से शादी करना चाहूँ तो सब मायूब समझेंगे। *(अयाज़ को बेतरह हैरान देखकर)* अगर

---

74. गाल, 75. मंत्रमुग्ध, 76. शून्य, 77. बुरा,

अलनास महमूद के बजाय उनके बड़े भाई से शादी करे तो कौन मायूब न समझेगा। हालाँकि सईद महमूद से 99 प्रतिशत ज़्यादा इनसानियत रखते हैं। ये दुनिया तो सब बातों को मायूब समझेगी। अब अगर आपको ये मालूम हो जाए कि मैंने अभी इज़्ज़त के रुख़्सार और होंठ चूमे तो आप इसे मायूब समझेंगे। *(अयाज़ की हैरानी को नज़रअंदाज़ करते हुए)* मायूब समझने की ख़ूब कही। अब इज़्ज़त जो आपकी बनिस्बत[78] मुझको ज़्यादा पसन्द करती है, क्या ये मायूब बात नहीं करती? बिल्कुल मायूब। क़तई मायूब!!! उसे क्या हक़ कि मुझे ज़्यादा पसन्द करे और आपको कम या बिल्कुल नहीं।

(इज़्ज़त, गोया कुछ कहने और सुनने की उसमें ताक़त नहीं।)

अयाज़ : *(कुछ न समझते हुए)* निशात तुम क्या कह रहे हो?

निशात : मैं वही कुछ कह रहा हूँ जो आपने सुना और समझे। मगर मैं मायूब और ग़ैर-मायूब होने के सवाल को ही बेहूदा समझता हूँ। सरासर ग़लती थी कि इज़्ज़त के पैदा होते ही उसे आप के साथ मंसूब[79] कर दिया जाए। क्या ये मायूब न था। इज़्ज़त कुछ भी न जानती थी बिचारी। जबसे वह बड़ी हुई आप ही को शौहरीयत[80] के लिए मुक़र्रर[81] किया हुआ पाया। लेकिन वह भी तो इनसान है, उसकी ख़ुद की भी तो कोई आज़ाद राय है। वह मुझे पसन्द करती है। ख़्वाह[82] हफ़्ता भर बाद वह तुम्हारी क़ानूनन बीवी हो जाए!

अयाज़ : *(परागन्दा[83] ख़यालों को यकजा[84] करते हुए)* तो निशात क्या तुम सच कहते हो। क्या तुम इज़्ज़त को पसन्द करते हो? तुम सच्चे हो, इज़्ज़त से चार साल छोटे हो। तुम अभी एक तालिबे-इल्म[85] ही हो।

निशात : *(तल्ख़ हँसी हँसकर)* यही तो मायूब बात है। एक उम्र में छोटा तालिबे-इल्म और एक बड़ी लड़की से तौबा-तौबा। अपने से बड़े से तो मुहब्बत ही नहीं की जा सकती। जब ही तो इज़्ज़त आपसे मुहब्बत नहीं कर सकती।

(गोया इज़्ज़त कमरे में है ही नहीं।)

अयाज़ : अगर अयाज़ ज़रा सोचो तो। कैसी अजीब बात है। मेरी अक़्ल...

---

78. तुलना में, 79. सम्बन्धित, 80. पति होना, 81. निश्चित, 82. चाहे, 83. बिखरे हुए, 84. इकट्ठा, 85. विद्यार्थी,

निशात : ये दूसरा लफ़्ज़ 'अजीब' और भी घिनावना है। भाईजान आप तो दुनिया के ग़ुलाम हैं। आप वही सोच सके हैं जो दुनिया सोचती है। आपके ख़यालात तक दूसरों के ग़ुलाम हैं। आपकी अक़्ल अपनी नहीं 'अम्माँजी' और दूसरे उस्तादों की अक़्ल की नक़ल है। आप बड़े बेटे हैं। अम्माँ के अरमानों की आरामगाह[86] हैं, बरसरे-रोज़गार[87] हैं, तन्दुरुस्त हैं, इज़्ज़त के मंगेतर हैं। और मैं! एक कमज़ोर छोटे साइज़ का जो अभी सिर्फ़ तालिबे-इल्म ही हूँ। जो बक़ौल इज़्ज़त पीला मेढक 'रोज़ का रोगी' लेकिन मुआफ़ कीजिएगा। मेरे ख़यालात ख़ुद मेरे दिमाग़ से निकलते हैं और वह आपके झूठे वाहिमों[88] से ज़्यादा सच्चे, ज़्यादा बुलन्द, ज़्यादा 'मायूब' और ज़्यादा 'अजीब' हैं। फिर क्या वजह है कि एक अक़्लमन्द लड़की मेरे दिमाग़ की क़द्र न करे और आप पर मुझे तर्जीह[89] न दे। मगर फिर भी वही मायूब होने का सवाल बीच में आता है।

अयाज़ : *(बेतरह मजरूह[90] होकर भारी आवाज़ में)* निशात तुमने मेरा दिमाग़ परेशान कर डाला। उफ *(सर को दोनों हाथों से ज़ोर से पकड़ता है)* कल तक...नहीं अभी-अभी...ओफ़्फ़ो...*(इज़्ज़त से)* इज़्ज़त, निशात क्या कह रहा है, बोलो। क्या ये सच है कि तुम्हारे दिल में मेरे लिए ज़रा भी जगह नहीं है!

(इज़्ज़त दबी सिसकियों से रोने लगती है।)

निशात : इज़्ज़त! (मज़ाक़ के लहजे में) ये सब मायूब है, तुम ख़्वाह किसी को चाहो मगर मंगेतर अज़ल से अबद तक[91] तुम अयाज़ ही की हो।

(इज़्ज़त तड़पकर उठती है और झपटकर दूसरे कमरे में चली जाती है।)

निशात : इज़्ज़त ये सब मायूब है। *(ज़ोर से हँसता है।)*

(अयाज, मजरूह और परागन्दा कुर्सी का हत्था पकड़े खड़ा है।)

(इज़्ज़त का कमरा। अलमास इज़्ज़त के कपड़े तह करके सन्दूक़ में रख रही है। सामाने-सफ़र नज़र आता है। चारों तरफ़ कपड़े, बिस्तर, जूते, मोज़े बिखरे हुए हैं। उदासी छाई हुई है।)

---

86. आराम करने की जगह, 87. नौकरी-पेशा, 88. भ्रमों, 89. प्रधानता, 90. आहत, 91. आरम्भ से अन्त तक,

अलमास : इज़्ज़त आपा आख़िर ऐसी जल्दी जाने की क्या थी।

इज़्ज़त : अलमास मेरा दिल बहुत ही घबरा रहा है। अम्माँ को देखने के लिए बहुत दिल चाहता है। *(आँसू भर आते हैं।)*

अलमास : तो तुमने तार क्यों दिया। भाई जान को कुछ पता नहीं। वह तो कल शाम को ही अपने दोस्तों के साथ चले गए!

इज़्ज़त : हूँ...*(किसी ख़याल में पड़ जाती है।)*

(निशात आज पहली दफ़ा रंज के आसार चेहरे पर लिए हुए आता है और अलमास और इज़्ज़त के क़रीब वाली कुर्सी पर बैठ जाता है।)

निशात : दुनिया न मालूम इतनी बुज़दिल क्यों है, क्यों इतना डर रुख़ पर छाया हुआ है। अभी-अभी इनसान एक बात कहता है और दूसरे लम्हे में डरकर चुप हो जाता है, सारी हिम्मत रुख़सत। आजकल भी पढ़-लिख जाने के बाद लड़कियाँ कितनी बुज़दिल हैं... हूँ...ज़लील!

(इज़्ज़त रहम-तलब[92] निगाहों से निशात को देखती है और फिर कपड़े तह करने लगती है।)

निशात : आपा अलमास कभी तुमने भी महमूद से कहा है कि तुम उसे चाहती हो और फिर मुकर गईं।

अलमास : *(मुँह शर्म से लाल करके)* वाह...चल बदतमीज़...वाह दिमाग़ ही चल गया!

निशात : *(हँसकर)* तो इतनी ग़ुस्सा क्यों होती हो! सच बताओ उसे चाहती हो ?

अलमास : निशात, मैं अम्माँ जान से कह दूँगी, कैसी बुरी बातें करता है!

निशात : मायूब ना ?...फिर वही बेहूदा लफ़्ज मायूब ...ओफ़्फ़ो...आपा तुम्हें महमूद की क़सम जो तुम न बताओ कि महमूद को चाहती हो कि नहीं ?

महमूद : *(दरवाज़े में से झाँककर)* हम बताएँ—

(अलमास फनफनाती हुई उठकर जाने लगती है।)

महमूद : ग़ुस्सा क्यों होती हो। भई हम झूठ नहीं बोला करते। कहा है और दो दफ़ा कहा है और मुकरे नहीं।

निशात : अमाँ फिर भला मैं कहूँ तो क्यों भाई जान ख़ुदकुशी की धमकी

---

92. दया चाहना,

दें। मगर मैं कहता हूँ कि मैं इज़्ज़त को चाहता हूँ तो क्यों इज़्ज़त सिर्फ़ दिखावे को, हाँ दिखावे को मसूरी तार देकर चल दे। बताओ ना, वह भी तो मुझे चाहती है। महमूद भाई क्या ये झूठ है। *(अलमास और महमूद हैरत से मुँह फाड़े निशात को देख रहे हैं जो रोती हुई इज़्ज़त को एतिराज़ की नज़रों से देख रहे हैं।)*

महमूद : निशात! ये बहुत बुरी बात है!

निशात : *(जलकर)* बहुत बुरी बातें हैं और तुम जो कहो तब ?

महमूद : हमारी मँगनी तो बुज़ुर्गों ने की है।

निशात : हाँ तुम लोग बैल-गाय जो ठहरे, उनकी शादियाँ भी ऐसे ही होती हैं। तुम्हारे हुक़ूक़[93] सिर्फ़ इस वजह से वसी[94] है कि वह तुम्हारी अक़्ल से नहीं मिले हैं बल्कि दूसरों ने दिए हैं। और मेरे...मेरे चूँकि ख़ुदमुख़्तारी[95] पर मबनी[96] है वह...

महमूद : मगर निशात...

निशात : इज़्ज़त भी ग़ुलामी की ज़जीरों में जकड़ी है, लेकिन ख़ुद से नहीं। इसीलिए तो मुझे इससे हमदर्दी है। ख़्वाह तुम लोग इसे एक हफ़्ते बाद ही अयाज़ की बीवी बना दो, कुछ फ़र्क़ नहीं, वह पैदा होते ही अयाज़ की बीवी बनने के लिए मुकर्रर कर दी गई, वह आदी है कि सिर्फ़ अयाज़ की ही बीवी रहे, ख़्वाह वह निशात को चाहे। दुनिया डरपोक है इसीलिए वह भी डरती है। एतिराज़ से डरती है, एतिराज़ एक तीसरा घिनावना लफ़्ज़ है।

नौकर : चलिए गाड़ी का वक़्त आ गया।

(अलमास और महमूद हैरत से देख रहे हैं। इज़्ज़त बार-बार आँसुओं को पोंछ रही है। निशात जमे हुए क़दम रखता हुआ इज़्ज़त के पास जाता है, उसे मुहब्बत से चिमटाकर प्यार करता है।)

निशात : ख़ुदा हाफ़िज़। फिर मिलेंगे, कब ? देखना है।

(इज़्ज़त ख़ामोशी से आँसू पोंछ रही है।)

93. अधिकार, 94. अधिक, 95. स्वच्छन्दता, 96. आधारित।

ढीठ

वह : औरत ख़्वाह कितना ही बुलन्द मर्तबा[1] पा ले, बड़े से बड़ा काम अंजाम दे, लेकिन फिर भी वह औरत है, एक कमज़ोर हस्ती!

मैं : थोड़ी देर के लिए मानो कि मैं यक़ीन नहीं करती तब?

वह : तुम्हारे मानने और न मानने से क्या होता है। दुनिया कहती है, बड़े-बड़े उलेमाए-दीन[2] और फ़ल्सफ़ियों के क़ौल[3] देख लो!

मैं : तब भी न मानूँ तो?

वह : तो ये तुम्हारी ज़बर्दस्ती है।

मैं : तुम्हें कामिल यक़ीन[4] है कि ये मेरी ज़बर्दस्ती है?

वह : और नहीं तो क्या।

मैं : तो तुम मान गए कि मैं ज़बर्दस्त हूँ। अब तो यक़ीन हुआ कि हमारी कमज़ोरी की सारी अफ़वाहें ग़लत हैं।

वह : वाह!

मैं : कह दो कि 'कट-हुज्जती'[5] करती हूँ। कह दो ना।

वह : ख़्वाहमख़्वाह लड़ती हो, यह तो तुम्हारी हमेशा से आदत रही है। हटाओ इन झगड़ों को! मगर तुम्हें तो हमेशा से लड़ाई-दंगा अच्छा लगता है। याद है *(आँखों में एक चमक पैदा हो गई)* बचपन का भोला-भाला ज़माना। कितना दिलफ़रेब[6] वक़्त था। काश फिर वही हँसी-ख़ुशी और बेफ़िक्री के दिन लौट आएँ। याद है तुम्हें जब हम-तुम इमली के दरख़्त के नीचे घरौंदे बना-बनाकर खेला करते थे।

मैं : और तुमसे लड़कर मैं घर नोच-खसोटकर चल देती थी। ऐं।

वह : *(हँसकर)* हाँ, मगर एक दिन तुम बुरी तरह लिपट गई और मेरा मुँह खसोट डाला और *(हँसकर)* उलटी मेरी ही शिकायत कर दी।

मैं : तुम्हारा कुर्ता भी तो नोच डाला था, फिर उलटी तुमने ही ख़ुशामद की।

---

1. ऊँचा पद, 2. पंडित, 3. कथन, 4. पूरा विश्वास, 5. किसी की बात न मानकर केवल अपनी बात मनवाना, 6. मन मोहनेवाला,

वह : *(और भी ज़्यादा हँसते हुए)* हाँ-हाँ और फिर वह याद है, जो हमने तुमने आपा का साबुन चुराकर कुत्ते के पिल्ले को नहलाया था, जिस पर आपा ने ख़ूब कान ऐंठे थे।

मैं : और वह भी जब हम-तुम बेरों पर लड़े थे।

वह : *(हँसी से बेताब होकर)* वह...हाँ और जब मक्खन रोटी बिछोने में छुपाकर खाया था।

मैं : तब अब्बा जान ने सुबह का नाश्ता काट दिया था।

वह : हाँ हाँ।

मैं : तो तुम्हें सब बातें याद करके...शर्मिन्दगी सी होती है।

वह : ऐं...क्या...नहीं तो, ये तो बचपन की सुहानी शरारतें थीं, जिनकी याद...

मैं : भला उन शरारतों के सुहानेपन की क्या बात थी?

वह : वाह, क्या तुम्हें बचपन नहीं याद आता?

मैं : आता क्यों नहीं?

वह : फिर?

मैं : फिर यही कि अफ़्सोस होता है, बुरा लगता है कि ऐसे बेवक़ूफ़ क्यों थे, भला इसमें सुहानापन क्या होता है। इमली के पेड़ के नीचे घरौंदे बनाए...नोचे-घसोटे...बेरों पर मार-कुटाई। चुपके-चुपके बिस्तर में छुपकर मक्खन खाना और फिर पिटना। जो कि बचपन की सबसे ग़ैर सुहानी शै[7] है। सब बेहूदगियाँ[8] थीं और शुक्र है कि वह नालायक़ ज़माना गुज़र गया और कभी न आएगा।

वह : वाह, बचपन की हर बात भोली होती है।

मैं : भोलापन कौन-सा कमाल है। हर पागल और बेवक़ूफ़ आदमी सारी उम्र भोला रहता है। तुम्हारी नज़रों में वह बहुत ही ख़ुशनसीब है, फिर बन जाओ ना भोले।

वह : तुम तो कज बह्सी करने लगती हो। बचपन में और पागलपन में बहुत फ़र्क़ है। हम-तुम बड़ी समझ के खेल खेला करते थे। मैं डिप्टी साहब बनता और तुम बेगम साहिबा बनती थीं।

मैं : तुमने तो मुझे और भी बचपन से नफ़रत दिला दी।

वह : वह क्यों?

मैं : मैंने तुमसे कितनी दफ़ा कहा है कि भई इस पाजी लफ़्ज़ 'क्यों' को इस तरह मेरे सर पर न पटख़ दिया करो।

वह : यानी।

---

7. चीज़, बात, 8. बदतमीज़ियाँ,

मैं : लो यह तुमने उससे भी मुह्मल[9] और बेहूदा लफ़्ज़ निकाला। ऊँ!

वह : तुम तो अर्जाब बातें करती हो! ये हमारी ज़हानत[10] का सुबूत[11] न था कि हम-तुम बुज़ुर्गों के तय किए हुए रिश्ते को किस भोलेपन और अक़्लमन्दी से ज़ेह्नशीं[12] कर चुके थे।

मैं : क़तई भोलपन लेकिन अक़्लमन्दी से नहीं।

वह : हैं! यानी मेरा मतलब है कि क्यों नहीं?

मैं : मतलब ये कि हम-तुम जब भोले थे तब तक तो ठीक था, लेकिन तुम तो वैसे ही भोले और सुहावने हो, मगर मैं बड़ी हो गई। कुछ बैठी नहीं बात!

वह : क्या इससे तुम्हारा मतलब है कि जो रिश्ता हमारे-तुम्हारे दरमियान बचपन से क़ायम है, तक्मील[13] को नहीं पहुँचना चाहिए।

मैं : यानी

वह : यानी क्या?

मैं : ये लीजिए आप तो जब चाहे, 'यानी क्यों' कहकर मुझसे लम्बे-चौड़े जवाब वुसूल कर लें और मैं कहूँ तो चमलाएँ!

वह : तुम तो...

मैं : कट-हुज्जती करती हूँ, यही कहनेवाले थे ना तुम?

वह : मुझे आज तक शुब्हा[14] भी न हुआ था कि तुम इस रिश्ते को पसन्द करती हो।

मैं : और शुब्हा होने की वजह भी क्या?

वह : तुम्हीं तो कह रही थीं कि...

मैं : क्या-क्या?

वह : न मालूम क्या कहती थीं।

मैं : अल्लाह रे भोलपन! तुम्हारे ही दिल में कोई ऐसा-वैसा ख़याल आया होगा। मेरे सर थोप रहे हो। वाज़ेह[15] रहे कि हम भी थोड़ी-सी अक़्ल रखते हैं।

वह : बेवक़ूफ़ तो मैं ही था जो इस धोखे में था।

मैं : यानी ये जो हमारी मँगनी थी ये 'धोखा' था, तुम बुज़ुर्गों तक पहुँच रहे हो। पता है ये धोखा दादा अब्बा का क़ायम किया हुआ है। मैं तो तुम्हें ऐसा न समझती थी। ठीकरे की माँग बड़ी पक्की होती है जनाब।

वह : *(खिसियाकर)* तुम मुझे हर वक़्त बेवक़ूफ़ समझती हो!

---

9. अर्थहीन, 10. प्रतिभा, 11. प्रमाण, 12. चित्त पर चढ़ी हुई बात, 13. पूर्ति, 14. शक, 15. स्पष्ट,

मैं : तौबा-तौबा। लेकिन अगर समझूँ भी तो क्या हुआ। मँगनी शादी में अक़्लमन्द बेवक़ूफ़ का कोई सवाल नहीं होता। ये तो एक रुहानी रिश्ता है जिसका फ़ैसला ख़ुदा ने पहले ही आस्मान पर कर दिया है।

वह : यानी ये कि बीवी मियाँ[16] को उल्लू समझती रहे।

मैं : इसमें मुज़ायक़ा[17] ही क्या है?

वह : भला ऐसे घर में निबाह कैसे होगा?

मैं : निबाह! निबाह ऐसे होगा कि तुम कमाकर लाना और मैं सलीक़े से ख़र्च करूँगी। तुम डिप्टी साहब होगे और मैं बेगम साहिबा। मज़े से रहेंगे।

वह : मुआफ़ करना, तुम ज़रा बेशर्मी पर उतर आई हो आज।

मैं : इसमें बेशर्मी क्या है। तुम्हीं तो उस रोज़ कह रहे थे कि हमारी ज़िन्दगी बड़े मज़े से गुज़रेगी। तुम मन्दिर की देवी होगी। मैं पुजारी। ये होगा, वह होगा। जो आज मैंने कहा तो बुरा मान गए। आज कुछ दिल में ठानकर ही आए हो!

वह : अगर मैं कुछ कहूँ तो और बात है। मैं मर्द हूँ।

मैं : मुझे इस बात का यक़ीन है।

वह : तुम बदतमीज़ भी हो। आज तक मैं कितने धोखे में था, शुक्र है कि जल्दी आँखें खुल गईं।

मैं : यानी।

वह : यानी। अब तुम कितनी दफ़ा यानी कह चुकी हो!

मैं : कभी नाव नदी पर तो कभी नदी नाव पर। आगे कहो, क्या आँखें खुल गईं।

वह : यही कि हमारी तुम्हारी नहीं बन सकती।

मैं : क्यों नहीं बन सकती। कहीं तुम्हारा ये मतलब तो नहीं कि मँगनी ख़त्म?

वह : यक़ीनन[18]।

मैं : तुम ठीकरे की मँगनी तोड़ दोगे?

वह : बेशक!

मैं : मगर मैं तो ये नहीं चाहती, मैं तो तुम से शादी करना चाहती हूँ।

वह : मगर मैं तो क़तई नहीं चाहता।

मैं : तुम तो दीवाने हो। आख़िर वजह क्या?

वह : फ़र्ज़ करो...मुझे तुम पसन्द नहीं।

---

16. पति, 17. आपत्ति, हरज, 18. अवश्य,

मैं : फिर और कौन बदनसीब पसन्द आई ?

वह : कोई हो या न हो, मुझे तुम पसन्द नहीं आ सकतीं। *(हद से ज़्यादा चिढ़कर)*

मैं : मगर मुझे तो तुम पसन्द हो।

वह : लाहौल वला क़ुव्वत। क्या बेहयाई है, कोई मर्द एक लड़की को यूँ ठुकराए और वह ज़रा भी ख़ुद्दारी न रखते हुए मुसिर[19] हो।

मैं : और तुम जो उस दिन कहते थे कि अगर मुझसे ख़ुदा-न-ख़्वास्ता[20] शादी न करो तो मैं दीवाना हो जाऊँ।

वह : मैं मर्द हूँ।

मैं : देखो, एक दफ़ा कह चुकी कि मुझे पुख़्ता[21] यक़ीन है कि तुम मर्द हो। अब जो कुछ कहूँगी तो जल जाओगे।

वह : मर्द चाहे जो कुछ करे, मगर औरत अगर इज़्हारे-मुहब्बत[22] यूँ दीदा-दिलेरी[23] से करे तो उसे मायूब समझते हैं, कुजा[24]...

मैं : क़त्‌ए-कलाम[25], होता हूँ, फिर कैसे इज़्हार करे ? अब इज़्हार का भी नया तरीक़ा ईजाद[26] करे। अगर तुम्हें मेरे इश्क़ में दीवाना होने का पूरा-पूरा हक़ हासिल है तो किसी की क्या मजाल नहीं कि मुझे तुम्हारे लिए अपना गला घोंटने से रोके। मैं जिस तरह चाहूँ अपने ख़यालात का इज़्हार करूँ, कोई होता कौन है। वाह!

वह : मर्द के ऐब[27] भी छुप जाते हैं, वह जो कुछ चाहे करे। लेकिन औरत...

मैं : चित भी मेरी पट भी मेरी। मैं पूछती हूँ कौन कहता है कि औरत बुरी बात करे तो ज़्यादा गुनहगार होगी।

वह : गुनहगार का ज़िक्र नहीं है, औरतों के लिए आमतौर पर बात बहुत नायूब समझी जाती है कि वह मर्द के इनकार पर भी अपने मुँह से दरख़्वास्त करे। लोग सुनते हैं तो धुड़ी-थुड़ी करते हैं।

मैं : तुम्हीं तो उस दिन कहते थे कि 'लोगों को बकने दो', दूसरे अब तुम लोगों में जाकर थोड़ा ही फूँक दोगे। किसी को क्या मालूम कि मैंने तुमसे क्या कहा।

वह : ओह! तुम्हारी बहस कभी ख़त्म न होगी। हमें ख़ुशी है कि हम और तुम दोज़ख़[28] जैसी ज़िन्दगी से बच गए!

मैं : कैसी दोज़ख़ और कैसी जन्नत ? तुम मर भी जाओ तो अब्बा जान मँगनी तोड़ने न देंगे, दूसरे जायदाद फिर तुम्हें कौड़ी की भी न मिलेगी।

---

19. ज़िद करनेवाला, आग्रही, 20. ख़ुदा न करे, 21. पक्का, 22. प्रेम प्रकट करना, 23. निर्लज्जता, 24. कहाँ, 25. बात काटना, 26. आविष्कार, 27. दोष, 28. नरक,

वह : मुझे जायदाद की हवस[29] नहीं।

मैं : और ये डिप्टी कलेक्टरी अब्बा जान तुम्हें ख़ाक दिलवाएँगे।

वह : चूल्हे में डालो डिप्टी कलेक्टरी को।

मैं : लेकिन तुम्हें मेरा भी ख़याल नहीं, परसों ही तुमने कहा था कि मुझ—ख़ाकसार[30] के बुत की बचपन से परस्तिश[31] करते रहे हो और दिलो-दिमाग़ पर ख़ाकसारी[32] छाई हुई है। और वह क्या शे'र था। मुआफ़ करना...वह...क्या, 'दिल की कली' जने क्या हुआ, और 'सनम' और 'ग़िरीबाँ चाक' और 'दर के भिखारी' का भी कुछ था। बताना ज़रा फिर से।

वह : लाहौल वला क़ुव्वत। तौबा है, ये आज तुम कैसी बातें कर रही हो। हद है, बेशर्मी की।

मैं : क्या कर रही हूँ, वही जो तुम हमेशा करते हो। आज मैं जो कहती हूँ तो जले मरते हो।

वह : तुम इस रिश्ते को नामौज़ूँ[33] ख़याल करती हो?

मैं : मैं! होश की दवा लो। खाओ क़सम कि मैंने कभी ये कहा हो कि मैं तुम्हें शादी के लिए नामौज़ूँ समझती हूँ।

वह : तुम मुझे नापसन्द करती हो। *(पुरानी रौशनी आँखों में कौंधकर आती है।)*

मैं : क़तई नहीं...मैं...अब जो मैं परस्तिश वग़ैरा का कुछ कहूँगी तो तुम कहोगे बेशर्मी। यह। वह!

वह : तुम मुझे बेवक़ूफ़ कहती हो। *(आँखों की रौशनी मद्धिम हो जाती है।)*

मैं : कभी नहीं। दरअस्ल मेरा मतलब भूले से होता है। यूँ ही लाड़ करती हूँ।

वह : तुम कह रही हो, आज मैं चकराया हूँ। अभी कुछ दिन हुए मुझसे खुलकर बात भी न करती थीं, मेरा नाम लेते हुए झिझकती थीं, शर्माकर सर झुका लेती थीं।

मैं : ऊँह वह तो मैं बना करती थी। तुम्हें वह बातें पसन्द थीं। अच्छा अब मैं शर्माया करूँगी। बस!

वह : ओह! ये मैं क्या सुन रहा हूँ। या ख़ुदा क्या ये सच है। मैं कभी भी ऐसी लड़की के साथ ज़िन्दगी न गुज़ार सकता जो मुझे पसन्द न करती हो और मेरा मज़ाक़ उड़ाए।

मैं : क्या कहा! क्या? मैं तुम्हें पसन्द नहीं करती। तुम इज़्हार को

---

29. लालच, 30. विनीत, तुच्छ, 31. पूजा, 32. विनम्रता, 33. अनुचित,

मायूब समझते हो और बिगड़ जाओगे लेकिन सचमुच मैंने तो तुम्हें कभी नापसन्द नहीं किया।

वह : क्या तुम ऐसे शौहर के साथ ज़िन्दगी गुज़ार सकती हो जो तुम्हें नापसन्द करता हो।

मैं : अव्वल तो तुम मुझे नापसन्द ही नहीं दूसरे शादी ब्याह के मामले में इन ग़ैर शायराना बातों का क्या दख़ल। तुम ही लोग तो कहते हो कि हिन्दोस्तानी दोशीज़ा[34] बुरे से बुरे शौहर के साथ हँसी ख़ुशी निबाह कर सकती है, वह शौहर को देवता समझती है। एक देवता के लिए ज़रूरी नहीं कि वह अक़्लमन्द ही हो। हिन्दोस्तानी दोशीज़ा तो एक मरखने बैल के साथ भी सुख से रह सकती है। कुजा तुम।

वह : (ग़ुस्से से मुख़्तलिफ़[35] रंग बदलकर फनफनाते हुए) तुम्हारी बातें तकलीफ़देह और हत्क[36]–आमेज़ हैं। मुझे सख़्त हैरत है।

मैं : तुम्हें तो आज हैरत ही हुए चली जा रही है।

वह : मैं पागल जो ठहरा।

मैं : मैंने सब कुछ माना लेकिन एक देवता के लिए पागल–वागल का सवाल ही नहीं। कहा ना मैंने कि वह जैसा भी हो मजाज़ी[37] ख़ुदा है। अगर सज्दा[38] सिवाय ख़ुदा के जाइज़[39] होता तो वह इसी देवता के हुज़ूर में पेश किया जाता। औरतें वही पारसा[40] और नेक होती हैं जो बुरे शौहरों को निबाह रही हैं, हमारी बख़्शिश[41] शौहर की फरमाँबरदारी[42] में है।

वह : बस, बस! मैं तुम्हारी बातें नहीं सुन सकता।

(पैर पटखते, तनतनाते हुए ग़ायब)

कहते हैं जो अगर शादी–ब्याह की बातें लड़कियाँ करती हैं तो मुँह पक्का हो जाता है। मैं दौड़ी हुई आईने के सामने गई, वाक़ई मुँह पर ठीकरे से टूट रहे थे।

---

34. कुमारी, 35. भिन्न, 36. अपमानजनक, 37. भौतिक, 38. माथा टेकना, 39. उचित, 40. संयमी, 41. क्षमा, 42. आज्ञा पालन।

बन्ने

ज़माना — मौसमे सरमा[1], सन् 38 ईसवी।

वक़्त — सुबह जिस वक़्त कॉलेज शुरू होते हैं और घर की मलिका नौकरों से सर मारकर चैन से सीने-पिरोने में मशग़ूल हो जाती है।

अफ़्रादे-ड्रामा[2]

बन्ने : एक तन्दुरुस्त ख़ुशवज़अ, ख़ुदसर, खुदराय और मुँहफट। फूहड़ और लड़ाका। बला का ज़हीन और पढ़ने का शौक़ीन। बुजुर्गों की बातों में पटापट बोलनेवाला मगर आलिया बी की नज़रों में घी का लड्डू।

ज़ेहरा : दुबली-पतली डरपोक-सी लड़की। चिढ़कर जल्दी से मुँह बिसूर देने की आदी और आलिया बी के रोब की क़ायल[3]। बन्ने से एक मिनट नहीं बनती। आलिया बी के बताए हुए फ़ैशन के मुताबिक़ सादगीपसन्द, सलीक़ामन्द, सुघड़। बन्ने की ख़ालाज़ाद बहन[4]।

आलिया बी : 35 साला कुँवारी ख़ातून। उम्र से ज़्यादा मोतबर[5] बनने का शौक़। भाँजे-भाँजी की परवरिश अपना पैदायशी हक़ समझती हैं। ज़ेहरा को हर वक़्त 'दाबती' रहती हैं और बनिये को सर चढ़ा रखा है।

डिप्टी साहब : 'ख़ुशहाल' वज़अ के 40 साला मर्द। बहुत तन्दुरुस्त, सर के बाल उड़े हुए, तोंद बढ़ी हुई। सुर्ख़ रंग, बड़ी-बड़ी आँसू भरी आँखें, फूली हुई मूँछें, ठिगना क़द। बीवी और बच्चे मौजूद हैं लेकिन ज़ेहरा से शादी करना चाहते हैं।

---

1. सर्दी, 2. ड्रामे के कलाकार, 3. माननेवाला, 4. मौसेरी-बहन, 5. विश्वसनीय,

अन्नू : बड़ी-बड़ी आँखोंवाला मासूम नौकर-नुमा रिश्तेदार, जो ख़ूब पिटता भी है। सिनेमा और गिल्ली डंडे का आशिक़।

बच्चे : मुख़्तलिफ़[6] नाप और तौल के। सब पड़ोसियों के।

स्टेज : एक दरवाज़ा पुश्त पर और दो दाएँ-बाएँ।

लिबास : मामूली, मगर न ऐसे कि स्टेज सूनी मालूम हो।

पहला सीन

(दरमियानी दर्जे[7] का हिन्दुस्तानी वज़्अ[8] पर आरास्त[9] कमरा, चाँदनी और क़ालीन के अलावा तीन आराम कुर्सियाँ, एक आध चौकी और स्टूल। एक दरवाज़ा पुश्त पर दो अतराफ़[10] में। बच्चे बीच फ़र्श पर, आला बी सीने-पिरोने का सामान रखे कुछ सीने में मश्ग़ूल हैं। ज़ेहरा दाहिने दरवाज़े से एक स्वेटर बुनती दाख़िल होती है। आकर कुछ बदमज़गी से आराम कुर्सी पर बैठ जाती है। थोड़ी देर ख़ामोशी रहती है।)

ज़ेहरा : आलिया बो आप इसकी...बन्ने की हरकतें देखती हैं। इसने तो मेरी नाक में दम कर दिया है। जब देखो तब कोई न कोई आफ़त मचाए रखता है। मेरे कमरे में जाता है तो सारी चीज़ें उलट-पलट कर देता है। कहो, भई मेरी चीज़ों से उसे क्या वास्ता मगर नहीं वह तो मेरा ही एलबम बैठकर देखेगा। मेरी ही कॉपियों में से वरक़ फाड़-फाड़कर पर्चे लिखे जाएँगे। मेरे ही साबुन से थूथनी धोई जाएगी। मेरी ही सुराही से पानी पिएगा।

आलिया बी : ऊई ज़रा तुम्हारी सुराही में से पानी पी लेता है तो बस मर गई।

ज़ेहरा : *(तुनककर)* मर गई। और जो मेरी कॉपियों का सत्यानास लगाए तो? मेरी चप्पल में अपना फावड़े जैसा पैर डालकर तोड़ डाले तो? मेरी क्यारियों में जानकर पैर रख दे तो? और मेरी दरी पर मिट्टी भरे जूते रखे तो? एक बात हो तो कहूँ। आलिया अम्माँ तुम तो उसकी ही तरफ़दारी करती हो। तुमसे कुछ कहना तो उल्टी डाँट सुनना है।

आलिया बी : हाँ बेटी वह ज़रा लापरवाह है। क्या हुआ वह ज़रा तुझे छेड़ता है। तुम तो हो कि नाक पर मक्खी नहीं बैठने देती। बात-बात पर नाची जाती हो।

---

6. विभिन्न, 7. मध्यम वर्गी, 8. ढंग, 9. सजा हुआ, 10. दोनों तरफ़,

ज़ेहरा : वह लापरवाह है तो मैं क्या करूँ। वह 'ज़रा' छेड़ता है कि मुझे खाए लेता है। मेरा तो बात करना दूभर है।

आलिया बी : तू भी उसे ऐसी बातें सुनाती है कि बस तौबा ही भली।

ज़ेहरा : और फूहड़ इतना कि सारे कमरे में जूते, टोपियाँ फैली पड़ी रहती हैं। क़मीज़ें हैं तो वह चारपाई के नीचे, अचकनें हैं तो वह चारपाई के नीचे, किताबें हैं तो फ़र्श पर मारी फिंकती हैं और मेज़ पर ख़ुदा जाने कहाँ का कबाड़ भरा रहता है। मुझसे साफ़ नहीं होता उसका कमरा।

(क़रीब के कमरे से पैरों की चाप और सीटी की आवाज़ सुनाई देती है। ज़ेहरा ग़ौर से कान लगाकर सुनती है। छन्न से किसी बर्तन के टूटने की आवाज़ आती है। ज़ेहरा चौंककर हज़ारों शिकनें चेहरे पर डाल लेती है। दरवाज़े में बन्ने एक टूटे हुए गुलदान के टुकड़े लिये हुए आया है। चेहरे पर मसनूई खौफ़[11] और दबी हुई हँसी के जज़्बात, आँखों के जज़्बात, आँखें चढ़ाकर कन्धों को जुंबिश देता है और गुलदान के टुकड़े आहिस्ता से ज़ेहरा की कुर्सी के पास रख देता है और हाथ पुश्त पर रखकर खड़ा हो जाता है। गोया कोई बड़ा अच्छा काम करके आया है और दाद[12] का तालिब[13] है।)

ज़ेहरा : अब देखो आलिया बी। अब भी मुझको इल्ज़ाम दोगी। बन्ने ये मेरा गुलदान कैसे टूटा?

बन्ने : *(क़रीब कुर्सी पर बैठते हुए)* अजीब ज़ाहिलाना सवाल है। कैसे टूटा। ऊँह! अरे कैसे टूटता है। अरे मैं ज़रा इधर हटा और यह आप ही आप आन पड़ा।

ज़ेहरा : आप ही आप आन पड़ा। अब गुलदान के भी पैर हो गए। आख़िर तुम मेरे कमरे में गए ही क्यों?

बन्ने : हम तुम्हारे कमरे में यूँ ही गए थे...ज़रा तुम्हारा क़लम लेना था।

ज़ेहरा : मेरा क़लम! तुम्हें मेरा क़लम लेने का क्या हक़!

बन्ने : *(निहायत सुकून से कुर्सी पर फैलते हुए)* बक-बक तो हम जानते नहीं। हमें ज़रूरत होगी तो हम तुम्हारी ही चीज़ें लेंगे। हमारा क़लम खो जो गया।

ज़ेहरा : तुम्हारा क़लम खो जो गया तो क्या मैंने खो दिया।

---

11. बनावटी डर, 12. प्रशंसा, 13. इच्छुक,

बन्ने : फिर वही कूढ़मग़ज़ी[14]। अरे तुमने खोया, मैंने खोया या कुत्ते बिल्लियों ने खोया। क़लम तो खो गया!

ज़ेहरा : ये ख़ूब ज़बरदस्ती है।

बन्ने : क्या किया जाए मजबूरी है।

ज़ेहरा : *(भिन्नाकर)* अब आलिया बी चुप भी बैठी रहो हाँ कह दो कि मेरा ही क़ुसूर है। *(रोनी सूरत बनाकर स्वेटर बुनने लगती है।)*

आलिया बी : नहीं मानेगा बन्ने। सच तो है तू बहुत दिक़ करता है।

बन्ने : अरे आलिया बी आप इसे नहीं जानतीं। ये क्या कम मुझे दिक़ करती है। घुन्नी है घुन्नी। वर्ना ये तो धामन है जिसके काटे का मंतर ही नहीं।

आलिया बी : बस ज़रा-सी बात पर रो देती है।

ज़ेहरा : *(वाक़ई रोकर)* लो देख लो, आलिया बी तो मुझे ही इलज़ाम देंगी। *(स्वेटर और सलाई पटख़ देती है और साड़ी के आँचल से आँखें मलने लगती है। बन्ने चुपके से स्वेटर में से सलाइयाँ घसीटने लगता है और आहिस्ता-आहिस्ता उधेड़ता है।)*

बन्ने : *(प्यार से)* अरे ज़ेहरा! देखो तो तुमने कितना ख़राब बुना है। सारा उधड़ता जा रहा है।

ज़ेहरा : *(स्वेटर छीनकर)* हाय अल्लाह! अरे कमबख़्त आख़िर सलाइयाँ क्यों निकाल दीं। इतनी मुश्किल से तो बुना और...

बन्ने : क्या...अ...इतनी मुश्किल से तो बुना। लाओ इससे अच्छा तो मैं बुन दूँ। शमीम ऐसा अच्छा बुनती है कि तुम तो मर के भी न बुन सकें।

ज़ेहरा : वी आलिया अम्माँ, मेरी तो ज़िन्दगी इस घर में हो चुकी। या तो बन्ने रहें और या मैं ही रहूँ।

बन्ने : *(मुँह चिढ़ाकर)* बन्ने ही रहें या मैं अरे हमें ख़ुद हर वक़्त फ़िक्र रहती है कि किसी तरह तुम्हारा मुँह काला करें। मगर कोई आँख का अंधा क़ुबूले जब तो ऐसी फूहड़ लड़ाकू लड़की से कौन ब्याह करेगा। मुई हाथ भर की ज़ुबान। *(आलिया बी की आवाज़ की नक़्ल करके)* जिस घर में जाएगी आग लगा देगी। ज़रा-ज़रा सी बात पर तिन-तिन-तिन।

(ज़ेहरा बड़बड़ाती, झल्लाती हुई जल्दी से उठकर चली जाती है और धड़ से दरवाज़ा बन्द कर लेती है।)

---

14. कम अक़्ल अर्थात बेवक़ूफ़ी

बन्ने : तोड़ डालो बन्नो। अब दरवाज़े की चूलें भी उतार डालो।

आलिया बी : *(मुहब्बत की ख़फ़गी से)* ऐ बन्ने क्यों उसे खाए लेता है।

दूसरा सीन

(बन्ने का कमरा, काहिली और फूहड़पन का बेहतरीन नमूना। कमरा क्या है अजाइबख़ाना[15] है। एक पलंग, दो-तीन कुर्सियाँ, दो-तीन मेज़ें बेतरतीबी से पड़ी हुई हैं। पलंग पर मालूम होता है कुत्ते लोटकर गए हैं। अलावा उलटे-सीधे तकियों के और बहुत-सी ग़ैर ज़रूरी चीज़ें अज़ क़िस्म हथौड़ी, कीलें, मैला मोज़ा, अचकन, काग़ज़, चाय की प्याली, ग्लास, दियासलाई हत्ता कि पॉलिश की डिबिया और दाँतों का ब्रश बेतरतीबी से बिखरे हुए हैं। किताबें मेज़ पर इस तरह एक दूसरे से दस्तो-ग़िरीबान[16] हैं कि गोया अभी-अभी उनमें जान थी और बर-सरे-पैकार[17] थीं। बहुत-सी कॉपियाँ और किताबें अध खुली पड़ी हैं। सारे फ़र्श पर जूतों और चप्पलों का अम्बार पड़ा है। एक कोने में अँगीठी और चाय बनाने का सामान रखा है। आसार से मालूम होता है कि शब[18] के आख़िरी हिस्से में चाय बनाकर पी गई है। कुछ जले हुए काग़ज़ कमरे में परेशान[19] हैं। आधा जला हुआ काग़ज़ अँगीठी में अब तक ठुँसा हुआ है। पास ही एक मग में काँटा छूरी खड़े हैं। ज़ेहरा कमरे में ज़रा हिचकिचाती हुई दाख़िल होती है। हक़ारत[20] और परेशानी के जज़्बात चेहरे से ज़ाहिर हैं! सब चीज़ों पर एक परेशान नज़र डालती है। समझ में नहीं आता कि किधर से कमरे को साफ़ करना शुरू करे। कुर्सी पर लिहाफ़ इस तरह रखा हुआ है जैसे कोई सर्दी से बचने के लिए इसका घोंसला-सा बनाकर बैठा था और अभी उठकर गया है। उसे उठाती है मगर फिर कुछ न समझकर रख देती है।)

ज़ेहरा : ऊँह! *(परेशानी और थकी हुई नज़रों से पलंग को देखती है।)* भला कोई कैसे सफ़ाई करे, जब इनसान की रूह ही गन्दी हो।

---

15. संग्रहालय, 16. हाथापाई करते हुए, 17. लड़ने-मरने पर तैयार, 18. रात, 19. बिखरे हुए, 20. तिरस्कार,

(किताबों की मेज़ पर से दो-एक चीज़ें उठाती है फिर रख देती है। पलंग पर से भारी चेस्टर उठाती है, उसमें लिपटी हुई चादर खिंची चली आती है और बहुत-सी पैंसिलें, डिबियाँ, दियासलाइयाँ झड़ने लगती हैं और छिपकली फुदककर दीवार पर जा बैठती है।)

(ज़ेहरा डरकर हल्के से अरे कहकर पीछे हटती है! बन्ने आता है।)

बन्ने : *(चिंगाड़ता है)* अच्छा...आ...पकड़ी गई आज, अरे जभी मैं कहूँ ये मेरी चीज़ें कौन उड़ा ले जाता है। कल मेरी सारी शक्कर कोई खा गया। मैं समझा चूहे हैं और आज पता चला कि जनाब हैं...दो टाँगों की चुहिया।

ज़ेहरा : होश में रहना। एक तो मैं कमरा साफ़ करने आई और...

बन्ने : ये एक-दो तो मुझसे न चलेगी। ऊँह! सीधी तरह मेरी चीज़ें लाइए।

ज़ेहरा : भाड़ में जाएँ तुम्हारी चीज़ें। मैं क्या जानूँ।

बन्ने : भाड़ में जाओ तुम ख़ुद। लो साहब एक तो चीज़ें ग़ायब ऊपर से ग़ुर्राना। मगर ये तो बताओ जब मैंने तुम्हें मना कर दिया है कि खबरदार मेरे कमरे में क़दम न रखना वर्ना टाँगें तोड़ दी जाएँगी तो...

ज़ेहरा : चुप बदतमीज़, बढ़ते ही चले जाते हैं, आए वहाँ से टाँगें तोड़नेवाले। मैं क्यों आती। आलिया बो ने भेजा, ज़रा कमरा साफ़ कर लो, मेहमान आ रहे हैं। कमरा तुम्हारा हबोड़ों[21] से बदतर, तुम्हारी चीज़ों की जैसे मैं बड़ी भूखी हूँ ना। हैं भी बड़ी बहुत-सी चीज़ें।

बन्ने : अब तुम्हारी बला से हमारा कमरा जैसा भी है और चीज़ों का क्या कहूँ। लोगों ने कमरा साफ़ करने के बहाने से झाड़ू ही फेर दी।

ज़ेहरा : मुझे ग़रज़ पड़ी है जो मैं साफ़ करूँ। *(जाने लगती है।)*

बन्ने : चलीं कहाँ...जनाबे आली पहले मेरी चीज़ें...और ये कमरे की जो रेढ़ लगाई है वह तो पहले ठीक कीजिए, वर्ना...

ज़ेहरा : वर्ना? वर्ना? तुम क्या कर लोगे। बेहूदा कहीं के।

बन्ने : जानती हो मेरा ग़ुस्सा बुरा है।

ज़ेहरा : *(हँसकर)* बड़ा जनाब का ग़ुस्सा। होश में रहो ज़रा।

---

21. एक ख़ानाबदोश क़ौम जो चोर भी होती है। अलीगढ़ में बहुत आबाद है,

बन्ने : अच्छा दाँत मत निकालो। झाड़ू सँभालो और काम शुरू करो, चुहिया।

ज़ेहरा : बदतमीज़ *(थप्पड़ उठाती है, बन्ने डरकर पीछे हटता है। मेज़ पर से गिलास लुढ़ककर टूट जाता है।)*

बन्ने : तोड़ डाला ना।

जेहरा : मैंने तोड़ा है?

ज़ेहरा : नहीं बेगम साहिबा, तुमने काहे को तोड़ा। आख़िर तुम मेरे कमरे में आई ही क्यों?

ज़ेहरा : तो मैं दाम दे दूँगी। कितने का था।

बन्ने : कितने का था। बड़ी दाम देगी। लेके एक तो सारे कमरे को कूड़ा कर डाला और ऊपर से सारी चीज़ें तोड़ डालीं।

ज़ेहरा : मैंने बिगाड़ा है तुम्हारा कमरा?

बन्ने : और नहीं तो ऐसा था? ऐसा? *(कमरे की चीज़ों की तरफ़ इशारा करके)* ऐसे सामान फैला था? भला कोई आदमी ऐसे कमरे में रह सकता है?

ज़ेहरा : *(हँसकर)* तुम आदमी हो कब, जानवरों से बदतर हो।

बन्ने : अच्छा कमरा तो साफ़ करो।

ज़ेहरा : नहीं करते।

बन्ने : *(बड़ी नर्मी से)* फिर मेहमान जो आएँगे तो आलिया को क्या कहेंगे।

ज़ेहरा : कहने दो। मैं कह दूँगी, तुम लड़ते हो।

बन्ने : अच्छा अब नहीं लड़ेंगे। बस वह पलंग साफ़ कर दो। बाक़ी मैं कर लूँगा।

ज़ेहरा : और फिर चोरियाँ लगाना।

बन्ने : नहीं। बस वह पलंग और ये मेज़। अब कुछ नहीं कहेंगे।

ज़ेहरा : पलंग मैं नहीं झाड़ूँगी, इसमें छिपकली है।

बन्ने : क्या छिपकली तुम्हें निगल जाएगी। ये तुम सब छिपकली से क्यों डरती हो!

ज़ेहरा : *(मेज़ पर से किताबें उठाते हुए)* हमें गन्दी लगती है।

बन्ने : गन्दी लगती है। तुमसे तो साफ़ ही है। सब लड़कियों को गन्दी लगती है।

ज़ेहरा : हमें डर भी लगता है।

बन्ने : ऐ हाए रे डर। कुछ फ़ैशन ही है। सारी लड़कियाँ छिपकली से डरना फ़र्ज़ समझती हैं। बिरजीस भी डरती है, सुलताना का भी

छिपकली से दम निकलता है, रज़िया भी मरी जाती है।

ज़ेहरा : वाह-वाह फ़ैशन क्यों होता। वह तो होती ही गन्दी है।

बन्ने : *(एक काले क़ागज़ का टुकड़ा ज़ेहरा पर डालकर)* ले।

ज़ेहरा : *(डरकर पीछे हटती है।)* वाह क्या मैं डरती हूँ। *(दोनों ख़ामोशी से कमरा साफ़ करते हैं। बन्ने सिर्फ़ चीज़ें उलट-पलट करता है। कभी किताब खोलकर पढ़ने लगता है, कूड़ा इस तरह से झाड़ा कि सब ज़ेहरा पर पड़े। फिर मुस्कराकर 'अरे माफ़ करना' कह देता है। ज़ेहरा कुछ नहीं समझती। बोझल-बोझल कोट और लिहाफ़ तह कर रही है।)*

बन्ने : ये मेहमान कौन आ रहे हैं ज़ेहरा?

ज़ेहरा : मुझे नहीं मालूम, कोई मेरठ से आ रहा है।

बन्ने : *(थोड़ी देर सोचता है।)* क्या औरतें भी हैं? *(फट-फट करके किताबें ज़ेहरा की तरफ़ झाड़ता है।)*

ज़ेहरा : ऊँ हूँ...भई...हाँ औरतें भी हैं।

बन्ने : अरे ये कौन लोग आ रहे हैं!

(ज़ेहरा ख़ामोशी से चुटकी से मोज़े उठाकर टोकरी में डालती है।)

बन्ने : क्या मर्द भी हैं?

ज़ेहरा : हाँ भई, दिमाग़ चाट गए।

बन्ने : *(ख़ामोश कुछ सोचता है।)* अच्छा...आ...आ...अब समझे, जनाब के बरदिखव्वे को आ रहे हैं। अरे जभी दौड़-दौड़कर कमरे साफ़ हो रहे हैं।

ज़ेहरा : भई मैं चली जाऊँगी अगर तुमने बदतमीज़ी की तो!

बन्ने : बला से चली जाओ। कोई मेरी ससुराल से आदमी थोड़े ही आ रहे हैं जो इतरा-इतराकर अपना सुघड़ापा दिखाऊँ।

ज़ेहरा : ऊँह ख़ाक पड़े। मुझे क्या पड़ी है। *(थोड़ी देर कमरे के चारों तरफ़ नज़र डालता है, सच कहती है ज़ेहरा। हबोड़े ही ऐसे कमरे में रहते हैं। अच्छा जल्दी-जल्दी साफ़ करने की कोशिश करता है। और दरवाज़े में से छोटे-बड़े आठ-दस बच्चों का गर्दा दिखाई देता है।)*

बच्चे : बन्ने भैया आ...अह...

(बन्ने ज़ोर से हँसता है।)

*(बच्चे अन्दर से आकर उससे लिपटकर गिराने की कोशिश

करते हैं। सबको तकिये से बेतरह धुनता है। बच्चे ख़ुश-ख़ुश हँसते हैं।)

तीसरा सीन

(ज़ेहरा का कमरा। निहायत सलीक़े से साफ़-सुथरा आरास्ता कमरे में ज़मीन के फ़र्श के अलावा मेज़-कुर्सियाँ वग़ैरा सलीक़े से रखी हैं। एक झोलदार कुर्सी पर ज़ेहरा आगे-पीछे झूल रही है। अख़बार को बेतवज्जुही से पढ़ती जाती है। दरवाज़े में बन्ने लिबासे-शब-ख़्वाबी[22] पर छोटा-सा उटंगा-सा कोट पहने मअ बच्चों की फ़ौज के झाँक रहा है। बन्ने होंठ पर उँगली रखें ख़ामोशी का इशारा करके आहिस्ता-आहिस्ता झाँकता है। बच्चे हँसी रोकने के लिए दोनों हाथों से नाक और मुँह बन्द किए हुए हैं। दो-तीन बच्चे खी-खी-खी हँसते हैं। ज़ेहरा मुड़कर देखती है तो सब भाग जाते हैं सिर्फ़ बन्ने छत को इस अन्दाज़ से देखने लगता है गोया ख़ास तौर पर छत देखने के लिए आया है। ज़ेहरा एक दफ़ा बड़े वक़ार[23] से छत की तरफ़ देखती है और फिर अख़बार पढ़ने लगती है। बच्चे वापस आ जाते हैं। बन्ने एक बच्चे को आगे जाने का इशारा करता है। वह दोनों हाथ हिलाकर इनकार करता है। बन्ने हाथ झटककर उसे बुज़दिल बताता है। एक पतली सी लम्बी लड़की, ऊँची-ऊँची फ्रॉक पहने अपनी ख़िदमात[24] पेश करती है। बन्ने शाबाशी देकर आगे भेजता है। लड़की डरी-डरी दो क़दम बढ़ाती है, फिर लौट जाती है।)

लड़की : *(चुपके से)* मारेगी।

बन्ने : *(इशारे से)* नहीं, हम जो हैं।

लड़की : *(दिलेरी से आगे आकर)* पेटू ख़ान की दुल्हन। *(भागकर दूसरे बच्चों से टकरा जाती है।)*

(ज़ेहरा अपनी जगह तिलमिलाकर रह जाती है। ज़रा कुर्सी की तेज़ जुंबिश होती है। वक़ार क़ायम है। सब बच्चे और बन्ने अन्दर दाख़िल होते हैं। और एक बेतुकी क़तार में खड़े होकर)

सब बच्चे : पेटू ख़ाँ की दुल्हन, सलाम!

---

22. रात को पहनने के कपड़े, 23. गम्भीरता, 24. सेवाएँ,

ज़ेहरा : निकल जाओ मेरे कमरे से।

(ज़रा-सी हँसी आती है जिसे वह दबाने की कोशिश करती है। सब बच्चे एक घेरा बनाकर उसके चारों तरफ़ घूमते हैं। बच्चे चैं...चैं करके चिल्लाते हैं। सिर्फ़ 'पेटू ख़ाँ'...और 'दुल्हन' सुनाई देता है।)

ज़ेहरा : *(निहायत जमे हुए क़दम से आगे बढ़ती है। सारी भीड़ छँट जाती है। बन्ने एक कोने में बनकर खड़ा हो जाता है। ज़ेहरा दीवार पर से रैकेट उतारती है और उसे ज़रा मज़बूती से तौलती है।)* अब कहिए, क्या कह रहे थे तुम लोग।

(बन्ने बनकर कोने में दुबक जाता है और डरी हुई नज़रों से बच्चों को, कभी ज़ेहरा को और बल्ले को देखता है। बच्चों के मुँह ख़ुश्क हैं।)

ज़ेहरा : ज़ोर से बोलो, क्या कह रहे थे!!

बच्चे : *(मिनमिनी सहमी हुई आवाज़ में)* हम तो...हम तो कुछ भी नहीं...कह रहे थे। बन्ने भैया हमें लाए हैं और...

ज़ेहरा : और, और कुछ नहीं। यह तुम क्या कह रहे थे? *(खट-खट बल्ले बच्चों के सर और पीठ पर जमाती है। सब ख़ुशामद करते हैं।)* नहीं और कहो। *(और बल्ले मारती है।)*

बच्चे : *(एक कोने में धर जाते हैं)* तौबा। अब कभी नहीं।

ज़ेहरा : कहो सब कहो। बन्ने भैया, उल्लू! गधे! पाजी!

बच्चे : *(डरकर कभी बन्ने को, कभी बल्ले को देखते हैं।)* बन्ने भैया। ...अम...अम...आ...वह...

ज़ेहरा : *(फिर बल्ले टिकाती है।)* कहो।

बच्चे : पाजी।

बन्ने : बिचारी को पाजी कह रहे हैं।

ज़ेहरा : चलो निकलो। *(बच्चे भागते हैं।)* निकलो बन्ने, तुम भी निकलो, वर्ना ख़ुदा की क़सम बड़े ज़ोर से मारूँगी।

बन्ने : अरे बाप रे। मगर सुनो तो...

ज़ेहरा : कुछ सुनो-वुनो नहीं। बस चल दीजिए, वर्ना लगा बल्ला।

(बन्ने सुकुड़ता दबता फू-फू आवाजें मुँह से निकालता बाहर चला जाता है, मगर दरवाज़े के पास खड़ा रहता है। एक सिगरेट निकालकर सुलगाता है। दबे पाँव पीछे से

आकर ज़ेहरा के मुँह पर धुआँ छोड़ता है।)

ज़ेहरा : *(खाँसती है)* ऊँह! फिर निकलो। भई बन्ने निकलो मेरे कमरे से, ऊँह हूँ, सारा कमरा बदबू से सड़ गया।

बन्ने : उफ़ रे दिमाग़ और वह जो गाल फुलाकर बड़ी सी तोन्द *(हाथ फैलाकर इशारा करता है।)* वह जो दिन भर ई-आई-आर का इंजन बने रहते हैं। *(स्टूल खींचकर ज़ेहरा के पास बैठ जाता है।)* सच कहता हूँ ज़ेहरा, ऐसा बदवज़अ[25] इनसान तेरे पल्ले पड़नेवाला है कि हद नहीं। यह तोन्द, सपाट चन्दिया, ये फैली-फैली मूँछें जैसे किसी ने बोतल धोने का ब्रश दाँतों में दबा लिया हो। यह कल्ला और गर्दन तो बिल्कुल हाथी की-सी है और पैर ये बड़े-बड़े। *(कुहनी तक लम्बान बनाकर)* बस ये समझ लो कल्लू पहलवान बैठा हुआ है।

(ज़ेहरा भवें सिकोड़कर हँसती है।)

बन्ने : सच कहता हूँ। और एक बीवी, दो बच्चों का पहले ही से मालिक है। अच्छा है बच्चे तो ख़ूब ठोंकने को मिलेंगे। मगर रुपया बहुत है। घेरे रहेंगे तुम्हारे को।

(ज़ेहरा कुछ जवाब नहीं देती।)

बन्ने : उसकी मौजूदा बीवी ज़ाहिल है, तालीमयाफ़्ता[26] चाहते हैं। सब बातें तो ख़ैर हो गईं, ये बच्चे तो बस थका देंगे।...मैं कहता हूँ ख़ुद ख़ाला बी उससे ब्याह क्यों नहीं कर लेतीं।

ज़ेहरा : है...है। बन्ने होश में ज़रा, दिमाग़ ख़राब हुआ है।

बन्ने : अरे तुम तो ख़ुद उस पेटू से ब्याह करने पर तुली हो।

ज़ेहरा : मैं क्यों होती?

बन्ने : और फिर कौन है?

ज़ेहरा : मैं करूँगी ही कब?

बन्ने : आलिया अम्माँ जो...

ज़ेहरा : कहने दो आलिया अम्माँ को। मगर...

बन्ने : अगर-मगर तुम्हारी क्या चलेगी। तुम बुज़दिल लड़कियों को आता ही क्या है। या तो संखिया खाकर चूहे की तरह मर गई। या अब नई रौशनी की दिलदादा[27] बेतालीमयाफ़्ता[28] छोकरियों की तरह इधर-उधर निकल खड़ी हुईं। बात तो जब

---

25. जिसकी वेश-भूषा या शील-स्वभाव अच्छा न हो, 26. शिक्षित, 27. मुग्ध, 28. अशिक्षित,

है कि लड़ पड़ो और कह दो कि आलिया बी, उस बुड्ढे से तो आप ही कीजिए।

ज़ेहरा : चुप रहो बन्ने। क्या ग़ज़ब है। जूते खाने को दिल में है।

आलिया बी : *(दरवाज़े से)* ऐ यह कब खाने के लिए बुला रही है। बाहर जाओ, डिप्टी साहब के साथ खाना खा लेना। मैंने क़ादरी साहब के यहाँ से खाने का सेट मँगवाया है। तुम्हारी मेज़ वहाँ बिछवा दी है। ज़रा सलीक़े से खाना।

बन्ने : भला क़ादरी साहब के यहाँ से बर्तन मँगवाने की कौन-सी मार थी। अपने यहाँ जो ग़रीबाना[29] बर्तन थे, काफ़ी न थे।

आलिया बी : वह बड़े फ़ैशनेबल हैं। अपने यहाँ सड़े हुए जापानी सेट हैं।

बन्ने : तो क्या हुआ। हमारे सेट तो जापानी हैं और वह ख़ुद जापानी दूल्हा है। सोचने का मुक़ाम है कि नहीं। चालीस बरस की ढौंक बीवी मौजूद है, बच्चे मौजूद, साहब दूसरी शादी कर रहे हैं।

आलिया बी : वह बूढ़े तो नहीं। लोग कहते हैं कि तीस से ज़्यादा के नहीं लगते। दूसरी शादी इसलिए कर रहे हैं कि बीवी ज़ाहिल है।

बन्ने : ख़ूब तो फिर पहले उस बदनसीब से की ही क्यों थी।

आलिया बी : ऐ है। वह कब करते थे। अब्बा ने ज़बरदस्ती कर दी। ऐन शादी के वक़्त बुलाकर निकाह करने को कहा। उन्होंने इनकार किया तो बोले, आक़[30] कर दूँगा। बिचारे चुप हो रहे। सुना है बीवी उम्र में उनसे बड़ी है।

बन्ने : ये सब जाल है। और वह जो ज़ेहरा के बाप से भी बड़ा है तो आज कहता है, बाप ने ज़बरदस्ती शादी कर दी थी, इसलिए दूसरी कर रहा हूँ। कल को कहेगा अम्माँ ने ज़बरदस्ती शादी की तो ज़ेहरा के ऊपर सौत ला रहा हूँ।

आलिया बी : वाह, हम हक़्क़े-तलाक़[31] और पचहत्तर हज़ार मेहर लिखवा लेंगे। मियाँ को ख़बर पड़ जाएगी।

बन्ने : ख़बर क्या पड़ जाएगी। क़ादिर साहब की लड़कियों के यहाँ भी तो यही ढोंग रचा था। फिर मिल गया न उन्हें मेहर और तलाक़! लाख दावे करो और सारे में मशहूर हो गए।

आलिया बी : न जाने क्या बक रहा है। अच्छा-ख़ासा लड़का मिल गया है। भई हम लोग ऐसे तो रईस हैं नहीं जो कोई आसानी से हमारी लड़की से शादी कर ले। कोई ढंग का पैग़ाम नहीं आता। रुपए नहीं तो शहर भर में किसी को पता भी नहीं कि हमारी लड़की

---

29. निर्धनों जैसे, 30. बहिष्कृत, 31. तलाक़ का अधिकार,

भी शादी के क़ाबिल है। अभी जो अमीर होते तो अच्छे से अच्छा लड़का मक्खियों की तरह आन गिरता। रुपया होगा तो फिर सब कुछ मिलेगा।

बन्ने : कुछ भी हो मैं ज़रा आज डिप्टी साहब से दोबारा बात करूँगा। उन्हें ये शराइत[32] भी मालूम हैं।

आलिया बी : ऐ सब मालूम हैं। सब कुछ तय हो गया था। तारीख़ ठहराने आए हैं। उनकी बहनें सब इन्तिज़ार कर रही हैं। पहली बीवी, सौतेली माँ की बहन है, उन्होंने ज़बरदस्ती कर दी थी।

बन्ने : हट्टा-कट्टा पहलवान और ज़बरदस्ती शादी करवा ली। सब मक्कारी है।

आलिया बी : होगी। तुम दीवाने हो। उठो, जाओ, खाने के लिए भिजवाती हूँ!

बन्ने : *(उठता है।)* ज़रा नहा डालूँ। *(जाता है।)*

चौथा सीन

(साफ़-सुथरा लम्बा कमरा। बीचोंबीच में एक मेज़ लगी है जिस पर बहुत लम्बा-सा मेज़पोश पड़ा है, जिसने मेज़ के खुरचे हुए पायों पर पर्दा डाल रखा है। आमने-सामने दो दफ़्तर की कुर्सियाँ रखी हैं। बहुत क़ीमती डिनर सेट, चार प्लेटें रखी हैं। बीच में एक शीशे का पंचरंगा गुलदान[33] रखा है। एक ऊँचा-ऊँचा पैजामा और नीचा-सा कुर्ता पहने नौकर सीने पर हाथ लपेटे लापरवाही से एक पैर पर ज़ोर डाले खड़ा है। एक स्टूल पर सुराही और गिलास रखे हैं। बन्ने और उसके पीछे डिप्टी साहब तौलिये से हाथ पोंछते दाख़िल होते हैं। बन्ने नौकर की इस टाँग पर जिस पर वह ज़ोर डाले है, एक चपरास लगाता है। नौकर हाथ फैलाकर तवाज़ुन[34] क़ायम रखता है और 'अरे' कहकर पीछे हट जाता है। डिप्टी साहब मुस्कराते हैं। दोनों बैठ जाते हैं। खाना शुरू होता है।)

बन्ने : बात ये है डिप्टी साहब, ये तो हमारा नौकर नहीं बल्कि रिश्तेदार है। ज़रा फूहड़ वाक़े हुआ है। बदतमीज़।

डिप्टी साहब : *(होनेवाले रिश्तेदार को ग़ौर से देखकर)* हूँ।

---

32. शर्तें, 33. फूल सजाने का पात्र, 34. सन्तुलन,

बन्ने : जाओ अनवर, ज़रा अचार इस रकाबी[35] में ले आओ, सँभालकर। टूटे नहीं। क़ादिर साहब के बर्तन हैं, मेहमानों की वजह से मँगा लिए हैं, वर्ना हमारे यहाँ तो सड़े हुए जापानी हैं।

(अनवर सर खुजाता हुआ रकाबी ले जाता है।)

डिप्टी साहब : *(ग़रीबी के सुबूत को नज़र-अन्दाज़ करते हुए)* ये मकान जनाब का ज़ाती[36] है?

बन्ने : ज़ाती कहाँ हमारी ख़ाला का है, उन्हीं के नाम है।

डिप्टी साहब : हूँ।

बन्ने : आप ये चाहते हैं कि शादी जल्दी ही अन्जाम पा जाए, फिर आपको रुख़्सत[37] ज़रा मुश्किल से मिलेगी।

डिप्टी साहब : जी हाँ। क़तई आपका ख़याल दुरुस्त[38] है। मैं तो जल्दी चाहता हूँ।

बन्ने : *(एकदम से)* क्यों?

डिप्टी साहब : *(ज़रा चौंककर)* अरे...यूँ कि फिर मुझे छुट्टियाँ न मिलेंगी।

बन्ने : नहीं मेरा मतलब है, आपकी तो बीवी मौजूद है, फिर दूसरी शादी क्यों करने की ज़रूरत पेश आई।

डिप्टी साहब : *(ज़रा सटपटाकर)* बात ये है कि वह ज़रा मेरे मज़ाज[39] के मुताबिक़ नहीं। ज़ाहिल है, बिल्कुल अनपढ़। मेरी हमख़याल[40] नहीं।

बन्ने : मगर आपको ये कैसे मालूम कि मेरी बहन आपकी हमख़याल होगी।

डिप्टी साहब : वह...तालीमयाफ़्ता है, समझदार है।

बन्ने : मगर वह आपसे तक़रीबन पच्चीस साल छोटी है, बिल्कुल बच्चा। भला वह आपकी हमख़याल क्या होगी।

डिप्टी साहब : *(घबराकर)* मेरा मतलब है वह आलिमा[41] है, समझदार है। हमारी बीवी बिल्कुल ज़ाहिल है। उसके साथ गुज़र नामुमकिन है।

बन्ने : मेरी बहन बहुत बदमिज़ाज और लड़ाका है, उसे ज़रा-सी बात भी बरदाश्त नहीं होती। आपसे अब क्यों छिपाया जाए, ज़रा-सी बात पर रो देती है।

डिप्टी साहब : मुझे उनके ख़िलाफ़ कभी कुछ कहने की ज़रूरत न होगी। दूसरे वह अगर दो बातें बेजा[42] कहेंगी तो मैं बरदाश्त कर लूँगा।

बन्ने : मुआफ़ कीजिएगा डिप्टी साहब, इस वक़्त ज़रा रोमेंटिक हो रहे

---

35. प्लेट, 36. निजी, 37. छुट्टी 38. ठीक, 39. प्रकृति, 40. सहमत, 41. विद्वान, 42. अनुचित,

हैं। ज़रा ग़ौर कीजिए अपनी अच्छी-खासी ज़िन्दगी में क्यों काँटे बो रहे हैं। घर का सुकून अन्क़ा[43] हो जाएगा। छोड़िए इस बेहूदा ख़याल को। आपको शराइत भी मालूम हैं, हक़्क़े-तलाक़ और पचहत्तर हज़ार मेहर।

डिप्टी साहब : जी मुझे सब मंजूर है।

बन्ने : क्या आपको ये भी ख़याल आया है कि कहाँ से आप इतना मेहर लाएँगे और जब तलाक़ ही देना है तो शादी ही क्यों कर रहे हैं।

डिप्टी साहब : *(निवाले से खेलते हुए)* मैं आपका मतलब नहीं समझा।

बन्ने : यह लीजिए...अब फ़र्ज़ कीजिए शादी के चौथे रोज़ ज़ेहरा आपा आपको तलाक़ दे दें और मेहर का दावा कर दें तो?

डिप्टी साहब : बेवजह क्यों? उसकी शादी उसकी मर्ज़ी से नहीं की जाएगी। लिहाज़ा वह यही वजह बता सकती है कि चूँकि बुज़ुर्गों ने ज़बरदस्ती की थी लिहाज़ा अब मैं दूसरी करना चाहती हूँ!

डिप्टी साहब : लाहौल-वला-क़ुव्वत! ये कहीं शरीफ घरानों में हुआ करता है।

बन्ने : इसमें क्या बुराई है। आजकल बहुतेरे ऐसे वाक़ियात सुनने में आते हैं। ज़ेहरा को रहने दीजिए। अच्छा अगर मैं ज़ेहरा को ज़बरदस्ती आपके यहाँ जाने से रोक लूँ और तलाक़ दिलवा दूँ!

डिप्टी साहब : ज़बरदस्ती। ये कैसे?

बन्ने : ऐसे ही जैसे कि हम अब कर रहे हैं कि ज़बरदस्ती उसकी शादी आपसे कर रहे हैं।

डिप्टी साहब : मुझे आप लोगों पर क़तई भरोसा है और कभी किसी बुरे बर्ताव की उम्मीद नहीं।

बन्ने : मुआफ़ कीजिएगा, डिप्टी साहब आप बड़े भोले हैं। हम लोग इतने बेवक़ूफ़ नहीं जितना आप समझते हैं। देखिए ना ये सेट हमने आप पर रोब डालने के लिए क़ादरी साहब से मँगवाया है और ये मेज़ मेरे पढ़ने की है। हम लोग तो उमूमन तख़्त या चारपाई पर बैठकर खा लेते हैं। चिड़ियाँ फँसाने के लिए फटकी लगानी पड़ती है। अरे आप तो बैठे हुए हैं, अरे साहब खाइए ना।

डिप्टी साहब : *(जो हद-दर्जा खिसियाने और परेशान हो रहे हैं)* मैं तो आप लोगों को ऐसा न समझता था।

---

43. अप्राप्य,

बन्ने : कहा ना मैंने, आप सीधे-सादे भोले-भाले आदमी हमारे हथकंडे क्या समझें। खाइए ना।

डिप्टी साहब : *(नीची नज़रों से)* मैं चार बजे की गाड़ी से चला जाऊँगा।

बन्ने : अरे आप तो बातों ही बातों में बिगड़ बैठे। अजी हज़रत, कल इतवार है, हिरन के शिकार को चलिएगा। क़ादरी साहब से बन्दूक़ माँग लेंगे।

(क़हक़हा लगाता है।)

डिप्टी साहब : *(खिसियानी हँसी से)* जी नहीं। हाँ...वह ज़रा मुझे भी काम है।

पाँचवाँ सीन

(दो साल बाद बन्ने का कमरा वैसा ही गन्दा और उजड़ा। फ़र्क़ सिर्फ़ इतना है कि ज़रा क़ीमती और बेहतर सामान बेतरतीबी से बिखरा हुआ है और चाय का सामान नहीं। न ही किताबें नज़र आती हैं। बन्ने सफ़ेद पैन्ट और सुर्ख़ कोट पहने टेनिस का बल्ला हाथ में लिये टहल रहा है।)

बन्ने : पी.सी.एस.। *(ज़ोर देकर अल्फ़ाज़ दोहराता है।)* इन अल्फ़ाज़ में भी क्या जादू है। एक बन्दर को भी तीन ये नन्हे-मुन्ने अल्फ़ाज़ इनसान बना देते हैं। अभी कल की बात है। बन्ने ख़ाँ को लोग खिलंडरा और फक्कड़ समझते थे मगर आज तो गोय जो बन्ने ख़ाँ के हैं वह राजा के नहीं। *(कमरे की बेतरतीबी पर नज़र डालकर)* सच कहती है, ज़ेहरा वाक़ई हबोड़ों की तरह रहता हूँ। मगर वह...क्या परवाह है एक पी.सी.एस. गन्दा रह सकता है। कौन उसे रोक सकता है ख़्वाह वह इससे भी गन्दा रहे। रशीद कहता है। मेरे गहरे हैं।

आलिया बी : *(दरवाज़े से दाख़िल होकर)* बन्ने क्या कर रहे हो। ऊई ज़रा कमरे की सूरत तो देखो। ख़ैर से अब बड़े आदमी हो गए हो। बैरा रखो।

बन्ने : आलिया बी हम तो इस कमरे में ही मगन हैं। आपका जी चाहे जैसे रखें।

आलिया बी : *(संजीदगी से कुर्सी पर बैठते हुए)* अब घरवाली जैसे चाहे

रखेगी। हाँ बन्ने वह तुमने उस बात का जवाब नहीं दिया। मैं जज साहब से क्या कहूँ?

बन्ने : कौन से जज साहब!

आलिया बी : वही, क्या नन्हे बन जाते हो। ऐ वही, उन्होंने अपनी लड़की के लिए कहलवाया था। उन्हें एक अर्से से अच्छे लड़के की तलाश है!

बन्ने : नया-नया काम। मुझे इतनी फ़ुर्सत कहाँ है कि जज साहब के लिए लड़का ढूँढ़ता फिरूँ।

आलिया बी : ऐ कुछ तुम्हारा दिमाग़ तो नहीं चल गया है। दीवाने, वह तुम्हारी तरफ़ इशारा है।

बन्ने : *(सीने पर उँगली रखकर)* ख़ाकसार[44] की तरफ़। *(मसनूई हँसी हँसकर)* है, है, है! ओह बड़ी इनायत...मगर मुझसे वह बारहा मिले, कभी ज़िक्र नहीं किया।

आलिया बी : ऐ तो क्या ख़ुद आकर तुमसे कहते कि मेरी लड़की क़ुबूल कर लो।

बन्ने : तो इसमें क्या बुराई है। हमारे डिप्टी साहब को ही लो, ज़ेहरा के लिए सब कुछ तय करके बरदिखव्वे को आए थे।

आलिया बी : ऐ तो वह और बात थी। लड़की का पैग़ाम लेकर कोई नहीं दौड़ता।

बन्ने : क्यों नहीं, अपने लिए तो और बात हुआ ही करती है। लड़की के लिए पैग़ाम लेकर जाते लाज नहीं आती। बुढ़ापे में ख़ुद अपने लिए दुल्हन ढूँढ़ते नहीं शर्माते।

आलिया बी : तुम तो झक्की हो!

बन्ने : झक्की सही। उन्हें ग़रज़ पड़ी हो, आए और पैग़ाम दें।

आलिया बी : और तुम इनकार कर दो।

बन्ने : इसमें क्या बुराई है। बिचारे डिप्टी साहब क्या अपना-सा मुँह लेकर गए थे।

आलिया बी : ऐ चल बैठ। उनकी जूती को भी ग़रज़ नहीं पड़ी है जो...

बन्ने : जी हाँ, क्यों पड़ने लगी थी। कोई अपना निकाह थोड़े ही है कि दौड़-दौड़कर ससुराल जाएँ और जूतियाँ चाटें।

आलिया बी : बन्ने न जाने क्यों तू ऐसी बातें करता है। अच्छा नसीम साहब की लड़की, वह तो तालीमयाफ़्ता है। ख़ुद नसीम साहब ने मुझसे कहलवाया है।

बन्ने : कैसी लड़की है?

---

44. विनीत,

आलिया बी : ऐ अच्छी है। रुपया बहुत है। एक लड़की है।

बन्ने : सूरत-शक्ल ?

आलिया बी : आदमी का बच्चा है।

बन्ने : यह तो मुझे भी मालूम है कि बिल्ली क बच्चा नहीं, फिर भी।

आलिया बी : सूरत तो ज़रा वैसी है, मगर बड़ी सलीक़ामन्द है। दौलत बहुत है।

बन्ने : यह ज़रा वैसी से क्या मतलब, साफ़ कहिए बदसूरत है। दूसरे मैं उससे मिलना चाहता हूँ। उसके मिज़ाज से वाक़िफ़[45] होना चाहता हूँ।

आलिया बी : ऐ मिज़ाज से तो तुम क्या वाक़िफ़ होंगे। तुम्हारे मिज़ाज की तो दुनिया में नौज कोई लड़की हो। मिलकर क्या करोगे ?

बन्ने : अगर मेरे मिज़ाज की लड़की मिलना दुश्वार है तो फिर ज़रूरत ही क्या है कि शादी ही कर लूँ!

आलिया बी : तुम जानो भइया। मैं तो ज़ेहरा को लेकर दिल्ली जा रही हूँ। करो ब्याह और चलाओ घर।

बन्ने : करो ब्याह और चलाओ घर। गोया बीवी कोई डंडा है जिससे घर हाँका जाएगा। ख़ूब तंग कर मारा। इधर नौकर हुए उधर लोगों ने हमारी शादी की फ़िक्र में घुलना शुरू किया, जिसे देखो चला आता है कि करो शादी। गोया उन लोगों को हमारी बड़ी फ़िक्र है। और भी तो हैं ख़ुदा के बन्दे जिनको सिर्फ़ इसलिए शादी करने की इजाज़त नहीं कि वह नौकर नहीं।

आलिया बी : तुम जानो। *(उठकर जाने लगती हैं।)*

बन्ने : *(टहलते हुए)* लोगों ने 'शादी करो' मेरी चिढ़ मुक़र्रर कर ली है। दरअस्ल मेरी थोड़े ही, मेरी नौकरी की शादी की फ़िक्र है।

आलिया बी : ऊँह। *(जाती हैं।)*

बन्ने : *(कुछ बेसुरे अन्दाज़ में गुनगुनाता है और खूँटी पर से मफ़लर उतारकर आईने के सामने खड़े होकर लपेटता है। ज़ेहरा पुश्त के दरवाज़े में नज़र आती है।)*

(वापस जाना चाहती है लेकिन बन्ने रोकता है।) ठहरो ज़ेहरा, ज़रा ठहरो। *(आगे बढ़ता है।)* अन्दर आ जाओ तो, मेरे कमरे में आती डरती हो, गोया मैं काट ही खाऊँगा।

ज़ेहरा : *(अन्दर आकर)* कौन आए, चोरियाँ जो लग जाती हैं!

---

45. परिचित,

बन्ने : *(ज़ोर से हँसता है।)* अब थोड़ी चुराती हो, अब तो तौबा कर ली। लो कुर्सी पर बैठो, क्या ख़ातिर करें तुम्हारी?

ज़ेहरा : *(आराम कुर्सी पर बैठकर)* बस शुक्रिया।

बन्ने : ज़ेहरा तुम डिप्टन क्यों न बन गईं?

ज़ेहरा : *(मुस्कराकर)* फिर सठियाए?

बन्ने : *(मफ़लर लपेटते हुए)* मज़ाक़ से नहीं सच कहता हूँ! ज़ेहरा जब से नौकर हुआ हूँ लोगों ने जान खा ली कि ब्याह करो। अरे मेरी चिढ़ मुक़र्रर कर ली है, गोया मैं बूढ़ा हुआ जा रहा हूँ। *(आजिज़ होकर हाथ झटकता है।)*

ज़ेहरा : तो फिर कर क्यों नहीं लेते।

बन्ने : लो तुम भी चलीं नसीहत करने। ज़ेहरा तुम्हें तो सचमुच ठोक दूँगा।

ज़ेहरा : *(हँसकर)* लो इसमें जलने की कौन-सी बात है। सारे वक़्त लड़कियों के साथ घूमते-फिरते हो। कर क्यों नहीं लेते!

बन्ने : *(कुछ देर इधर-उधर देखता है।)* किससे कर लूँ, कोई हो भी?

ज़ेहरा : क्यों हमीदा में क्या बुराई है।

बन्ने : बड़े आदमी की लड़की है। बड़ी दिमाग़दार है।

ज़ेहरा : आइरिस।

बन्ने : अरे वह कलूटी, तौबा करो। तुम न कर लो उसके भाई से।

ज़ेहरा : देखो बदतमीज़ी की नहीं है, वर्ना मैं जाती हूँ।

बन्ने : अच्छा-अच्छा अब नहीं। और बताओ।

ज़ेहरा : *(कुछ रुककर)* गुलशन।

बन्ने : क्या थकी हुई तुम्हारी पसन्द है। लाहौल-वला-क़ुव्वत।

ज़ेहरा : मिस मुनीर।

बन्ने : हटो, वह बिल्कुल चिपटी है।

ज़ेहरा : *(बिगड़कर)* कोई नहीं खासी है। तुम दीवाने हो। क्या आस्मान से हूर लाओगे!

बन्ने : हाँ ज़ेहरा, चाहता तो यही हूँ। *(ज़रा ग़ौर से ज़ेहरा को देखते हुए।)* मैं तो यही चाहता हूँ कि बड़ी अच्छी हो। *(छत की तरफ़ देखते हुए)* कैसे बताऊँ...बस बहुत ही अच्छी हो। बड़ी सलीक़े वाली। मेरे कमरे को साफ़ कर दे और हँसती रहे। *(ज़ेहरा को और ग़ौर से देखकर)* तुम...तुम...तुम अच्छी नहीं, *(मुस्करा कर)* फूहड़ हो...लड़ाका और फूहड़ और ऊपर से चोर भी।

ज़ेहरा : *(बिगड़कर)* चुप बदतमीज़, मेरा नाम न लेना।

(बिगड़कर खड़ी हो जाती है।)

बन्ने : *(नर्म आवाज़ में)* मैं तुम्हारा नाम कब लेता हूँ...मैं तो...कहता हूँ कि तुम अच्छी नहीं, *(जल्दी से)* बिल्कुल अच्छी नहीं। लड़ती हो, बात-बात पर काटने को दौड़ती हो।

(ज़ेहरा बड़बड़ाती हुई जल्दी-जल्दी लम्बे-लम्बे क़दम रखती चली जाती है।)

बन्ने : *(ज़ोर से एक आज़र्दा[46] हँसी हँसता है।)* बस बन्ने खाँ...अब तो देख लिया मगर ये भी कोई बात है। *(ग़ुस्से से)* मैं आज आलिया बी से कह दूँगा कि अब के जो उन्होंने मेरी शादी का ज़िक्र किया तो सचमुच लड़ पड़ूँगा। ये नहीं देखतीं कि मेरा क्या क़ुसूर है। *(सर खुजाता है)* ज़ेहरा शायद कमरा साफ़ करने आई थी। *(छत की तरफ़ देखकर)* फूहड़ लड़का...हँसता है।

छठा सीन

(ज़ेहरा का कमरा हस्बे-मामूल साफ़! चौकी पर पैर टिकाए बैठी है। न मालूम क्या सोच रही है। उठकर मेज़ के पास जाती है, फिर लौट आती है। बैठ जाती है।)

ज़ेहरा : *(पुकारती है।)* अन्नू-अन्नू!

अन्नू : क्या है? *(दरवाज़े में आता है।)*

ज़ेहरा : *(कुछ सोचकर)* कुछ नहीं, ठहर यहाँ आ...तुझे मालूम है बन्ने मियाँ कहाँ गए हैं?

अन्नू : क्लब। *(जाने लगता है।)*

ज़ेहरा : ठहर सुअर। सुनता नहीं भागा जाता है।

अन्नू : तो कहिए ना क्या है?

ज़ेहरा : तू जानता है क्लब?

अन्नू : हाँ आँ।

ज़ेहरा : तो जा चुपके से उनके कान में कह कि आलिया बी...नहीं नहीं मेरी तबीअत ख़राब है, जल्दी चलिए।

---

46. उदासी से भरी,

अन्नू : अच्छा।

ज़ेहरा : कह के भाग आना और जो सुअर तूने कहा कि मैंने भेजा था तो बहुत ही पीटूँगी।

अन्नू : ऐ लीजिए साहब, भैया मैं नहीं बुलाता, वह वैसे ही मारते रहते हैं। *(जाने लगता है।)*

ज़ेहरा : ठहरो! मैं कह रही हूँ, नहीं मारेंगे। तू जा फिर सिनेमा के पैसे दूँगी।

अन्नू : आ हा 'जंगल का जवान' आ रहा है। मगर भैया जूते पड़ेंगे।

ज़ेहरा : मेरा नाम मत लीजियो।

अन्नू : नहीं। *(जाता है।)*

ज़ेहरा : थोड़ी देर परेशान बैठी रहती है। ऐ नाहक़[47] भेजा...न जाने बन्ने क्या सोचेगा। मैंने ऊँह... *(ज़रा फ़िक्रमन्द होकर बैठ जाती है।)*

आलिया बी : *(क़ैंची और एक कपड़ा लेकर आती है।)* ऐ ज़ेहरा, देखना इसमें चौकोर गला ठीक रहेगा।

ज़ेहरा : *(बेतवज्जुही से)* हूँ।

आलिया बी : ए बी क्या ऊँघ रही हो। हूँ कर दिया *(ग़ौर से कपड़े को देखकर)* लो भला देखो, क़मीज़ में चौकोर गला क्या ख़ाक ठीक होगा।

ज़ेहरा : हूँ, देखूँ।

आलिया बी : हटो क्या ख़ाक देखोगी। *(कुर्सी पर बैठकर कपड़ा देखने लगती है।)*

(थोड़ी देर ख़ामोश रहती है।)

ज़ेहरा : ऐ आलिया बी, बन्ने को देखती हो कैसे उड़े-उड़े फिरते हैं। घर में बैठना तो क़सम है। जब देखो तब पार्टियाँ।

आलिया बी : और क्या घर में बैठा रहे। तेरी तो उससे घड़ी भर को नहीं बनती। आज क्या दो-तीन रोज़ से न जाने क्या बात है जो चुप है।

ज़ेहरा : आलिया बी, मैं लड़ती हूँ!

आलिया बी : तू तो नहीं लड़ती पर चख़-चख़ तो हुआ करती है।

ज़ेहरा : मैं न बोलूँ तब भी वह लड़ते हैं। ख़ैर पहले भी तो लड़ते थे यह बात न थी। अब तो दरअस्ल दोस्तों में घूमा करते हैं! घर में आने की फ़ुर्सत कहाँ।

---

47. बिना कारण

आलिया बी : घर में रहे तो बुराई, बाहर जाए तो बुराई, तुझे किसी कल चैन नहीं। मैं कहती हूँ तूझे क्या फ़िक्र पड़ गई।

ज़ेहरा : *(जलकर)* मुझे क्या फ़िक्र होती। *(थोड़ी देर बाद)* आलिया बी मैं ख़ुद..., दिल्ली कब चलोगी।

आलिया बी : ऐ बन्ने का घर अकेला हो जाएगा, इन्नो मारे नहीं जाती। ज़रा उसका घर बस जाए तो चलूँगी। तुम्हारा दिल आज क्यों घबराने लगा।

ज़ेहरा : *(चिढ़कर)* आप बसाइए घर। मैं अकेली चली जाऊँगी। बन्ने की शादी में मुझे क्यों ठहरना लाज़िमी[48] हो, मैं अन्नू को लेकर चली जाऊँगी।

आलिया बी : ऐ यह बन्ने की शादी से तेरे क्यों मिर्चें लग गईं।

ज़ेहरा : *(बिगड़कर)* मेरे क्यों मिर्चें लगतीं। ख़ाक पड़े, मुझे क्या।

आलिया बी : ख़ाक तेरे मुँह में लड़की। ख़्वाहमख़्वाह जली मरती है।

ज़ेहरा : *(और जलकर रोनी आवाज़ में)* भई ऊँह। मुझे दिल्ली भेज दीजिए।

आलिया बी : ऐ तुम तो पागल हो गई हो।

(उठकर चली जाती है।)

आवाज़ : *(बन्ने की)* ज़ेहरा-ज़ेहरा। कहाँ हो। *(बन्ने परेशान अन्दाज़ से आता है।)* अरे क्या सचमुच रो रही हो। अरे! या सिर्फ़ धोखा...

ज़ेहरा : *(रोते हुए)* आलिया बी ख़्वाहमख़्वाह डाँट ही देती हैं।

बन्ने : तो हुआ क्या...कुछ बोलो भी या नाक पोंछ-पोंछकर तोड़ डालोगी।

ज़ेहरा : ऊँह! जाओ यहाँ से!

बन्ने : चह ख़ुश, आप ही ने तो बुलाया था और आप फ़र्माती हैं जाओ। ख़ूब!

ज़ेहरा : मैंने! ये सुअर अनवर ने कहा होगा

बन्ने : हाँ, हाँ। तुमने तो मना किया था मगर मैंने जो चपत लगाया तो कह दिया कि...

ज़ेहरा : झूठा है।

बन्ने : होगा। मगर क्या तुम्हारी तबीअत ख़राब है?

ज़ेहरा : होने दो, तुम्हें क्या! एक फूहड़ और बदतमीज़ लड़की मर भी जाए तो...

---

48. आवश्यक।

बन्ने : कौन! तुम फूहड़ और बदतमीज़? कौन बेवक़ूफ़ कहता है?

ज़ेहरा : तुम!

बन्ने : *(ज़ोर से हँसता है।)* बेवक़ूफ़, वह तो सिर्फ़ जलाने को कहता हूँ, मज़ाक़ में।

ज़ेहरा : और वह जो रोज़ आलिया बी से मेरी शिकायतें होती हैं तो!

बन्ने : अरे अक़्लमन्द मज़ाक़ में। तुम्हें रुलाने के लिए मज़ाक़ में। *(संजीदा होकर)* मगर न मालूम ज़ेहरा तुम्हें क्यों मुझसे हमेशा से नफ़रत है?

ज़ेहरा : नफ़रत! मुझे तो नफ़रत नहीं, तुम ही मुझसे जलते हो।

बन्ने : तो फिर क्या ये मेरा वहम था?

ज़ेहरा : हाँ।

बन्ने : और मैं तुमसे जलूँगा। ज़ेहरा मुझे कभी ये कहने का मौक़ा न मिला कि सिर्फ़ तुम ही ऐसी लड़की हो जो मेरी ज़िन्दगी सुधार सकती है। तुमसे ज्यादा मुझे कोई नहीं समझता। ज़ेहरा मुझे कभी भी उम्मीद न थी कि तुम मेरी बात भी सुन सकोगी। मुझे कभी तुमसे कुछ कहने की हिम्मत न पड़ी। तुमसे लड़ना और तुम्हें बुरा कहना आसान था, लेकिन अगर मैं तुमसे कहता तो यक़ीनन तुम मेरे मुँह पर चप्पल रसीद करतीं और आलिया बी से अलग जूतियाँ लगवातीं। अब मुझे कोई न छेड़ेगा कि 'शादी करो' और ज़ेहरा अब हम कभी नहीं लड़ेंगे।

(ज़ेहरा मुस्कराती है।)

बन्ने : मगर ज़ेहरा मैं कमरे में जूते मोज़े फैलाया करूँगा तो?

ज़ेहरा : वह मैं समेट दूँगी, लेकिन अगर तुमने कमरे में सिगरेट पिया तो कान पकड़कर निकाल दिए जाओगे।

बन्ने : *(मुट्ठी पर हथेली मारकर)* मंजूर!

(आलिया बी पुश्त के दरवाज़े के कमरे से छपाक से भागती है। चेहरे पर एक मुस्कराहट है। शायद छुपी हुई देर से खड़ी थीं।)

✿✿✿